ULLSTEIN

## DAS BUCH

Mord war für ihn eine Kunst. Nur einer vermochte sich in die Psyche des Serienmörders John Wolf hineinzuversetzen. Profiler Pop gelang, wozu das FBI unfähig war: Er schlug den Mörder mit seinen eigenen Waffen.
Ein Jahr später wird das FBI mit einer neuen Mordserie konfrontiert, die eindeutig Wolfs unverwechselbare Handschrift trägt. Doch Wolf ist tot, und so glaubt man zunächst an einen Nachahmungstäter. Als Pop allerdings von einem Unbekannten angeschossen wird und kurz darauf die Leiche seiner besten Freundin Janet entdeckt, ist für ihn klar: John Wolf hat die Explosion überlebt, die ihn für immer vernichten sollte, und er wird sich auf brutale Weise rächen.
Wie schon in WOLFSJAGD brilliert das bewährte Autorenduo Philpin/Sierra auch in diesem spannungsreichen Thriller durch eine raffinierte Inszenierung und einen rasanten Perspektivenwechsel zwischen Opfer, Mörder und Verfolger.

## DIE AUTOREN

John Philpin ist Profiler, Experte für Täterprofile: Er hat mit seiner Arbeit dazu beigetragen, zahlreiche Serienmörder in den USA zu überführen. Patricia Sierra hat sich als Journalistin und Autorin hauptsächlich mit »true crime« beschäftigt. Bei ihrer Recherche stieß sie auf den Spezialisten John Philpin. Aus diesem Fax-Kontakt entwickelte sich die Idee zu ihrem ersten gemeinsamen Roman WOLFSJAGD (TB 24370). WOLFSGRUBE ist ihr zweiter Thriller mit Profiler Pop und schließt an die Handlung des ersten Romans an.

JOHN PHILPIN
PATRICIA SIERRA

# Wolfsgrube

Thriller

Aus dem Amerikanischen von
Cordula Kolarik

ULLSTEIN GELBE REIHE

Ullstein Buchverlage GmbH & Co. KG,
Berlin
Taschenbuchnummer: 24714
Titel der Originalausgabe:
*Tunnel of Night*

Deutsche Erstausgabe
Dezember 1999

Umschlaggestaltung:
Bauer + Möhring
Foto: Tony Stone Images

Published by arrangement with Bantam Books,
a division of Random House, Inc.

Printed in Germany 1999

Gesamtherstellung: Ebner Ulm

ISBN 3 548 24714 8

Gedruckt auf alterungsbeständigem
Papier mit chlorfrei gebleichtem
Zellstoff

Die Deutsche Bibliothek –
CIP-Einheitsaufname

Philpin, John:
Wolfsgrube : Thriller / John Philpin ; Patricia Sierra.
Aus dem Amerikan. von Cordula Kolarik. –
Dt. Erstausg. – Berlin : Ullstein, 1999
(Ullstein-Buch ; Nr. 24714)
ISBN 3-548-24714-8

Das Leben sollte nicht vergeudet werden. Die Erfahrung, lebendig zu sein, ist zu außergewöhnlich. Zu denken, daß es einen kurzen Augenblick gab, vor nur zehn Monaten, in dem es schien, als ob alles enden würde.

Als ich aus meinem Tunnel herauskam, konnte ich den Rauch von der Explosion und dem Feuer riechen und sehen, wie die glühende Asche mit dem leichten Schnee verschmolz. Als ich wegging, verblaßte die Asche, bis nur noch der Schnee, die Stille des Waldes und ein einziger, klarer Gedanke da waren:

*Lucas Frank ist ein toter Mann ...*

*Für Katie Hall*

Dies ist die Stunde der *Mörder.*

Arthur Rimbaud,
*Morgen der Trunkenheit*

# Prolog

Ihr Haar war heller, als ich es in Erinnerung hatte, und sah aus, als hätte sie es nicht gekämmt.

Ich sah zu, nahm jedes Detail in mich auf, wie sie durch die Küchentür kam, zum Tisch ging und sich die Brille aufsetzte, um die Morgenzeitung zu lesen. Sie war dick und trug unförmige, schwarze Bermudas und ein T-Shirt. Die einst so edlen Linien ihres Profils und ihr schlanker Hals waren verschwunden, vergraben unter aufgedunsenem Fleisch.

»Hallo«, sagte ich.

Die Kaffeetasse fiel klirrend zu Boden, ihr Kopf wirbelte herum. Ihr Mund öffnete sich, und sie gab einen Laut von sich – vielleicht sagte sie meinen Namen.

Sie drehte sich auf ihrem Stuhl herum und starrte mich an, während ich zwischen sie und die Küchentür trat. Dann stand sie auf, lehnte sich gegen den Tisch und schob ihn nach hinten.

»Oh, mein Gott. Warum bist du hierhergekommen? Was willst du?«

Ihr Körper zitterte. Ihre Augen waren weit aufgerissen, erfüllt von Panik.

»All die Jahre«, setzte ich an – einen Moment glaubte ich, ich würde ihr vielleicht antworten, würde ihr vielleicht erklären, was aus mir geworden war und warum.

»Du hast mich verraten«, sagte ich, ließ meine Hände hinter meinen Rücken gleiten und zog das Messer aus meiner Tasche.

Sie hielt sich an dem wackeligen Tisch fest. »Nein«, sagte sie, aber es klang eher wie eine Frage.

Sie kam nicht mehr dazu, die Arme zu heben. Als ich auf sie zuging, schnellte ihr Kopf nach oben, und ihr Hals nahm meine Klinge auf.

Zum ersten Mal in unserer beider Leben war sie völlig willfährig.

Sie gab keinen einzigen Laut von sich.

Ich machte den Kühlschrank auf. Das Licht ging nicht an, also rüttelte ich am Kühlschrank und drehte die Glühbirne in der Fassung fest. Das Licht ging an. Die Leute kümmern sich um nichts, nicht einmal um die einfachsten Reparaturen, die praktisch gar keine Mühe machen.

Ich fand etwas Salat, Aufschnitt, ein Glas Senf und einen Laib Weizenvollkornbrot. Dann öffnete ich den Schrank über dem Spülbecken, um ein Glas und einen Teller herauszunehmen. Ich bemerkte die impressionistische Vogelstatuette, und ich dachte an die schöne, junge Frau, der ich sie vor so vielen Jahren geschickt hatte – die Frau, die jetzt auf dem Küchenfußboden lag. Ich stellte die Statuette auf den Tisch, als Tafelschmuck.

Das Sonnenlicht, das durch das Fenster drang, brach sich in dem gläsernen Vogel und warf Bänder aus Regenbogenfarben über den Tisch. Ich stellte mir einen Stuhl so hin, daß er zum Fenster zeigte, um den Lichtstrahl nicht zu behindern und mein privates Schauspiel der Spektralfarben genießen zu können.

Ich feierte ganz privat ein Fest. Ich brachte alte Projekte zum Abschluß und fing mit neuen an. Niemand, der mein Leben berührt hatte, war mehr sicher.

Ich nahm mein Messer – ein schweres Klappmesser der Marke Buck mit einer zehn Zentimeter langen Klinge. Es war blutverschmiert, also säuberte ich es mit einem Papiertaschentuch. Ich schnitt eine Scheibe Brot ab und legte das Messer rechts von mir auf den Tisch. In vielerlei Hinsicht ist das Bereiten eines Mahls wichtiger als das Essen.

Ich blickte nach links. Wenn das Blut nicht gewesen wäre, hätte sie ausgesehen, als würde sie schlafen.

Ich biß einmal in mein Sandwich, schob dann das Essen weg, stand auf und beugte mich über sie. Dieses vollkommene Besitzen eines anderen Menschen bringt eine gewisse Verantwortung mit sich. Mit beiden Händen, als wollte ich etwas Zerbrechliches behutsam umfassen, bog ich einen ihrer Arme gerade, so daß er parallel zu ihrem Oberkörper lag, wie der andere.

*Symmetrie.*

# ERSTES BUCH

# Pop

Thomas Wolfe hatte unrecht.

Den Weg zurück kann man immer finden – wenn man weiß, wieviel Knoblauch man in die Marinara gibt. Das ist das Geheimnis. Knoblauch. Und natürlich das Olivenöl – Filippo Berio kaltgepreßt. Doch selbst wenn man das Rezept richtig hinbekommt, wollen die Leute einem sagen, wie man es machen muß. Sie wollen einfach ins Haus kommen und das Regiment über die Küche übernehmen. Ungläubige. Banausen.

Wenn sich Thomas Wolfe mit Marinara beschäftigt hätte, wenn er mehr über einem heißen Herd als über einer Schreibmaschine gebrütet hätte, hätte er den Titel seines Buches geändert – und wahrscheinlich sein ganzes Leben. Unter anderem hätte er sich öfter betrunken. O ja, eine Tasse Ale für den Topf und eine für den Bauch. Dann hat man nur selten Schwierigkeiten, den Weg zurück zu finden, weil man kaum aus dem Haus geht.

Ich war ein wenig berauscht. Ein Morgen in der warmen Sonne am See, wo ich versucht hatte, einen mir ständig entwischenden Forellenbarsch zu überlisten, gefolgt von einem Aufenthalt in der Küche, um die Sauce anzusetzen (sie muß den ganzen Nachmittag köcheln) – und jetzt wollte ich duschen gehen. Das Leben ist wunderbar.

Ich erwartete Besuch – einen der seltenen Besuche meiner Tochter Lane, die Detective bei der Polizei von New York City ist. Vor vier Tagen hatte sie mir ein Fax geschickt. Lane machte sich Sorgen, weil sie nichts von mir gehört hatte, und es klang, als hätte sie einen Gewissenskonflikt. In ihrem Brief stand:

*Vor fast einem Jahr haben wir den Fall Wolf abgeschlossen, aber er läßt mir immer noch keine Ruhe. Ich muß mit Dir über den Tag in Vermont sprechen. Die bereinigte Version der Geschichte habe ich schon ein Dutzend Mal erzählt, aber du und ich, wir haben nie geklärt, was damals wirklich passiert ist. Manchmal glaube ich, es war Mord. Manchmal bin ich mir sicher, daß es Recht war. Ich muß einfach wissen, warum Du getan hast, was du getan hast.*

Ich beantwortete das Fax, versicherte meiner Tochter, daß es mir gut ging, und schrieb ihr, daß ich sie sehr gerne sehen würde.

Intuitiv hatte Lane die Wahrheit erfaßt – daß ich den Mörder John Wolf ermordet hatte. Es schien mir gar nicht so sehr lange her zu sein, aber meine Tochter hatte recht. Es war vor fast einem Jahr. Lane hatte die Ermittlungen geleitet, als die Exfrau ihres Partners ermordet worden war. Was anfangs wie ein einfacher Mordfall aussah, wurde zu einer Jagd nach einem Serienmörder. Ich hatte Lane und ihren Lieutenant von meinem Sessel aus beraten, bis sich abzeichnete, daß meine Tochter Wolfs nächstes Opfer sein sollte. Also suchte ich den Bastard, fand ihn in seinem Bau und sprengte ihn mit seiner eigenen Bombe in die Luft. Eine ungeheuer befriedigende Gerechtigkeit.

Die sechs Wochen andauernden nächtlichen Kämpfe mit Dämonen, die zum Ausbruch kamen, als ich wieder zu Hause war, hatten nichts damit zu tun, daß ich ein Raubtier in die Unterwelt geschickt hatte. Das Problem war, daß Wolf in meinem Kopf weiterlebte, obwohl er tot war. Um ihn aufzuspüren und seine Schachzüge vorherzusehen, hatte ich ihn in mein Bewußtsein einlassen müssen, hatte lernen müssen, die Welt zu sehen, wie er sie sah, zu denken, wie er dachte. Als es vorbei war, dauerte es länger, Wolf wieder aus meinen Träumen zu vertreiben, als ich gebraucht hatte, die Bestie zur Strecke zu bringen.

Ihn zu töten, hatte mich nicht in Verwirrung gestürzt. Ich

hatte nicht gezögert und deswegen nicht einen schlaflosen Augenblick zugebracht. Doch für meine Tochter lag die Sache anders.

Als sie noch jünger war, legte mir Lane immer Seife, die nach Blumen duftete, in die Dusche. Sie warf meine Ivory-Seife in den Abfalleimer, und ich mußte triefnaß aus der Dusche springen, um sie mir wiederzuholen.

Seife ist nicht der einzige Punkt, bei dem wir unterschiedlicher Ansicht sind. Als sie ein Kind war, lockte ich sie oft in die Küche, weil ich unbedingt eine Köchin aus ihr machen wollte. »Das ist Männerarbeit«, sagte sie dann – und sie hatte recht, zumindest in unserem Haushalt. Wenn ich mit Kochen an der Reihe war, kam meine Frau Savvy nur selten in die Küche – ich war kein freundlicher Koch.

Als Lane älter wurde, äußerte sie sich präziser dazu, warum sie Kochen nicht mochte. »Denk nur mal an die Zeit, die wir brauchen, um zum Laden zu fahren, Lebensmittel auszusuchen, zu kochen, zu essen, den Tisch abzuräumen, das Geschirr zu spülen, abzutrocknen und wieder einzuräumen. In der Zeit könnte man ein halbes Dutzend Mordfälle aufklären.«

Ich wünschte mir, daß sie das Kochen zu würdigen lernte, wie ich es tat, wie es *verdiente*, gewürdigt zu werden, aber es war hoffnungslos. Sie steckte zu tief in dem anderen Teil meines Lebens – meiner Arbeit als Psychiater, dem Erstellen von Täterprofilen und dem Aufspüren und Verfolgen menschlicher Raubtiere. Sie aß zwar immer, was ich ihr vorsetzte, aber in ihrer Gleichgültigkeit gegenüber dem Vorgang des Kochens und Essens blieb sie standhaft.

»Es ist doch nur Essen, Pop.«

Ein furchtbares Sakrileg.

Als sie von ihrer Stelle als Streifenpolizistin ins Morddezernat versetzt wurde, wollte Lane meinen Kopf mit ihren Fällen füllen. Sie erwartete irgendeine profunde Erkenntnis von mir, eine neue Sichtweise eines Mordfalls, der den besten Leuten in der Exekutive Kopfzerbrechen bereitete. »Als ich aufgehört habe«, sagte ich ihr immer, »habe ich wirklich aufgehört.«

Sie bestand darauf, daß sie Sonderrechte habe – daß sie eine »biologische Ausnahme« von meiner Regel sei. Das ist wahr. Die Kunst, zu meiner Tochter nein zu sagen, beherrsche ich einfach nicht.

Meine Tochter oder mein Kater. Ich glaube, das sind die beiden einzigen Wesen auf der Erde, die mich genau dahin bringen können, wo sie mich haben wollen.

Ich sah meinen gewaltigen Maine-Coon-Kater an und sagte: »Max, meinst du, du setzt dich je zur Ruhe?«

Ich war sicher, daß er es besser machen würde als ich.

Max zuckte mit dem Schwanz. Er schlief tief und fest auf seinem Küchenstuhl, versunken in einen Traumzustand – mit entblößten Krallen und mordendem Unterkiefer. Max ist das perfekte Raubtier. Die Feldmäuse, Backenhörnchen und Eichhörnchen, die meine vier Hektar bevölkern, haben das auf die harte Tour erfahren. Wenn er ins Haus kommt, schnurrt Max, reibt sich an meinem Bein, macht es sich auf meinem Schoß gemütlich und schnuppert an meinem Bart, um festzustellen, was ich während seiner Abwesenheit gegessen habe. Wenn er schläft, ist er wieder draußen auf dem Feld – der kalte, berechnende Killer, als den ihn die Natur erschaffen hat.

Ich strich ihm mit der Hand über den Rücken, von seinem Hals bis zur Schwanzwurzel. »Deine armen Freunde im Dschungel, Max. Sie sind zu vielen Dingen fähig, aber sie können nicht schnurren. Das hat mit der Lage der Knorpel im Hals zu tun. Andererseits können sie brüllen und du nicht. Vielleicht gleicht sich alles aus.«

Er öffnete ein Auge, gähnte und schlief wieder ein.

Weil ich lange nichts von mir hatte hören lassen, nahm Lane an, ich hätte mich ganz in mich selbst zurückgezogen und kämpfte mit einer Depression von der Art wie die, die mich vor ein paar Jahren lahmlegte, kurz bevor ich meine Praxis verkaufte und in die Wälder von Michigan zog. Sie war einfach eine liebe, überfürsorgliche und übertrieben besorgte Tochter, wenn ich auch zugeben mußte, daß ich Gewissensbisse hatte – diesmal hatte ich mit nichts weiter als Straßenkarten gekämpft. Janet, meine Freundin vom gegenüberliegenden Seeufer, und ich waren heimlich nach Vancouver, British Columbia, gefahren, wo Blues Traveler ein Konzert gab. Das ist eigentlich nicht ganz richtig. Wir fuhren nicht heimlich hin, sondern wir erzählten es einfach niemandem, auch nicht meiner Tochter.

Tatsächlich hatte ich über die Geschichte mit Wolf nicht lange nachgebrütet. Nach meiner sechswöchigen emotionalen Erholungszeit erklärte ich mich für seelisch gesund und widmete mich sogleich wieder den wichtigen Dingen im Leben: dem Fischen, guter Musik und einem neuen Buch von Harry Crews.

Die meisten Detectives stoßen in all ihren Berufsjahren nicht auf einen Serienmörder. Lane hatte schon mit einem zu tun gehabt – mit John Wolf, der im Verlauf von zwei Jahrzehnten Dutzende von Menschen umgebracht hatte –, und mehr als hundert hatten mich bis in meine Träume verfolgt. Natürlich konnte ich meiner Tochter zuhören, doch ich wußte nicht, ob ich ihr eine große Hilfe sein würde.

Ich ging zu meinem Schlafzimmer im hinteren Teil des Hauses. Lane kam meistens sehr pünktlich, also hatte ich vielleicht eine Stunde Zeit, um meine nach Fisch riechende Jeans auszuziehen, schnell zu duschen, eine saubere Jeans anzuziehen und mich überhaupt etwas präsentabler zu machen. Ich trank noch einen Schluck Ale und schaltete dann die Alarmanlage aus. Chuck Logan wollte zwei Klafter Brennholz liefern, und ich wollte nicht, daß er oder Lane von heulenden Sirenen begrüßt wurden, wenn sie die Auffahrt hinaufkamen.

Ich hatte die Alarmanlage installiert, sobald ich an den See gezogen war. Damals hatte ich noch immer Angst vor der Welt draußen; ich fühlte mich umgeben von den Geistern und anderen Inkarnationen der Bestien, mit denen ich in all den Jahren gerungen hatte. Ich wollte, *brauchte* einen vollkommen sicheren Rückzugsort.

Ich bewahrte in dem Holzhaus außerdem ein kleines Arsenal von Gewehren, Revolvern und halbautomatischen Pistolen auf. Doch mit der Sicherheit hatte es noch nie Probleme gegeben. Ich bezweifelte, ob ich die Schießeisen überhaupt noch brauchte.

Alles schien unter Kontrolle zu sein, als ich unter die Dusche ging. Ein bißchen verschwommen vielleicht, aber unter Kontrolle, mit der Aussicht auf einen angenehmen Besuch.

Als mir das Wasser über das Gesicht lief, wurde es in meinem Kopf allmählich klarer. Der warme Sprühregen tat meinen Muskeln gut, die seit dem Vortag schmerzten. Ich hatte angefangen, Brennholz für den Winter zu spalten – eine Arbeit, die meine Fähigkeit, Zwiespältigkeit zu ertragen, auf die Probe stellt. Ich muß mich immer dazu zwingen, zu dem Baumstumpf im Wald zu gehen, aber wenn ich einmal anfange, den fünfeinhalb Kilo schweren Spalthammer zu schwingen, finde ich einen Rhythmus, entwickele einen Schwung, der mir das Gefühl gibt, wieder dreißig zu sein. Erst wenn ich mich am nächsten Tag mit Muskelsalbe einreiben muß, weiß ich, daß ich es nicht bin.

Ich trocknete mich ab und zog die Jeans an. Während ich mir die Haare trocken rubbelte, ging ich zu der Schiebetür aus Glas und trat hinaus auf die Veranda. Die Oberfläche des Sees war totenstill. Keine Boote. Nicht einmal ein Fisch, der hochsprang. Typisch für einen Herbsttag.

Ein Lichtfunke rechts von mir fiel mir ins Auge. Als ich die Quelle dieses Lichts sah und erkannte, erstarrte ich – das Handtuch noch in der Hand und den Arm noch nach oben gestreckt. Ich sah, wie ein Mann, der knapp hundert Meter entfernt auf meinem Feld stand, ganz lässig ein Gewehr in Anschlag brachte und dann in meine Richtung zielte.

Ich drehte mich nach links weg und sah, als ich mich auf den Boden warf, kurz das Mündungsfeuer. Der Mistkerl schoß auf mich.

An dem brennenden Schmerz erkannte ich, daß die Kugel mich rechts am Kopf erwischt hatte. Ich hörte den Knall des ersten Schusses, als die zweite Kugel mich seitlich streifte.

Das war kein Jäger, der mich mit seiner Beute verwechselte. Er versuchte mich umzubringen.

Ich knallte auf den Boden, als der dritte Schuß eine Rille in den grauen Schiefer der Veranda riß.

Ich drückte mich am Boden ab, in dem Glauben, ich könnte aufstehen, ins Haus rennen, mir eine Waffe schnappen und das Feuer erwidern. Doch ich konnte mich nicht bewegen.

Meine Welt verblaßte rapide. Ich zitterte vor Kälte. Überall bildeten sich Blutlachen, doch selbst die verblaßten, als ob die Farbe Rot verschwände.

Die verrückten Gedanken, die mir durch den Kopf rasten, schienen keinen Sinn zu ergeben.

Max kam heraus und sah zu, wie sich die Rille im Schiefer mit Blut füllte. Ich erinnere mich noch, daß ich mich fragte, wie lange das Sterben wohl dauern würde.

Dann wurde alles schwarz.

# Lane

Man kann die Fahrt von New York City nach Lake Albert, Michigan, in weniger als einem Tag schaffen, wenn man in einem Rutsch durchfährt. Aber ich wollte weder wie ein Zombie aussehen noch mich so fühlen, wenn ich bei Pop ankam, also beschloß ich, am Freitag nur bis Toledo zu fahren. Toledo ist eine Stunde von Detroit entfernt; Lake Albert liegt zwei Stunden nördlich davon. Ich dachte mir, ich würde pünktlich zum Mittagessen da sein, wenn ich um neun hinter dem Steuer saß. Und das Mittagessen würde es in sich haben, schließlich hält Pop sich für den Galoppierenden Gourmet.

In Toledo stieg ich im Mansion View auf dem Collingwood Boulevard ab – einer viktorianischen Frühstückspension ganz in der Nähe der Interstate, am Rand des Geschäftsviertels der Stadt. Sie erinnerte mich an das Haus in Boston, in dem ich als kleines Mädchen lebte, als meine Mom, Savvy, noch da war. Überall Holzbalken, Sonnenlicht, das durch antike Vorhänge schimmerte, offene Kamine. Vielleicht ein oder zwei Geister.

Ich weiß noch, wie an einem Herbstnachmittag jemand an dem Haus auf dem Beacon Hill klingelte und Savvy die Tür öffnen ging. Ich trottete hinter ihr her, um zu sehen, wer zu Besuch gekommen war. Es war niemand, den wir kannten – nur ein Mann, der etwas verkaufen wollte. Er sah erst Savvy an, dann mich, und fragte, ob die Hausherrin da sei. Er hatte angenommen, Savvy sei die Hausangestellte oder die Babysitterin.

Ich hatte damals noch nichts von Weißen und Schwarzen gehört. Mir war zwar vielleicht aufgefallen, daß die Haut meines Vaters hell und die meiner Mutter eher wie dunkle Schokolade war, aber für mich hatte diese Beobachtung noch nichts mit Rassen zu tun. In der Schule, nicht zu Hause, hörte ich zum ersten Mal, wie mich jemand als »Mischling« bezeichnete, und ich war mir nicht sicher, was das bedeutete. Ich sah mich nicht als Weiße oder Schwarze an – ich wußte nur, daß ich eher die Hautfarbe meines Vaters hatte als die meiner Mutter. Erst viel später erkannte ich, daß es offenbar eine Rolle spielte, welche Hautfarbe jemand hatte.

An dem Tag, als der Vertreter bei uns klingelte und nach der Hausherrin fragte, war mir nicht klar, daß er meine Mutter beleidigt hatte – also begriff ich auch nicht, warum sie ihm die Tür vor der Nase zuschlug. Mir war ihr Verhalten peinlich, und ich fragte mich, warum sie danach so wütend war. Pop benahm sich nie so, also entschied ich, daß er netter sein mußte als Savvy.

Wir lebten in diesem Haus, als ich feststellte, daß das Leben mit Pop von seinen Stimmungen diktiert wurde, die ständig schwankten wie die Nadel eines Lügendetektors. Ich wußte nie, an welchem Ende des Spektrums er sich am nächsten Tag befinden würde. Wenn ich von der Schule nach Hause kam, stürmte ich meist gleich in Pops Arbeitszimmer. Er unterbrach das, was er gerade tat, und wollte hören, wie mein Tag war. Gewöhnlich gingen wir dann irgendwann in die Küche, und er machte eine Kleinigkeit zu essen.

Wenn Ray Bolton – Detective im Bostoner Morddezernat, Pops bester Freund und mein Pate – da war, waren die beiden Männer oft in ein Gespräch über einen Mord vertieft, aber ich wußte, daß ich trotzdem zu ihnen reingehen konnte. Dann schoben Ray und Pop die Tatortfotos weg, machten ihre Aktenordner zu, und wir drei unterhielten uns, spielten Backgammon oder – ein besonderes Vergnügen im Sommer – machten uns auf den Weg zur Tribüne im Fenway Park, um uns ein Spiel der Red Sox anzusehen.

An anderen Tagen aber stürmte Pop ins Haus, sagte nichts und schloß sich in seinem Arbeitszimmer ein. Binnen Sekunden ließ er so laute Musik laufen, daß die Bilder an den Wänden wackelten, und gewöhnlich sah ich ihn nicht vor dem Abendessen wieder (das an solchen Tagen immer das gleiche war: überbackene Käsesandwiches und Halbe-Erbsen-Suppe – offenbar ein unheilvolles Zeichen). Wenn er überhaupt etwas sagte, dann nur so etwas wie: »Lanie, die Leute sind mir echt egal.«

Pop erklärte sich nie, aber manchmal tat Ray es für ihn. »Dein Vater war im Gericht. Richter machen manchmal idiotische Sachen. Nur weil man eine schwarze Robe trägt, ist man nicht gleich Gott, aber manche Richter scheinen das nicht zu begreifen. Dein Vater ist ein Idealist. Er erträgt keine Dummheit, bei niemandem. Ich glaube, er wäre viel glücklicher, wenn er in den Wäldern leben und mit den Backenhörnchen reden würde.«

Das klang gut, fand ich.

Als ich bei der Polizei anfing, dachte ich, die Beziehung zwischen Pop und mir würde enger werden – er würde offener, zugänglicher werden. Ich ging davon aus, daß das, was mich antrieb, auch ihn all die Jahre angetrieben hatte: das Bedürfnis, Mörder festnehmen und vor Gericht zu bringen. Sie von der Straße zu holen und in den Knast zu stecken.

Ich lernte schnell, wie sehr sich die Weltsicht meines Vaters von der meinen unterscheidet. Pop fühlt sich an keinerlei Regeln gebunden, und in seiner Definition von Gerechtigkeit spielt das Strafrechtssystem keine Rolle. Die Brillanz, die ihm ermöglichte, mit solch erschreckender Klarheit in das Innere von Mördern hineinzusehen, formte auch den Mann und seine Sicht der Welt. Ja, eine solch ungeschützte Vertrautheit mit den Tiefen der Gewalt, die in Menschen verborgen sein kann, trug zu einer Einstellung bei, die frei war von Haarspalterei. Man schafft sich seine eigene Gerechtigkeit. Ganz einfach. Doch seit sich Pop in die großen Wälder im Norden zurückgezogen hat, um unter Backenhörnchen, Fischen, Vögeln und Bäumen, aber nicht unter Mördern zu leben, ist er milder geworden – glaube ich.

All diese Dinge gingen mir an dem Samstagmorgen, als ich nach Lake Albert fuhr, durch den Kopf. Aus New York wegzukommen war inzwischen mehr als nur eine gute Idee; es war ein Muß. Ich habe Streß noch nie gut ausgehalten, und ich spürte, daß er allmählich Rekordwerte erreichte. Ich mußte mal weg aus New York, und ich mußte meinen Vater sehen. Ich hatte das Gefühl, daß er mir seit Vermont aus dem Weg ging, und ich wußte, daß es nur noch schlimmer werden würde, wenn wir nicht darüber sprachen.

Ich war eine halbe Stunde hinter Detroit, als ich das rote Warnlicht in meinem Rückspiegel sah. Da ich nicht schneller fuhr als erlaubt, waren sie wohl nicht hinter mir her. Dann fuhr der Wagen der Michigan State Police neben meinen, und der Polizist machte mir ein Zeichen, ich solle rechts ranfahren.

Ich fuhr an den Straßenrand und kurbelte mein Fenster herunter. Der Polizist, der auf mich zukam, sah aus wie Anfang Zwanzig, mit einem Gesicht voller Sommersprossen.

»Was ist los, Officer?« fragte ich.

»Ist Ihr Name Lane Frank?«

Irgendwas war passiert. Niemand außer Pop und meinem Boss, Captain Hanson, wußte, daß ich heute diese Strecke fuhr. Mein Polizistengehirn schaltete sofort in den höchsten Gang.

Ich zückte meine Dienstmarke, stieg aus dem Wagen und starrte hinunter auf die Sonnenbrille des Polizisten. »Officer, ich bin Detective im Morddezernat. Wer hat Sie geschickt? Was ist passiert?«

»Wir sind gebeten worden, Sie aufzuhalten«, sagte er, von meiner Größe – einsdreiundachtzig – offenbar eingeschüchtert.

Er zog ein Blatt Papier aus seiner Tasche und las es, bevor er fortfuhr. »Chief Semple will, daß Sie zum Rathaus fahren, nicht zum Haus Ihres Vaters, wenn Sie nach Lake Albert kommen.«

Buck Semple war der Polizeichef in Lake Albert. Er und Pop waren seit Jahren befreundet.

»Buck? Woher weiß er ...«

»Es ist ein Unfall passiert.«

O nein. Ich war schon lange genug Cop, um zu wissen, daß »Unfall« genau das bedeuten kann: ein Verkehrsunfall oder vielleicht auch nur ein Sturz auf einem schadhaften Bürgersteig. Aber es kann ebensogut ein Euphemismus für den Tod sein.

»Wo ist mein Vater?«

»Tut mir leid. Darüber müssen Sie mit Chief Semple sprechen.«

Oh, mein Gott. Ich setzte mich wieder ins Auto, trat aufs Gaspedal und fädelte mich in den Verkehr ein. Ich weiß nicht, warum ich es so eilig hatte, die schlechte Nachricht zu hören, die mich ganz bestimmt erwartete, aber ich ließ den Tacho bis auf hundertvierzig Stundenkilometer hochschnellen und behielt diese Geschwindigkeit bei.

Was mochte Buck Semple dazu bewogen haben, mich auf dem Weg abfangen zu lassen? Es mußte etwas Schlimmes passiert sein. Ein Herzinfarkt? Nein. Pops Herz war gesund. Außerdem hatte der Polizist von einem »Unfall« gesprochen. Was konnte Pop beim Holzspalten oder Fischen zugestoßen sein?

War er ertrunken? Nein. Pop war ein großartiger Schwimmer, und er kannte jeden Zoll des Sees.

Ich dachte zurück an den Sommer auf Cape Cod, als er mir das Schwimmen beigebracht hatte. Er war so geduldig gewesen – hatte mich im Wasser gehalten, während ich die Züge übte, die er beschrieb. Dann hatte er mich ganz allmählich losgelassen, so daß ich ein bißchen Wasser schluckte, aber glücklich war, es alleine zu schaffen.

Was auch geschehen war – ich wußte, daß ich schnell nach Lake Albert kommen mußte.

Als ich auf den Parkplatz vor der umgebauten Kirche fuhr, die jetzt als Rathaus von Lake Albert diente, stand Buck Semple am Straßenrand und wartete auf mich.

»Er wird schon wieder«, sagte er mit erhobenen Händen und nach außen gedrehten Handflächen, als rechnete er damit, daß ich aus dem Auto stürzen und ihn gleich anbrüllen würde.

»Was ist passiert?« fragte ich, selber erstaunt, wie gefaßt meine Stimme klang.

»Er hat ein paar oberflächliche Verletzungen durch Schüsse aus einem Jagdgewehr erlitten. Eine Kugel hat ihn an der Seite gestreift, die andere am Kopf. Ein Typ aus der Nachbarschaft, der Brennholz liefern wollte, hat ihn gefunden. Es war 'ne Menge Blut da, aber Doc Grissom sagt, es sah schlimmer aus, als es ist.«

»Angeschossen? Was? Wer hat ihn angeschossen?«

»Das wissen wir noch nicht. Deshalb wollte ich auch nicht, daß du zum Haus fährst. Derjenige, der ihn angeschossen hat, schleicht möglicherweise immer noch da rum.«

»Wo ist Pop?«

»Im County Hospital.«

»Wie komm' ich dahin?« Ich drehte mich schon wieder zu meinem Auto um.

»Ich fahre«, sagte Buck. »Wir brauchen wahrscheinlich unsere vereinten Kräfte, um ihn davon abzuhalten, da rauszugehen. Sie haben ihn ruhiggestellt, daher ist er nur ab und zu bei Bewußtsein. Er sagt, er will nach Hause.«

Als Buck mir sagte, daß Pop angeschossen worden war, dachte ich zuerst, ein übereifriger Jäger hätte ihn für ein Reh gehalten. Dann überlegte ich mir, daß irgendein Verrückter ihn sich willkürlich als Opfer ausgesucht hatte – eine dieser perversen Taten, über die jeden Tag bei CNN berichtet wird. »Es kann kein Verrückter gewesen sein, der Pop zufällig getroffen hat«, sagte ich zu Buck. »Schließlich hat er ja *zweimal* geschossen.«

»Dreimal«, erklärte Buck. »Die dritte Kugel hat eine Rille in die Veranda gerissen. Lucas sagt, der Täter wollte ihn umbringen. Wir betrachten es als versuchten Mord.«

Er fuhr auf die Landstraße in Richtung Norden.

»Er hat geholfen, eine Menge Mörder hinter Gitter zu bringen«, sagte ich. Im Geiste erstellte ich schon eine Liste der Dinge, die überprüft werden mußten. »Wie sieht's mit Häftlingen aus, die geflüchtet oder auf Bewährung freigekommen sind?«

»Ist in Arbeit.«

Ein paar Minuten fuhren wir schweigend weiter. Die Straßenschilder, Leitplanken und Bäume nahm ich nur verschwommen war.

»Wenn ich Pop gesehen hab', will ich mir das Haus anschauen.«

Er drehte sich um und sah mir in die Augen. »Du darfst dich da nicht hineinziehen lassen, Lane.«

Ich spürte Wut in mir aufsteigen. »Ich bin doch schon hineingezogen. Er ist mein Vater. Ich bin Polizistin.«

Auch Buck regte sich auf. »Ich kümmer' mich um die Ermittlungen, Lane. Du kümmerst dich um deinen Vater.«

Ich sagte nichts weiter. Ich wußte, daß es keinen Sinn hatte, sich mit Buck zu streiten. Doch im Geiste machte ich mich schon daran, meine eigenen Ermittlungen zu organisieren.

# Pop

Ich war in einem County Hospital im Norden von Michigan.

Als die Berührung mit der Realität mich umspülte und sich wieder zurückzog, war ich wieder ein Junge und angelte im Meer vor Hull, Massachusetts. Ich stand unter Beruhigungsmitteln, spielte mit den Rändern des Bewußtseins. Meine Meeresbrise führte den beißenden Geruch von Desinfektionsmitteln mit sich.

Ich schob einen roten Kahn vom Sand in die flachen Brecher der Ebbe, stieg hinein und zog die Ruder durch die Wellen. Eine Viertelmeile. Eine halbe Meile. Die Häuser, die die Beach Avenue säumten, wurden kleiner. Eine Meile.

Ich brachte keinen Anker aus – ließ mich einfach treiben. Die Strömung und der Wind trieben mich erst nach Süden, dann nach Norden. Ich machte mir keine Sorgen darüber, nach Osten ins offene Meer getrieben zu werden. Die Strömung war nicht so stark, und die herrschenden Winde wehten aus der Gegenrichtung.

Ich sah alles so genau vor mir. Ich wußte, daß ich da war, und gleichzeitig wußte ich, daß ich nicht da war.

Das seichte Wasser lag hinter mir, und das Land war ein dünner Streifen am Horizont. Dünungen des Ozeans schaukelten das Boot zwischen zwei Reihen Hummerbojen sanft hin und her.

Ausgerüstet mit einer ultraleichten Spinnrute und einer Mitchell-300-Rolle mit Angelschnur, die bis zu zwei Pfund aushält, warf ich ein paarmal einen Makrelen-Heintzblinker, einen schlanken Silberköder, der so geformt ist, daß er sich wie ein schneller Fisch durchs Wasser bewegt. Ich versuchte es mit einem kurzen Wurf und landete sofort einen Treffer. Der Fisch zog hart nach links, tauchte einmal ab und gab dann dem stetigen Druck, den ich ausübte, nach. Ich zog eine zappelnde, zwei Pfund schwere Makrele an Bord.

Ein zweiter und ein dritter Fisch – alle etwa gleich groß – folgten kurz hintereinander. Plötzlich, ohne Vorwarnung, fing die ruhige Oberfläche des Ozeans an zu brodeln. Es mußte ein großer Schwarm sein. Ich hatte wieder einen Fisch an der Angel – dieser zog nach rechts –, als plötzlich noch etwas an der Schnur zog.

Die Angelrute bog sich in der Mitte durch, und die Rolle sirrte, als der Fisch die Schnur von der Spule zog. Die dünne Schnur riß.

»Was zum Teufel war das?« sagte ich laut.

Ich sah hinaus auf das Wasser, das jetzt ganz aufgewühlt war. Plötzlich überlief es mich kalt, als mir klar wurde: Der Jäger war zum Gejagten geworden. Blaufische, besessene Killermaschinen mit messerscharfen Zähnen, jagten und verschlangen die Makrelen, genau wie der kleinere Raubfisch die Elritzen jagte.

Ich nahm die Spule mit der Angelschnur heraus und legte eine für acht Pfund geeignete ein. Ich fand ein Vorfach und einen Haken, der ungefähr die richtige Größe zu haben schien. Dann nahm ich mein Fischmesser und schnitt ein langes, blutiges Stück aus der Seite einer Makrele heraus. Ich warf die neue Schnur mit dem Köder in die Mitte des Strudels und sah zu, wie sie langsam pendelnd durch das klare Wasser nach unten sank. Diesmal kam der Lichtstreifen von unten. Er sah grau aus, nicht silbern, und ich spürte den Ruck an der Schnur. Ich lehnte mich zurück – ich setzte den Haken, indem ich mehrmals kräftig an der Angelrute zog, und sah zu, wie der Blaufisch durchs Wasser schoß. Jedesmal wenn ich dachte, er wäre müde, ich hätte ihn überwältigt, legte er noch einmal von vorne los.

Als ich ihn endlich neben dem Boot hatte, waren meine Arme erschöpft, fast nicht mehr zu gebrauchen. Ich hielt ein

Netz unter ihm ins Wasser, während mir der Schweiß den Nacken hinunterströmte. Ich schätzte, daß ich einen Blaufisch von etwa sechs Pfund an der Angel hatte.

Als ich ihn ins Boot zerrte, schienen mich die stumpfen grauen Augen des Fisches anzusehen. Das Maul schnappte immer wieder auf und zu, als versuche der Blaufisch, meinen Unterarm mit seinen Zähnen zu packen. Dann tat er es tatsächlich.

Ich sah, wie mir das Blut über den Arm floß.

»Das ist nicht wahr«, rief ich.

Ich hörte eine Stimme sagen: »Pop, laß das.«

Meine Augen öffneten sich. Lane und ich kämpften um den Tropf in meinem rechten Arm. Ich versuchte die Kanüle herauszuziehen.

»Pop?«

»Okay.«

»Laß das.«

»Seine Zähne«, erklärte ich.

»Du hast bestimmt geträumt.«

»Ja.«

»Bist du jetzt wach?«

»Ich weiß nicht.«

Ich wußte es wirklich nicht. »Ich hab' Nebel vor dem Bug«, sagte ich und fing an zu lachen, hörte aber wieder auf, weil es weh tat.

»Jemand hat dich angeschossen, Pop.«

Die Stimme meiner Tochter hatte einen dringlichen Unterton. Sie versuchte mir etwas zu sagen, das ich unbedingt erfahren mußte. Der Nebel lichtete sich. Der Bug verschwand. Ich war kein Kind mehr. Ich war ein fünfundfünzigjähriger Mann, der mit einem Handtuch in der Hand aus seiner Hintertür kam und auf die unbewegte Oberfläche des Lake Albert blickte. Dann sah ich, wie sich auf den Fliesen vor meiner Nase Blutlachen bildeten.

»Jemand hat mich angeschossen«, wiederholte ich wie ein Papagei.

»Genau.«

»Wo bin ich?«

»Im County Hospital.«

»Wieviel Uhr ist es?«

»Kurz nach Mitternacht.«

Alles verschwamm und wurde plötzlich wieder scharf.

»Lane?«

»Ich bin hier, Pop. Ich wünschte, du wärst auch hier.«

Dann lachte ich doch. »Ich bin hier. Scheiße. Was haben die mir gegeben?«

»Demerol.«

In meinem Kopf wurde es allmählich klarer. »Das erklärt den Angeltrip. Was für ein Traum. Wer hat mich angeschossen?«

Lane zuckte mit den Schultern und schüttelte den Kopf, während sie mir eine Tasse mit Eiswürfeln reichte.

»Wo bin ich getroffen worden? An der Seite?«

»Doc Grissom sagt, es ist bei weitem nicht so schlimm wie beim Attentat Hinckleys auf Reagan. Die zweite Kugel hat dich seitlich am Kopf gestreift. Du hast dich bewegt.«

»Warte. Es fällt mir wieder ein«, sagte ich und wünschte, ich hätte ein ganz schlichtes Glas Wasser. »Das Sonnenlicht wurde vom Zielfernrohr reflektiert.«

Ich sah den Lichtblitz, spürte das feuchte Handtuch in meiner Hand, sah, wie der Mann sein Gewehr ganz lässig zum Schießen absenkte. Der Bastard wußte genau, was er tat. »Er wollte mich umbringen.«

Mir fielen auch die verrückten Gedanken wieder ein, die mir durch den Kopf gegangen waren – der Text eines Liedes, das ich seit Jahren nicht mehr gehört hatte: »Killing Floor« von Chester Arthur Burnett. Sonderbar.

»Er war oben auf dem Feld am Zaun. War Buck hier?«

»Er hat mich hierhergebracht. Offenbar warst du immerhin soweit bei Bewußtsein, daß du ihm sagen konntest, daß ich wohl in Toledo übernachtet hatte. Er ließ mich von der State Police abfangen. Als ich das letzte Mal von ihm hörte, war er noch immer oben an deinem Haus. Er hat einmal angerufen.«

»Hat irgendwer Janet informiert?«

Lane und Janet Orr waren sich nur einmal begegnet. Die beiden schienen miteinander klarzukommen, aber ich spürte, daß sie sich etwas unwohl fühlten. Savvy und ich sind trotz der Jahre und der Tausende von Meilen zwischen uns noch immer verheiratet. Ich glaube, Lane hat die Hoffnung nicht aufgegeben, daß wir wieder zusammenkommen, und ich glaube, sie sah in der Beziehung zwischen Janet und mir mehr, als da wirklich war.

»Ich hab' sie nicht gesehen«, sagte Lane. »Ich weiß nicht, ob Buck sie angerufen hat. 'n paar andere Leute sind hier gewesen. Chuck Logans Frau hat die Blumen gebracht.«

Ich warf einen Blick auf den Wildblumenstrauß auf dem Tisch rechts von mir. »Wie lange muß ich hier an dem Ding hängen?«

»Pop ...«

»Bei den Drogen, dem Zeug, das die in mich reinpumpen, glaub' ich kaum, daß ich lange wachbleiben werde. Reden wir also Klartext. Was hat die Ärztin gesagt, außer daß sie mich mit einem schlechten Schauspieler verglichen hat?«

»Sie hat gesagt, sie will, daß du morgen früh auf den Beinen bist. Und vielleicht ...«

«Wenn es keine Komplikationen gibt«, sagte ich. Ich war mir völlig bewußt, daß ich am Tropf hing.

»*Wenn es keine Komplikationen gibt*, kannst du in ein oder zwei Tagen nach Hause gehen.«

»Wahrscheinlich hat die Versicherung sie beauftragt, mich hier rauszuschmeißen. Einverstanden. Ich hab' sowieso nicht viel übrig für das Stahl- und Vinylambiente hier. Weiß Buck, daß es kein Unfall war?«

»Das hast du ihm schon mitgeteilt. Er sagt, er behandelt es als versuchten Mord.«

»Klingt so, als würdest du's überleben«, sagte Buck Semple, als er ins Zimmer kam.

Semple hatte fünfundzwanzig Jahre bei der Massachusetts State Police gearbeitet, hatte dann dort aufgehört und die Stelle des Leiters der Polizei von Lake Albert übernommen – einem Drei-Personen-Betrieb (zwei davon waren Teilzeitkräfte). Obwohl ich meine Praxis in der Bostoner Gegend hatte, waren Buck und ich uns dort nie begegnet. Er ist ein großer, schlanker Mann mit einem Bürstenhaarschnitt wie aus den fünfziger Jahren – einer jener Cops, denen die Arbeit als Gesetzeshüter im Blut steckt. Im Laufe der Jahre hatte er mich ein paarmal in meinem Haus besucht und mich gebeten, ihm bei der Aufklärung einer Serie von Vergewaltigungen und eines besonders abscheulichen Mordes zu helfen. Wenn ich zweimal im Monat ins Dorf fuhr, aßen Buck und ich meistens im Lake Albert Diner zu Mittag.

»Es war kein guter Tag zum Sterben«, murmelte ich.

Vor vielen Jahren hatte ich irgendwo gelesen, daß ein Stammeshäuptling der amerikanischen Ureinwohner – vielleicht war es Crazy Horse – gesagt hatte, jeder Tag sei ein guter Tag zum Sterben. Dadurch drücke man Respekt vor dem Leben aus.

»Die Ärztin hat gesagt, daß es noch 'ne Weile weh tut«, sagte Buck. »Du hast Glück gehabt.«

»Hm. Hast du da draußen irgendwas gefunden?«

»Ich hab' das plattgetretene Gras gesehen, wo er vom Zaun gekommen ist, und die Stelle, wo er gestanden und gewartet hat. Das ist so ziemlich alles. Ich hab' versucht, seinen Weg zur North Road zurückzuverfolgen, aber der Typ kennt sich in den Wäldern aus. Er hat kaum eine Spur hinterlassen.«

Lane sagte etwas, aber ich hörte es nicht. Ich driftete weg – nicht in den Schlaf, sondern an einen Ort, den mein Inneres oft besucht. Eine Kammer, die gleichzeitig offen und abgeschlossen ist, erfüllt von Chaos und Kontrolle.

Paradox. Mein Lebenssaft.

Ich war erschöpft, verlor die Kontrolle und versuchte verzweifelt zu verstehen, was passiert war. Warum war ich hier? Mein Inneres stieß unsanft auf eine trostlose Realität, die keinen Sinn ergab.

Es ging los.

Das war es, was mein Traum von dem Blaufisch mir hatte sagen wollen.

Der Jäger war zum Gejagten geworden.

Es war ein schreckliches Gefühl.

# Lane

Als Pop aufwachte, fragte er: »Wo ist Buck hin?«

»Das ist schon Stunden her, Pop.«

Pop sah verärgert aus und klang auch so. »Normalerweise macht es mir nichts aus, wenn ich nicht weiß, welcher Tag oder wieviel Uhr es ist. Aber jetzt kotzt es mich an. Ich will zurück an den See. Buck ist ein guter Kerl und ein anständiger Cop, aber ich muß mir das selbst ansehn.«

»Das letzte, was er gesagt hat, war, daß ich mich bloß aus den Ermittlungen raushalten soll. Das war schon das zweite Mal, daß er mich gewarnt hat, Pop. Außerdem, woher weißt du, daß der Täter nicht zurückkommt und dich ganz erledigt?«

»Im Augenblick weiß ich überhaupt nichts.«

Ich beließ es dabei. Wir waren beide frustriert, und momentan wußte niemand irgend etwas. Es war Zeit, ein paar Dinge herauszufinden.

Ich ließ mich von einer Krankenschwester mitnehmen, die nach Lake Albert Village fuhr. Dann stieg ich in mein Auto, das noch auf dem Parkplatz vor dem Rathaus stand, und fuhr um die Südseite des Sees herum, am Bootshafen vorbei, bis ich ein Motel fand – Paul's Lakeside Motel. Es bestand aus lauter einzelnen Hütten, jede mit einem eigenen kleinen, von Kiefern abgeschirmten Strand. Ich bekam die letzte Hütte am Ende eines beleuchteten Verbindungsstegs aus Eisenbahnschwellen, die in die natürliche Böschung geschlagen worden waren.

Ich trug meinen Koffer hinein und öffnete ihn. Das einzige, was ich wollte, war der 38er Colt, den ich eingepackt hatte. Ich streifte mir das Holster über den Gürtel und steckte die Waffe an ihren Platz auf meiner rechten Hüfte. Dann fuhr ich zurück zum Krankenhaus und schlief auf dem Stuhl neben Pops Bett ein. Als am nächsten Morgen die Frühstückstabletts verteilt wurden, war Pop so streitsüchtig, daß ich mir dachte, es wäre kein Risiko, sondern ein Vergnügen, für ein paar Stunden aus dem Krankenhaus zu flüchten.

Doc Grissom hatte beschlossen, ihn noch einen Tag dazubehalten. »Die Krankenversicherung schickt ihr wahrscheinlich einen Killer«, brummte Pop. »Ist sie wirklich sicher, daß ich von genug Kugeln getroffen wurde, um noch einen Tagessatz zu kosten? Vielleicht sollte ich mich vorsichtshalber selbst noch 'n paarmal anschießen.«

»Ich brauch' 'nen anständigen Kaffee«, log ich und ging zur Tür, »und hier drinnen krieg' ich bestimmt keinen.«

Ich fuhr hinaus zum Lake Albert. Etwas, das Pop gesagt hatte, ging mir nicht aus dem Kopf. Er hatte geschildert, wie er aus seiner Hintertür gekommen war und gesehen hatte, wie das Sonnenlicht von einem Zielfernrohr zurückgeworfen wurde. Die Reflexion kam aus der Nähe des Zauns, oben auf dem Hügel. Ich wollte da raufgehen und mich ein bißchen umsehen.

Ich hatte keine Schwierigkeiten, das plattgetretene Gras zu finden, von dem Buck gesprochen hatte. Es war später Morgen, als ich anfing, auf dem Feld hin- und herzugehen und den Boden zu inspizieren. Ich ging den ganzen Zaun entlang, trat dann einen halben Schritt zurück und ging dieselbe Strecke noch mal. Das Ganze machte ich so um die zwanzigmal. Nichts.

Pops Kater Max kam über das Feld spaziert und strich mir, eine Acht beschreibend, um die Beine. Endlich ein bißchen Gesellschaft. »Hey, großer Junge«, sagte ich. »Ich wette, niemand hat daran gedacht, dich zu füttern.«

Ich hob den gut sieben Kilo schweren Kater auf und ging zum Haus. Als ich mit meinem Schlüssel die Seitentür aufschloß, sprang Max hinunter und führte mich zu seinen Näpfen in der Küche. Ich gab ihm etwas Trockenfutter und frisches Trinkwasser.

Es war ein merkwürdiges Gefühl, in dem Haus zu sein, ohne daß Pop da war. Dieser Ort war wie ein Stück seines Lebens, das plötzlich unterbrochen worden war. Sein Schlüsselbund, seine Brieftasche und sein Kleingeld lagen auf der Küchentheke. Die neuesten Rechnungen lagen in einem Korb. Eine offene Schachtel Knoblauchcracker war da, zwei leere Aleflaschen und auf dem Herd ein Topf mit verbrannter Pastasauce. Seine ledernen Arbeitshandschuhe lagen zerknautscht auf einem Schemel.

Ich lächelte, als mein Blick auf ein rundes, vom Meer poliertes Stück Granit auf seinem Gewürzregal fiel. Pop hatte den Stein von der Größe eines Baseballs von einem mittellosen Patienten als Bezahlung für seine Dienste angenommen. Er hatte ihn all die Jahre aufgehoben. Ich erinnerte mich, daß Patienten ihn auch schon mal mit Körben voll Tomaten aus ihrem Garten oder Gläsern mit eingelegten Bohnen nach einem Familienrezept bezahlt hatten.

Ich schlenderte in den rückwärtigen Teil des Hauses, wo die Schalttafel für die Alarmanlage war. Wenn die Anlage ausgeschaltet war, wie jetzt, leuchtete auf der Tafel ein grünes Lämpchen. Ich betätigte den Schalter, so daß die Anlage mit Strom versorgt wurde. Das grüne Lämpchen ging aus, und ein rotes leuchtete auf. Es war ganz einfach.

Ich schaltete die Alarmanlage wieder aus, ging zum Fenster und sah hinunter auf die Einfahrt. Ich wußte, daß auf einem Pfosten in der Nähe des Eingangs ein kleiner Sensor war, der irgend etwas mit der Alarmanlage zu tun hatte. Ja, dort war er, kaum sichtbar, an der südöstlichen Ecke des Feldes – ein winziges, grünes Lämpchen. Es war gegenüber vom Haus, so daß es von niemandem gesehen werden konnte, der die Einfahrt hinaufkam, sich von Osten durch die Wälder näherte oder in einem Boot auf dem See war. Mit einem Fernglas konnte man es vom oberen Teil des Feldes aus, wo der Täter gestanden hatte, gut sehen.

Wer auch immer es sein mochte, der von der Hügelkette im Norden hierher gekommen war – er mußte gut in Form sein. Von der North Lake Road bis zu Pops Grundstück war es ein mindestens drei Kilometer langer Fußmarsch über Felsen und durch dichten Wald.

»Der Scheißkerl wußte, was er wollte«, murmelte ich, ging hinaus und schloß die Tür ab.

Ich hörte die gedämpften Geräusche des Krankenhauses, während ich mich halbbewußt durch meine Tagträume treiben ließ.

Vor meinen Augen rasten Gesichter vorbei; manche stießen zusammen, andere verschmolzen miteinander. Ich erkannte einen Mann, doch zuerst konnte ich mich nicht erinnern, wie er hieß. Er bewegte sich von mir weg, als es mir einfiel und ich ihn rief. Er drehte sich nicht um.

Dann stürmte Lane ins Zimmer.

»War Morgan Wylie nicht der, der all die Kinder umgebracht hat?« fragte sie.

»Wylie? Ja. Warum?«

»Als ich reingekommen bin, hast du seinen Namen gemurmelt. Warum hast du wohl an ihn gedacht?«

Gute Frage. Ich hatte seit Jahren nicht mehr an Wylie gedacht. Ich schüttelte den Kopf. »Als ich meine Praxis zumachte, dachte ich, ich würde alles hinter mir lassen. Ich glaube, manchmal täuschen wir uns selbst am allerbesten.«

»Ach, komm schon, Pop, hör auf mit dem Blödsinn. Ich will wissen, was es mit Morgan Wylie auf sich hat. Was hast du getan?«

Sie wollte wissen, ob ich noch einen Mord begangen hatte. Sich subtil auszudrücken, ist eine Kunst, die Lane noch nicht beherrscht.

Ich schloß die Augen. »Der Mörder ließ die Kinder nackt liegen, aber sie hatten immer Socken an. Er wollte nicht, daß sie kalte Füße bekamen. Nicht, weil er ein netter Mensch war. Es war eine Projektion. Er fror ständig an den Füßen, weil er Durchblutungsstörungen hatte – genau wie sein Vater, dem schließlich ein Fuß amputiert werden mußte. Morgan Wylie trug Schuhe, die ihm eine Nummer zu groß waren, damit er mehrere Socken übereinander tragen konnte. Seit Jahren waren die Ermittler ihm schon auf der Spur. Sie hatten ihn ein halbes Dutzend Mal verhört. Er hatte sogar einen Lügendetektortest bestanden. Ich verbrachte ein paar Stunden mit ihm. Erzählte ihm, daß Durchblutungsstörungen durch Schuldgefühle noch schlimmer würden und daß es meist auf eine Amputation hinausliefe. Ich sagte, es gebe Studien, die belegten, daß Menschen, die ihr Gewissen erleichterten, ihre Füße behalten konnten. Wylie wollte seine Füße nicht verlieren, also gestand er.«

Ich holte tief Luft, atmete wieder aus und öffnete die Augen. »Es ging darum, eine andere Realität für ihn zu erschaffen.«

In meinem Kopf pochte es. Meine nächste Dosis Demerol war fällig, aber ich wollte sie nicht. Mein Körper mußte heilen, und meine Gedanken mußten klarer werden. »Der Staat Texas hat ihn vor vielen Jahren hingerichtet. Ich weiß nicht, warum er jetzt wieder in meinem Kopf herumspukt, aber ich bin sicher, daß es dafür einen Grund gibt.«

Buck Semple knurrte Lane an, noch bevor er ganz im Zimmer war. »Du bist oben am See gesehen worden«, rief er. »Ich hab' dir zweimal gesagt, du sollst dich raushalten.«

»Sie ist Polizistin, Buck«, sagte ich zu ihm. »Detective im Morddezernat. Wie ich gehört habe, macht sie ihren Job gut.«

»Lane, halt dich bloß aus dem Fall raus«, bellte er.

»Das kann ich nicht, Buck«, sagte sie, stand auf und verließ das Zimmer.

Ich lachte leise in mich hinein. Ich konnte kaum glauben, daß ich mich mit diesen beiden abgeben mußte.

Semples Zorn richtete sich gegen mich. »Ich hab' ein paar Dinge darüber gehört, was vor etwa einem Jahr passiert ist. Du arbeitest nicht mit den Exekutivbehörden zusammen, Lucas. Die müssen hinterherlatschen, während du dein Ding machst. Lane fängt jetzt mit demselben Scheiß an, aber so funktioniert das System nicht.«

Ich wollte Buck sagen, daß das System überhaupt nicht funktionierte, aber ich überlegte es mir anders. Er war ja ohnehin schon ziemlich aufgebracht.

Die Polizei – sowohl die örtliche als auch die Bundespolizei – arbeitet linear. Wenn eine Methode nicht im Handbuch steht – wenn sie den Test harter, unnachgiebiger Logik nicht besteht –, wird sie nicht verwendet. Der Instinkt spielt keine Rolle.

Die Gerichte sind noch schlimmer – wahre Theater des Absurden, mit Zeugen, die ihre Rollen einstudiert haben wie Schauspieler, und Beweismitteln, die kaum mehr sind als bessere Requisiten. Vom Fernsehen übertragene Prozesse haben bessere Einschaltquoten als nachmittägliche Soap-Operas.

»Lane wird deine Ermittlungen nicht behindern«, erklärte ich Semple. »Sie könnte dir eine Hilfe sein. Ich bin derjenige, der eine Nervensäge für dich sein könnte, aber ich kann ja im Augenblick überhaupt nichts machen.«

»Du hast die Alarmanlage abgeschaltet«, sagte Buck. »An dem Nachmittag, an dem du angeschossen wurdest.«

»Ja, ja, das hab' ich gemacht. Chuck wollte Holz bringen. Lane wollte kommen. Ich war gerade auf dem Weg unter die Dusche.«

»Woher hat der Täter das gewußt?«

Ich habe kein Telefon, das man anzapfen könnte. Ich benutze die Dinger nicht. Seit zwei Wochen war niemand mehr zum Haus gekommen. Mein Fax benutze ich nur ab und zu.

»Ich weiß nicht.«

»Jemand, den du hinter Gitter gebracht hast?«

»Manche meiner Patienten waren nicht gerade in mich verliebt. Also ja, vielleicht. Ich weiß nicht. Im Haus hab' ich ein paar Disketten mit Listen der Gefährlichen und der Wahnsinnigen.«

Er erinnerte mich daran, daß dies sein Fall war, sagte mir, ich würde von ihm hören, und stampfte hinaus.

Lange nachdem Buck – nur bis zu einem gewissen Grad beschwichtigt – gegangen war, starrte ich noch an die Decke. Der Chief war zwar miesepetrig gewesen, aber er hatte ein Gespräch unterbrochen, das in eine Richtung lief, in die ich nicht wollte.

Meine Tochter hatte das Bedürfnis, über Dinge zu sprechen, die mir vor zwei Tagen noch ganz klar gewesen waren – doch jetzt waren sie es nicht mehr. Das ließ nichts Gutes ahnen.

Am frühen Nachmittag des folgenden Tages machten Lane und ich uns auf den Weg zu meinem Haus am See. Buck wollte uns dort nicht haben, aber ich ließ mich nicht aus meinem eigenen Haus vertreiben.

»Ihr könntet am Ende beide zur Zielscheibe werden«, hatte er gesagt. »Wir wissen nicht, womit wir es hier zu tun haben.«

Natürlich hatte er recht. Ich hatte das Gefühl, ich müßte etwas von meinem unbenutzten Arsenal einsatzbereit machen, aber in Bucks Version eines Zeugenschutzprogrammes im Lakeside Motel würde ich mich bestimmt nicht aufnehmen lassen.

Ich hatte Schwierigkeiten, mich in Lanes kleines Auto zu quetschen, und ich bekam Schmerzen davon, in ihrer Sardinendose auf den unbefestigten Straßen herumzuhüpfen. »Warum hast du nicht den Jeep genommen? Oder dir 'nen größeren Wagen gekauft?« beschwerte ich mich.

»Das hätte in der Stadt überhaupt keinen Sinn. Wir sind bald da.«

»Nicht bald genug«, sagte ich und hielt mich an dem Griff über meinem Kopf fest, als hinge mein Leben davon ab. Das tat es tatsächlich. »Hat Buck das Haus inspiziert?«

»Ja, heute morgen.«

»Wir bleiben nicht lange da. Ein paar Tage vielleicht.«

»Wovon sprichst du?«

»In meinem Horoskop stand, ich würde bald eine Reise machen.«

»Das Zeug liest du?«

»Mit Inbrunst. Das und die Comics. Der Rest der Zeitung ist nichts wert.«

»Glaubst du daran – an die Horoskope?«

»Ungefähr so, wie ich an die Comics glaube. Sie sind unterhaltsamer, als zu lesen, wie Washington immer neue Methoden erfindet, die Armen, die Behinderten und die Alten zu bescheißen.«

Ein paar Minuten fuhren wir schweigend weiter; dann sagte Lane: »Pop, wir haben es hier nicht mit irgendeinem Arsch zu tun, der um den See läuft und durch die Gegend ballert. Der Typ hat auf dich geschossen, und wir haben keine Ahnung, wer zum Teufel er ist. Was sollen wir machen?«

Ich betrachtete Lanes Profil, sah zu, wie sie sich die Haare aus dem Gesicht strich. Sie war nach Lake Albert gekommen, um sich zu entspannen – ein bißchen zu angeln und Sonne zu tanken – und um mit ihrem Alten ein ernstes Gespräch über sein mörderisches Verhalten zu führen. Statt dessen war ich bei ihrer Ankunft im Krankenhaus gewesen, das Haus war der Schauplatz eines Verbrechens, und niemand hatte irgendeine Ahnung, was für ein mörderischer Schuft in den Wäldern herumschlich. Es war kein Wunder, daß sich Lane nicht mehr ganz unter Kontrolle hatte.

»Ich brauche ein bißchen Zeit«, sagte ich sanft. »Wir werden den Bastard schnappen, aber ich muß es auf meine Art tun.«

Sie nickte und sah zu mir herüber. »Ich bin einfach nur fertig mit den Nerven, Pop.«

»Lane, ich habe gesagt, daß ich bald auf eine Reise gehe,

weil ich überzeugt bin, daß der Täter nicht von hier ist. Als es in meinem Kopf wieder etwas klarer war, hab' ich ein bißchen nachdenken können. In den fast sechs Jahren, die ich jetzt am See lebe, habe ich Buck, Janet, Chuck Logan und ein paar der örtlichen Ladenbesitzer kennengelernt. Damit hört es auch schon auf. Außer Buck und Janet wissen die Leute hier allerhöchstens, daß ich Psychiater im Ruhestand bin, mehr nicht. Sie respektieren die Privatsphäre der anderen. Der Typ ist mit einem klaren Ziel hierhergekommen: Lucas Frank umzubringen. Ich glaube, er wollte so wenig Aufmerksamkeit wie möglich auf sich lenken, seinen Job erledigen und sich aus dem Staub machen. Also ...«

Sie warf mir einen kurzen, ungläubigen Blick zu. »Also was? Du willst die Verfolgung aufnehmen?«

»Ich hoffe, dazu kommt es nicht«, sagte ich.

»Aber möglicherweise doch?«

Sie fuhr auf den Hof, hielt an und drehte den Zündschlüssel herum.

»Möglicherweise doch«, sagte ich. »Könntest du schon mal aufschließen? Ich will runtergehen und mir meinen See anschauen.«

Ich hatte Schwierigkeiten, aus dem Auto auszusteigen, und Lane kam herum und half mir.

»Ich komm' gleich nach«, sagte ich.

Ich ging hinunter zum Anlegeplatz. Ein kalter Wind blies vom nördlichen Ende des Lake Albert. Es war Oktober, der Himmel war weit und klar – es war noch zu früh für einen eisigen Sturm aus Kanada. Dennoch wühlte der Wind die Oberfläche des Sees zu einem Schaum aus Wellen mit weißen Kronen auf.

Ich sah hinüber zu dem mit Schindeln verkleideten Haus von Janet Orr, dann nach Norden zu der Hügelkette, von der aus der Täter wahrscheinlich seinen Marsch zu meinem Haus begonnen hatte.

*Wer bist du?*

Der Wind peitschte mir durch die Haare. Wer auch immer es war – er hatte mich beinahe erwischt.

*Der Tod kommt zu Besuch, aber er muß mit leeren Händen wieder gehen.*

»Darüber kannst du nicht besonders froh gewesen sein«, murmelte ich.

Ich verließ das windige Ufer und ging über das Gras ins Haus. Lane hatte schon die Bettdecke für mich zurückgeschlagen. »Ich will erst duschen«, sagte ich. »Ich fühl' mich, als wär' ich ganz voller Schleim.«

»Wo sind die Disketten, die Ginger dir schickt?« fragte sie.

Ginger, meine frühere Sekretärin in Boston, war eine leidenschaftliche Bewunderin des Programms zur Ergreifung von Gewaltverbrechern und fand, ich sollte eine eigene Datei mit abnormen Personen haben. Sie schickte mir noch immer regelmäßig Updates.

»Die Päckchen liegen da drinnen neben dem Computer. Ich glaub', ich hab' noch nie eins aufgemacht.«

Ich hörte Lane herumnörgeln, als ich ins Bad ging. »Wo ist meine Ivory?« rief ich. »Ich will keine stinkige Seife.«

Sie hatte Leonard Cohen aufgelegt und konnte mich nicht hören. Ich sah im Abfalleimer nach, fand meine Seife und warf das blumige Zeug weg. Ich konnte es kaum fassen, daß sie sich so schnell an der Seife zu schaffen gemacht hatte.

Ich trocknete mich ab, zog mir eine Jogginghose an und kuschelte mich ins Bett. Ich muß innerhalb von Sekunden eingeschlafen sein, und ich glaube, ich drehte mich nicht ein einziges Mal herum. Das nächste, was ich mitbekam, war ein Schwarm Meisen, die in der Morgensonne vor meinem Fenster ein Orchester aus Flöten und Pfeifen imitierten.

# Lane

In der Nacht ging ich in Pops Zimmer. Er lag ganz ruhig und friedlich da und schlief »den Schlaf eines Kindes«, wie er es immer nannte. Ich stand im Dunkeln am Fußende seines Bettes und fragte mich, was mein Vater wohl für Träume hatte. Dann dachte ich mir, daß er körperlich so erschöpft war, daß er vermutlich überhaupt nicht träumte.

Am Morgen stand ich mit den Vögeln auf, setzte Kaffee auf und beschloß, mich an Pops Computerdatenbank, die ich auf meinem Laptop installiert hatte, zu versuchen. Leonard Cohen brummte etwas über das Chelsea Hotel, als Pop ins Arbeitszimmer kam.

»Wie fühlst du dich?« fragte ich.

»Besser. Ich hätte nicht gedacht, daß ich die ganze Nacht schlafen würde. Wahrscheinlich brauchte ich einfach mein eigenes Bett. Rieche ich Kaffee?«

«Ich hab' 'ne Kanne gemacht. Setz dich, ich bring' dir welchen.«

Als ich mit dem Kaffee zurückkam, sah ich, wie Pop seinen Blick suchend über seine Bücher schweifen ließ. Dann zog er ein zerfleddertes gebundenes Buch heraus, das wie eine Antiquität aussah.

»Was ist das?«

»*Das Monster von Düsseldorf* von Margaret Seaton Wagner. Es ist 1932 erschienen. Ich weiß nicht, was mich zu diesem Buch hinzieht, aber ich habe gelernt, meinem Instinkt zu vertrauen. Hat Janet nichts von sich hören lassen?«

Ich sah zu dem leeren Faxgerät, schüttelte den Kopf und arbeitete weiter am Computer.

»Hmmm. Sie hat nichts davon gesagt, daß sie wegfahren wollte.«

Pop machte es sich mit seinem Buch gemütlich, und ich hämmerte auf der Tastatur herum. Ich hatte seine Disketten installiert, und die Software lief auf dem Computer. Jetzt wollte ich meinen Vater nach Charakteristika des Täters fragen, damit ich sie in eine Liste von Suchkriterien eingeben konnte. Doch er interessierte sich mehr für Margaret Wagners Schilderung der Taten von Peter Kurten, einem deutschen Serienmörder aus den zwanziger und dreißiger Jahren.

»Ich hab' sowieso nicht viel für Computer übrig«, sagte er. »Ich stimme der Philosophie des Unabombers über die Technologie zu. Glücklicherweise drücke ich sie anders aus.«

»Ich kann maximal fünfzehn Zeichen eingeben«, unterbrach ich ihn in der vergeblichen Hoffnung, seine Aufmerksamkeit wieder auf das Programm zu lenken. »Wie wär's mit ›Meisterschütze‹?«

»Scharfschütze. In den achtziger Jahren beschäftigte sich das FBI mit Kategorien und Definitionen – Phasen der Beruhigung, einer Mindestanzahl von drei Toten und ähnlichem Blödsinn. Das ist wunderbar, wenn man wie ein Buchhalter denkt, aber nicht, wenn man einen Mörder schnappen will. Wo wäre unsere Zivilisation ohne Schubladendenken?«

Ich hatte zwar einiges übrig für die Lieblingspolemik meines Vaters, aber genug war genug. »Bist du jetzt ganz wach?« fragte ich.

Er nickte zufrieden. »Der Kaffee ist gut. Italienisch, zweifach geröstet.«

»Ich hab' das schwarze Zeug aus dem Gefrierschrank genommen; keine Ahnung, was das war. Kannst du mir jetzt hierbei helfen?« erinnerte ich ihn und zeigte auf den Computer.

»Von Peter Kurten werd' ich noch mehr lernen. All die Jahre, in denen ich in meiner Praxis gearbeitet hab', hab' auch ich die Leute in Schubladen gesteckt. Der ist schizophren. Der ist ein Grenzfall. Der Typ, der die Wände nach Apparaten zum

Stehlen von Gedanken absucht, ist eine Spur paranoid. Die Krankenversicherungen brauchen Schubladen, damit sie entscheiden können, ob ein Patient drei oder fünf Sitzungen braucht – als ob irgend etwas in einer so kurzen Zeit geheilt werden könnte. Bürohengste, die einen Schizoiden nicht von einem Solenoid unterscheiden können, treffen diese Entscheidungen.«

»Komm schon, Pop. Ich brauche Hilfe.«

»Okay«, sagte er seufzend. »Wir wissen nicht besonders viel. Also weiß ich nicht, warum du mich nicht in Ruhe läßt. Er ist intelligent und zielstrebig. Er mußte seine Hausaufgaben machen, um zu wissen, daß ich eine Alarmanlage habe. Vielleicht war er schon mal hier, sah die Kontrollampe der Anlage und erkannte, daß sie sich von außen nicht abschalten läßt. Wenn man sich daran zu schaffen macht, geht der Alarm los. Also könnte er darauf gewartet haben, daß ich die Anlage abstelle, oder er wußte, daß ich sie abgestellt hatte. Ich weiß nicht, was das Programm da will, aber ich will in dem Buch weiterlesen. Peter Kurten sagte, die größte Enttäuschung seines Lebens sei, daß er nicht hören könnte, wie sein eigenes Blut bei seiner Enthauptung in den Eimer tropft. Ein reizender Typ.«

»In Ordnung, in Ordnung, erzähl mir von ihm«, sagte ich, lehnte mich in meinem Stuhl zurück und beugte mich dem Unvermeidlichen. Außerdem ging offenbar etwas in seinem Kopf vor, das ganz sicher interessanter war als die Datenbank.

»Kurten fasziniert mich. Er brachte seine Opfer auf jede nur denkbare Weise um. Er zündete Frauen an. Erstach sie mit Schraubenziehern. Schlug Kinder tot. Ertränkte sie. Die Basis seines Handelns war ›ausgleichende Gerechtigkeit‹, wie er es nannte. Einfach ausgedrückt, war Rache sein einziges Motiv. Er glaubte, jede Beleidigung, jeder auch nur eingebildete Affront gebe ihm die Berechtigung, in jedes beliebige Haus einzudringen, willkürlich Menschen anzugreifen, zu verstümmeln und zu ermorden, um es der ›Gesellschaft‹ heimzuzahlen. Jahrelang terrorisierte er eine ganze Stadt. Bei seinem Prozeß sagte er, er wolle eine Botschaft überbringen. Ich glaube, ich beginne zu verstehen, was mich nach dem Aufwachen zu diesem Buch hingezogen hat. Rache ist auch ein gutes Motiv für unseren Täter. Aber wofür? Was habe ich ihm getan? Was ist *seine* Botschaft?«

Auf seine Art arbeitete Pop bereits an dem Fall. Sein Kopf hörte nie auf zu arbeiten.

Während er darüber nachgrübelte, was in unserem anonymen Täter vorging, rückte ich vom Schreibtisch weg. »Ich hab' im Krankenhauskiosk was für dich gefunden«, sagte ich und gab ihm ein kleines Päckchen.

Ich sah zu, wie er eine geschnitzte Steinfigur eines afrikanischen Flachlandgorillas aus dem Papier schälte. Er studierte seine kauernde Haltung, seine riesigen Hände und schwarzen Augen und schien gebannt davon, wie präzise der Künstler gearbeitet hatte.

»Warum liebst du die Gorillas so sehr?« fragte ich.

»Diese Tiere haben mich schon immer fasziniert«, sagte er. »Als Kind identifizierte ich mich mit einem besonders imposanten Gorilla, der in einem Zoo in der Nähe unserer Wohnung in einen Steinkäfig gesperrt war. Er war gefangen, und genauso fühlte ich mich damals. Gefangen. Wenn man ihn in der Wildnis und in Ruhe gelassen hätte, hätte er ein relativ friedliches Leben geführt. Doch weil mein Gorilla eingesperrt war, verspottet und gequält wurde, mußte sich seine Wut zerstörerisch entladen.«

»Das hat der Gorilla im Zoo gemacht?«

»Ein paar Kinder warfen brennende Benzinflaschen in sein Gehege. Er brach aus. Die Polizei mußte ihn erschießen.«

»O Gott, das ist ja furchtbar.«

Pop sah hinunter auf die Steinfigur in seiner Hand. »Ich stellte mir vor, meine Wut sei wie ein Gorilla, der in meinem

Inneren lebte. Als ich älter wurde, glaubte ich ihn dort sogar zu spüren. Meine Schwester sagte immer, ich sei ein furchtsames Kind – ›traurig und von der Welt erschreckt‹, sagte sie. Sie hatte recht. Ich lernte schnell, wie einfach es ist, unerträgliche Gefühle der Trauer, Angst und Hilflosigkeit in Wut zu verwandeln.«

»Savvy hat mir erzählt, daß du dir als Kind ungefähr ein Dutzend Mal *Mighty Joe Young* angesehen hast.«

»Öfter«, sagte er. »Kennst du die Geschichte?«

Ich schüttelte den Kopf.

«Mighty Joe war ein sanfter, riesiger Menschenaffe, der vom Besitzer eines Nachtclubs in Hollywood aus dem Dschungel entführt worden war. Als drei Betrunkene in die Garderobe kamen und Joe mit Whiskey vollpumpten, wurde der Gorilla wild – er nahm den Nachtclub auseinander und jagte die Gäste hinaus auf die Straße. Selbst die Tatsache, daß er Kinder aus einem brennenden Haus gerettet hatte, bewahrte ihn nicht vor dem Tod. Joe mußte sterben. Meine Schwester ging mit mir in den Film. Ich weiß noch, wie wir immer die Dale Street zum Warren Theater in Roxbury hinaufgingen. Es machte ihr offenbar nichts aus.«

»Ist sie auch mit dir in den Zoo gegangen?«

Pop sah mich sonderbar eindringlich an. »Lane, warum willst du das wissen?«

»Ich will wissen, wie du denkst. Warum du so denkst. Wie du der Mensch geworden bist, der du bist.«

»Weil ich einen Menschen getötet habe?«

»Unter anderem auch deshalb«, gab ich zu.

Pop stellte den steinernen Gorilla auf den Tisch neben sich. »Sieht so aus, als kämen wir um dieses Gespräch nicht mehr herum. Lane, dreißig Jahre lang habe ich mich mit Mord und Mördern beschäftigt. Der Grund, weshalb ich so erfolgreich war, ist, daß ich meine eigenen gewalttätigen Impulse nie zu verleugnen versuchte. Immer wenn ich das Gefühl hatte, es sei notwendig, sich auf die Geheimnisse eines Mörders zu stürzen und sie bloßzulegen, ihn zum Weinen zu bringen oder wütend zu machen, habe ich das auch getan. Ich hatte den Dreh raus, wie man den Psychopathen mit seinen eigenen Waffen schlägt. John Wolf wollte dich umbringen. Das konnte ich nicht zulassen. Punkt. Die Justiz hätte jahrelang ihre Zeit mit ihm vergeudet – oder er seine mit der Justiz. Das war unannehmbar. Beantwortet das deine Frage?«

»Ich hatte mehr als eine, Pop«, sagte ich lächelnd.

»Weißt du, die Beziehung zwischen Vater und Tochter verlangt nicht, daß wir in diesem Punkt einer Meinung sind.«

»Das weiß ich.«

»Gut. Ich fahre jetzt mit dem Boot zu Janet. Willst du mitkommen?«

»Nein, danke«, sagte ich. »Ich spiel' noch 'n bißchen mit der Datenbank rum. Solltest du denn jetzt schon wieder auf dem See herumschaukeln?«

»Heute morgen sind nur leichte Wellen auf dem Wasser. Das ist kein Problem für mich. Ich bin in einer Stunde zurück.«

Als er aufstand, strich mir Pop über das Gesicht. »Ich hab' dich lieb, Lanie«, sagte er.

»Ich hab' dich auch lieb, Pop.«

Ich sah ihm nach, wie er durch die gläserne Schiebetür hinausging. Er blieb auf der Veranda stehen und blickte nach rechts, auf das Feld, wo der Täter gestanden hatte.

Erst in dem Augenblick fiel mir auf, daß mein Vater eine Pistole bei sich trug.

# Pop

Ich steuerte meinen fünfeinhalb Meter langen Walfänger über die kabbelige Oberfläche des Lake Albert. In der Ferne sah ich Janets Boot an ihrer Anlegestelle.

Ich dachte an meine erste Woche am Lake Albert. Janet war in einem Kajak über den See gepaddelt, um mir ein Geschenk zur Hauseinweihung zu bringen. Jemand hatte ihr von mir erzählt. Das Geschenk, das sorgfältig in die Comicseite des vergangenen Sonntags gewickelt war, war ein Buch darüber, wie man das Beste aus dem Vorruhestand macht.

Janet war groß, zweiundvierzig und trug ihr schwarzes Haar modisch kurz geschnitten. Wie eine Studentin hatte sie eine Vorliebe für schwarze Kleider – Pullover, T-Shirts, Jeans, ab und zu einen Rock –, Onyxringe und Ketten.

»Sie sind der Psychiater, der vorzeitig schlappgemacht hat«, sagte sie und hieß mich am See willkommen.

»Das hat sich ja schnell rumgesprochen.«

»Alle Häuser am See haben Dosen und Schnur als Grundausstattung.«

»Sind Sie das Begrüßungskomitee?« fragte ich.

»Janet Orr. Mir gehört das mit Schindeln verkleidete Häuschen da drüben«, sagte sie und zeigte nach Nordwesten.

An unserem Ende des Sees waren nur vier Häuser, also war ihres leicht zu identifizieren.

»Lucas Frank«, sagte ich lächelnd, und wir schüttelten uns die Hand.

Wir sprachen über alles – Musik, das Wetter, ihre Arbeit als Töpferin, Politik, ihren Mann, der von ihr getrennt in Wisconsin lebte, meine Frau, die von mir getrennt in Zaire – wie es zu der Zeit noch hieß – lebte, und Katzen. Ich hatte eine. Sie hatte drei.

Das war vor sechs Jahren. Ein- oder zweimal im Monat aßen wir zusammen – bei ihr oder bei mir. Ab und zu fuhren wir zusammen weg, wie neulich nach Vancouver. Wir wurden die besten Freunde.

Als ich auf den Anlegeplatz sprang, fragte ich mich wieder, warum ich nichts von Janet gehört hatte. Nachrichten sprechen sich am Lake Albert schnell herum, vor allem schlechte Nachrichten. Ich ging die Stufen zu ihrer Veranda hinauf, und als ich auf mein Klopfen keine Antwort bekam, versuchte ich, die Schiebetür zu öffnen. Sie war abgeschlossen.

Ich ging um das Haus herum. Sie hatte ihren Honda in der Einfahrt geparkt und die Garagentür offen gelassen, etwas, was sie oft tat, wenn sie im Garten arbeitete; aber im Garten war sie nicht.

Auch die Vordertür war abgeschlossen. Janets Gartenhandschuhe und eine Schaufel lagen auf den Backsteinstufen. Ich betätigte den Türklopfer und die Klingel, aber wieder bekam ich keine Antwort, und von drinnen war kein Laut zu hören.

Möglicherweise hatte sie das Haus abgeschlossen und war mit einem Freund weggefahren, aber dann hätte sie die Garagentür nicht offenstehen lassen.

Ich ging den West Shore Drive zum Haus von Ann Chelsea hinunter. Janets einzige Nachbarin kam mir auf der unbefestigten Straße entgegen.

»Ist sie wieder da?« fragte Ann. »Ich hab' versucht, sie anzurufen, aber es war immer nur der Anrufbeantworter dran.«

Ich schüttelte den Kopf. »Wann haben Sie sie das letzte Mal gesehen?«

Die grauhaarige Frau in den Achtzigern dachte einen Moment nach. »Kurz bevor ich hörte, daß Sie im Krankenhaus waren. Eva Logan rief mich an. Ein Mann von einer Stiftung war hier; er wollte zu Janet. Er hat mir seine Visitenkarte und alles gezeigt. Ich mache mir Sorgen, Lucas. Ich hätte beinahe schon Buck Semple angerufen.«

Daß Ann Chelsea daran dachte, Buck anzurufen, bedeutete, daß ihr Zustand schon an Panik grenzte. »Rufen Sie Buck jetzt an«, sagte ich. »Bitten Sie ihn, zu Janets Haus zu kommen. Ich warte dort auf ihn.«

»O Gott. Hoffentlich ist sie nicht gefallen«, sagte Ann und ging zu ihrem Haus zurück.

Meine bandagierte Seite brannte, während ich die Straße wieder zurückrannte, direkt in Janets Garage lief und die Verbindungstür zu ihrem Haus zu öffnen versuchte. Sie war wie die anderen abgeschlossen. Ich schnappte mir einen Schraubenzieher vom Werkzeugregal und stemmte ihn zwischen den Türpfosten und das Gehäuse des Schlosses. Beim dritten Versuch sprang die Tür auf.

Der süßliche Geruch des Todes ließ mich einen Schritt zurücktreten.

»Großer Gott«, murmelte ich und nahm die halbautomatische Neun-Millimeter-Pistole von meiner Hüfte.

Ich trat in den Vorraum und ging auf die Küchentür zu, die, wie ich wußte, kein Schloß hatte. Im Haus war alles still. Ich streifte mir eine Plastiktüte aus Janets Recycling-Abfalleimer über die linke Hand, umfaßte den Türknauf und zog vorsichtig daran. Der Geruch wurde stärker.

Ich sah einen Arm auf dem Boden, hinter dem Spülbecken. Die Handfläche war nach oben gekehrt. Die Finger waren zusammengekrampft.

*Janets linke Hand. Der Ehering, den sie noch immer trug.*

Als ich weiter in die Küche hineinging, sah ich Janets Körper mit dem Gesicht nach unten daliegen. Um ihren Kopf war eine Lache aus geronnenem, schwarzem Blut.

*Janet ist tot.*

Ich wußte nicht, was mich mehr traf – die beiden Kugeln, die mich zu Boden gestreckt hatten, oder der Anblick der Leiche meiner Freundin.

Janet Orr war tot. Ich kannte die Worte. Ich hatte die Information. Ich sah ihre Beine ausgestreckt hinter ihr liegen, in schwarzen Jeans, mit Arbeitsstiefeln an den Füßen. Ich zwang mich wegzusehen und musterte die Küche. Meine Augen waren naß, und ich sah nur verschwommen.

Meine Knie drohten einzuknicken.

»Was zum Teufel hast du bei McDonald's gemacht?« fragte ich – beinahe rechnete ich damit, daß sie mir antworten würde. Ich starrte auf einen Kaffeebecher aus Pappe und eine Papiertüte. Janet haßte diesen Scheiß.

Auf der Spüle und auf dem bißchen Geschirr, das rechts aufgestapelt war, klebten Blutspritzer. Janet hatte wahrscheinlich am Spülbecken gestanden, mit dem Rücken zu ihrem Mörder.

Ich sah wieder auf Janets Ehering. Nach zwanzigjähriger Ehe hatte ihr Mann Lou erklärt, er sei schwul. Er hatte sie verlassen, und jetzt starb er an Aids. Janet hatte seine Pflege im Hospiz bezahlt.

*Wer würde diese Frau umbringen wollen?*

Ich steckte meine Pistole wieder in das Holster und hockte mich hin, um zu sehen, wo das viele Blut herkam. Ihr Kopf war leicht zur Seite gedreht. Jemand hatte ihr die Kehle aufgeschlitzt, und sie war gefallen und hatte sich dabei ein bißchen gedreht.

»Warum hast du deinem Mörder den Rücken zugekehrt? Wer war hier, verdammt?«

Hatte ihr Mörder mit ihr gespielt? Sich eine Weile mit ihr unterhalten? Sie in Sicherheit gewiegt? Die Schranktür war offen und gab den Blick auf Regale mit Tellern, Tassen und Gläsern frei. Vielleicht hatte sie, als er sie gepackt hatte, gerade die Hand nach einem Glas ausgestreckt.

Ich sah auf Janets Hände und Unterarme und ließ meinen Blick dann wieder durch die Küche schweifen. Alles war an seinem Platz, nichts deutete auf einen Kampf hin, und Janet hatte keine Abwehrverletzungen.

*Er kam von hinten auf sie zu und schnitt ihr die Kehle durch.*

Die McDonald's-Tüte stand wie ein Tischschmuck auf ihrem Küchentisch. Außer dem Kaffeebecher sah ich jetzt auch einen Big-Mac-Karton.

Ich hatte keine Hinweise auf ein gewaltsames Eindringen bemerkt. Sie hatte ihn hereingelassen, hatte ihm vertraut. War es jemand, den sie kannte?

*Sie hatte eine gewisse Zeit mit ihm verbracht.*

»Wozu nur, verdammt?«

»Lucas?« rief Buck aus der Garage.

Ich fuhr mir durch die Haare. »Hier drinnen, Buck.«

Er kam durch die Küchentür. »Oh, Scheiße.«

Ich nickte. »Am besten rufst du jemanden, der für Spurensicherung zuständig ist.«

»Hast du irgendwas angefaßt?«

»Nur den Türknauf«, sagte ich und hielt meine linke Hand hoch, die immer noch in der Plastiktüte steckte. »Oh, und ich hab' mir vom Regal da draußen einen Schraubenzieher genommen. Ich mußte die Tür aufstemmen.«

»Alles in Ordnung mit dir?«

»Nein.«

Meine Freundin war tot, und ich war übermannt von dem Gefühl, daß ich das nicht zum ersten Mal erlebte.

Buck brummte etwas in sein Funkgerät, bellte Befehle, knurrte Anweisungen.

Seit ich die Küche betreten hatte, hatte ich meinen Blick auf Janets Leiche gerichtet, dann auf den Küchentisch und wieder zurück – wie jemand, der sich ein Tennismatch ansieht. Ich stand da, ging zum Tisch und sah hinab auf das, was vermutlich der Mörder zurückgelassen hatte.

Eine Tüte. Ein Becher. Serviette und Einwickelpapier. Eine Quittung, ausgestellt einen Tag, bevor ich angeschossen wurde. Eine einzelne Seite aus einem Buch.

»Aus was für einem Buch?« murmelte ich.

»Hast du was gesagt?«

Ich winkte ab, und Buck sprach weiter in sein Funkgerät. Ich beugte mich über den Tisch. Seite 108, anscheinend aus dem Textteil eines Buches über Vogelbeobachtung. Fliegenschnäpper. Oben auf der Seite war der Königssatrap – *Tyrannus tyrannus.* Der grausame Herrscher. Der Tyrann.

«Die State Police ist unterwegs«, sagte Buck. »Hast du dich im Haus umgesehen?«

Ich schüttelte den Kopf.

»Lucas, wenn du lieber rausgehen willst ...«

»Nein. Sehen wir uns mal um.«

Buck reichte mir ein Paar Latexhandschuhe, und ich streifte sie mir über. Ich ging ins Wohnzimmer, hörte ab und zu Geräusche aus Bucks Funkgerät und seine Stimme, wenn er die Anrufe beantwortete; dann ging ich zurück in die Küche, unfähig, mich von dort fernzuhalten.

Janet Orr hatte die Gewalt, von der sie mich umgeben sah, verabscheut. Lane faxte mich oft wegen eines Mordes an. Es war meine Arbeit gewesen, dann die meiner Tochter. Janet hatte diese Arbeit gehaßt.

Sie hatte Max bei sich in Pflege gehabt, als ich nach Vermont gefahren war, um mich um den Mörder John Wolf zu kümmern. An dem Abend, an dem ich an den See zurückkam, fuhr ich bei ihr vorbei, um den Kater abzuholen, doch er wollte nichts von mir wissen. Ich weiß noch, wie Janet starrte – erst starrte sie ihn an, dann mich. Sie stand im trüben Licht der Kerosinlampe und sagte: »Geh nach Hause, Lucas. Werd wieder ein Mensch.«

Jetzt stand ich da und sah auf ihren Körper hinunter. Ihre Leiche. Und auch ich haßte die Gewalt. Ich sah hinauf zu Janets Bücherregal. Sie hatte drei Vogelbücher; zwei davon waren Bestimmungsbücher – von Peterson und von Audobon. Das Buch von Peterson hatte die richtige Größe, also nahm ich es aus dem Regal und blätterte zu Seite 108. *Tyrannus tyrannus.* Sie war identisch mit der auf Janets Tisch, allerdings weniger abgenutzt.

*Was zum Teufel geht hier vor? Hat der Typ sein eigenes Vogelbuch zu einem Mord mitgebracht? Und warum hab' ich verdammt noch mal das Gefühl, daß ich wissen sollte, was hier vorgeht?*

»Ich glaube nicht, daß es etwas mit Janet zu tun hat«, sagte ich.

Buck kam hinter mir durch den Rundbogen. »Womit hat es denn zu tun?«

»Hat Ann Chelsea erwähnt, daß ein Mann hier war, der zu Janet wollte?«

»Er kam von irgendeiner gemeinnützigen Stiftung, sagte sie. Ich lasse sie noch eine vollständige Aussage machen.«

»Ich nehm' an, das war am Tag, bevor unser Mörder mich besucht hat.«

»Wie kommst du darauf?«

»Meine Alarmanlage war ausgeschaltet. Chuck Logan wollte mir Holz liefern, und Lane wollte kommen. Janet wußte beides.«

»Lucas, du bist überlastet. Wir haben hier völlig verschiedene Tatbegehungen. Du bist angeschossen worden ...«

»Ich scheiß auf die Tatbegehungen«, fuhr ich ihn an. »Dann glaubst du also eher, daß jemand hierhergekommen ist, Kaffee getrunken und zu Mittag gegessen hat, Janet die Kehle aufgeschlitzt hat und dann fröhlich seines Weges ging? Und am nächsten Tag pustet ein ganz anderer Mensch mich um? Dann hätten wir zwei Täter, die nichts miteinander zu tun haben, aber sich zwei Leute als Opfer aussuchen, zwischen denen eine Beziehung besteht. Blödsinn. Wir sind hier am Lake Albert, nicht in der Bronx.«

Ein Funkspruch rief Buck weg.

Ich dachte daran, wie ich einen Monat nach meiner Rückkehr aus Vermont spätabends mit Janet in meinem Arbeitszimmer saß. Sie sagte: »Eines Tages wird dies alles ein Ende haben.«

Ich verstand sie falsch. »Ach, ich weiß nicht. Die Berliner Mauer gibt es nicht mehr, und Moskau ist jetzt demokratisch. Wer soll die Bombe noch abwerfen? Nordkorea vielleicht, aber ich glaube nicht, daß sie ein Flugzeug haben, das die Bombe so weit transportieren kann. Es sei denn, wir würden ihnen eins verkaufen, natürlich.«

Janet strich sich eine schwarze Haarsträhne aus der Stirn. »Die Welt ist stabiler geworden, aber du nicht. Du bist explosiv. Früher hab' ich mich oft gefragt, wie du wohl warst, als du jünger warst. Dann sah ich dich, als du aus Neuengland zurückkamst, und ich wußte es. Es wird wieder einer kommen, ein weiterer Mörder, der dein Innerstes nach außen kehrt. Du sagst, das wird nicht passieren, aber es passiert bestimmt.«

Sie sah mir in die Augen. »Ich will nicht dabeisein, wenn es passiert«, sagte sie.

Sie hatte recht. Es war wieder einer gekommen, und sie hatte nicht die Wahl gehabt, ob sie dabeisein wollte oder nicht, als es passierte.

Ich ging durch die Küche und die Garage hinaus in Janets Vorgarten. Ich hörte das Knarren der Bäume, die sich sanft im Wind bewegten, und das Huschen eines kleinen Tieres durch die heruntergefallenen Blätter. Ich spürte, wie Frustration und Wut an die Stelle des Schocks traten. Ich stand vor einem Rätsel, hatte keine Ahnung, was es mit dem Mord an Janet und dem Anschlag auf mein Leben auf sich hatte, aber ich wußte, daß die beiden Geschehnisse irgend etwas miteinander zu tun hatten.

Ich sah zurück auf Janets Haus. Warum hatte ich das Gefühl, diese Szene schon einmal gesehen zu haben?

*Als hätte jemand 25-Cent-Stücke in eine Jukebox geworfen und immer wieder dasselbe Lied spielen lassen.*

Ich blickte durch die skelettartigen Zweige der Bäume in den Himmel und sah zu, wie die Wolken Gesichter zu bilden schienen.

Ich erinnerte mich an einen Mann mit einer John-Deere-Kappe und an eine Frau in einer gelben Plastikjacke mit dem Logo der Freiwilligen Feuerwehr.

*Diese Menschen hatte ich wirklich schon einmal gesehen. Aber wo?*

Die Plastikfrau hielt ein Kind mit strohfarbenen Haaren, leeren, grauen Augen und dem Daumen im klebrigen Mund fest.

Buck schlurfte hinter mir durch das Laub.

Wo auch immer ich gewesen sein mochte – ich erinnerte mich an laute, junge Männer in einer Bar. Im Fernsehen wurde Schlammcatchen für Frauen gezeigt. Aggression und Sex waren miteinander verschmolzen, um Humor und Unterhaltung zu bieten. Und die Jukebox spielte immer wieder dasselbe Lied.

»Lucas?«

*Wo war ich?*

»Ja, Buck.«

Er klopfte mir mit der Hand auf die Schulter. »Die State Police ist auf dem Weg. Es tut mir leid.«

Ich nickte, und dann fiel es mir ein.

*Vermont.*

## Lane

Pop döste in seinem Sessel, als ich es an der Tür klopfen hörte. Ich zog meine 38er aus dem Hüftholster und ging zur Vordertür.

»Wahrscheinlich ist es Buck«, rief Pop hinter mir her. »Erschieß ihn nicht.«

Es *war* Buck.

Als er es sich auf dem Polstersessel mir gegenüber gemütlich gemacht hatte, verkündete der Chief: »An dem Tag, bevor du angeschossen wurdest, hat Murphy's – der Laden auf der State Road, der alles verkauft, von Gummis bis zu Revolvern – einem Typ namens Charles S. Weathers aus Nebraska eine Remington 30.06 verkauft. Er sagte, er sei zum Jagen hier. Er hatte alle notwendigen Papiere, wartete die obligatorischen drei Tage, bezahlte bar. Aber den Mann gibt es gar nicht. Alle seine Unterlagen sind echt; sie sind im Computer. Er hat alle möglichen Spuren hinterlassen, aber in Wirklichkeit gibt es ihn gar nicht.«

»Du kannst deiner Liste von Merkmalen im Computer ›multiple Identitäten‹ hinzufügen«, sagte Pop. »Er ist auch gewandt. Er war überzeugend in der Rolle, die er sich ausgesucht hat. Janet bat ihn herein, verbrachte eine gewisse Zeit mit ihm.«

Ich hatte meinen Vater nicht mehr so unglücklich erlebt, seit meine Mutter nach Afrika abgereist war.

»Ann Chelseas Beschreibung des Typen von der Stiftung, der Janets Haus suchte, klingt ziemlich ähnlich wie die Beschreibung, die ich von Murphy's bekommen habe«, sagte Buck. »Ein Weißer, vierzig bis fünfzig Jahre alt, einsachtzig groß, dunkle Haare mit etwas Grau, Schnurrbart. Lucas, du hast recht. Er hat sich nicht gewaltsam Zugang zu Janets Haus verschafft. Es sieht so aus, als hätten sie sich 'ne Weile unterhalten. Soweit wir sehen konnten, fehlte im Haus nichts. Sie trug immer noch ihren Diamantring. Der Fernseher, der Videorecorder – alles war da, wo es hingehörte. Der Mord war sorgfältig geplant.«

»Sorgfältige Planung« hatte Pop im Lauf der Jahre mehreren Mördern attestiert. Ernsthaften Mördern.

»Keinerlei Kampfspuren«, sagte Pop. »Keine Abwehrverletzungen. Während er seine Rolle spielte, wußte er, daß er sie töten würde. Er aß seinen Hamburger, trank seinen Kaffee. Die ganze Zeit ging es ihm um seine eigene, private Erregung. Nur er wußte, was er tun würde. Das verleiht einem ein enormes Machtgefühl – ein Muß für sadistische Phantasien.«

»Wir nehmen an, daß er ihr, als er hatte, was er wollte, die Kehle durchschnitt«, sagte Buck. »Der County Doc, der am Tatort war, sagte, sie sei wahrscheinlich von hinten gepackt worden. Er sagte auch, der Mörder habe saubere Arbeit geleistet. ›Präzise‹ ist das Wort, das er verwendete – als habe er ganz genau gewußt, was er tat.«

»Ich glaube, er hatte die Information über die Alarmanlage von Janet«, sagte Pop. »Zumindest muß er gewußt haben, daß ich eine habe. Wie sonst? Es ergibt alles keinen Sinn. Meine Gedanken sind ganz verworren.«

Während Buck und ich die Informationsfetzen und die Eindrücke, die wir sammelten, unter die Lupe nahmen, driftete Pop mit seinen Gedanken von unserer Unterhaltung weg. Schließlich ging er aus dem Zimmer.

»Kommt er wieder auf die Beine?« fragte Buck.

»Das war ein schwerer Schlag für ihn.«

»Ich glaube allmählich, daß er recht hat mit dem, was da drüben passiert ist. Janet Orr war für den Mörder auf seinem Weg hierher nur ein Zwischenstopp.«

»Pop sagte etwas von einer Seite, die aus einem Buch herausgerissen war.«

Buck blätterte in seinem Notizbuch. »*Die Vögel* von Peterson. Die Seite stammt nicht aus Janets Exemplar. Sie lag zusammen mit dem Müll von McDonald's auf dem Tisch.«

»Gab es schon mal ähnliche Verbrechen?« fragte ich.

»Nicht in diesem Staat. Das Formular für das Programm zur Ergreifung von Gewaltverbrechern hab' ich noch nicht ausgefüllt. Für das Scheißding werd' ich 'n ganzes Wochenende brauchen.«

»Also hat dieser Typ wahrscheinlich von Janet erfahren, daß Pops Alarmanlage ausgeschaltet sein würde.«

Buck überlegte einen Moment. »Zuerst habe ich das nicht geglaubt. Wir wissen nicht, wie er sie dazu brachte, ihm das zu erzählen, aber ich schätze, ich muß deinem Vater recht geben.«

»Also war er hinter Janet her, weil sie die Information hatte, die er brauchte. Aber warum war er hinter Pop her?«

Ich dachte laut, nicht unbedingt an Buck gerichtet, aber er antwortete trotzdem.

»Lane, ich weiß nicht, warum dieser Typ deinen Vater auf dem Kieker hat. Aber es ist so: Er will, daß Lucas Frank tot ist. Und ich bin sicher, daß wir wieder von ihm hören.«

# Pop

Ich schlenderte in die Küche, während Buck und Lane ihre Notizen verglichen. Ich fand eine Flasche Sierra Nevada Pale Ale im Kühlschrank, öffnete sie und nahm einen Schluck.

*Botschaften.*

Der Geist eines Menschen arbeitet ununterbrochen. Wir wissen Dinge, von denen uns gar nicht klar ist, daß wir sie wissen, weil sie noch nicht ins Bewußtsein emporgestiegen sind. Man sagt, man habe etwas »auf der Zungenspitze«.

Je mehr wir uns anstrengen, es herauszuholen, umso mehr scheint es sich uns zu entziehen. Später, wenn wir den Versuch aufgegeben haben, »springt« es uns ins Bewußtsein. Nach meiner Erfahrung ist der assoziative Prozeß, der sich ständig in einem entlegenen Winkel meines Inneren abspielt, umso weniger behindert, je weniger ich mich anstrenge.

Ich saß an meinem alten Ahorntisch und betrachtete den Steingorilla, den Lane mir geschenkt hatte. Ich ließ mich in einen vertrauten hypnotischen Zustand gleiten. Binnen Sekunden driftete ich zurück zu dem Tag, an dem ich angeschossen worden war.

*Marinara. Pale Ale für mich und für den Topf. Duschen. Aus der Hintertür hinaustreten. Ein Lichtblitz. Mich nach unten werfen und wegdrehen. Ein innerer Schnappschuß – nicht ganz scharf – eines schwarz gekleideten Mannes hinten am Zaun. Und ich unten auf dem »Killing Floor« von Chester Arthur Burnett – dem Lied, das in meinem Kopf spielte, als ich das Bewußtsein verlor.*

Im Jahr 1928, als Peter Kurten Europa in Angst und Schrecken versetzte, stieg Chester Arthur Burnett mit seiner ersten Band auf die Bühne und schmetterte seine eigene Version des Mississippi Delta Blues. Diejenigen, die den ›Big

Man‹ hörten, nannten seine tiefe, grollende Stimme »wölfisch«. Es leuchtet ein, daß er daraufhin ein halbes Jahrhundert lang als Howlin' Wolf auftrat.

*Howlin' Wolf. Charles S. Weathers aus Nebraska. Die unerklärlichen Wege der menschlichen Gedanken. Bruce Springsteen hatte ein Lied über einen Mörder aus Nebraska geschrieben. Ich hatte in Janet Orrs Garten gestanden, auf die Wolken gestarrt und das Gesicht eines kleinen Mädchens mit dem Daumen im Mund gesehen – ein Kind, das ich in Vermont gesehen hatte.*

Allmählich bekam ich eine Vorstellung davon, womit wir es möglicherweise zu tun hatten. »Wie kann das nur möglich sein?« murmelte ich.

Das, was alles in Gang gesetzt und meine Reise nach Nordosten im letzten Jahr notwendig gemacht hatte, war ein Tatortfoto – eine Frau, die auf dem Boden ihres Wohnzimmers lag. Ihre Kehle war mit chirurgischer Präzision durchtrennt.

Der Wind peitschte über den See. Ein loser Fensterladen auf der Nordseite des Hauses erinnerte mich klappernd an die Arbeit, die ich nicht erledigt hatte. Ich sah zu, wie eine einsame, wetterfeste Seglerin ihr blaues Catboat wendete und den See wieder hinunterfuhr, auf den Bootshafen zu. Eine Sekunde lang war ich sicher, Janet Orr im Heck sitzen zu sehen, beide Hände fest um die Ruderpinne geklammert.

Inzwischen hatte Lane die Roger-Waters-CD *Amused to Death* aufgelegt – ein gedämpftes Gedröhne im Hintergrund, das noch weiter zurückwich, je mehr ich wegdriftete –, und Gedanken, Bilder stürzten mir wie Kaskaden durch den Kopf, als triebe der Nachmittagssturm, der den Lake Albert aufwühlte, sie vor sich her.

Die Gedanken und Bilder wurden langsamer, trotz des Windes, bis sie sanft durch mein Bewußtsein schwebten.

*Der Traum. Ich treibe in einem kleinen, roten Boot.*

Als ich einmal als Kind mit meiner Schwester bei meiner Großmutter zu Besuch war, ging ich allein durch die Wälder zu dem Brackwasser an der Mündung des Weir River. Ein Mann stand auf der Brücke über dem fließenden Wasser. Er hielt eine Angelrute in den Händen – einen Zauberstab, glaubte ich, denn er brachte die Fische dazu, aus dem Wasser hinauf in seine Hände zu springen.

Später erklärte mir meine Schwester, was ich an dem Tag gesehen hatte, doch ich zog meine eigene Version der Dinge vor. Ich wollte wie der alte Mann auf der Brücke sein – einen zwei Meter langen Zauberstab in den Händen halten und Fische aus Flüssen und Seen, Buchten und Meeren locken.

*Ein grauer Blitz durchschnitt das Wasser, gefolgt von einem festen Ruck an der Angelschnur. Dann nichts. Das Raubtier war zur Beute geworden.*

Ich lernte Angeln genauso, wie ich alles andere lernte: ich brachte es mir selbst bei. Mit Hilfe von Büchern, die ich mir aus der Bücherei auslieh. Durch das Beobachten von anderen. Durch Üben.

Das Kind, das ich gewesen war, war immer noch in mir – ein Freund der Einsamkeit, zufrieden mit einem Stapel Bücher, etwas Musik und vielleicht einer Vorstellung davon, worin mein nächster Akt der Auflehnung bestehen würde. Als ich ein Teenager war, sagte der Mann meiner Schwester, ich sei widerspenstig, ein Unruhestifter. Er hatte recht.

Ich war erst zwölf, als sich meine Mutter zum ersten Mal die Kinder schnappte, meinen Vater verließ und uns alle zu meiner Großmutter nach Hull brachte. Ich weiß noch, wie ich meine erste Angelrute, die ich mir von Sears Roebuck hatte schicken lassen, nahm und auf eine Mauer hinter dem Angelladen am Nantasket Pier ging. Das war ein verbotener Ort. Gefährlich, sagte meine Mutter.

»Warum?« wollte ich wissen.

»Du könntest ins Wasser fallen.«

»Ich kann doch schwimmen.«

»Es wäre niemand da, um dir zu helfen.«

Ich griff zu meiner Geheimwaffe – Sarkasmus. »Um mir beim Schwimmen zu helfen?«

»Du darfst da nicht hingehen«, sagte sie in ihrer scharfen, knappen Art, die das Ende jeder Diskussion anzeigte.

Bei ihr schien meine Geheimwaffe nie zu funktionieren.

Ihre Haltung verstärkte mein Bedürfnis nach etwas Unabhängigkeit. Sicher war ich widerspenstig. Ich wollte es auf meine Weise tun. Hindernisse – menschliche und andere – zählten nicht.

Ich ging angeln. Allein. Ich nahm meinen Glücksbringer, einen großen Drilling, mit dem ich Elritzen als Köder aufspießte.

Auf dem Wasser schwamm ein vielfarbiger Ring aus Öl, das meine Angelschnur, den Schwimmer und schließlich auch meine Hände überzog. Kein Fisch hätte in diesem Wasser überleben können. Aber beim Angeln geht es um mehr als nur um die Fische – das kann einem jeder Zwölfjährige mit einem Bambusstock und einem freien Nachmittag sagen.

Ich setzte mich auf den Pier, bis es dunkel wurde, um zu beweisen, daß ich angeln konnte, ohne zu ertrinken.

Die wirkliche Gefahr war eine, die meine Mutter kannte, vor der sie mich aber nicht gewarnt hatte. Ihr Name war Hector – der Pädophile, dem der Angelladen gehörte.

Damals kannte ich die medizinischen Fachausdrücke nicht, aber ich wußte, daß Hector etwas eindeutig Bedrohliches an sich hatte. Der Eindruck, den er hinterließ, war unheimlich – der schale Geruch von Bier, Schweiß, Motoröl und Köder. Die Stoppeln auf seinen Wangen und seinem Kinn. Die verfilzten, schwarzen Haare, die unter seiner Socony-Kappe hervorschauten. Die schmutzverkrusteten Hände, die mich an den Schultern packten, als ich neben dem Angelladen von der Mauer herunterkam.

*Der Fischjäger war ein Fisch für den Jäger geworden.*

Viel später, als ich meine Schwester nach Hector fragte, sagte sie mir die Wahrheit.

»Warum hat Ma mir das nicht gesagt?« fragte ich.

»Sie redet nicht gerne über schlimme Dinge.«

»Woher soll ich es dann wissen?«

»Sie sagt: ›Was man nicht weiß, tut einem auch nicht weh.‹«

»Aber das tut einem doch am meisten weh.«

Als Hectors Hände meine Schultern umschlossen, hatte er keine Chance, ein Wort zu sagen. Ich fuhr herum, zerkratzte ihm mit dem großen Drilling das Gesicht und rannte weg.

»Hector hat einen Verband auf dem Gesicht«, erzählte mir meine Schwester. »Die Leute sagen, es wird eine üble Narbe zurückbleiben.«

Monate nach meinem Angeltrip sah ich die Narbe. Ich ging am Wellenbrecher entlang zu meiner Höhle – einem Zufluchtsort aus ausrangierten grauen und schwarzen Granitplatten, den ich bei meinen Expeditionen entdeckt hatte –, als Hector in seinem alten, hellgrünen Packard auf mich zugefahren kam.

»Ich krieg' dich noch, Junge«, sagte er.

Ich schüttelte den Kopf.

»Du hast recht. Auf den Felsen kann ich dir nicht nachlaufen. Aber später – dann krieg' ich dich. Wenn du nicht damit rechnest.«

Ich schüttelte wieder den Kopf. Hector trat aufs Gaspedal, so daß Schotter und Staub aufwirbelten.

»Er will dir Alpträume machen«, sagte meine Schwester. »Er ist gemein.«

*Der Blaufisch packte meinen Arm mit seinen Zähnen. Es war eine Geste blinder, willkürlicher Gemeinheit.*

Schon als Zwölfjähriger übernahm mein Instinkt das Kommando, wenn ich es mit einem menschlichen Raubtier zu tun hatte. Jegliche Furcht verschwand. Wut brodelte langsam köchelnd an die Oberfläche. Dann handelte ich.

Eines Abends, als es schon spät war und ich sicher sein konnte, daß alle schliefen, kletterte ich aus meinem Schlafzimmerfenster und kroch am Haus entlang zum Kerosinfaß, füllte etwas in einen kleinen Krug ab, setzte den Bolzen wieder in den Zapfen und ging den Abhang hinunter zur Bucht.

Hectors Haus lag ein Stück zurückgesetzt von den anderen in der Nähe des Wellenbrechers. Sowohl links als auch rechts wurde es von einer Bar begrenzt. Die drei Häuser hatten einen gemeinsamen Hinterhof, nichts weiter als ein leerer Platz aus Schmutz und Stein, der den beiden Bars als Parkplatz diente. Ich wußte, daß er in einer der Bars sein würde – entweder in Callahan's oder in Surf's Up. Ich ging zweimal um sein Haus herum, schaute in die Fenster, um zu sehen, ob irgendein Lebenszeichen zu entdecken war. Offenbar war niemand da, also ging ich hinein.

Sein Schlafzimmer roch wie der Angelladen und sah aus wie die städtische Müllkippe. Überall lagen Kleider herum, ein halb gegessenes Käsesandwich schimmelte auf einem Tisch vor sich hin; daneben stand ein ungemachtes Bett mit grauer Bettwäsche. An der Wand über dem Bett hing ein Bild eines strahlenden Jesus.

Ich versteckte mich in seinem Schrank und wartete.

Zwanzig Minuten später hörte ich, wie er zur Haustür hereinkam. Dann hörte ich seine Schritte im Flur, im Bad Wasser laufen und die Toilettenspülung. Als er zur Schlafzimmertür hereintorkelte, war er nackt – sein schlaffer Schwanz baumelte unter einem dicken Bierbauch.

Hector ließ sich aufs Bett fallen und seufzte. Dann tat er das, was ich erwartet hatte: Er nahm sich eine Camel, denn er wollte noch eine rauchen, bevor er einnickte – mein Vater hätte genau dasselbe getan.

Als Hector sein Streichholz entzündete, schleuderte ich Jesus meinen Krug ins Gesicht. Der Sohn Gottes zersplitterte ebenso wie mein Krug.

Und das Zimmer ging in Flammen auf.

*Was passiert, wenn die Beute zum Raubtier wird? Was passiert, wenn man sich weigert, die Rolle des Opfers zu spielen? Was passiert, wenn man gerissener und gemeiner wird als alles Böse auf der Welt?*

Irgendwann in der Nacht setzte sich meine Schwester zu mir, nachdem die Polizisten gegangen waren. Sie sah mir in die Augen. »Er ist nicht gestorben.«

»Ich wollte nicht, daß er stirbt. Er sollte nur wissen, daß, wenn ich Angst haben soll, wenn ich Alpträume haben soll, er nicht mehr schlafen kann.«

*Vor meinem Traum mit dem roten Boot hatte ich den Lichtblitz oben auf dem Feld rechts von mir gesehen. Ich war mit einem Handtuch in der Hand durch die Hintertür hinausgegangen. Ein Zielfernrohr. Ein Mann mit einem Hochleistungsgewehr. Verschwommen. Schwarze Hose, zerknittert. Ein schwarzes Hemd. Dunkle Brille. So groß wie ich. Dunkle Haare. So sicher mit seinem Gewehr, den Ellbogen nach rechts abgewinkelt. Militärische Haltung. Ein Scharfschütze. Er hätte mich nicht verfehlen dürfen.*

»Und vielleicht habe auch ich mein Ziel verfehlt«, murmelte ich.

Ich wurde mir bewußt, daß Lane hinter mir in der Tür stand. »Ist Buck gefahren?« fragte ich.

»Er mußte mit ein paar Leuten von der State Police reden.«

»Lane, du bist unter anderem hierhergekommen, um über John Wolf zu reden.«

»Das kann warten.«

»Nein, kann es nicht. Du hast Fragen zu dem, was ich in Vermont getan habe.«

»Es ist, wie du gesagt hast, Pop: Wir müssen nicht einer Meinung sein.«

Lane wußte, vielleicht besser als irgend jemand sonst, daß ich mich nach meinen eigenen Gesetzen richtete. Manche waren identisch mit denen der Gesetzestexte; die übrigen waren zweckmäßiger oder in meinen Augen gerechter.

Das meiste, was in den Gesetzestexten stand, verkörperte die kläglichen Bemühungen einer Regierung, die Moral zu regulieren. Das ist nicht möglich. Die Menschen bedienen sich der Drogen, die ihnen zusagen. Sie widmen sich mit gegenseitigem Einverständnis sexuellen Akten, die ihre Nachbarn für eine anatomische Abscheulichkeit halten. Manche weigern sich, vor der Fahne zu salutieren. Andere drücken ihre Unzufriedenheit mit der Regierung dadurch aus, daß sie die Fahne verbrennen.

»Lanie, ich hatte *geplant*, ihn umzubringen. Ich bin gar nicht auf den Gedanken gekommen, daß ich ihn vielleicht nicht umbringen würde, daß ich ihn nicht umbringen mußte. Alles andere war mir egal. Ich wollte, daß er starb – da hast du deinen Vorsatz –, und er starb auch.«

Sie legte den Kopf schief. »Als die Leute vom FBI nach Michigan kamen, was hast du ihnen gesagt?«

»Ich sah keinen Grund, ihnen die Wahrheit zu sagen.«

Sie schüttelte den Kopf und strich sich mit den Fingern die Haare zurück. »Jeder andere in deiner Situation hätte sich gefragt, ob er irgendeinen Grund hätte, die Ermittler anzulügen. Die einzige Frage, die du dir gestellt hast, war: ›Habe ich irgendeinen Grund, ihnen die Wahrheit zu sagen?‹ Du siehst die Welt so anders, Pop.«

Ich zuckte mit den Schultern. »Das hat mir deine Mutter auch schon immer gesagt. Lane, schreib Buck mal schnell ein Fax. Sein Büro hat die Kurzwahl acht. Er wird bald ins Büro kommen. Frag ihn, wo in Nebraska Mr. Weathers seinen eigenen Angaben nach herkommt.«

»Was hat das mit Wolf zu tun?«

Es hatte sehr viel mit Wolf zu tun. Ich gewann immer mehr

die Überzeugung, daß mein Versuch, den Bastard umzubringen, fehlgeschlagen war, daß der produktivste Mörder, dem ich je begegnet war – und der, dessen Tod am notwendigsten war –, irgendwie dem Armageddon entkommen war.

*Das Wesentliche am Psychopathen ist die Macht, andere in die Irre zu führen. Wenn es zu viele Störungen gibt, zuviel Mißbrauch von zu vielen Vätern – von denen die meisten durch ihr eigenes Gefühl der Macht und der Mission verrückt geworden sind – reißt etwas im Inneren entzwei. Dann liegt es an uns, das Verwirrspiel zu bemerken.*

Als ich Lane keine Antwort gab, ging sie aus dem Zimmer.

Ich ging zur Küchentheke, holte mein Exemplar von Petersons *Die Vögel* und ging zurück an den Tisch. Ich legte das Buch neben meinen steinernen Gorilla, saß da, starrte und wartete. Nach fünf Minuten war Lane wieder da.

Sie sah mich an und fragte leise: »Was wird er sagen, Pop?«

Sie spielte ein Spiel, das wir seit ihrer Kindheit gespielt hatten.

»Lincoln«, sagte ich. »Es hat sehr viel mit John Wolf zu tun.«

Ich war in das Innere anderer Menschen gereist. Sie waren in mein Inneres eingedrungen. Ich wußte, was sie dachten und fühlten und was sie sagen würden, noch bevor sie es sagten. Wenn sie nicht wollten, daß irgendwer wußte, wer sie waren – wenn sie *selbst* nicht wissen wollten, wer sie waren –, hielt ich ihre Gesichter und ihre Seelen vor einen Spiegel. Ich deckte die Irrtümer in ihrem Denken auf, und jetzt fürchtete ich, die Irrtümer in meinem eigenen Denken würden bloßgelegt werden. Ich hatte einen ungeheuerlichen Fehler gemacht.

Lane stand mit einem Fax in der Hand in der Tür. »Wieder recht gehabt, Pop«, sagte sie, dem Drehbuch unseres Spiels folgend.

»Charles S. Weathers aus *Lincoln*, Nebraska«, sagte ich und spürte einen kleinen Stich perverser Bewunderung. »Charlie

Starkweather? Wir haben einen Mörder mit einem Sinn für Humor.«

Starkweather handelte wie Peter Kurten nach einem sich auf Vergeltung oder Rache gründenden System. Mit seiner vierzehnjährigen Freundin Caril Fugate im Schlepptau machte sich Starkweather 1957 von Lincoln aus auf den Weg – und tötete elfmal, bis er fertig war. Jede Ungerechtigkeit, die der neunzehnjährige Müllmann erlebt hatte, gab seiner Rolle als Rebell Antrieb. Noch als er die Todeskammer von Nebraska betrat, verkörperte er nichts als Widerstand. Der Scharfrichter mußte den Schalter am elektrischen Stuhl dreimal betätigen – wobei jedesmal ein Stromstoß von 2200 Volt ausgelöst wurde –, bevor sich Starkweather in den Tod fügte.

Ich schlug meinen Peterson auf und suchte den Königssatrap auf Seite 108. Die Seite fehlte; sie war mit einem rasiermesserscharfen Gegenstand sauber herausgeschnitten worden.

Ich sprang auf, schnappte meine Schlüssel und ging zur Tür. »Du kennst meine Meinung zum Thema Zufall, Lane«, sagte ich. »Es gibt keinen Zufall. Wie bei so vielen von Wolfs Opfern war Janets Kehle mit chirurgischer Präzision durchtrennt. Wolf wurde beim Militär als Scharfschütze ausgebildet. Er ist in Vermont aufgewachsen, also kennt er sich mit Sicherheit mit einem Jagdgewehr wie einem 30.06 aus. Er hat bei seinen Morden immer seine Signatur hinterlassen. Weißt du noch, wie fasziniert er von Vögeln war? Diesmal bekommen wir keine Federn, sondern eine Seite aus einem Vogelbuch – *meinem* verdammten Vogelbuch übrigens. Wer sonst könnte so dreist sein, Janet umzubringen, mich anzuschießen, eine Seite aus diesem Buch zu reißen und dann wieder zu Janets Haus zurückzukehren?«

»Könnten wir es mit einem Nachahmungstäter zu tun haben, Pop?«

»Nein«, sagte ich, schlug die Tür zu und ging.

# Lane

Es war nicht das erste Mal, daß ich Pops Gedankengängen nicht folgen konnte. Er war aus dem Krankenhaus gekommen und hatte mit Peter Kurten angefangen. Dann war es Charles Starkweather. Jetzt war es John Wolf.

Ich kam nicht mehr mit.

Ich weiß noch, wie ich als Teenager einmal in Pops Arbeitszimmer kam. Er war so vertieft in ein paar Fotos auf seinem Schreibtisch, daß er mich gar nicht bemerkte. Seine Lippen bewegten sich, aber ich konnte nicht verstehen, was er sagte. Dann stand er auf und ging durch die Tür, die zur Garage führte. Ich folgte ihm, wobei ich nah an seinem Schreibtisch vorbeiging und auf die Bilder einer toten jungen Frau hinabsah, deren Rücken mit dünnen, blutigen, parallelen Linien überzogen war.

Ich ging weiter, bis ich Pop auf allen Vieren auf dem Betonfußboden der Garage sah. Er fuhr mit der rechten Hand über die rauhe Oberfläche des Zements und starrte dann auf die blutigen Linien auf seiner Handfläche. »So hat sie diese Linien bekommen«, sagte er. »Er konnte sie nicht tragen. Er hob sie an den Beinen hoch, schleifte sie über den Betonfußboden und manövrierte sie dann in den Kofferraum.«

Pop ging ganz nah an mir vorbei, ignorierte das Blut an seiner Hand und setzte sich wieder an seinen Schreibtisch. Ein paar Minuten später nahm er den Telefonhörer, und erst als er wählte, schien ihm aufzufallen, daß seine Hand blutete. Er knüllte ein paar Papiertaschentücher zusammen, nahm sie in die Hand, stillte die Blutung und erledigte seinen Anruf.

Ein paar Wochen später las ich einen Artikel in der Zeitung. Die Polizei hatte ihrem Hauptverdächtigen, einem Mechaniker namens Frank Lockerby, den Mord an einer jungen Frau zur Last gelegt. In dem Artikel waren Pop und auch Ray Bolton erwähnt, sein alter Freund bei der Polizei und mein Pate.

Jahre später fragte ich Pop nach dem Fall. »Die Linien auf dem Rücken des Opfers waren der Schlüssel zur Lösung des Falls«, erläuterte er. »Alle anderen Striemen und Flecken auf ihrem Körper konnten wir erklären, aber wir wußten nicht, woher diese Linien kamen und wo die Tat begangen worden war. Als wir wußten, wie die Linien entstanden waren, kannten wir auch den Tatort – die Tankstelle, wo Lockerby arbeitete –, und damit hatte Ray den Beweis, den er brauchte. Lockerby war keine einssechzig groß und schmal gebaut. Er hatte sein Opfer nicht hochheben können. Er mußte sie über den Betonboden schleifen.«

Das war nur einer von zahlreichen Fällen, bei denen ich gelernt hatte, das merkwürdige Verhalten meines Vaters, wenn es um Mord ging, nicht in Frage zu stellen.

Jetzt sah ich zu, wie sein Jeep durch das Tor verschwand, und ging wieder an meinen Computer.

Ginger hatte Monate damit zugebracht, die relationale Datenbank für Pop zu erstellen, aber ich bekam sie nicht zum Laufen. Ich hatte alle Kriterien eingegeben, die Pop und mir eingefallen waren, doch jedesmal, wenn ich versuchte, das Programm zu starten, erschien auf dem Bildschirm dieselbe Mitteilung: GOTO:DEA.

Ich wußte, daß Pop viel für Regierungsstellen gearbeitet hatte, aber ich hatte ihm noch nie vom Drogenbekämpfungsdienst sprechen hören. Wenn ich die DEA-Datei aufzurufen versuchte, schien sich das Programm aufzuhängen, als warte der Computer auf den Rest des Befehls. Nach etlichen Versuchen und ebenso vielen Mißerfolgen und Warmstarts machte ich den Computer aus und legte die Disketten weg. Allmählich gab ich meinem Vater recht, zumindest, was das Thema Technologie anging.

Pop war schon fast zwei Stunden weg. Ich wollte gerade Buck anrufen, als ich den Jeep vorfahren hörte.

»Scheißtelefone«, sagte er, als er zur Tür hereinkam.

»Wenn du eins im Haus hättest ...«

»Dann müßte ich mit den Leuten reden.«

»Wie wär's mit einem Fax mit Hörer? Schließ einen Anrufbeantworter an und stell die Klingel ab.«

Pop ignorierte mich, als er durchs Haus stapfte. Max sprang von seinem Stuhl und ging unter dem Sofa in Deckung.

Pop murmelte etwas, was ich nicht verstand.

»Was?« fragte ich.

»Nichts.«

»Ich hasse es, wenn du das machst.«

»Ich hab' gesagt, daß du deiner Mutter jeden Tag ähnlicher wirst. Sie mußte ein Telefon in jedem Zimmer haben. Sogar im Badezimmer, verdammt.«

Pop schäumte vor Wut. Er sagte nicht, warum er wütend war, und ich hatte schon vor langer Zeit gelernt, daß es besser war, ihn nicht zu fragen. Wenn er bereit ist zu reden, redet er. Vorher nicht.

»Ich hab' einen Flug nach Washington, D.C. gebucht«, sagte er. »Wenn du willst, kannst du mitkommen.«

»Was?«

»Ich hab' das Lincoln Memorial lange nicht mehr gesehen.«

Ich wußte, daß ihn nur ein Lincoln beschäftigte: Lincoln, Nebraska. Charlie Starkweather – was auch immer er für eine Beziehung zu unserem Täter hatte. Aber die Spur war hier und nicht in Washington.

»Pop, wovon redest du? Du hast einen Fall zu lösen – wir. Du bist die Zielscheibe von jemandem, und dieser Jemand hat Lake Albert zu seinem persönlichen Schießstand gemacht.«

»Gut. Dann bleib hier. Ich fliege.«

Er stolzierte in sein Schlafzimmer. Ich hörte, wie er Schubladen aufriß und den Reißverschluß seines Seesacks öffnete. Ich stellte mich in die Tür.

»Du weißt, daß ich dich nicht alleine fliegen lasse«, sagte ich.

»Dann geh' packen.«

# Pop

Die 737 hob von der Rollbahn ab.

Ich blickte hinunter, sah zu, wie die Erde zurückwich und von mir wegstürzte. Lake Albert lag weit hinter mir. Ich donnerte auf etwas zu, mit dem ich nichts zu tun haben wollte, doch ich wußte, daß ich keine Wahl hatte.

Ich jagte einen Mörder, der Opfer verschlang wie Popcorn mit Käsegeschmack. Einen Mann, der seinem eigenen Plan gefolgt war, der wie ein Gott entschieden hatte, wer sterben sollte und wo, bis ich ihn zur Strecke brachte. Den größten Teil seines Lebens als Erwachsener hatte John Wolf versucht, sich für die körperlichen und seelischen Schmerzen zu rächen, die ihm ein sadistischer Stiefvater zugefügt hatte. Jetzt wurde er von einer anderen Art von Rachsucht getrieben: Ich hatte mich erdreistet, seine Zerstörungsserie zu unterbrechen.

Ich hatte mehr Fragen als Antworten. Nummer eins auf meiner Liste war die Frage, wie jemand einer Explosion entkommen konnte, die Flammen und Schutt dreißig Meter weit in die Luft geschleudert hatte. Ich hatte ihn in den Kohlenverschlag seines Elternhauses in Vermont gesperrt und einen Schalter betätigt, der den in dem Verschlag versteckten Plastiksprengstoff explodieren ließ. *Er* hatte den Sprengstoff in dem Keller deponiert, um mich und meine Tochter umzubringen. Frage Nummer zwei ließ mir genausowenig Ruhe: Warum hatte er mich nicht umgebracht, als er die Gelegenheit dazu hatte?

Als ich meine Praxis in Boston eröffnete, kam ich durch die Gerichte an die meisten meiner Fälle. Gattenmord, Familienmord, Vatermord. Ich mußte wissen, wie es zu den gewalttätigen Handlungen gekommen war. Die Dynamik des Mörders konnte nur im Kontext seiner Beziehungen verstanden werden. Ausführliche Gespräche mit Überlebenden – Verwandten, Nachbarn, dem Angeklagten – ergaben eine vollständige Biographie, die sich unerbittlich auf einen einzigen, konvulsiven Augenblick zubewegte.

Albert DeSalvo – »der Würger von Boston« – hatte alles verändert. Es gab viele andere Serienmörder vor ihm. Wer wußte, was hinter den Werwolflegenden Europas wirklich steckte? DeSalvo hatte in meiner Nachbarschaft ein Blutbad angerichtet und sich in mein Bewußtsein gedrängt.

Ich wohnte auf dem Beacon Hill, als sich DeSalvo in seiner Zelle im Bridgewater State Hospital als der am meisten gefürchtete Mörder von Boston zu erkennen gab – erst gegenüber seinem Mitgefangenen George Nassar, dann gegenüber dem feurigen jungen Anwalt F. Lee Bailey. Es war knapp. Eines der Opfer des Würgers wohnte auf der Charles Street, nur ein paar Schritte von meinem Apartment entfernt. Für mich, in meiner Praxis, hatte DeSalvo dem Phänomen Mord ein neues Gesicht gegeben. Er hatte keines seiner dreizehn Mordopfer gekannt, und auch die zahllosen Opfer, die er als der »Vermessungsmann« oder der »Grüne Mann« vergewaltigt hatte, waren für ihn Fremde gewesen.

In den Sechzigern – einem entscheidenden Jahrzehnt, was Musik, politische Attentate und soziale Revolutionen angeht – stieg auch die Zahl der Fremden, die Fremde töteten, drastisch an. Wie konnte man ermitteln, wie und warum es zu einem Gewaltakt gekommen war, der zusammenhanglos erschien, wo keine Beziehung zu erkennen war? Ich war fest entschlossen, das herauszufinden, und entwickelte meine eigene Methode, anhand der Beweise am Tatort und dessen, was ich über die Persönlichkeit des Opfers in Erfahrung bringen konnte, auf die Charakteristika des Mörders zu schließen. Es war ein Prozeß, bei dem man rückwärts arbeiten mußte.

Meiner Meinung nach war die Untersuchung des Ortes, an dem sich der Mörder das Opfer geschnappt hatte, und der

Umstände ebenso wichtig wie die mikroskopische Analyse von allem, was am Schauplatz des Mordes gefunden wurde – des Ortes, den meine Kollegen bei der Polizei beharrlich als »Tatort« bezeichneten. Das Verbrechen, überlegte ich, spielte sich an mehreren Schauplätzen ab – ob innerhalb desselben Raumes, der Wohnung, des Hauses oder überall in der Stadt und in Suffolk County verstreut. Die Morde, die ich studierte, hatten *Szenen*, verschiedene Schauplätze, die alle wichtig waren.

Ich weiß noch, wie ein Detective vom Morddezernat zu mir sagte: »Der Täter hat sie sich in einem Supermarkt auf der anderen Seite des Flusses geschnappt, aber um die Ecke gebracht hat er sie hier.«

»Hier« war eine kleine Gasse im Norden von Boston.

»Hat er sie sich im Supermarkt, auf dem Parkplatz oder wo geschnappt?« fragte ich.

»Im Supermarkt. Er hat sie sich nicht eigentlich *geschnappt*, Doc. Sie sind zusammen rausgegangen. Aber was spielt das schon für 'ne Rolle, verdammt?«

»Er wollte, daß sie einen guten Eindruck von ihm hatte«, sagte ich. »Er wirkte glaubwürdig, schien ein netter Kerl zu sein.«

»Nette Kerle machen nicht so 'ne Scheiße, Doc.«

Die vorhersehbare Reaktion war, diese Morde als willkürlich, unsinnig, ohne Motiv zu bezeichnen. Das stimmte nicht. Voller Abscheu und aus dem Bedürfnis heraus, den Morden Etiketten zu verleihen und uns von den Mördern zu distanzieren, taten wir die Mörder eilig als pervers, verrückt und geistesgestört ab. Das stimmte nicht. Viele von ihnen waren »nette Kerle«.

Der Schluß, zu dem ich kam, verletzte das Feingefühl der Menschen: »Sie« waren »wir«.

Als Kind habe ich von meinem Vater viele Dinge gelernt. Es ist schwierig, von jemandem etwas zu lernen, der meistens betrunken ist, aber wenn er mit seinem starken irischen Akzent sprach, hörte ich zu. Er war ungebildet, zumindest was die Schule anging, aber intelligent – ein Trinker aus der Arbeiterklasse, der, wenn er sich nicht gerade Seagram's Seven in seinem Tee zu Gemüte führte, Philosophie in sich einsog.

Er war ... ein ungewöhnlicher Mann. Ich wollte ihn kennenlernen, und ich wollte, daß er mich kennenlernte. Ich weiß noch, wie ich eines Morgens in sein Zimmer ging. Er las, also setzte ich mich auf das Fußende seines Bettes.

»Hast du gewußt, daß William Blake Gott gesehen hat?« fragte er.

Seine Stimme klang krächzend. So klang sie immer – als wollte er den Rost des Alkohols abschütteln und dem Tag Starthilfe geben.

Ich schüttelte den Kopf.

»Als er ein kleiner Junge war, ungefähr so alt wie du, sah er Gott, der ihn anschaute. Blake war nicht verrückt. Er wußte, daß die Dinge, die wir fühlen, riechen und hören, nur dann eine Bedeutung haben, wenn sie uns in unser Inneres zurückführen, zu dem, was wir uns vorstellen können. Er wußte, daß wir das Böse brauchen. Wie sollten wir sonst das Gute bemessen? Wenn wir einen Himmel haben, brauchen wir auch eine Hölle. Er hat dem vertraut, was sein Inneres ihm sagte, Junge. Er hat nicht auf die Priester und Lehrer gewartet. Das ist eine schwere Last, seinem eigenen Inneren zu vertrauen.«

»Wenn ich Gott sähe«, sagte ich, »würde ich vielleicht an ihn glauben.«

»Ja, aber wahrscheinlich würdest du dich täuschen. Vielleicht hat Blake den Alten wirklich gesehen. Vielleicht auch nicht. Aber ganz bestimmt hat er Gott in seinem Inneren *gespürt.*«

Er hustete, zündete sich eine Pall Mall an und fügte hinzu: »Mir ist das noch nie passiert, aber ich will mich gegenüber dieser Möglichkeit nicht verschließen.«

Jetzt hallten die Worte meines Vaters in meinem Kopf wider. *Er hat dem vertraut, was sein Inneres ihm sagte, Junge.* Genau das hatte ich immer versucht, und genau das mußte ich auch jetzt tun. Mein Inneres würde mich zu dem Mörder führen, wenn ich es nur zuließ.

Nach der Mitteilung des Piloten über unsere Ankunftszeit und das Wetter in Washington klappte Lane ihren Laptop auf.

»Ihr Kinder könnt nirgendwo ohne diese Dinger hingehen«, sagte ich, während ich mich auf einen Gedichtband von Christina Rossetti zu konzentrieren versuchte.

»Glaubst du, du wirst je im zwanzigsten Jahrhundert ankommen, Pop?«

»Ich bezweifle es. Im Augenblick bin ich im neunzehnten.«

Ich sah zu, wie sie Disketten einlegte und wieder herausnahm, Befehle eintippte, las, was der Bildschirm ihr mitzuteilen hatte.

»Wann hast du für die DEA gearbeitet?« fragte sie.

»Nie.«

»Wenn ich all die Merkmale hier eingebe und die Suche starte, sagt der Computer GOTO:DEA. Aber wenn ich DEA eintippe, passiert nichts.«

»Ruf Ginger an, wenn wir in Washington sind«, schlug ich vor. »Ich kenn' mich damit nicht aus. Hier im neunzehnten Jahrhundert haben wir so was nicht.«

»Wenn man es richtig einsetzt, spart man damit Zeit. Betrachte es als Werkzeug.«

»Technologie ist eine Droge. Wenn wir es zulassen, daß wir abhängig davon werden, vergessen wir, wie wir unseren eigenen Verstand einsetzen können. Die Leute lesen nicht mehr genug. Sie haben ›Multimedia-Erfahrungen‹. Klingt irgendwie obszön, wenn du mich fragst. Ich nehm' mir lieber *Lady Chatterley und ihr Liebhaber.*«

Lane lachte und steckte den kleinen Computer wieder in den Koffer.

Es war an der Zeit, meine Tochter an meinem Gedanken teilhaben zu lassen, also fing ich mit dem Tag an, an dem ich angeschossen worden war. »Ich hab' ihn gesehen. Er war schwarz gekleidet, dunkle Brille, vielleicht einsachtzig groß. Er hatte eine Haltung, als hätte er beim Militär schießen gelernt. Er hätte nicht danebenschießen dürfen. Dann ging er in die Küche und riß die Seite aus dem Peterson – ein bis in alle Einzelheiten durchdachtes Spiel. Addiere das zu all den anderen Merkmalen, die du in dein Spielzeug aus dem zwanzigsten Jahrhundert eingetippt hast.«

Ich machte eine Pause, um Lane Zeit zu geben, diese Informationen zu verdauen, dann sagte ich: »Wir sprechen von John Wolf.«

»Ein Nachahmungstäter. Wie ich schon gesagt habe. Jemand, der sich mit Wolf beschäftigt hat, der ihn imitiert.«

»Nachahmungstäter sind selten, Lanie. Dieses Konzept gefällt den Gesetzeshütern, aber mit der Realität hat es nicht viel zu tun. Angst vor Nachahmungstätern ist eine praktische Ausrede, um in einem Fall mehr Informationen zurückzuhalten als nötig. Es hat bisher nur wenige Nachahmungstäter gegeben. Wenn es passiert, ist die Pathologie eine andere als die bei Serienmördern. Typischerweise ist es jemand, dessen Geisteszustand gestört ist, der ohnehin drauf und dran ist überzuschnappen. Er hat keinen festgelegten Plan. Es hat noch nichts gegeben, was er nachahmen könnte. Die Taten des ersten Mörders fungieren als Katalysator, als Auslöser, und los geht's.«

Ich sah Lane an und sagte: »Wir treffen uns mit Dexter Willoughby.«

Willoughby war der FBI-Agent, der kurz nach der Explosion, die, wie ich angenommen hatte, Wolf das Leben gekostet hatte, an dem alten Haus in Vermont aufgetaucht war. Willoughby übernahm das Kommando, beschlagnahmte den Tatort und fuhr dann fünfundfünfzig Kilometer nach Norden, um Wolfs gesamtes Firmenmaterial sicherzustellen.

»Willoughby wollte nicht mit mir sprechen, als ich versucht hab', ihn von Lake Albert aus zu erreichen. Deshalb war ich ... nicht so gut drauf, als ich aus der Stadt zurückkam.«

»Aber Wolf kann doch unmöglich diesem Inferno entkommen sein.«

»Das hab' ich auch gedacht. Ich bin immer noch nicht überzeugt. Alle, auch ich, gingen aufgrund der Heftigkeit der Explosion einfach davon aus, daß Wolf tot war. Soviel ich weiß, ist sein Tod nie bestätigt worden.«

»Wie hätte er das überleben sollen, Pop?«

Ich dachte daran, als ich John Wolf das letzte Mal gesehen hatte. Der Mörder war im Keller des Hauses, in dem er als Junge gelebt hatte – er lag auf einer Bombe, die im Kohlenverschlag vergraben war. In diesen Kohlenverschlag war er als Kind eingesperrt worden – die Lieblingsmethode seines Stiefvaters, ihn zu disziplinieren.

»Lane, was hat Wolf wohl in all den Stunden gemacht, die er als Kind allein in der erschreckenden Dunkelheit dieses Kerkers verbracht hat?«

*Kratz die Erde auf. Grab. Bahn dir einen Weg in die Freiheit. Langsam und stetig, Junge.*

In einer Ecke des Kohlenverschlags war eine große Sandsteinplatte. Ich hatte sie bemerkt, als ich Wolfs eigenen Sprengstoff an einer anderen Stelle vergraben und seine Zeitschaltuhr neu eingestellt hatte. Was hätte ich wohl gefunden, wenn ich die Platte hochgehoben hätte?

Wolf war von Vögeln fasziniert. Der Regenpfeifer baut sein Nest in einer Erdmulde. Wenn jemand zu nahe an das Nest herankommt, geht der Vogel heraus, tut so, als wäre er verletzt, humpelt mit herabhängendem Flügel herum. Ich sah Wolf vor mir, der verletzt zu Boden sank, wie ein Regenpfeifer, der eine Verletzung vortäuscht. Ich sah, wie er sich einen Tunnel aus dem Keller heraus grub und sich weit weg von dem Haus schleppte.

*Lebendig. Geheilt jetzt. Auf der Flucht. Auf der Suche nach Rache.*

»Wenn Willoughby schon am Telefon nicht mit dir sprechen wollte, läßt er uns bestimmt nicht rein.«

»Ich bin mir ziemlich sicher, daß er es schon bereut, nicht mit mir gesprochen zu haben.«

»Häh? Pop, er hat mich bei dem Fall Wolf total ausgeschlossen. Er hat auch die Behörden von Vermont außen vor gelassen. Nach ein paar Tagen hat er sogar angefangen, seine Partnerin Susan Walker aus dem Fall rauszudrängen. Wie ich gehört hab', hat er den ganzen Verdienst, einen großen Fall gelöst zu haben, für sich allein in Anspruch genommen. Wahrscheinlich sitzt er jetzt in einem Eckbüro hinter einem Mahagonischreibtisch.«

»Ich hab' einen Bekannten angerufen«, sagte ich. »Agent Willoughby wird mit uns sprechen. Wenn Wolf lebendig da rausgekommen ist, ist Willoughby der einzige, der das wissen kann.«

Sie hatte recht, was das Eckbüro anging. Willoughbys Sekretärin führte uns hinein. Doch der Schreibtisch, an dem der Spezialagent des FBI saß, war aus Walnußholz, nicht aus Mahagoni. Ich deutete mit dem Kopf auf den Tisch.

»Halb gewonnen, halb verloren«, murmelte ich Lane zu.

Der kleine, schlanke Mann war schon seit zwanzig Jahren beim FBI. Er hatte mit John Douglas zusammengearbeitet, dem legendären Experten für Täterprofile, der sich später zur Ruhe setzte und Robert Ressler im Buch- und Medien-Geschäft einzuholen versuchte. Die beiden Männer kauten dieselben Fälle immer wieder durch – die berühmten Verbrecher, die sie besucht und von denen sie sich bedroht gefühlt hatten –, ohne irgend etwas Neues zu der Frage beizutragen, warum sie ihre Taten begangen hatten.

Willoughby hatte die nötigen Referenzen, und da er zur

rechten Zeit am rechten Ort war, hielt man ihn für den rechtmäßigen Erben der Gurus aus Quantico. Willoughby war ein politisches Tier. Er wollte keins der fensterlosen Büros der Abteilung für Verhaltensforschung fast zwanzig Meter unter der Erde in der FBI Academy in Virginia. Sich durch Washington zu schleimen war mehr sein Stil.

Sein Büro war mit der erforderlichen Flagge, einem Foto des Präsidenten, den üblichen Gedenktafeln »zur Belobigung« und »zum Dank« sowie mit einem Foto seiner Familie ausgestattet, die wie auf einem Gemälde von Rockwell um einen offenen Kamin posierte, der nur auf der Titelseite der *Saturday Evening Post* existieren konnte. Außerdem gab es einen gerahmten Schnappschuß, der ihn als Kind zeigte, wie er J. Edgar Hoover die Hand schüttelte.

Willoughby dachte linear – A führt zu B führt zu C. Das ist der Fluch der westlichen intellektuellen Tradition, aber unsere Schulen trichtern es uns trotzdem ein. Ich hatte zu Lane gesagt, ich könnte mir vorstellen, daß Dexter Willoughby das Kreuzworträtsel in der *New York Times* genau in der Reihenfolge der Zahlen löste, ohne je zu dem Wort im Herzen des Rätsels zu springen – dem Wort, das zu der Lösung des Rätsels führte. Ich bezweifelte auch, daß er je mit einem dieser Kreuzworträtsel fertig geworden war.

»Der Senator hat angerufen«, sagte Willoughby.

»Ah ... ja. Ein Freund von mir vom College«, erklärte ich.

Das Gesicht des Agenten hatte die Farbe von Sauerteig. »Er hat mir gedroht, mich nach Boise zu schicken, wenn ich nicht kooperiere.«

Für jemanden vom FBI ist das schlimmer als Havanna. »Da draußen schießen sie sogar auf die Leute vom Forstamt«, sagte ich.

Ich wollte, daß dieser Mistkerl ganz klein wurde, und er war schon auf dem besten Wege.

»Was wollen Sie?«

»Wolf.«

Im Zimmer herrschte Schweigen.

»Es schneit ziemlich viel in Boise«, erinnerte ich ihn sanft. Ich bin durchaus in der Lage, diplomatisch zu sein.

»Wir haben Überreste von fünf Menschen gefunden, die in dem Keller vergraben waren. Vier davon konnten wir identifizieren. Wir wissen noch immer nicht, wer das fünfte Opfer war. Es waren alles Frauen, natürlich.«

»Was haben Sie sonst noch gefunden?«

»Es war alles verbrannt. Total zerstört.«

Wieder Schweigen. Also knackte ich mit den Fingerknöcheln. Langsam hintereinander. Diplomatie.

Schließlich sprach Willoughby. »Da war ein Tunnel.«

Ich sah die Sandsteinplatte in der rechten hinteren Ecke des Kohlenverschlags vor mir.

»Er verlief ungefähr sechs Meter lang parallel zur Grundmauer, dann führte er weg«, fuhr Willoughby fort. »Die ersten zehn Meter sanken bei der Explosion in sich zusammen. Der Rest war intakt.«

*Auf den Kriechkeller unter dem Schlafzimmer deiner Eltern zu. Wenn du nicht durch die verriegelte Tür kamst, kamst du durch den Fußboden herauf. Als du den Tunnel bis dorthin gegraben hattest, hörtest du nicht auf. Du grubst immer weiter, hobst einen Fluchtweg aus, der weit vom Haus wegführte.*

»Wir nehmen an, daß er mehrere Jahre daran gearbeitet hat. Wahrscheinlich benutzte er ein Messer und einen Löffel. Wir haben da unten einen Löffel gefunden. Allerdings glauben wir nicht, daß der Tunnel einem einsachtzig Meter großen Erwachsenen von durchschnittlichem Körperbau als Fluchtmöglichkeit dienen konnte.«

*Die Entschlossenheit, der absolute Wille, die Erwägung aller Eventualitäten. Bring sie alle um, Junge, und kriech dann weg in eine Welt, die du geschaffen hast.*

»Was haben Sie noch gefunden?«

»Nichts«, sagte er und sah mir direkt in die Augen.

»Sind Sie schon mal auf den Gedanken gekommen, daß Wolf vielleicht gar nicht tot ist?«

Willoughby räusperte sich, sah mich aber weiterhin an. »Ich habe nie Grund zu dieser Annahme gesehen. Unser offizieller Standpunkt ist der, daß er tot ist. Niemand kann die Verwüstung überlebt haben, die diese Bombe ausgelöst hat.«

»Und wie lautet Ihr inoffizieller Standpunkt?«

»Ich wollte einen Beweis«, sagte er. »Den habe ich nicht bekommen. Ich mußte mich mit den Indizien zufriedengeben, die, wie ich schon erläutert habe, ziemlich überzeugend waren.«

»Es ist wieder eine Frau ermordet worden«, sagte Lane.

Willoughby nickte. »Ja, leider. Ich habe davon gehört.«

»Sie war eine Freundin von Pop. Der Mörder hat auch versucht, Pop umzubringen, und es wäre ihm beinahe gelungen.«

Willoughby riß die Augen auf. Er sah verwirrt aus. »Vor einem Monat ist Wolfs Schwester, Sarah Humphrey, in ihrem Mobilheim in der Nähe von Orlando umgebracht worden. Ich dachte, Sie sprächen von ihr.«

Ich starrte in die schlammbraunen Augen des Agenten. »Lassen Sie mich raten. Die örtliche Polizei hat die Sache als isolierten Fall bearbeitet. Als was? Hausfriedensbruch? Vergewaltigung?«

»Der Körper der Frau wurde nach dem Tod mit einem Messer stark entstellt, und es gab Spuren einer Vergewaltigung.«

*Sarah Humphrey. Einst eine junge, schlanke, attraktive Frau, das Objekt der Phantasien ihres Bruders, aber inzwischen in den mittleren Jahren. Weißt du noch, wie du danach giertest, sie zu schmecken, Junge?*

»Wir haben nie irgendwelche Hinweise darauf gefunden, daß Wolf seine Opfer sexuell mißbrauchte«, sagte Lane. »Warum könnte er sie vergewaltigt haben, Pop?«

*Du bist über die Macht, die Kontrolle, die Demütigung – sogar über die Zerstörung – hinausgegangen.* »Der Körper der Frau wurde nach dem Tod mit einem Messer stark entstellt«, hatte Willoughby gesagt. *Du hast sie in Stücke gehackt.*

»Er vollzog eine Beziehung, die nur in seiner Vorstellung existierte«, erklärte ich ihr.

»Wolf kann gar nicht am Leben sein«, sagte der Agent.

»Willoughby, Sie sind ein Arschloch«, fuhr Lane ihn an. »Sie hatten den Verdacht, daß Wolf bei der Explosion vielleicht gar nicht ums Leben gekommen ist. Warum haben Sie niemandem gesagt, daß keine der Überreste in dem Keller von Wolf stammen konnten? Warum haben Sie Pop nicht gewarnt? Und warum haben Sie niemanden informiert, als man die Leiche von Sarah Humphrey fand?«

Willoughby schüttelte den Kopf. »Wolf ist tot«, sagte er.

*Du hast dich immer wieder neu erschaffen, Junge. Was bist du jetzt? Und wo?*

Lane und ich standen im Aufzug. »Ich schlag' vor, daß wir uns im Willard einquartieren«, sagte ich. »Ich möchte ein bequemes Bett und will schlafen.«

»Hast du Schmerzen?«

»Nein. Ich bin nur müde.«

»Glaubst du wirklich, daß Wolf noch lebt?«

»Ich bin mir nie sicher, bei nichts, Lane. Ich glaube nicht, daß irgendwer ein Gemälde von Paul Sierra oder ein Ostinato von Clapton perfekt kopieren könnte. Wie du weißt, glaube ich außerdem nicht an den Zufall. Sarah Humphrey? Warum hat man Willoughby überhaupt über den Fall informiert? Das ist doch eine lokale Angelegenheit. Irgendwer war offenbar der Meinung, er sollte es wissen.«

Ich haßte bereits jede Minute von dem, was ich tat. Ich wünschte, es wäre vorbei.

»Kannst du Willoughby nicht dazu bewegen, uns zu helfen?« fragte Lane.

»Das will ich nicht. Ich will mich nicht mit den Bürokraten vom FBI herumärgern müssen. Ich will diese Sache klären und wieder zurück an den See.«

Janet Orr war auf die Nummer eines ungelösten Falls reduziert worden. Ein Mörder, der nicht aufhören würde zu morden, bis er tot war, war frei, seine Gier systematisch zu befriedigen, wie ein Hai bei einem Schiffbruch.

»Wenn Wolf überlebt hat«, sagte Lane, »solltest du nicht die Verfolgung aufnehmen. Er ist bestimmt in Topform. Du bist verletzt. Du mußt dich ausruhen.«

Es gibt kaum etwas Schöneres, als im Herbst am Lake Albert Barsche zu angeln, zumindest bis zum Wintereinbruch Ende Oktober. Ich wollte mich in meinem Haus wieder einleben, im Holzofen ein Feuer entzünden und es mir mit einem guten Buch und einer Flasche kaltem Ale gemütlich machen. Aber ein Mörder stand mir im Weg.

»Wer auch immer es war – er könnte noch immer am See sein«, fuhr Lane fort.

*Du bist hier, nicht wahr, Junge? Und du willst auch mich hier haben.*

Ich war wie ein gut gestimmtes Klavier gespielt worden, manipuliert, in die Irre geführt.

»Nein«, sagte ich zu Lane. »Das glaube ich nicht.«

# Lane

Als Pop sagte, wir würden im Willard wohnen, vollführte mein Herz ein kleines Tänzchen. Seit Jahren hatte ich mir gewünscht, dort zu übernachten – seit ich wußte, wer Emily Dikkinson war. Sie hatte im Willard logiert, als sie vor anderthalb Jahrhunderten nach Washington gereist war. Ich wünschte mir nur, die Umstände unseres Aufenthalts wären andere.

»Können wir welche von den teuren Zimmern mieten?« fragte ich.

»Im Willard gibt es gar keine anderen. Wir wollen es aber nicht übertreiben. Wir brauchen keine Präsidentensuites. Nur Betten und Badezimmer.«

Pop war schlecht gelaunt. Doch das störte mich überhaupt nicht – eigentlich ist er ziemlich süß, wenn er herumstampft und ganz eingeschnappt tut. Ich nahm an, er fragte sich, wie er eine Bürokratie davon überzeugen sollte, daß jemand, der in ihren Akten als Toter geführt wurde, gar nicht tot war. Oder eher, wie er es vermeiden konnte, sich überhaupt mit dieser Bürokratie abzugeben.

»Ist das eine offizielle Angelegenheit – gibt es jemanden, dem wir die Rechnung schicken können?« fragte ich.

Ich war nur noch etwa zwei Monatsgehälter davon entfernt, Sozialhilfe zu beantragen.

»Das ist *meine* Angelegenheit – und von sonst niemandem. Ich kümmer' mich um die Kosten.«

Es ist ein bißchen beunruhigend, wenn Pop in diesem Ton spricht. Er scheint sich dann in einen dieser Panzer zu verwandeln, die auf ihrem Weg alles plattmachen. Nicht, daß er dabei unbedingt laut wird oder herumpoltert, obwohl ich ihn auch schon viele Male in meinem Leben als wild gewordenen Elefanten erlebt habe.

Dieser spezielle Ton ist beinahe zu ruhig, zu gefühlsleer.

Eine Promenade namens Pfauenallee. Die Rotkehlchenbar. Die Nest Lounge. Umgeben von so vielen Begriffen, die mit Federn zu tun hatten, war es schwer, nicht an Mord und John Wolf zu denken. Eine Feder am Schauplatz des Mordes zu hinterlassen, war eines von Wolfs Lieblingsmarkenzeichen gewesen. Ich war fest entschlossen, mir meinen Aufenthalt im Willard – wo sich die Promenade, die Bar und die Lounge befanden – nicht von ihm verderben zu lassen.

Als ich las, daß Emily Dickinson hier übernachtet hatte, stellte ich mir das Willard als ein schäbiges Hotel vor, als ein staubiges, schmutziges Loch, in dem Gesetzgeber abstiegen, wenn sie in Regierungsangelegenheiten nach Washington kamen. Emily Dickinsons Vater war in der Politik tätig. Sie begleitete ihn einmal im Frühling nach Washington, und so lernte sie das Willard kennen.

Aufgrund meiner Vorurteile war ich auf die Pracht des Hotels nicht vorbereitet: Mosaikfußböden, riesige Kronleuchter, samtbezogene Stühle, Marmorsäulen, welche die massive, reichverzierte Decke der Lobby stützten, Zimmerpalmen, die noch größer waren als ich – es war, als beträten wir das Szenario eines aufwendigen Films.

Pop und ich hatten benachbarte Zimmer. Er machte sofort Gebrauch vom Bett und beschloß, ein Nickerchen zu halten, sobald unser Gepäck oben war. »Weck mich zum Abendessen«, sagte er und schob mich zur Tür hinaus.

Daraufhin ging ich zum ersten Mal in mein eigenes Zimmer. Wieder war ich beeindruckt, was für ein tolles Hotel das Willard war. Meine eigene private Minibar, ein Bett, das groß genug für eine Orgie war, und ein Telefon im Bad. Das hätte Savvy gefallen.

Während Pop schlief, rief ich Ginger an und erklärte, daß ich ihre Hilfe bei der relationalen Datenbank brauchte. Sie sagte, der Hinweis »GOTO:DEA« bedeute, daß ich die Datei der Toten aufrufen solle.

»Was ist das?« fragte ich.

»Die Datei mit den ganzen Fällen, die in Gottes Händen sind – bei denen der Täter tot ist. Das Programm weist Sie auf jemanden hin, dessen Charakteristika denen, die Sie suchen, ähnlich sind.«

Sie erklärte mir, wie ich die Datei öffnen sollte, und ich dankte ihr und legte auf. Ich fand die Diskette, mit der ich gearbeitet hatte, als wir noch am See waren, und steckte sie in meinen Laptop. Ich durchlief all die Schritte, die zu dem Hinweis GOTO:DEA führten, und tippte dann, Gingers Anweisungen folgend, DEAD.DOC ein.

Auf meinem Bildschirm erschien John Wolfs Akte.

Ich ließ das Programm immer wieder neu durchlaufen, indem ich die Charakteristika, auf die Pop und ich gekommen waren, unterschiedlich zusammenstellte – und jedesmal bekam ich dasselbe Ergebnis. John Wolf. Vielleicht würde das Pops Glauben an die Technologie ankurbeln.

Ich rief Pop in seinem Zimmer an.

Er hob ab und sagte: »Du weißt, daß ich diese Dinger hasse.«

»Zeit zum Abendessen«, sagte ich. »Ich komm' gleich rüber.«

Pop machte die Tür auf und fragte: »Hast du eine Waffe mitgebracht?«

»Meine Achtunddreißiger.«

»Gut. Ich habe eine Neun-Millimeter. Ich werd' meinen Freund, den Senator, anrufen und ihn bitten, einen Detective aus Washington mit uns zusammenarbeiten zu lassen. Als ich gestern mit ihm gesprochen hab', hat er einen Cop namens Williams erwähnt.«

»Wie wär's mit jemand anderem vom FBI?«

»Deren offizielle Position lautet, daß Wolf tot ist. Ich hab' dir gesagt, daß ich keine Zeit damit vergeuden will, von einem Bürohengst zum nächsten geschickt zu werden. Ich kümmere mich selbst darum. Jetzt.«

»Pop, ich bin zum See gekommen, weil . . .«

»Diesmal wird es anders sein«, unterbrach er mich.

»Ganz anders.«

Stunden später lag ich allein in meinem Zimmer und versuchte einzuschlafen. Ich weiß nicht, was mich mehr beunruhigte – die Beule der 38er unter meinem Kopfkissen oder das Knarren im Hotel, das ich entweder dem Geist Emily Dickinsons zuschrieb oder dem Tod in der Gestalt von John Wolf, der unfreundlich vor mir hielt.

Mir wurde auch klar, daß ich nicht wußte, was Pop mit »anders« gemeint hatte. Würde seine Methode, sich um Wolf zu kümmern, legaler sein?

Oder endgültiger?

Ich hatte kein Nickerchen gehalten.

Ich hatte nicht die Absicht, mit Schlafen und dem Lecken meiner paar oberflächlichen Wunden Zeit zu vergeuden.

Als Lane in ihr Zimmer ging, mietete ich mir ein Auto und fuhr nach Vienna, Virginia. Dort setzte ich mich auf den Bordstein einer von Bäumen gesäumten Straße und sah zu, wie ein grüner Volvo Kombi auf mich zukam.

Es war Zeit, mich um das Arschloch Nummer eins zu kümmern.

Dexter Willoughby parkte seinen Wagen am Straßenrand und blieb dann hinter der offenen Tür stehen. »Was zum Teufel machen Sie hier?«

Er sah zu seinem Haus hinüber.

»Ich hab' nicht geklingelt«, sagte ich. »Gehen Sie rein, hören Sie Ihren Anrufbeantworter ab, und dann kommen Sie noch mal zu mir raus.«

»Hören Sie«, setzte er an.

»Ich würd' Ihnen raten, Ihren Anrufbeantworter abzuhören«, sagte ich noch einmal.

Der kleine FBI-Agent nahm seinen Aktenkoffer, schlug die Autotür zu und gab sich alle Mühe, den Eindruck eines entrüsteten, wütenden Mannes zu erwecken, der seine Einfahrt hoch auf die Rückseite des Hauses zumarschierte.

Ich war nicht in der Stimmung, mit Willoughby Spielchen zu spielen. Ich war überzeugt, daß John Wolf sich schon an sein nächstes Opfer heranpirschte. Obwohl er Janet Orr umgebracht und mich angeschossen hatte, glaubte ich nicht, daß ich der nächste auf seiner Liste war, aber ich wußte auch nicht, wer das nächste Opfer sein würde.

Willoughby kam ohne Aktenkoffer und Jackett die Einfahrt

wieder herunter. Seine Weste und seine Schulkrawatte waren noch tadellos an Ort und Stelle, als er hinter meiner linken Schulter stehenblieb.

»Es wär' eine Schande, wenn Sie das Haus verkaufen müßten«, sagte ich. »Schöne Gegend.«

»Senator Storrs hat mich um volle Kooperation gebeten«, sagte er und ließ zwei Akten neben mir auf den Bürgersteig fallen.

Auf der einen stand »Humphrey«, auf der anderen »Chadwick«. Ich sah zu Willoughby auf. »Alan Chadwick?«

»Dr. Chadwick ist vor zwei Monaten bei einem Sturz vom Dach des Boston City Hospital ums Leben gekommen.«

Scheiße. Chadwick war der Pathologe, dessen Identität John Wolf gestohlen und jahrelang in Hasty Hills, Connecticut, benutzt hatte. Ohne die Akte aufzuschlagen, war ich mir sicher, daß Wolf Chadwick auf dieselbe Weise umgebracht hatte wie Jahre zuvor – als alle drei in Cambridge studierten – Chadwicks Freundin. Wolf hatte sie vom Dach ihres Wohnheims geworfen.

»Was wollen Sie noch?«

Ich mußte mich schwer zusammenreißen, um das kleine Arschloch nicht zu erdrosseln. Ich klopfte auf den Bürgersteig. »Setzen Sie sich.«

»Ich bleib' lieber stehen.«

»Die Überlegenheit, die Sie dadurch zu haben glauben, ist eine Illusion, Willoughby.«

»Es war keine Spur von Wolf zu finden. Er ist tot. Vollkommen eingeäschert.«

Ich stand auf und starrte hinunter in die Augen des Agenten – die Augen, die ihn verraten hatten.

Als Lane und ich vor ein paar Stunden in seinem Büro waren, hatte ich seine Augen beobachtet, um herauszufinden, welche Beziehung zwischen seinen Augenbewegungen und dem, was er sagte, bestand. Irgendwann in seiner Laufbahn hatte Willoughby an einem Kurs für Neurolinguistisches Programmieren teilgenommen; er wußte Bescheid über die unwillkürlichen Bewegungen der Augenmuskeln. Er hatte seine eigene Ausrichtung durchkreuzt, indem er links und rechts vertauscht hatte, und das Ganze mit einer Technik verschönert, die ich erst ein- oder zweimal zuvor gesehen hatte. Die meisten Menschen vermeiden Blickkontakt, wenn sie lügen. Willoughby nahm nur dann Blickkontakt auf, wenn er log.

»Was haben Sie in Vermont noch gefunden?«

Er starrte mir in die Augen und sagte nichts.

»Viel Glück im Westen«, sagte ich und wandte mich zum Gehen.

»In dem Obergeschoß der Lagerhalle, das er als Büro benutzte, war ein Blatt Papier. Ist es das, was Sie wollen? Es lag in einem Buch. Es war datiert, und er hatte auch die Uhrzeit aufgeschrieben. Es war kurz bevor sie dort hinkamen.«

»Sie haben es in *Der Sammler* gefunden – dem Buch von John Fowles.«

Vor einem Jahr war die Annahme, Wolf könnte ein Exemplar des Buches besitzen, das der überall im Land tätige Mörder Christopher Wilder für eine Bibel hielt, nur so eine Ahnung von mir gewesen. Es war eine dieser intuitiven Vermutungen, die nur auf meinem Gespür für Wolfs Inneres beruhten, bevor ich ihn je zu Gesicht bekommen hatte. Ich hatte recht gehabt.

Willoughby wurde blaß. »Sie sind ein verdammter Alptraum. Ja. Er schrieb, er sei am Ende angekommen. Es war verrückt. Es ergab überhaupt keinen Sinn.«

»Wie lauteten seine Worte?«

Willoughby seufzte. »Er sei am Ende des Weges angekommen und müsse sterben. Dann schrieb er, er werde in den langen Tunnel der Nacht eintreten und dann alle töten, die ihn zerstört hätten. Man kann doch niemanden umbringen, wenn man selbst tot ist. Er ist tot. Wie kann das irgendwas bedeuten?«

*Du hast jeden einzelnen meiner Schritte vorausgesehen, stimmt's, Junge?*

Wolf hatte mich nach Vermont gelockt, genau wie er mich nach Washington gelockt hatte. *Er* hatte das kunstvolle Szenario entworfen, nicht ich. Ich fragte mich sogar, ob ihm das Buch von Fowles vielleicht scheißegal war – ob er es nur meinetwegen ins Spiel gebracht hatte.

Erschreckt wich ich von Willoughby zurück.

»Ich hab' Ihnen ja gesagt, daß es verrückt war«, sagte er.

*Der Tod war zu Wolfs Bedingungen erfolgt, nicht zu meinen.*

Er hatte geplant »zu sterben«. Der Bastard wußte, daß ich ihn in den Kohlenkeller stecken würde, genau wie sein Stiefvater es zahllose Male getan hatte. Er wußte, daß er seinen Tunnel würde benutzen müssen. Es hatte keinen Sinn, Willoughby aufklären zu wollen. So wie er war, würde er immer bleiben. Er würde die absolute, wahnsinnige Bilanz eines Mannes wie John Wolf nie verstehen. Willoughby war ganz einfach dumm, wenn es um einen Mörder ging, der die perfekte Kombination aus Intelligenz, Entschlossenheit und den Glauben an die Berechtigung dessen, was er tat, hatte.

»Verrückt? Das glaube ich nicht«, sagte ich. Ich konnte das Zittern in meiner Stimme hören.

Ich drehte mich um und ging die Straße hinunter.

Morgan Wylie, mit dem ich vor Jahren sprach, war ein Mann, der ein Publikum brauchte. Er saß in einer naßkalten Gefängniszelle, mit drei Paar Socken an seinen ständig frierenden Füßen. Er mußte drei Monate wegen Kaufhausdiebstahls absitzen, aber die Polizei war wegen viel mehr hinter ihm her.

Er verstand es, die zu manipulieren, die ihn verhörten. Andere hatten schon mit ihm gesprochen, und so hatte er diese

Fähigkeiten perfektioniert. Er erwartete, daß ich ihn nach den Morden fragen und versuchen würde, ihm ein Geständnis zu entlocken. Statt dessen forderte ich ihn auf, über sein Leben zu sprechen, über die Polizei, die ihn schikanierte, und darüber, wie schwer es war, sich durchs Leben zu schlagen. Ich bat ihn, mir zu erzählen, was er am Gefängnis auszusetzen hatte – das lausige Essen, keine medizinische oder zahnmedizinische Versorgung –, die üblichen Klagen eines Häftlings.

Die Art, wie man an seinen Gesprächspartner herangeht, ist von elementarer Bedeutung. Man muß ein positives Gesprächsklima schaffen. Man muß den Typen zum Sprechen bringen und dafür sorgen, daß er nicht aufhört. Je mehr er selbst bestimmt, was er erzählen will, desto besser. Man sollte nicht versuchen, ihn zu lenken.

Wenn jemand immer wieder dieselbe Zahl nennt, auch in Kontexten, wo man jede beliebige Zahl einsetzen könnte, hat diese Zahl eine besondere Bedeutung für ihn, wie ich dank meiner Ausbildung und Erfahrung weiß – ein Datum, ein Alter, eine Ansammlung von etwas, was er gezählt hat. Wylies Zahl war zehn – ungefähr zehnmal im Monat gab es etwas Anständiges zu essen; man mußte oft zehn Tage warten, bis man von einem Arzt untersucht wurde; er hatte noch etwa zehn eigene Zähne im Mund.

Nachdem ich ihm zwei Stunden zugehört hatte, fand ich es an der Zeit, einen Versuch zu wagen.

»Morgan, was ich wirklich gern hören würde, ist, was Ihnen passiert ist, als Sie zehn Jahre alt waren.«

Er zögerte nicht. »Ich fand einen Fünf-Dollar-Schein auf der Straße. Ma sagte, ich hätte ihn aus ihrem Glas geklaut. Das stimmte aber nicht. Sie brachte Jake, ihren Freund, dazu, mich zu schlagen, damit ich nicht mehr klauen würde.«

Wylies Stimme war voller Emotionen – ganz anders, als wenn er irgendwem seine kunstvollen Geschichten erzählte. »Ich kam mit dem verdammten Schein in der Hand zur Tür rein. Hätt' ich das gemacht, wenn ich das Geld verstecken oder ausgeben wollte? Ich wollte es ihr geben, um ihr mit den Rechnungen zu helfen. Sie glaubte mir nicht. Ich war so glücklich an dem Tag. Sie sagte ständig zu mir, ich wär' zu nichts nutze und würd' ihr nur auf der Tasche liegen, weil ich zuviel aß. Ich wollte ihr das Geld geben, um ein bißchen davon wiedergutzumachen. Sie hetzte Jake auf mich. Er verprügelte mich ziemlich schlimm. Dann mußte ich ihm einen blasen.«

Wylies Augen wirkten glasig. Sein von Aknenarben übersätes Gesicht war wutverzerrt. »Von da an machte er das immer, wenn er Lust hatte. Ich bin weggelaufen – einmal hab' ich's bis nach El Paso geschafft, aber sie haben mich wieder zurückgeholt.«

»Sie haben damals eine Entscheidung getroffen«, sagte ich.

Er nickte. Wylie glaubte, niemand habe sich je genug für ihn interessiert, um ihm zuzuhören – ganz sicher nicht die örtliche Polizei, die ihm den Tod wünschte, oder die Besucher vom FBI mit ihren Checklisten. Jetzt war hier ein Fremder, der bereit war, ihm zuzuhören. Ein Fremder, der ihn sogar zu verstehen schien. »Niemand sollte mich je wieder mit Füßen treten. *Ich* wollte derjenige sein, der sagte: ›Auf die Knie, Junge.‹ ›Nimm die Position ein, Junge.‹«

Es war reines Rachedenken. Das, was Jake mit ihm gemacht hatte, war sein schlimmstes Geheimnis, das Ereignis in seinem schmutzigen Leben, von dem er nicht wollte, daß irgend jemand davon erfuhr. Er hatte zwar eine positive Reaktionstendenz, doch ich wußte, daß er nicht sein eigenes Todesurteil unterschreiben würde. Ich fragte ihn, seit wann er die Durchblutungsstörungen hatte. Diese Frage würde für ihn den Eindruck erwecken, wir bewegten uns von einem Thema weg, das schmerzlich für ihn war, zurück zu unserem ursprünglichen Thema – seiner Gesundheit und seinem Wohlergehen. Dann definierte ich seine Realität neu und setzte das Erleichtern seines Gewissens mit dem Bewahren seiner Füße vor der Amputation gleich. Die tödliche Injektion war für Morgan in dem Moment weit weg, aber er hatte kalte Füße.

Siebzehnmal spielte Morgan Wylie an verschiedenen Orten in Louisiana und East Texas »Jake« mit Jungen zwischen acht und elf Jahren. Er gab seinen Opfern einen Fünf-Dollar-Schein und brachte sie dann um.

Während er auf seine Hinrichtung wartete, knüpfte Morgan mehrere Bettlaken zusammen und versuchte, sich zu erhängen. Beinahe gelang es ihm. Rettungssanitäter reanimierten ihn – holten ihn zurück ins Leben, damit der Staat ihn töten konnte.

Ich war überzeugt, daß jemand Wolf zurück ins Leben geholt hatte. Er hatte keinen Zweifel daran gelassen, daß er sich nie würde einsperren lassen. Also mußte ihn jemand töten – noch einmal.

Wolf war nicht nur der perfekte Psychopath. Er war auch narzißtisch – eine nicht ungewöhnliche Kombination von Pathologien. Die Verletzungen seines Ego, die er in Vermont erlitten hatte, würde Wolf nie akzeptieren. Er erwartete, daß man sich vor ihm auf die Knie warf und ihm huldigte. Wenn man das nicht tat, wurde er wütend. Das steigerte sich zu »küß mir die Füße, oder ich schlitz' dir die Kehle auf«.

Ich hatte ihm nicht die Füße geküßt.

Bevor ich von Lake Albert abgereist war, hatte ich die Vermont State Police angerufen, zumal ich ja ohnehin ein Telefon benutzen mußte. Die Einsatzbearbeiterin stellte mich zu einem Captain namens Braxton durch. Ich erklärte, wer ich war und warum ich anrief. Der Captain zögerte und sagte schließlich, es könne wohl niemand etwas dagegen haben, wenn er mir sagte, daß ungefähr drei Stunden nach der Explosion von Wolfs Haus in Saxtons River ein Auto gestohlen worden war. »Wir haben ein paar Jungs in der Gegend, die ab und zu ein

Auto klauen und 'ne Spritztour machen, aber dieses Auto ist nie wieder aufgetaucht.«

Es erschien mir einleuchtend, daß Wolf für seinen Weg ins Dorf ein paar Stunden gebraucht hatte. Er war verletzt; ich hatte ihn angeschossen. Er mußte sich durch den Wald kämpfen. Wenn er das Auto gestohlen hatte, wohin war er damit gefahren?

Zwei seiner Schußverletzungen waren oberflächlich gewesen. Die konnte er selbst behandeln. Ich wußte nicht genau, wo ich ihn mit der dritten Kugel getroffen hatte, aber jedenfalls war es irgendwo im Unterleib gewesen. Bei der Verletzung hatte ihm jemand helfen müssen.

Alan Chadwick war sechs Meter vom Boston City Hospital entfernt auf der Straße gelandet. Er war nicht gefallen oder gesprungen, und Wolf hatte ihn auch nicht einfach vom Dach gestoßen. Er hatte Chadwick wie eine Stoffpuppe heruntergeworfen.

Sarah Humphreys Leiche hatte einunddreißig Verletzungen aufgewiesen. Alle bis auf drei – zwei in der Brust und eine am Hals – waren ihr nach dem Tod zugefügt worden.

Wolf war nahe daran überzuschnappen. Von seiner einstigen Finesse schien nicht mehr viel übrig zu sein. Früher hatte er seine Werke akribisch geplant und ausgeführt und konsequent signiert – eine Feder, ein Musikstück, ein Gedichtband. In der Wohnung einer jungen Frau hatte er ein Scrabble-Brett so arrangiert, als sei gerade ein Spiel im Gange. Er hatte zwei ineinander verschränkte Wörter gelegt: *danse macabre.*

*Du hast den Tanz hinter dir gelassen, nicht wahr? Du interessierst dich nicht mehr für die fließende Choreographie, die Schönheit des Mordes. Dich treibt die Wut. Bring die Spieler dahin, wo du sie haben willst, und denk nur noch an ihre Zerstörung.*

Als wir nach unserem Treffen mit Willoughby zum Hotel fuhren, hatte ich Lane vorgewarnt, in welcher psychischen

Verfassung sich Wolf wahrscheinlich befand. »Er wird mindestens so weit sein, wie es irgendeiner dieser Mörder je gewesen ist. Eine Zeitlang ist er klar und organisiert, dann bröckelt er auseinander. Er spürt, daß es passiert, so, als zerfiele er. Dieser Zyklus wiederholt sich; im allgemeinen steigern sich die Extreme, und die Phasen der Auflösung werden immer länger. Bei Wylie, Bundy und Ramirez war es ähnlich.«

Ich erzählte ihr eine wenig bekannte Geschichte über Danny Rolling, den Mörder von fünf Studenten in Gainesville, Florida. Nach seiner zweiundsiebzigstündigen Mordorgie floh er in einem gestohlenen Auto aus der Stadt; doch das Auto wurde bei einem Überfall in Tampa kaputtgeschossen. Er war kurz davor, auseinanderzubröckeln, nah am Ende, als er im Park eine Frau kennenlernte. Sie spürte, daß irgend etwas mit ihm los war. Sie wußte nicht, wer er war – zu dem Zeitpunkt wußte das niemand. Für sie war er einfach eine verlorene Seele, die aus irgendeinem Grund brüchig war, kurz vor dem Zerspringen.

»Sie nahm ihn mit nach Hause«, sagte ich zu Lane. »Gab ihm zu essen. Machte ihm auf der Couch ein Bett. Er übernachtete dort, dankte ihr am Morgen und ging weg. Sie lebte noch, aber nicht, weil er Gott oder eine neue Moral entdeckt hatte. Das, was für ihn immer eine angenehme Identität gewesen war – die des Verbrechers –, bröckelte auseinander. Er brauchte Zeit zum Heilen, um diese Rolle wiederherzustellen. Wir hatten alle Glück, daß die Polizei von Ocala ihn rechtzeitig schnappte.«

Ich saß im Dunkeln und lauschte den Geräuschen des Willard und dem gedämpften Lärm der Stadt hinter den Mauern des Hotels. Lane hatte wissen wollen, was ich an jenem Tag in Vermont getan hatte. Hatte ich John Wolf ermordet? Meine Absicht war das, was zählte. Egal, wie man es definiert, ich hatte vorsätzlich gehandelt.

Mein ganzes Leben lang hatte ich mich nah an der Grenze bewegt – der des Gesetzes und der zum Wahnsinn – und sie ab und zu überschritten. Doch niemand hatte mich so zum Äußersten getrieben wie John Wolf. Jetzt war er drauf und dran, es wieder zu tun.

Lane hatte mich gebeten, ihr zu versprechen, daß es diesmal anders sein würde. Schon jetzt war es anders. Ich jagte nicht ihn, sondern er jagte mich. Und er war hier.

Der Mistkerl hatte sein eigenes Drehbuch geschrieben, und wir liefen aufs Stichwort hin brav auf die Bühne und bereiteten uns darauf vor, unseren Text zu sprechen. Das war mein Fehler. Wenn ich mich um ihn gekümmert hätte, als ich die Gelegenheit dazu hatte, wäre nichts von all dem passiert.

Als ich in der Dunkelheit meines Zimmers in Washington dasaß, war ein Teil von mir bereit, aufzuspringen, zu packen und nach Hause zu fahren. Der Rest von mir war träge. Egal, wo ich hinging, Wolf würde mir schließlich folgen – es sei denn, ich kroch in mein Inneres hinein, an den vertrauten Ort mit seiner eigenen Dunkelheit, mit seinen Augen, die mich anstarrten. Ich mußte mich der Bestie stellen, die dort lebt. Immer wenn die Angst meine Seele zutiefst erschüttert hat, hat die Bestie mich wieder heil gemacht.

»Dann komm, Junge«, murmelte ich. »Versuchen wir's mal.«

# ZWEITES BUCH

## Wolf

Als ich ein Kind war, sagte meine Mutter oft zu mir: »Du kannst nicht gut warten.«

Das stimmte. Ich konnte gar nicht gut warten, aber nur, wenn mir jemand sagte, ich müsse warten.

Wie die meisten Kinder hatte ich in der sechsten Klasse Saxophonunterricht. Ich wurde dazu gezwungen, also war es Zeit- und Geldverschwendung. Was die Erwachsenen als »Geduld« bezeichneten, bedeutete für mich stets, etwas Unangenehmes zu ertragen.

Meine Mutter fragte: »Warum bleibst du nicht bei einer Sache?«

»Ich kann nicht gut warten«, erinnerte ich sie.

Die Wahrheit war: Wenn ich *aus freien Stücken* wartete, wenn *ich* beschloß, geduldig zu sein, war ich hervorragend in der Lage, zwischen dem Gedanken und der Tat Jahre vergehen zu lassen.

Die Zeit wurde irrelevant.

Ob sich Augenblicke hinter einer amorphen Masse erstrekken, die man Vergangenheit nennt, oder in eine noch vagere und formlosere Zukunft hineinreichen – die Zeit hat nur dann eine Bedeutung, wenn ich ihrem Ablauf Gestalt verleihe. Meine Markierung ist oft blutig, immer unauslöschlich.

Überlegen Sie mal: Was wäre, wenn es im Internet eine Website gäbe, wo man nur seinen Namen und sein Geburtsdatum oder einfach seine Sozialversicherungsnummer eingeben müßte, und wo man dann, streng vertraulich und in allen Einzelheiten, erfahren könnte, wie das eigene Leben zu Ende geht – ein erzählter Tatsachenbericht, der aus den Lautsprechern zu beiden Seiten des Monitors tönen würde.

Todesdatum; Todesursache; Todesart.

Würden Sie durch den Cyberspace an jenen Ort reisen? Oder würden Sie sich mit dem Wissen quälen, daß er da ist, irgendwo im Äther?

Vielleicht gibt es noch andere Namen mit demselben Todesdatum – Listen von Namen, die auf eine Flugzeugkatastrophe, einen kleinen Krieg oder einen Völkermord hindeuten.

Vielleicht sind Sie aber auch allein auf Ihrer Reise, in Ihrem Krieg. Vielleicht fahren Sie auf der schneebedeckten Interstate 91 in Richtung Norden und verlassen plötzlich den Highway, fliegen durch die Luft und stoßen mit Ihrer Granitwand zusammen.

Tod ist Unterhaltung. Mehr ist es nie gewesen.

Andere Autofahrer rollen ganz langsam vorbei und recken die Hälse, um Sie anzustarren – einen Brei aus Blut, Knorpel und Hirn.

Leben und Tod.

Vielleicht rutschen Sie auf einem nassen Fußboden aus und sterben in Ihrer Küche. Viele von uns treten in ihrem eigenen Zuhause in den Tunnel der Nacht ein, wollen aus der Badewanne steigen, fallen nach hinten und stürzen mit einem lauten Knall gegen das Porzellan.

Was ist, wenn sich ein Mörder für Ihre Hintertür entscheidet? Sie werden eine Folge der Fernsehsendung *Unsolved Mysteries.* Von Ihrer Kiste unter der Erde aus bringen Sie es zu einer Viertelstunde Berühmtheit.

Flugzeuge fallen vom Himmel; Flüsse treten über die Ufer; die tektonischen Platten der Erde rutschen ein bißchen zur Seite, und die Welt reißt auf; und vergessen Sie nicht die Männer, die in der Nacht ein Messer bei sich haben – alle bekommen ihr Forum in den Medien, weil Gewalt, Angst und Tod Sie so faszinieren.

Sie entscheiden sich, nicht über Ihr eigenes Ende nachzudenken. Sie eilen nicht zu jener Website im Internet. Sie schalten Ihren Fernseher an, um vom tragischen Tod eines anderen zu erfahren, weil Sie sich fürchten und den Tod nur aus zweiter Hand ertragen.

Ich bin kein Voyeur.

Wenn ich die Macht hätte, die Erde in Stücke zu brechen, den Himmel aufzureißen und eine Flut heraufzubeschwören, so daß die Meere auf Ihre Straßen strömten, würde ich nicht zögern. Ich würde Sie alle umbringen.

Unglücklicherweise muß ich mich mit der begrenzten Macht zufriedengeben, die ich habe – den Gewehren, den Messern und dem Mut, mich an Ihre Hintertür zu wagen.

In Lake Albert, Michigan, ging ich mit meinem Aktenkoffer und meiner McDonald's-Tüte zu Janet Orrs Haus. Sie arbeitete im Garten, war mit den Blumenbeeten beschäftigt.

»Rindenmulch wirkt Wunder«, sagte ich.

Sie blickte auf und steckte sich ein paar heruntergefallene Haarsträhnen unter ein schwarzes Stirnband. »Ich nehm' lieber Heu. Mit Rindenmulch sehen die Beete aus wie in jedem anderen Garten an einem x-beliebigen See.«

»Das stimmt. Vielleicht bin ich deswegen darauf gekommen.«

»Sind Sie zu Fuß?«

»Ich hab' ein Stück entfernt geparkt. Ich war mir nicht sicher, welches der beiden Häuser Ihres war, Mrs. Orr.«

»Wer sind Sie?«

»Mein Name ist Charles Weathers«, sagte ich und gab ihr eine Visitenkarte. »Ich hole Erkundigungen für die Kurmont-Stiftung ein. Vielleicht haben Sie ja schon mal von uns gehört.«

»Natürlich. Kurmont verleiht Förderungen. An Einzelpersonen, stimmt's? An Leute, die mit ihrer Arbeit etwas für das Gemeinwohl tun.«

Ich nickte. »Ein Nachbar von Ihnen, Dr. Lucas Frank, ist für eine Auszeichnung vorgeschlagen worden.«

»Er ist doch im Ruhestand.«

Ich lachte. »Ich bin jetzt seit zwei Tagen hier, und das ist immer das erste, was mir die Leute sagen. Dr. Frank schreibt auch im Ruhestand weiter, und . . .«

»Lucas? Der angelt.«

»Ich habe Kopien von zwei seiner Aufsätze in meinem Koffer.«

»Tut mir leid. Nicht, daß ich Ihnen nicht glaube. Aber er hat nie irgendwas davon gesagt, daß er schreibt. Ich war der Meinung, er hätte einen Schlußstrich gezogen, als er seine Praxis zumachte. Bringen Sie doch ihren Snack mit und kommen Sie rein, Mr. Weathers. Allerdings weiß ich nicht, ob ich Ihnen eine große Hilfe bin.«

Wir warteten mit dem offiziellen Gespräch, und ich aß erst mal mein Mittagessen. Ich erzählte ihr von meinen Schwierigkeiten, eine zuverlässige Alarmanlage für mein in einem Vorort gelegenes Haus zu finden. Sie empfahl die Firma, die die Anlage bei Dr. Frank installiert hatte.

Janet Orr war äußerst hilfsbereit.

Dann tötete ich sie.

Ich bin seit zwei Tagen in Washington, warte auf meine Schauspieler, stelle meine Requisiten zusammen. Hier wird sich ein Drama abspielen, das überflüssige Schauspieler eliminieren und die mächtigste Exekutivbehörde der Welt in die Knie zwingen wird.

Es sind nur noch vier Tage, sechsundneunzig Stunden.

Ich wünschte mir, daß diese Stunden vergingen, aber ich wollte nicht einfach nur Zeit totschlagen, als ich in den Yazgur Park im Nordwesten Washingtons ging. Das Herbstfest wurde gefeiert; Musik, Essensstände und Kunsthandwerk umgaben mich. Das Fest und seine Sponsoren waren in einem Heftchen aufgeführt, das ich auf dem Bürgersteig fand. Man muß nur Glück haben.

Berittene Polizisten konfiszierten Bier von Minderjährigen. Als die Polizisten weg waren, gaben die anderen Jugendlichen ihren enteigneten Freunden Ersatz. Das funktionierte besser als das Sozialhilfesystem, und niemand war gezwungen, hinter Jobs herzujagen, die es gar nicht gab.

An einem VW-Bus, dessen Heck- und Seitentüren offenstanden, blieb ich stehen. Ein simples, fluoreszierendes Schild auf dem Dach des Wagens verkündete »Olivers Messingschmiede: Perlen, Ohrringe und Eßwaren«. Der Eigentümer war ein stämmiger, bärtiger Mann mit schulterlangen, fettigen, roten Haaren. Er verkaufte Teriyaki-Rindfleisch am Spieß, Schnüre mit bunten Perlen, Holzschnitzereien und Messingfiguren. Seine Frau stand ein Stück entfernt, wiegte sich zu Musik und klopfte mit Fingerzimbeln etwas, das den Rhythmus darstellen sollte.

Ich betrachtete die Frau – ihre Augen waren geschlossen, die silbernen Haare fielen ihr über das schwarze Kleid bis zur Hüfte, und ihr Gesicht war dem dunkler werdenden Himmel zugewandt – und fragte mich, ob es möglich war, jemanden vor zweitausend potentiellen Zeugen umzubringen, ohne daß es irgendwer merkte.

Doch ich verwarf die Idee. Die Frau des Perlenverkäufers wiegte sich zu einer Musik, die nur sie allein hören konnte. Ich bezweifelte, ob sie genug Kontakt zur Erde hatte, um die Möglichkeit zu würdigen, daß der Tod zu ihr kommen könnte, und darauf bestehe ich bei all meinen Opfern. Ich wollte ein Opfer, aber nicht eine Frau mittleren Alters, die noch immer auf die sechziger Jahre abfuhr.

Ich tätigte meinen Kauf, einen undefinierbaren Küstenvogel, der aus Treibholz geschnitzt war, und ging langsam weiter. Ich hörte noch immer das Glockengeläute, sah im Geiste noch immer die Frau, wie sie ihre Hüften hin und her wiegte. Und ich wollte mich noch immer irgendwie amüsieren.

Die Menge drängte auf eine schmale Einfahrt und eine

noch schmalere Fußgängerbrücke zu, die zu einem kleinen Amphitheater führte. Ich wurde durch eine Schleuse turbulenter Menschen geschubst, von einer Seite der Brücke auf die andere gestoßen und immer nach vorne geschoben. Ich kam mir vor wie in einer Falle.

Ich hatte einmal von einem jungen Mann in Texas gelesen, der auf dem Campus eines Colleges auf ein hohes Gebäude geklettert war und angefangen hatte zu schießen. Er hieß genauso wie der Dichter, Whitman. Walt schloß Amerika in die Arme. Charles Whitman mähte die Amerikaner nieder. Und genau dazu hatte ich in diesem Moment auch Lust. Doch ich riß mich zusammen. Die Befriedigung wäre kurzlebig gewesen, und es hätte meine Pläne durchkreuzt.

Ich beschloß, daß ich Olivers Weichholzsanderling nicht wollte. Ich wollte etwas anderes, etwas Vollkommenes, und ich war sicher, daß ich es hier finden würde.

Ich trat zur Seite und sah zu, wie der Mob in ein Amphitheater drängte, wo eine populäre Rockband aus der Gegend auf einer improvisierten Bühne stand und einen ohrenbetäubenden Lärm veranstaltete. Das Publikum jubelte. Ich machte kehrt und ging zurück auf die Brücke.

Als ich eine junge Frau sah, die an der Betonbrüstung der Brücke lehnte, war ich plötzlich verwirrt, trieb orientierungslos in der Zeit. Ich hielt inne und starrte auf ihr Profil. Wenige Sekunden lang – obwohl es mir viel länger vorkam – verflogen die Jahre, eine tote Frau erwachte wieder zum Leben, und ich starrte auf meine Vergangenheit. Dieses Mädchen war die jugendliche Version einer Frau, die ich bei einem Hausbrand in Cambridge kennengelernt hatte, als wir beide dort studierten. Ich lächelte, ging auf die Brücke und nannte sie beinahe »Annie«, doch dann schnellte ich vor dem hypnotischen Lockruf einer falschen Wirklichkeit zurück.

»Ich möchte Ihnen eine hölzerne Figur geben«, sagte ich. »Dafür will ich aber etwas haben.«

Sie schüttelte den Kopf und drehte sich weg.

Ich spürte einen stechenden Schmerz hinter meinen Augen, den vertrauten Stich der Wut. Diese Frau hatte mich verwirrt und mir dann den Rücken zugekehrt. Ich packte sie an ihren schwarzen Haaren, riß sie herum und hielt ihr ein Messer an die Kehle. »Ich will einen Gegenstand haben«, sagte ich.

»Was?« keuchte sie, während sie sich vergeblich zu befreien versuchte.

»Ich will einen Tauschhandel machen. Geben Sie mir etwas von sich, dann gebe ich Ihnen im Gegenzug auch etwas.«

»Den Vogel.«

»Was für einen Vogel?«

»In meiner Tasche. Bitte tun sie mir nicht weh.«

Ich durchsuchte ihre Taschen und fand einen Messingvogel – einen, der Vergangenheit und Gegenwart miteinander vereinte und die Zukunft voraussagte. Es war der Phönix, der aus den Flammen aufsteigt – die Flügel teilweise ausgebreitet, die mit Feuer erfüllten Augen dem klaren Himmel zugewandt.

»Wo haben Sie den her?«

»Vom Parkplatz. Ich hab' ihn bei Oliver an dem roten VW-Bus gekauft. Seine Frau machte mit den Fingern Musik.«

Ich schubste sie über die Mauer in den darunterliegenden Bach. Bis sie sich wieder nach oben gekämpft hatte, wäre ich längst weg.

Ich hätte sie töten können – ihr die Kehle durchschneiden und sie dann über die Mauer werfen. Besoffene Horden wären nach dem Konzert über die Brücke getorkelt, ohne nach unten zu sehen. Aber es schien nicht ... *gerecht* zu sein. Sie und ich hatten einen fairen Tausch gemacht. Ich hatte einen Akt der *Gerechtigkeit* vollzogen – sie lebte. Das war mein Geschenk an sie.

Ich lachte in mich hinein, während ich zum Parkplatz ging. Die berittenen Polizisten waren verschwunden, allerdings waren ein Stück weiter, in der Nähe des Ausgangs, Streifenwagen geparkt. Der VW-Bus war da, das Verdeck war noch hochgeklappt. Oliver saß auf einer Decke neben dem Wagen und rauchte eine Pipe. Seine Frau wollte ich nicht. Ich wollte ihn.

Ich setzte mich dem stämmigen Mann gegenüber im Schneidersitz auf den Boden.

»Was wollen Sie?« fragte Oliver.

»Gleichgewicht. Ordnung. Vielleicht eine Art Gerechtigkeit.«

»Sind Sie 'n Bulle?«

Ich schüttelte den Kopf. »Ich glaub', Sie könnten sagen, ich bin das Gegenteil von einem Arzt.«

Olivers Gesicht umwölkte sich verwirrt. Er hörte auf, an seiner Pfeife zu saugen, legte seine Hände flach auf die Decke und beugte sich zu mir herüber. »Verpissen Sie sich.«

Seine Einstellung gefiel mir. Genau das wünschte ich mir.

»Wenn man sich nicht wohlfühlt«, sagte ich und umfaßte den Knochengriff meines Messers, »geht man zum Arzt, und er macht einen wieder gesund. Ich suche Leute, die sich gut, sogar entrückt fühlen, und bringe sie zu Boden.«

Ich stieß das Messer durch Olivers rechten Handrücken und durch die Decke in die Erde. Seine Hand war festgenagelt. Ich war mir sicher, daß die Polizisten am Ausgang seinen Schmerzensschrei hören konnten, und ebenso sicher, daß sie nicht weiter darauf achten würden. Tränen zerfurchten das verzerrte Gesicht des Mannes, und er lehnte sich gequält zur Seite. Sein Heulen verebbte zu einem Wimmern.

»Gleichgewicht«, hauchte ich ihm in sein tränenüberströmtes Gesicht. »Ordnung. Eine Art Gerechtigkeit. Ich habe Ihnen gerade ein Geschenk gemacht, Oliver. Ihr Leben. Dies ist mein letzter mildtätiger Akt. Sagen Sie das den Polizisten. Sagen Sie Ihnen, Wolf hat gesagt, es werde keine weitere Nachsicht mehr geben.«

Ich nahm mir eine Handvoll von seinem billigen Schmuck, stand auf und ging weg.

Ich streichelte den Messingvogel. Ich wußte, daß dieses Stück Metall der Grund war, warum es mich zu dem Herbstfest gezogen hatte, und mir war klar, welche Rolle es in meiner Zukunft spielen würde.

Ich hatte ein Geschenk für Lucas Frank, aber bei ihm würde ich nicht so großzügig sein wie bei Oliver.

Ich sah zu, wie der Arzt und seine Tochter das J. Edgar Hoover Building, den theoretischen Ort der Gerechtigkeit und den Sitz des FBI, betraten und wieder verließen. Dann folgte ich ihnen zum Willard. Alle beide gingen hinein; kurze Zeit später kam er allein heraus. Ich nahm an, daß er mit den Informationsfetzen, die Dexter Willoughby ihm hingeworfen hatte, nicht zufrieden war.

Ich folgte dem pensionierten Psychiater nicht. Wenn ich ihn finden wollte, wußte ich, wo ich suchen mußte.

Wenn ich gewollt hätte, daß Dr. Frank schon in Michigan gestorben wäre, wäre er gestorben. Ich habe die Kontrolle über seine Welt. Er existiert nur deshalb noch, weil mein Plan diktiert, daß er ein paar Tage durch die Hauptstadt irrt.

Ich habe eine unerschöpfliche Geduld. Meine Mutter wäre stolz auf mich.

Ob die Franks wohl meine hypothetische Reise in den Cyberspace unternommen haben – ob sie den genauen Zeitpunkt kennen, an dem sie sterben werden?

Ich kenne ihn.

Kurz nach Sonnenaufgang trank ich Kaffee und überflog die beiden Akten, die Willoughby gestern nachmittag neben mir auf den Bürgersteig hatte fallen lassen. Lane klopfte an meine Tür. Sie hatte ihren Kaffee in der Hand.

»Du bist früh auf«, sagte ich.

Sie nickte. »Was ist das?«

»Kopien der Akten über Sarah Humphrey und Alan Chadwick.«

»Chadwick?«

»Er ist tot. Seit zwei Monaten. Willoughby sagt, es sei ein Sturz von einem Dach gewesen.«

Lane setzte sich mir gegenüber auf das Sofa und räumte auf dem Tisch, auf dem ich die Berichte ausgebreitet hatte, ein Plätzchen für ihre Tasse frei. »Wo hast du das Zeug her?«

»Ich war gestern nachmittag eine Weile weg.«

»Du hast also gar kein Nickerchen gehalten.«

»Ich hab' Willoughby zu Hause besucht.«

Lanes Augen weiteten sich. »Soll das heißen, Wolf hat Chadwick *und* seine Schwester umgebracht?«

Drei Tote und ein beinahe Toter in zwei Monaten, und alle durch einen Mann, den man für tot gehalten hatte, miteinander verbunden. Für mich war das zuviel für einen Zufall.

»Ich glaube, er hat beide umgebracht«, sagte ich. »Ich glaube, Willoughby behält noch immer etwas für sich. Ich hab' keine Ahnung, was er mir verschweigt, aber ich glaube, wir sind mit dem Zählen der Toten noch nicht fertig.«

»Hast du aus den Akten irgendwelche neuen Erkenntnisse gewinnen können?«

In all den Jahren, in denen ich mein Geld damit verdient hatte, Persönlichkeitsprofile zu entwickeln, Mörder aufzuspüren und zu befragen, hatte jeder neue Fall eine Art Rausch ausgelöst. Von diesem Fall bekam ich nur Kopfschmerzen.

»Alan Chadwick war in seinem Büro und tat genau das, was wir gerade tun«, sagte ich. »Er trank Kaffee. Er fiel oder sprang vom Dach des Krankenhauses – oder jemand warf ihn hinunter. Als die Polizei in sein Büro kam, war der Kaffee in der Tasse noch warm. Ich denke, wenn es einem Spaß macht, auf dem Dach über Berge von Taubendreck zu spazieren, nimmt man seinen Kaffee mit. Wenn man sich hinunterstürzen will, ist man zu aufgewühlt, um überhaupt an Kaffee zu denken. In dem Autopsiebericht steht etwas von ein paar Blutergüssen an Chadwicks Leiche, die offenbar nicht von dem Sturz stammen. Meiner Ansicht nach hat Wolf kurz mit ihm gekämpft und ihn dann hinuntergeworfen.«

Als ich Lane die Einzelheiten berichtete, überkam mich ein Gefühl der Hilflosigkeit. Auf meinem Nacken bildeten sich Schweißperlen. Genauso hatte ich mich gefühlt, als ich in Janet Orrs Küche auf die Leiche hinuntergesehen hatte.

»Vor einem Jahr hat Chadwick uns geholfen, Wolf aufzuspüren«, sagte Lane.

»Zwischen den beiden gab es auch eine Vorgeschichte. Wolf hat Chadwicks Freundin in Cambridge umgebracht, als die drei dort studierten. Warf sie vom Dach ihres Wohnheims. Seit Vermont hat Wolf reichlich Zeit gehabt zum Grübeln. Ich glaube, er hat während seines Heilungsprozesses sein aktuelles Drehbuch ausgearbeitet. Diese Akten sind unvollständig. Es fehlen Seiten. Wahrscheinlich hat Willoughby sie rausgenommen. Ich werd' nicht recht schlau daraus.«

Unvollständig? Scheiße. Der Versuch, aus den Akten schlau zu werden, war, als säße man an einem nicht numerierten Akrostichon.

»Was ist mit dem Material über Sarah Humphrey?« fragte Lane.

»Diese Akte ist nicht ganz so bruchstückhaft. Wolf fuhr am

hellichten Tag mit einem Mietauto auf ihren Wohnwagenplatz. Er ging rein, vergewaltigte sie, tötete sie und stach immer weiter auf sie ein. Nach ihrem Tod machte er sich noch ein Sandwich; an dem Brot war Blut. Er duschte und ging vor einem halben Dutzend Zeugen zu seinem Auto. Ihre Beschreibung war ziemlich nah dran. Er blieb sogar stehen und plauderte mit einer Frau darüber, was für ein schöner Tag es sei.«

»Großer Gott.«

»Sarah hatte sich gerade Schlankheitspillen aus der Apotheke geholt. Die Medizin war weg. Macht sich Wolf Gedanken über sein Gewicht? Das ist lächerlich. Pumpt er sich voll, um körperlich fit zu sein? Das könnte gut sein. Aufputschmittel zu schlucken, bestärkt ihn in seinem Glauben, er sei unbesiegbar.«

Lane trank ihren Kaffee aus und schüttelte den Kopf. »Ich dachte, es wäre ihm so wichtig, die Kontrolle zu haben, Pop.«

Als Wolf seine Schwester umbrachte, zog er einen Schlußstrich unter etwas, was ihn seit seiner Kindheit beschäftigt hatte. Die ganze Macht, die er ihr zugeschrieben hatte, nahm er weg. Er trat aus ihrer Tür heraus, winkte seinem Publikum zu und fuhr weg.

»Ich bin mir nicht sicher, ob Wolf je zwischen Kontrolle und der Illusion von Kontrolle hat unterscheiden können«, sagte ich.

Als ich vor einem Jahr an dem Fall Wolf arbeitete, hatte ich schon vermutet, daß Wolfs emotionale Entwicklung mit Sarahs Geburt eine entscheidende Wende genommen hatte. Sie verdrängte ihn in der Familie. Die Aufmerksamkeit ihrer Eltern konzentrierte sich nun auf Sarah. Dafür mußte sie nichts weiter tun, als existieren. Dann wuchs sie zu einem attraktiven Teenager heran. Junge Männer gaben sich alle Mühe, bei ihr zu landen.

Ihr Bruder war zwar intelligent, aber menschenscheu, ein

Einzelgänger. Während sie mit den Jungs in ihren Autos rummachte, stand sich Wolf im Kohlenkeller die Beine in den Bauch. Er mußte immer wieder erfahren, wie machtlos er war. Also grub er seinen Tunnel.

»Wolf konnte seine eigene Hilflosigkeit nicht ertragen«, sagte ich zu Lane. »Als er älter wurde, kam er gar nicht auf den Gedanken, daß er vielleicht nicht das Zentrum des Universums war. Er hatte ein sexuelles Interesse an Sarah und einen Groll, der sich langsam zu Haß steigerte. Er liebte und haßte seine Schwester und verachtete sich selbst dafür, daß er von ihr abhängig war. Er wollte es nicht sein, aber er konnte nichts dagegen tun – außer in seinem Kopf.«

»Ich weiß noch, wie ich letztes Jahr nach Florida geflogen bin und mit Sarah Humphrey gesprochen habe«, sagte Lane. »Es war merkwürdig. Sie hat ihren Bruder geliebt. Aber sie haßte ihn auch. Ich glaube, er tat ihr vor allem leid, weil ihr Vater ihn so schlecht behandelt hatte.«

»Mitleid mit ihm zu haben war vermutlich ihr größter Fehler. Verehrung und Haß kann Wolf ignorieren oder als unwichtig abtun. Doch Mitleid impliziert Herablassung – daß sie über ihm stand. Für ihn darf niemand diese Position innehaben.«

»Als also die Zeit kam, etwas gegen das, was in seinem Inneren gegärt hatte, zu unternehmen, reichte es nicht aus, sie umzubringen«, sagte Lane.

Ich schüttelte den Kopf. »Er hat sie mit dem Messer genauso zugerichtet wie die Tiere, die er als Junge getötet hat. Am hellichten Nachmittag in der Enge eines Wohnwagenplatzes einen Mord zu begehen, sieht kaum nach der Handschrift eines akribischen Killers aus. Wenn er gut in Form ist, handelt er nach seinen Phantasien. Ich glaube, Florida hat ihn runtergezogen. Die Befriedigung, die er erwartet hatte, trat nicht ein. Er braucht die Illusion der Macht, die ihm die Amphetamine verschaffen.«

Ich stand auf und fing an, im Zimmer auf und ab zu gehen.

»Was ist los, Pop?«

Ja. Was war los? Wolf hatte sich vor langer Zeit seine Berechtigung verschafft, zu tun, was ihm gefiel. Das hatte er jahrelang ausgenutzt. Dann demütigten wir ihn in Vermont. Diese Erniedrigung war für ihn viel schlimmer als jeder körperliche Schmerz, den er je erlitten hatte. Jetzt war jeder Grund gut genug für einen Mord.

Scheiße. Wolf brauchte keinen Grund.

»Er wird nicht aufhören«, sagte ich. »Er kann es gar nicht. Er hat sein Leben durch das Töten definiert. Ich glaube, um das Leben erreichen zu können, das ihm für sich vorschwebt, muß er erst alle ausschalten, die irgendwas mit Vermont zu tun hatten.«

*Aber es steckt noch mehr dahinter, nicht wahr, Junge? Es genügt dir nicht, uns einfach zu vernichten. Du brauchst ein großes Finale, eine Explosion von Feuerwerk am Himmel, Farbe und Donner, die die Erde erbeben lassen.*

»Du, ich, Willoughby«, zählte Lane auf.

»Wie hieß seine Partnerin noch mal?«

»Susan Walker. Hast du Willoughby gewarnt?«

»Wie soll ich einen Mann, der darauf besteht, Wolf sei tot, davor warnen, daß der Tote vielleicht hinter ihm her ist?«

Jetzt stand auch Lane auf und spazierte durchs Zimmer. Bald würden wir jemanden brauchen, um den Verkehr zu regeln.

»Pop, warum hat Wolf dich am See nicht einfach umgelegt?«

Das war eine verdammt gute Frage. Er hatte mich im Visier, und ich war gestürzt – er hatte sogar einen Schritt über mich hinweg gemacht, um die Seite aus meinem Peterson zu holen. Er hatte gezeigt, daß er mich töten *konnte*. An jedem Ort. Jederzeit.

»Ich glaube, er spielt irgendein perverses Spiel mit uns«,

sagte ich. »Wir müssen mitspielen. Wir haben keine Wahl, und die Regeln kennen wir auch nicht. Wir wissen nicht einmal, wer die anderen Mitspieler sind. Wolf wußte, daß ich mich, sobald mir klar würde, wer der Täter war, auf den Weg zu Willoughby nach Washington machen würde. Er ging auch davon aus, daß ich das mit seiner Schwester und Chadwick erfahren würde.«

»Wie können wir seine Pläne durchkreuzen?«

Es gab sicher eine Million Möglichkeiten, wie Wolf uns schnappen konnte, und wir wußten nicht einmal, wo wir ihn finden konnten. »Er ist irgendwo in der Stadt. Er wird sich bemühen, anonym zu bleiben, aber er kann nirgendwo hingehen, ohne eine Art Spur zu hinterlassen. Nach dieser Spur müssen wir Ausschau halten.«

Möglicherweise redete ich nur dummes Zeug – versuchte eine unvernünftige Situation mit Vernunft zu lösen. Ich ließ mich aufs Sofa fallen und legte die Beine auf den Kaffeetisch, so daß ein paar Blätter zu Boden fielen.

»Ich möchte, daß du dich mit der örtlichen Polizei in Verbindung setzt«, sagte ich. »Fang mit dem Detective an, von dem ich gesprochen habe.«

»Williams?«

»Ja. Informier ihn über alles, was wir wissen, auch über Willoughbys Rolle in dem Fall. Ruf deinen Lieutenant Swartz an und bitte ihn, Kopien der Phantombilder von Wolf zu schicken, die er letztes Jahr für uns gemacht hat. Haben wir eine Liste von Wolfs Decknamen?«

»Im Computer.«

Lane schlug ein kleines Notizbuch auf und notierte etwas.

»Füg Charles S. Weathers hinzu und gib auch der Washingtoner Polizei die Liste.«

Sie sah auf. »Meinst du, er würde einen Namen gebrauchen, den er schon mal benutzt hat?«

Ich zuckte mit den Schultern. »Ich weiß es nicht. Wir müssen mit einem breiten Ansatz anfangen – das benutzen, was wir haben. Ich hätte auch gern einen Ausdruck deiner NYPD-Datei über Wolf und des Computertagebuches, das er in seinem Büro in Vermont hatte. Ich muß bei diesem Bastard noch mal ganz von vorne anfangen.«

«Das ist alles in derselben Datei. Kein Problem. Ich fang' gleich damit an.«

»Der Dialog, den ein Mörder mit seiner Welt führt, kann entschlüsselt werden«, sagte ich, als wollte ich versuchen, mich selbst zu überzeugen.

John Wolf war nicht »irgendein Mörder«. Während ich über ihn nachdachte, dachte er über mich nach. Wolf wollte mich hier haben. Ich war überzeugt, daß er eine Art Aufführung geplant hatte und daß ich sein Publikum war. Nach der Show konnte er sich seinem Endspiel widmen: Lucas Frank zu töten.

»Er wird wollen, daß wir hören«, murmelte ich, »aber nicht verstehen. Wir müssen bereit sein zu hören, zu sehen und zu begreifen.«

Ich starrte zur Decke hinauf.

Schon vor langer Zeit hatte ich gelernt, allen Dimensionen meines Inneren zu vertrauen, zu akzeptieren, daß ich vielleicht nicht wußte, wo meine Gedanken mich hinführten, aber daran zu glauben, daß sie mir etwas anboten, was ich am eigenen Leibe erfahren mußte. Als die gemaserte Decke in meinem Zimmer einer blassen Version der Mondoberfläche zu gleichen begann, bekam ich nur noch verschwommen mit, daß Lane hinausging und die Tür zumachte.

Willoughby war der Schlüssel zu diesem Fall. Ich hatte noch immer das Gefühl, daß es noch mehr gab, was er mir sagen konnte, aber nicht wollte. Als er die Akten über Humphrey und Chadwick geholt hatte, war er seine Einfahrt hinauf und dann um das Haus herum nach hinten gegangen. Ich hatte gesehen, wie er hinter den Bäumen verschwunden war. Offenbar hatte der Typ ein Nebengebäude, das er als Büro benutzte.

Ich sah auf die Uhr und beschloß, daß es Zeit war, noch einmal nach Vienna zu fahren. Diesmal wollte ich mit niemandem sprechen. Ich wollte mich nur umsehen.

# Wolf

Ich habe schon oft getötet, aber gestorben bin ich erst einmal. Das geschah in Vermont vor fast einem Jahr – ein paar Tage fehlen noch. Bald werde ich den Jahrestag meines Todes feiern.

An jenem Tag im letzten Herbst hatte ich Dreck im Mund, in den Augen und in der Nase. Alles, was von meiner Welt übrig war, war ein feuchtes, lehmiges Dunkel. Die Erde erbebte, und noch mehr Erde löste sich. Schockwellen und glühend heiße Luft überrollten mich von hinten. Der Tunnel, den ich als Kind gegraben hatte – der lange, enge Schacht, den ich mit einem Löffel, einem Messer und meinen Fingernägeln aus dem Dreck gekratzt hatte –, blieb intakt.

Alles war wirklich. Es passierte.

Als ich jetzt durch die Straßen von Washington ging, kam mir diese Erfahrung wie eine Anekdote wieder in den Sinn – wie eine Geschichte, die ich nur gehört, aber nicht selbst erlebt hatte.

Als Lucas Frank mich in den Kohlenverschlag warf und ich hörte, wie der Haken an der Tür verschlossen wurde, geriet ich nur für einen kurzen Moment in Panik. Ich atmete tief durch und dachte darüber nach, daß der gute Doktor die Bombe gefunden hatte, die ich im Keller vergraben hatte. Sie sollte das Mittel zu seinem Tod sein, doch dann hatte er sie entdeckt, und ich war mir sicher, daß er sie entschärft hatte.

*Er ruft sicher die Polizei,* dachte ich.

Ich stellte mir sogar schon vor, wie schwerbewaffnete, uniformierte, äußerst einsatzfreudige, muskulöse junge Männer mit kurzgeschorenen Haaren und grimmigen Augen die Tür zum Kohlenverschlag aufrissen und feststellen mußten, daß ich mich in Luft aufgelöst hatte.

Doch ich hatte Lucas Frank unterschätzt. Der Mann war fähig zu morden. Er hatte nicht die Polizei benachrichtigt. Er hatte meine Apparatur nicht entschärft. Er hatte sie an eine andere Stelle verfrachtet und die Zeitschaltuhr neu eingestellt, um mich zu töten. Wir waren uns ähnlicher, als ich gedacht hatte.

Ich hob die Sandsteinplatte hoch, war mir nicht sicher, ob ich in den Tunnel passen würde, den ich so viele Jahre zuvor gegraben hatte. Er war eng, und ich kam nur langsam voran, aber es gelang mir, mich hindurchzuquetschen. Als die Erde erzitterte und mein Tunnel in die Freiheit das Beben überstand, lächelte ich und kämpfte mich Zentimeter um Zentimeter voran in Sicherheit.

Ich arbeitete mich durch die dicke Schicht aus Blättern und Zweigen, die den Ausgang des Tunnels verdeckte. Als ich von der Hüfte aufwärts aus dem Tunnel heraus war, legte ich mich auf den Rücken, wandte mein Gesicht dem treibenden Schnee zu und atmete die erste reine Luft eines neuen Lebens ein.

In meinem Bauch spürte ich einen reißenden Schmerz. Auf meinem Körper schien genausoviel getrocknetes Blut wie Dreck zu sein.

Wenn ich mit einer Erfahrung konfrontiert werde, die mit einem starken Gefühl – ob angenehm oder unangenehm – einhergeht, verlasse ich die Grenzen meines Körpers und schwebe wie eine Seele, blicke hinunter und sehe mir selbst zu.

Das tat ich in jenem Augenblick, bei jenem Schmerz.

Als ich in das Tageslicht hinauskroch, wußte ich, daß meine Verletzungen ernst waren. Ich hatte keine Zeit, sie zu untersuchen. Ich fing an, über den Hügel und in den Wald zu gehen, dann zu laufen. Ich wußte, daß ich das Dorf Saxtons River in einer oder vielleicht zwei Stunden erreichen konnte, wenn meine Kräfte nicht nachließen. Und ich schaffte es.

Ich kauerte mich in ein Gebüsch aus schneebedeckten Quitten und Flieder und behielt die Post und den Gemischtwarenladen im Blick. Ich hatte keine Ahnung, wieviel Uhr es war. Ich vermutete, daß es Nachmittag war.

Die Blutung hatte nachgelassen, fast aufgehört. Ich weiß nicht, wie lange ich wartete – Minuten, eine halbe Stunde –, bis der alte Mann seinen Subaru vor dem Laden parkte und den Motor laufen ließ, als er hineinging.

Dies war, wie so vieles andere, ein Wink des Schicksals.

Im Wagen war es warm, und es waren fünf Dosen Budweiser und eine Tüte Tortilla Chips da. Das Radio spuckte lauter Mist aus – Countrymusik und die Betrachtungen eines örtlichen DJs über den Zustand der Welt. Der Präsident, die alte Labertasche, sagte dies. Der schweinegesichtige Sprecher des Repräsentantenhauses sagte das. Dann schüttelten sie sich die Hände. Alles war gut.

Es wurde von keiner Explosion berichtet. Die Welt bewegt sich schnell, aber die Lokalmedien bewegen sich langsam. Mein Tod würde erst in ein paar Stunden verkündet werden – vielleicht erst in den Fernsehnachrichten um sechs Uhr abends.

Ich weiß noch, daß ich mich in North Windham für die Route 11 entschied und in Richtung Westen fuhr. Ich trank ein paar Dosen von dem geschmacklosen Bier, aß ein paar Chips und fand einen anderen Radiosender – ein vertrautes Musikstück.

»*Like a phoenix,*
*rising from the flame,*
*I will return ...*
*I will not burn.*«

Ich war am Leben, und das wichtigste war zunächst einmal, am Leben zu bleiben. Das bedeutete, ich mußte es bis nach Swanton schaffen.

Mein leiblicher Vater war Gary Pease, ein Abenaki-Indianer. Er kam in dem Jahr, in dem ich geboren wurde, beim Holzfällen ums Leben, aber sein Bruder lebte während meiner Kindheit in Bellows Falls. »Wenn du je Hilfe brauchst«, hatte er oft zu mir gesagt, »werden unsere Leute dich zu sich nehmen.«

Er wußte Bescheid über Corrigan, meinen Stiefvater. »Der Kerl ist ein Stück Scheiße«, sagte er.

Als ich bei Manchester auf die Route 7 in Richtung Norden abbog, blendeten mich die Scheinwerfer eines Autos im treibenden Schnee. Ich hatte das Fenster heruntergekurbelt, damit die kalte Luft mich wachhielt.

Ich spürte, daß neben mir im Subaru jemand höhnisch grinste. Lucas Frank. Ich schlug mit der Faust auf die Stelle ein, wo das Phantom war, bis meine Schulter höllisch schmerzte.

Kurz nach zwei Uhr morgens kam ich in Swanton an, der größten Siedlung der Abenakis, die es in Vermont noch gibt. Der lockere Zusammenschluß der Ureinwohner, die dort leben, wird weder von der Regierung des Staates noch von der des Bundes anerkannt. Die Abenakis ihrerseits erkennen keine Regierung an, außer ihrer eigenen.

Mein Volk.

Ich bog rechts in die Linda Street ab und fuhr weiter, bis ich zu einem einsamen Wohnwagen kam.

Das war alles, woran ich mich erinnerte, bis ich auf einem Sofa lag, das nach Babyscheiße und Schweiß stank. Ich hatte das Gefühl zu fallen – als wäre ich auf dem Weg zum Fußboden. Jedesmal, wenn ich das Bewußtsein verlor, fuhr ich wieder auf der Route 7.

Eine Frau schwebte über mir – verschwommen sah ich einen blauen Rock, eine rote Jacke und lange, schwarze Haare. Sie sagte nicht viel, aber sie schien zu wissen, was sie tat – als hätte sie schon oft Schußverletzungen behandelt. In manchen

Augenblicken war ich ganz klar. Ich erzählte ihr, daß mein Vater Abenaki war, und erwähnte, daß ich den Subaru gestohlen hatte.

»Mein Bruder wird wissen, was damit zu tun ist«, sagte sie.

Ich driftete weg. Als ich die Augen wieder öffnete, flackerte irgendwo im Zimmer ein Licht. Ich fröstelte.

Ich glaubte, Lucas Frank neben dem Waffenschrank stehen zu sehen.

Ich knurrte.

»Hey«, sagte sie. »Du wirst ja wütend.«

»Bist du echt?«

»Das ist das Fieber.«

Sie wischte mir mit einem Tuch das Gesicht ab. Ich dachte, sie sagte, sie sei ein Echo – ein Laut, der zu mir zurückkam, ein Laut, den ich in die Wildnis losgeschickt hatte. Dann verstand ich, daß sie Echo hieß.

Irgendwann später sah ich in die schwarzen Augen von Echos fünfzehnjähriger Tochter. Sie erwiderte meinen Blick, ohne mit der Wimper zu zucken.

Das Mädchen gestikulierte mit den Händen.

»Sie kann nicht sprechen«, erklärte Echo. »Sie heißt Terry. Sie will wissen, was für ein Tier du bist.«

Die Abenakis sind das Volk des Wolfes, also sagte ich: »Dasselbe wie ihr.«

Das Mädchen las mir die Worte von den Lippen ab und schreckte zurück. Sie spürte die Gefahr, die in ihren Wohnwagen eingedrungen war. Ihre Hände zitterten, dann ging sie weg. Sie blieb in der Tür stehen, blickte zurück und verschwand.

Ich schaute mich um. Vom Sofa aus konnte ich einen alten Fernseher sehen, den man nicht benutzen konnte, weil der Strom abgestellt war. Kerosinlampen sorgten für Licht, doch es war nichts da, was man in dem Licht hätte lesen können. Es war unwahrscheinlich, daß diese Leute von dem Drama wußten, das knapp 250 Kilometer entfernt allmählich ans Tageslicht kam – wahrscheinlich interessierte es sie auch gar nicht.

Echo bemerkte, daß ich auf die billige, walnußfarbene Wandverkleidung starrte. Sie war völlig durchlöchert. »Mein Mann war ein Säufer«, sagte sie. Sie stand neben mir, die Hände in die Hüften gestützt.

»War?«

Sie zuckte mit den Schultern. »Er ist tot.«

»Eben war doch ein Mann hier.«

»Das war Herb, mein Bruder. Er hat sich um das Auto gekümmert. Es liegt jetzt auf dem Grund des Maquam Lake. Du hast seine Kleider an.«

Ich sah auf das karierte Flanellhemd und die Jeans.

Der Wohnwagen war sauber, aber baufällig und verfallen – die Folge der Armut. Ich fragte, was es mit dem sonderbaren Gebilde aus Zweigen und Schnüren auf sich hatte, das über dem Sofa hing.

»Ein Traumfänger«, sagte Echo. »Er hält die schlechten Träume auf und läßt nur die guten durch.«

»Sind das Federn?« fragte ich und versuchte, meine Augen scharfzustellen.

Sie nickte. »Eine ist vom Hals eines Goldadlers. Nach einer Legende der Ureinwohner hat man immer Glück und schlägt auf der Welt nie einen falschen Weg ein, wenn man eine solche Feder findet. Terry hat sie dort hingehängt, nachdem du gekommen bist. Die Kraft des Adlers reinigt deine Seele. Sie glaubt, du bist böse.«

»Und was glaubst du?«

»Ich weiß nicht. Ich weiß nur, daß es bei uns Sitte ist, Angehörigen unseres Volkes zu helfen. Wenn mein Mann noch am Leben wäre, würde ich ihn bei mir aufnehmen – trotz der Schläge. So hat man es mir beigebracht. Ich weiß nicht, wer dich angeschossen hat und warum. Das spielt keine Rolle.«

Ich blickte in ihr ausdrucksloses Gesicht. Echo sagte die Wahrheit.

Ich sah aus dem Fenster nach draußen, wo es noch immer schneite. Ich wußte, daß mein Körper genesen würde, doch meine Gedanken waren durcheinander. Aus den Fugen geraten. Ich wußte nicht, wie lange ich schon in dem Wohnwagen war und wo ich meiner Meinung nach eigentlich sein sollte – aber ich hatte das Gefühl, die Zeit liefe mir davon und ich käme zu spät zu einem Termin. Ich hatte das Bedürfnis, mich zu beeilen – doch wohin sollte ich eilen?

Eines Morgens, während ich mich noch in Swanton erholte, saß Echos Bruder an der Küchentheke und putzte sein Jagdgewehr. Beim Gehen hatte ich noch immer Schmerzen, aber ich wurde von Tag zu Tag kräftiger.

»Wo kommst du her?« fragte Herb.

Er war ein großer, schlanker Mann mit einem wettergegerbten Gesicht und trug ähnliche Kleidung wie die, die seine Schwester mir gegeben hatte.

»Aus Bellows Falls«, antwortete ich.

»Gibt's da Arbeit?«

»Nur an den Skipisten.«

»Scheißarbeit. Flachlandbewohner in ihren pink- und lilafarbenen Schneeanzügen.«

Er stand auf und ging zur Tür. »Ich geh' jagen«, sagte er. »Wenn's dunkel wird, bin ich zurück. Echo hat gesagt, sie kommt nach Hause, sobald es in dem Schnellrestaurant nach dem Mittagessen etwas ruhiger wird.«

»Sie arbeitet dort?«

»Kellnerin. Schiebt den Arschlöchern aus dem Süden, die auf dem Weg zum Jay Peak sind, Teller mit Essen unter die Nase. Zehn Cent Trinkgeld. Fünfundzwanzig. Deshalb hat sie keinen Strom.«

Durch die offene Tür sah ich zu, wie Herb in einen alten Chevy-Pickup stieg. Eine Idee keimte in mir auf, der erste strukturierte Gedanke seit der Explosion. Es war der Anfang eines Plans, etwas, das sich in einen Entwurf einfügen würde.

Ich saß an der Küchentheke, trank Tee und dachte an vergangene, bessere Zeiten. Im Laufe der Jahre hatte ich mich oft neu erschaffen müssen. Jedesmal hatte ich das Gefühl, als hätte ich ein Stück von mir verloren. Nie war ich so nah daran gewesen, mich ganz zu verlieren, wie durch Lucas Frank im Keller des alten Hauses.

Es würde eine zweite Begegnung geben. Das wußte ich bereits. Diesmal würde ich mir die Zeit und den Ort aussuchen, und ich würde die Erde erbeben lassen. Es gab Menschen, die mich verraten hatten, mich in eine Lage gebracht hatten, in der ich gezwungen war, durch Dreck und Schmutz zu kriechen. Sie hatten die Ordnung meines Lebens durcheinandergebracht, die Symmetrie, die ich mir so mühsam erschaffen hatte. Jeder von ihnen hatte Frank ein Steinchen für sein Puzzle geliefert. Wenn ich ihnen die Gelegenheit bot, ein kleines Stückchen ihrer Vergangenheit noch einmal zu erleben, würden sie mir Teile meines eigenen Entwurfs liefern.

Meine Tage in dem Wohnwagen wurden zu Wochen, dann zu Monaten. An einem Samstag Ende März lieh ich mir Herbs Pickup und fuhr auf einen Holzweg westlich der Stadt Highgate. Ich parkte, stieg durch den Schnee zum Gipfel eines kleinen Hügels hinauf und ging dann durch eine Reihe Ahornbäume hindurch zu der Steinmauer, von der ich wußte, daß sie da war.

Ich zählte die Bäume und ging an der felsigen Mauer entlang, bis ich die Stelle fand, die ich suchte. Ich schob den Schnee zur Seite, zog ein paar Steine unten aus der Mauer heraus und griff in das Loch, das ich vor ein paar Monaten in die weichere Erde gegraben hatte.

Ich holte einen in Plastikfolie gewickelten Karton heraus. Ich stopfte fünfundzwanzigtausend Dollar Bargeld in die eine

Manteltasche und die geladene 44er Magnum mit zusätzlicher Munition in die andere, außerdem zwei komplette Sätze Ausweise und persönliche Dokumente: Die einen waren auf Charles S. Weathers aus Lincoln, Nebraska, ausgestellt, die anderen auf Dr. John Krogh, Institut für Anthropologie, Harvard.

Als ich zum Wohnwagen zurückkam, saß Herb mit seinem Gewehr an der Küchentheke. Er putzte es nicht. Die Waffe lag einfach da.

Irgend etwas stimmte nicht.

»Ist Echo im Imbiß?« fragte ich.

»Sie hat angerufen. Sagt, es könnte spät werden.«

»Wo ist Terry?«

»Weiß nicht«, sagte Herb, stand auf und wiegte die 30/30er in seinen Armen. »Weißt du, Terry kann zwar nicht sprechen, aber sie spürt vieles. Sie sagt, du wärst ein Mörder. Hast du schon mal jemanden umgebracht?«

»Ich hab' 'ne Menge Leute umbringen wollen«, sagte ich. »Aber irgendwie bin ich wohl nicht dazu gekommen.«

Während Herb nickte und sich meine Worte durch den Kopf gehen ließ, zog ich die 44er aus meiner Tasche. Ich sah, wie sich auf seinem Gesicht, das gerade noch nachdenklich gewesen war, erst Verwirrung und dann Schrecken breitmachten. Es war sonderbar. Er schien vergessen zu haben, daß er eine Waffe in den Händen hielt.

Ich schoß ein einziges Mal. Herb fiel nach hinten, dann zu Boden.

Es war lange her, seit ich das letztemal getötet hatte.

Ich saß an der Küchentheke, bis es Nacht wurde. Echo erschien in der offenen Tür, eine Silhouette vor dem mondhellen Himmel.

»Wo ist Herb?« fragte sie mit einem Zittern in der Stimme. »Mit wem hast du gesprochen?«

»Ich wollte es wissen. Ich war in der Bibliothek, hab' mir

alte Zeitungen angesehen. Dein Name ist John Wolf. Terry hat gesagt . . .«

»Du hast einen Fehler gemacht.«

Ich feuerte zweimal mit Herbs Gewehr – zwei Kugeln genau in die Mitte von Echos Brust. Sie fiel nach hinten durch die offene Tür, raus in den Schnee, wo ihr Blut Muster auf den Weg malte.

Ich schnappte mir, was ich brauchte, trat über Echos Leiche, stieg in Herbs Pickup und fuhr in Richtung Süden.

Jetzt, da Lucas Frank es sich im Willard bequem gemacht hatte und mein Plan Gestalt annahm, fuhr ich nach Virginia und wartete, bis ich den idealen Schauplatz für mein Vorhaben gefunden hatte. Dann rief ich an.

»Ich möchte Special Agent Dexter Willoughby sprechen«, sagte ich in das Mobiltelefon.

»Darf ich ihm sagen, wer am Apparat ist?«

»Nein.«

Es entstand eine Pause. »Dann glaube ich nicht, daß er mit Ihnen sprechen will, Sir.«

»Ich habe Informationen für ihn. Wenn er wissen will, warum das FBI den Kopf für etwas hingehalten hat, was die Polizei vermasselt hat, wird er mit mir sprechen. Wenn nicht, werde ich den Medien verkaufen, was ich habe.«

»Bleiben Sie einen Augenblick dran, bitte.«

Sekunden später sagte der Mann mit der dünnen Stimme: »Special Agent Dexter Willoughby. Was kann ich für Sie tun?«

»Sie und ich, wissen, daß die Polizei an der Sache mit Baker schuld war. Das FBI ist in die Pfanne gehauen worden, weil es keinen Beweis gab. Die Polizei hat die Sache vertuscht. Für zehn Riesen bekommen Sie Audio- und Videokassetten, auf denen die ganze Episode dokumentiert ist, und die einzige Kopie der Baker-Akte, die nie in den Reißwolf gekommen ist.«

»Mit wem spreche ich?«

Ich ignorierte seine Frage, erklärte ihm den Weg zu einem Parkplatz, wo wir uns treffen sollten, sagte ihm, er habe eine halbe Stunde Zeit, um dorthinzufahren, und legte auf. Auf diese Weise hatte er keine Zeit, darüber nachzudenken oder sich Unterstützung zu besorgen. Wenn das kleine Arschloch wirklich so ehrgeizig war, wie ich annahm, würde er mit den zehntausend Dollar in bar auftauchen – und bei der Aussicht, eine konkurrierende Stelle ausstechen zu können, würde ihm das Wasser im Mund zusammenlaufen.

Willoughby hatte aus meinem mutmaßlichen Tod Nutzen gezogen, um seine Karriere voranzubringen. Zwar lohnte es sich kaum, sich seinetwegen aufzuregen, doch ich ärgerte mich über seinen bürokratischen Aufstieg auf meine Kosten. Er war eine Beleidigung für mich. Seine ganze Behörde beleidigte mich, vor allem ihr Eliteableger in Quantico. Das waren keine »Spürnasen«. In Gassen und Schränken und an anderen dunklen Orten widmeten sie sich gemeinschaftlichen Masturbationsspielen. Sie fickten sich gegenseitig in die Hand und wurden dafür auch noch bezahlt.

Der Name des Autohändlers – Featherstone Ford – war nur ein glücklicher Zufall, aber er hätte nicht passender sein können. Ganz offensichtlich wieder ein Wink des Schicksals. Ich wußte, daß dies Lucas Frank nicht entgehen würde.

Special Agent Dexter Willoughby stieg zur vereinbarten Zeit aus seinem Auto und kam mir entgegen; dabei knöpfte er sich das Jackett auf. Als er die Arme wieder sinken ließ, trat ich nach vorne.

»Wir sind noch nie offiziell miteinander bekanntgemacht worden«, sagte ich und streckte ihm lächelnd die Hand entgegen.

Willoughby behielt seine Hände unten. Sein Gesichtsausdruck war gequält, als versuche er verzweifelt, sich zu erinnern, woher und warum wir uns kennen sollten.

»Sind Sie nicht auch der Meinung, Mr. Willoughby, daß das Leben eines Menschen eine gewisse Ordnung erfordert, ein verläßliches, wenn auch nicht vorhersehbares Gleichgewicht?«

»Wer sind Sie?«

»Wenn der Fluß eines Lebens unterbrochen, auseinandergerissen wird und zu Staub zerfällt, sind Reparationen notwendig, finden Sie nicht? Das ist Ihr Geschäft, nicht wahr? Gerechtigkeit.«

»Ich kenne Sie nicht.«

»Mein Name ist Wolf«, sagte ich. »John Wolf.«

Willoughbys rechte Hand schnellte hoch zu seinem Schulterholster. Ich packte seinen Arm, bevor er die Waffe ziehen konnte, und riß ihn herum. Ich packte ihn unter dem Kinn und drehte, bis ich ein vertrautes Knacken hörte. Dann warf ich seinen schlaffen Körper auf den Rücksitz meines Wagens. Ich mußte mich noch um ein paar Details kümmern – den letzten Schliff, der mir, wie ich wußte, Freude bereiten würde.

Es herrschte dichter Berufsverkehr. Ich fahre nicht gern auf vollen Highways.

Das ist unangenehm.

Ärgerlich.

Als Lane gegangen war, überwand ich meine Aversion gegen das Telefon und rief in Dexter Willoughbys Büro an.

Seine Sekretärin erinnerte sich an mich. »Er ist in der Außenermittlung tätig, Dr. Frank«, sagte sie. »Er ist gestern kurz nach Ihnen gegangen. Ich weiß nicht, wann er zurückkommt.«

Ich versuchte es bei ihm zu Hause, aber dort lief der Anrufbeantworter. So weit, so gut.

Ich fuhr nach Vienna und parkte auf dem Parkplatz einer Bücherei hinter Willoughbys Grundstück. Durch die Bäume und dichten Büsche konnte ich den Backsteinbungalow nur erahnen. Ich wartete in meinem Auto, bis der Büchereiverkehr abgeflaut war, stieg dann über einen niedrigen Zaun und verschwand im Gebüsch, wo es unmöglich war, leise zu sein. Ich war mir sicher, daß ich wie der Waldmensch von Virginia klang, als ich durch die heruntergefallenen Blätter des Vororts stapfte.

Nach knapp fünfundzwanzig Metern kam ich an einen kleinen, mit Zedernholz verkleideten Schuppen. Auf dem Weg zur Tür rechnete ich damit, daß ich mir irgend etwas einfallen lassen mußte, um sie aufzubekommen, und überlegte, wie ich im Laufe der Jahre mehr oder weniger kreativ in Häuser eingebrochen war. Die meisten dieser Einbrüche waren legal – in meiner Funktion als Berater für verschiedene Exekutivbehörden. Ein paar – wie auch dieser – hätten mir fünf bis zehn Jahre in einem Hotel aus Stahl und Stein einbringen können.

Doch diesmal brauchte ich mir keine Sorgen zu machen. Die Tür war offen. Wenn man mich erwischte und mir Hausfriedensbruch vorwarf, würde ich mich leicht herausreden können.

Ich kam in einen kleinen, ordentlichen Raum. Drei braune Aktenschränke, fein säuberlich beschriftet, standen an der Rückwand. Auch die Ablagekörbe auf den Aktenschränken waren mit Etiketten in Blockschrift versehen. Aus einem großen Fenster an der Vorderseite sah man hinaus auf die Bäume. Dort stand Willoughbys Schreibtisch.

Auch der Agent war da.

Er saß regungslos da, die halb geschlossenen Hände auf dem Tisch, den Kopf merkwürdig zur Seite geneigt. Es sah aus, als starre er nachdenklich auf seine Kiefern. Ich wollte schon seinen Namen sagen – doch dann wurde mir klar, daß er nie wieder irgendwem antworten würde.

Der Kopf des Agenten befand sich in einem zu merkwürdigen Winkel zu seinem Körper. Jemand hatte ihm das Genick gebrochen und ihn dann wie eine Puppe in einem grauen Anzug dort hingesetzt. Seine Beine waren mit Klebeband am Schreibtisch befestigt. Ein dünner Draht, der um seine Brust und den Stuhl gewickelt war, hielt seinen Oberkörper aufrecht.

»Großer Gott«, murmelte ich und starrte auf den Mann, der mich am Tag zuvor so zur Weißglut gebracht hatte.

Ich sah von dem toten Agenten weg und betrachtete die Oberfläche des Schreibtischs vor ihm. Seine Hände lagen links und rechts neben einem großen Notizbuch, so, als wollte er es gleich aufschlagen. Ich nahm es und warf einen kurzen Blick auf Polizeiberichte, Diskettenhüllen aus Plastik, Skizzen von etwas, das wie eine Bombe aussah, und Abschriften von Audiokassetten. Es war Willoughbys Akte über John Wolf.

Als ich das Notizbuch wieder zumachte, fiel mir auf, welcher Text auf dem Bildschirmschoner des Agenten war: »Dies ist die Stunde der Mörder.«

Ich traute dem toten Mann soviel literarische Bildung nicht zu. Die Worte, die über den Bildschirm rollten, stammten aus einem Werk von Arthur Rimbaud, einem der Lieblingsdichter von John Wolf.

Ich nahm ein paar Papierhandtücher und wischte die Stellen ab, an denen ich möglicherweise Fingerabdrücke hinterlassen hatte. Dann nahm ich das Notizbuch, das Wolf ganz sicher für mich hinterlassen hatte, und ging durch das Gebüsch zurück zu meinem Auto.

Ich fuhr zu einem Laden und wählte von einem Telefon davor die 911. Ich wußte, daß man den Anruf mitschneiden würde, also hielt ich den Hörer ein Stück vom Mund weg, gab mir alle Mühe, mit Akzent zu sprechen, und gab dem Einsatzbearbeiter alle Informationen, die er brauchte.

Dann fuhr ich wieder zum Willard zurück und überlegte, wer mich wohl zuerst besuchen würde: Willoughbys Kollegen oder sein Mörder.

Lane hatte mir einen Ausdruck der Akte des NYPD über Wolf ins Zimmer gelegt. Sie war von ähnlichem Inhalt wie Willoughbys Notizbuch, aber bei weitem nicht so vollständig. Letztes Jahr hatte mir Lane Disketten mit ihren Dateien über Wolf an den See geschickt, aber ich hatte mir das Zeug gar nicht angesehen. Ich wußte, daß das FBI es für uns redigiert hatte.

Außerdem war Wolf tot, und ich wollte angeln gehen.

Jetzt überflog ich die ersten Seiten der NYPD-Akte und des Notizbuches – Namen, Daten, Polizeiberichte, Vernehmungen. Lanes Partner beim NYPD, Robert Sinclair, hatte zweiundvierzig von Wolfs Opfern ermittelt, Willoughby einundfünfzig.

Ich sah mir Willoughbys Liste flüchtig an, und ein Name fiel mir sofort ins Auge: Cora Riordan.

»Das gibt's doch gar nicht«, murmelte ich und griff nach einer imaginären Zigarettenschachtel.

Obwohl ich seit sechs Jahren nicht mehr rauchte, war die

Gewohnheit noch da. Raucher wissen, was bei ihnen als Auslöser wirkt. Bei mir war es Wut.

Cora Riordan war ein Fall aus Boston aus den siebziger Jahren. Heiligabend. Ein brutaler Mord, den ich aus der Nähe kannte.

Meine Frau Savvy und ich fädelten das letzte Popcorn für den Baum auf Schnüre, schnitten Sterne und Figuren aus Pappe aus und verschönerten sie mit Klebstoff und Flitter oder malten sie mit grüner und roter Acrylfarbe an. Lane schlief. Wir lachten und freuten uns darüber, was wir aus der dürren Balsamtanne und der kümmerlichen Lichterkette gemacht hatten, die ich bei Woolworth gekauft hatte. Um elf Uhr abends klingelte das Telefon.

»Ich muß weg«, sagte ich zu Savvy.

»Zum Krankenhaus?«

Ich schüttelte den Kopf.

»Wohin denn?« fragte sie.

»Das war Ray Bolton«, sagte ich. »Sie haben einen ungewöhnlichen Mord. Sie werden nicht schlau daraus.«

»Wenn Mörder sich schon nicht an die Feiertage halten, könnten sie sich doch wenigstens auf gewöhnliche Morde beschränken«, sagte Savvy voller Sarkasmus und Mißbilligung.

Ich sah die Streifenwagen und die kleine Menschenansammlung in der Huntington Avenue. Es schneite leicht – wie auf einer Weihnachtskarte, aber überall im Bild waren blitzende Lichter und stämmige Männer, die blaue Wollanzüge trugen und mit Pistolen bewaffnet waren. Einer der uniformierten Polizisten kontrollierte meine Papiere und schickte mich in den ersten Stock. Ich fand Ray Bolton in der Küche des kleinen Apartments.

»Entschuldige, daß ich dich hierherbestellt hab'«, sagte Ray. »Aber du sagst ja immer, es ist besser, wenn du es dir ansehen kannst.«

Ich nickte.

Ray deutete auf das Wohnzimmer, und ich folgte ihm. »Cora Riordan«, sagte er.

Jetzt überflog ich den Bericht, den Ray Bolton, einer meiner ältesten Freunde, damals erstellt hatte. Cora war dreißig, geschieden und hatte seit zehn Monaten in ihrem Apartment gewohnt. Sie arbeitete in einem Café in der Nähe des Brigham Circle.

Die Frau lag auf dem Boden zwischen ihrem Sofa und dem Kaffeetisch auf dem Rücken. Ihr Hals war an drei Stellen aufgeschnitten; ihre Brust und ihr Unterleib waren ein Dutzend Mal durchbohrt.

»Die Fenster hinten sind fest verschlossen«, teilte Bolton mir mit. »Der Schnee auf der Feuertreppe ist unberührt. Die Vordertür ist nicht aufgebrochen worden.«

»Weiter?«

»Auf der Küchentheke«, fuhr er fort. »Eine Tasse, eine Dose Kakao. Ein Topf mit warmer Milch auf dem Herd.«

Wir gingen zurück in die Küche. Coras weiße Arbeitsschuhe standen ordentlich auf einer Matte neben der Tür. »Sie ist also reingekommen«, sagte ich, »hat sich die Schuhe ausgezogen, Milch in den Topf geschüttet und den Herd eingeschaltet.«

Ich ließ meinen Blick durch das Apartment schweifen. Es war sauber. Ordentlich. Alles war aufgeräumt. Das Spülbekken war blitzblank, aber an dem Schalter für die rechte vordere Herdplatte war ein Blutfleck.

»Er hat den Herd ausgeschaltet«, sagte ich und ging noch einmal ins Wohnzimmer.

Auf dem Sofa und dem Kaffeetisch waren Blutspritzer. Auf dem Teppich um Cora herum hatten sich Blutlachen gebildet. Ich blickte nach oben und sah Blutspritzer an der Decke. Auf den Körper der Frau hatte er wie wild eingestochen, doch die tödlichen Schnitte am Hals waren mit chirurgischer Präzision geführt.

»Was hast du gesagt?« fragte Bolton.

»Ich hab' mich nur gefragt, warum er sich die Mühe gemacht hat, den Herd auszuschalten. Er hat die Tür offengelassen. Gibt's irgendwelche ähnlichen Fälle?«

»Nein.«

»Wie sieht's aus mit Herumtreibern in der Nachbarschaft? Voyeuren?«

»Wir hatten keine Beschwerden in der Hinsicht. Das ist keine Wohngegend, Lucas. Es gibt hier nur vier Häuser wie dieses. Alle anderen sind Geschäfts- oder Krankenhausgebäude.«

Ich sah Cora Riordan an. Sie hatte einen ruhigen Heiligen Abend zu Hause geplant.

Ich erinnerte mich, daß Ray damals gleich einen Verdächtigen hatte, Jeremy Stoneham, einen jungen Mann, der in dem Apartment unter Cora wohnte. Stoneham arbeitete als Krankenpfleger in einem der Krankenhäuser in der Gegend.

Eine andere Mieterin, Lucy Wilder, berichtete, sie habe Stoneham auf der Treppe gesehen und gehört, wie er unzusammenhängend mit sich selbst redete – »verrücktes Zeug«, sagte sie. Eine Woche vor dem Mord hatte Stoneham hinter der Tür gestanden, als Wilder ins Haus kam. Er hatte ihr direkt in die Augen gesehen und gesagt: »Der Wolfmann war da. Er hat mit mir gesprochen.«

An dem Abend sagte der junge Mann dasselbe auch noch einmal zu Ray Bolton. Bolton klopfte an die Tür des Apartments Nummer eins. Niemand antwortete. Er griff nach dem Türknauf, und er ließ sich drehen. Die Tür ging auf und gab den Blick auf ein Apartment mit demselben Grundriß wie das von Cora frei.

»Darf ich reinkommen?« fragte Ray.

Der schlanke, junge Jeremy Stoneham mit sandfarbenen Haaren saß auf dem Boden und schaukelte hin und her. Er sah von einem blutigen Küchenmesser auf, das er betrachtet hatte. Auch seine Kleider und sein Gesicht waren blutverschmiert.

»Der Wolfmann war da. Er hat mit mir gesprochen.«

Stoneham wurde zur psychiatrischen Beurteilung in das berüchtigte Bridgewater State Hospital gebracht. Er kam wegen des Mordes an Cora nie vor Gericht. Stoneham wurde für unzurechnungsfähig erklärt, nicht in der Lage, an seiner eigenen Verteidigung mitzuwirken. Statt dessen wurde er jahrelang in der Psychiatrie hin und her geschubst, bis er sich schließlich das Leben nahm.

Ray Bolton hatte getan, was er in diesem Fall tun mußte. Im Labor stellte man fest, daß das Messer, das Stoneham in der Hand gehabt hatte, die Mordwaffe war. Das Blut auf dem Messer hatte Cora Riordans Blutgruppe. Stoneham stritt den Mord nie ab.

Viele Psychotiker leiden unter akustischen Halluzinationen. Diese Stimmen – Jesus, Satan oder, wie in diesem Fall, »der Wolfmann« – bestimmen das Handeln. Stonehams Gutachter glaubten, der verwirrte junge Mann sei bei seinem Mord an Cora Riordan »Befehlshalluzinationen« gefolgt.

Ich weiß noch, daß ich damals zu Ray sagte, an dem Fall stimme irgend etwas nicht. Es gelang mir nicht, ihren Tod mit dem jungen Mann als Mörder zu rekonstruieren.

Derjenige, der Cora Riordan umgebracht hatte, hatte sich durch Reden Zugang zu ihrer Wohnung verschafft.

Sie hatte ihm die Tür aufgeschlossen.

Albert DeSalvo konnte jeden dazu überreden, ihn hereinzulassen. Er hinterließ auch Requisiten, die die Polizei finden sollte. Er ließ sich Zeit. Er ging methodisch vor.

Genau wie dieser Mörder.

Das Szenario in Cora Riordans Apartment war von jemandem arrangiert worden, der sich total unter Kontrolle hatte, aber den Eindruck erwecken wollte, er hätte jede Kontrolle verloren. Er hatte schon vorher getötet. Der Mord an Cora war bewußte Barbarei – sehr effizient.

Als er ging, fiel ihm die Milch auf der heißen Herdplatte auf. Das konnte er nicht so lassen. Seine Starrheit verlangte, daß er die Situation korrigierte.

Hatten Stonehams akustische Befehle den Mord und das Ausschalten des Herdes eingeschlossen, aber nicht das Schließen der Wohnungstür? Absurd.

Dexter Willoughby hatte die Verbindung erkannt. Er hatte Wolfs Schachzüge, seine verschiedenen Identitäten, die Berufe, die er ausgeübt hatte, aufgespürt. Als würde er numerierte Punkte miteinander verbinden, verknüpfte Willoughby geduldig einen Mord mit dem nächsten.

Aus Willoughbys Notizen ging hervor, daß Wolf zu dem Zeitpunkt, als Cora Riordan ermordet wurde, unter dem Namen Warren Rayle in einer kleinen, privaten Klinik im Bostoner Bezirk Jamaica Plain arbeitete. Seine Aufgabe bestand darin, chirurgische Instrumente zu reinigen und zu sterilisieren. Wolf hatte ein Apartment in der Fenwood Road, nur zwei Blocks von Riordans Wohnung in der Huntington Avenue entfernt.

Willoughby war auch auf einen Mord Wolfs in Harrisburg, Pennsylvania gestoßen – eine Frau, die mit Cora Riordans Schwester zusammengearbeitet hatte.

Die Beziehung zwischen Wolf und Stoneham hatte er nicht erkannt, doch ich konnte mir vorstellen, was diese entfernten psychologischen Vettern miteinander verband. Der psychopathische »Wolfmann« hatte den psychotischen Stoneham manipuliert und die brüchige Realität, die dem jungen Mann ohnehin zu entgleiten drohte, noch weiter entstellt.

Der letzte Absatz des FBI-Agenten war erschütternd:

*Mittels Computervergrößerung des Fotos Nr. 11 wurde in den Haaren des Opfers eine Feder entdeckt. Mittels Labor-*

*analyse (Kontaktperson Harold Raiche) wurde die Feder als die einer »Gemeinen Felsentaube« identifiziert.*

Weder Ray noch ich hatten die Feder bemerkt, und selbst wenn sie uns aufgefallen wäre, hätte sie in unseren Augen nichts bedeutet.

Am späten Nachmittag, als ich Willoughbys Notizen über Wolf studierte, tauchte Lane mit zwei FBI-Agenten in meiner Tür auf. Sie waren schneller, als ich gedacht hatte.

»Wir haben uns im Flur getroffen«, erklärte Lane.

Hiram Jackson war schon eine Weile beim FBI. Ich war ihm noch nie begegnet, aber ich hatte von ihm gehört. Er war einer der ersten Afro-Amerikaner, die in das FBI aufgenommen wurden, damit es so aussah, als herrsche bei der Behörde Gleichberechtigung. Er war groß, so groß wie ich, und hatte genausoviel Grau in seinen Haaren wie ich, wenn er auch einen vom FBI vorgeschriebenen Haarschnitt trug, während mir die Locken über den Kragen fielen.

Von seinem Partner Rexford Landry, einem jüngeren, mürrischen Agenten mit einem Gesicht voller Aknenarben, hatte ich noch nie gehört. An seinem breiten College-Ring erkannte ich, daß er wie viele andere von der Universität von Virginia geholt und dann zu dem Verfechter der Gerechtigkeit gemacht worden war, für den er sich jetzt hielt.

Landry kam direkt zur Sache. »Special Agent Dexter Willoughby ist tot.«

Cops achten darauf, wie man reagiert, wenn sie einem so etwas mitteilen, also gab ich mir Mühe, den Mund aufzureißen. Lanes Schock war echt.

»O Gott. Wir haben vor kurzem noch mit ihm gesprochen«, sagte sie und setzte sich. »Das kann ich kaum glauben.«

Sie sah zu Jackson auf. »Wie ist es passiert?«

»Jemand hat ihm das Genick gebrochen«, sagte Jackson.

Sie hatten Willoughbys Wagen in Falls Church, Virginia gefunden. Die Polizei von Vienna hatte das FBI informiert, nachdem sie auf einen anonymen Anruf eines »Osteuropäers« hin zu Willoughbys Haus gefahren waren und festgestellt hatten, daß das Opfer ein FBI-Agent war.

Lane schauderte und hielt sich die Hand vor den Mund.

»Sie waren bei ihm, um über John Wolf zu sprechen«, sagte Landry. »Woran auch immer Sie arbeiten – Sie wollten nicht, daß er im Bilde ist. Das FBI *ist* im Bilde.«

»Was ist mit Wolf?« fragte ich.

»Willoughby hat oben im Norden alle aus dem Fall rausgehalten«, sagte Jackson und schnitt Landry das Wort ab. »Das war seine Art, das politische Spiel zu spielen. Während der Ermittlungen habe ich die Unterstützung für ihn hier unten koordiniert. Ich hatte immer den Eindruck, daß niemand diese Explosion überlebt haben konnte.«

»Aus dem, was Willoughby mir gesagt hat, habe ich aber einen anderen Eindruck gewonnen.«

»Häh?« fragte Landry und ließ seinen Blick über Lane gleiten. Ohne Zweifel zog er ihr im Geiste Jeans und Pullover aus.

Wenn Rexford Landry in der Nähe war, brauchte man nicht zum Smithsonian zu fahren, um herauszufinden, was ein Neandertaler ist.

Ich sah Jackson an. »Für Willoughby war es bequemer, an Wolfs Tod zu glauben«, sagte ich. »Er hat nie ein Stück Knochen oder Fleisch gefunden, das ihm Gewißheit gegeben hätte. Er hielt allerdings am offiziellen Standpunkt des FBI fest, und deshalb frage ich mich, warum man ihn über den Tod von Sarah Humphrey und den von Alan Chadwick informiert hat.«

Die beiden Agenten warfen sich einen Blick zu. FBI-Agenten geben nie Informationen preis. Vor allem lassen sie es sich nicht anmerken, wenn sie etwas nicht wissen. Diese beiden hatten von den zwei Mordfällen nichts gewußt.

Dies war nicht das erste Mal, daß sich zwischen mir und Vertretern der Exekutive bei einem Gespräch ein Graben auftat. Gewöhnlich gab ich mir Mühe, kooperativ zu sein, durch alle Reifen zu springen, die sie mir hinhielten, bis sie sich mit dem Gedanken angefreundet hatten, daß ich, obwohl ich ein Zivilist war, einen Beitrag leisten konnte und dasselbe Ziel verfolgte wie sie. Doch jetzt war keine Zeit, mich mit der FBI-Etikette abzugeben.

Da keiner von beiden etwas sagte, fuhr ich fort: »Obwohl Willoughby so unnachgiebig auf seinem Standpunkt beharrte, glaube ich, daß die Ereignisse in Boston und Orlando ihn beunruhigten.«

»Was genau hat er gesagt?« fragte Landry.

»Ich hab' mir das Gespräch nicht wörtlich gemerkt.«

Landry ballte die Fäuste zusammen und öffnete sie wieder, offenbar bemüht, seine Wut im Zaum zu halten. »Keiner von uns sieht irgendeinen Grund zu der Annahme, daß wir es mit John Wolf zu tun haben«, sagte er. »Das FBI vertritt den Standpunkt, daß er letztes Jahr in Vermont ums Leben gekommen ist. Sie jagen Geister, Doc.«

»Warum sind Sie dann hier?«

»Wir sind bereit, jede mögliche Verbindung zum Fall Wolf zu prüfen«, sagte Jackson, meiner Frage geschickt ausweichend. »Wenn irgendeine Beziehung zu dem Fall besteht, könnten Sie natürlich eine Zielscheibe sein. Das gilt auch für Detective Frank. Ich hoffe, wir können bei diesem Aspekt unserer Ermittlungen im Mordfall Willoughby zusammenarbeiten.«

»Ich bin schon eine Zielscheibe gewesen«, teilte ich Jackson mit. »Normalerweise trage ich meinen Scheitel nicht direkt über dem Ohr. Eine Freundin von mir ist tot. Jemand hat dafür gesorgt, daß Willoughby die Akten von zwei anderen Mordfällen bekam, die mit John Wolf zu tun haben. Mir ist klar, daß keiner von Ihnen beiden das gewußt hat. Was ist mit

Willoughbys ehemaliger Partnerin, Susan Walker? Ist sie informiert?«

Keiner von beiden sagte ein Wort.

»Ich möchte nicht, daß sie auch ein Opfer von Wolf wird«, sagte ich.

Zwischen diesen Menschen gab es eine eindeutige Verbindung – anders als die subtilen Beziehungen, die zwischen Wolfs früheren Opfern bestanden hatten. Wir hatten alle versucht, Wolf das Handwerk zu legen. Ich wußte nicht, warum er sich für diese Reihenfolge seiner Opfer entschieden hatte, aber ich war davon überzeugt, daß er ein Drehbuch hatte, und Walker schien mir eine naheliegende nächste Wahl zu sein.

»Wolf ist tot«, fuhr Landry mich an.

»Wenn Sie an der Überzeugung festhalten, wird auch Susan Walker bald tot sein. Denken Sie darüber nach – aber nicht zu lange. Das FBI ist durch das Gewicht seines eigenen Papierkrams ganz gelähmt. Bis Sie die Erlaubnis haben, einen ›präventiven‹ Schritt zu unternehmen, wie Sie es nennen, können wir alle tot sein.«

»So kommen wir nicht weiter«, sagte Landry. »Theoretisch sind Sie ein Verdächtiger. Willoughby war Ihnen im Weg. Sie waren einer der letzten Menschen, die ihn lebend gesehen haben. Einen FBI-Agenten umzubringen ist ein Verbrechen, auf das die Todesstrafe steht. In einem Fall wie diesem Informationen zurückzuhalten ist ein Verbrechen, nicht nur ein Vergehen – Behinderung der Justiz ebenfalls. Wenn Sie mir im Weg sind, werde ich Ihnen höchstpersönlich Handschellen anlegen. Mir ist scheißegal, für wen Sie sich halten.«

Landry war eindeutig ein Fehlgriff. Beim Einstellungsprozeß hatte das FBI menschlichen Rohstoff aufgenommen und diesen unangenehmen Agenten ausgespuckt – und dann auch noch in einen schlechtsitzenden Anzug gesteckt. Man hätte ihn überhaupt nie einstellen und ihm eigentlich schon längst kündigen sollen.

Ich sah Jackson an. »Wo ist Agent Walker?«

»Sie ist Mitglied eines Teams, das an diesem Fall arbeitet.«

Ich nickte. »Ich würd' gern mit ihr sprechen.«

»Ich werd's ihr ausrichten. Sie muß das entscheiden.«

»Danke«, sagte ich. »Könnten Sie mit Ihrem bissigen Hund jetzt bitte zu einem Hydranten gehen? Sagen Sie ihm, er muß woanders pissen.«

Landry war schwer von Begriff, doch als es ihm dämmerte, wollte er auf mich zukommen. Jackson packte ihn. Bravo.

Jackson hatte uns gerade eine Menge weiterer Unannehmlichkeiten erspart.

Ich überlegte, ob ich Lane sagen sollte, daß ich Willoughbys Leiche gefunden hatte, doch ich wollte sie damit nicht in eine kompromittierende Lage bringen. Was ich in Vienna getan hatte, konnte als Straftat angesehen werden. Wenn ich nicht all meine Spuren aus dem Arbeitszimmer des Agenten getilgt hatte, konnte Lane als Mitschuldige gelten.

»Das ist ja total verrückt«, sagte Lane, als sie auf dem Sofa saß und sich mit den Händen durch ihre langen Haare fuhr. »Erst Willoughby, und jetzt hat er es auf Walker abgesehen, meinst du?«

Sie war bestürzt wegen Willoughby und hatte Angst vor Wolf, aber ich konnte ihr nicht helfen. Jemand mußte dem Mörder das Handwerk legen. Das war meine Aufgabe, da der Rest der Welt offenbar glaubte, Wolf habe sich in Luft aufgelöst. Ich brauchte Lanes Hilfe. »Es wäre logisch, wenn Walker das nächste Opfer wäre«, sagte ich. »Wer bringt ihn also zur Strecke?«

Nach einer Weile sah Lane zu mir auf. »Okay, Pop«, sagte sie mit einem tiefen Seufzer und starrte mich fragend und taxierend an.

Diesen Blick hatte ich schon oft gesehen. Mehr als nur eine Spur Mißbilligung lag darin.

»Menschliche Raubtiere nehmen sich nur selten eine Auszeit zum Trauern«, sagte ich.

»Wir sind ganz allein bei diesem Fall, Pop.«

»Dann müssen wir wohl Überstunden machen.«

Sie studierte weiterhin meine Augen und nickte dann langsam. »Williams, der Washingtoner Detective, hat mich nicht besonders beeindruckt.«

»Washington ist nicht gerade berühmt für seine brillanten Ermittlungen, aber mein Freund, der Senator, meint, Williams wäre wohl auf jedem Revier ein Star. Offenbar ist er ein bißchen unorthodox. Manchmal ist das ein Hinweis auf kreatives Denken.«

»Für mich sieht er aus, als würde er sich eher für die Titelseite von *Sports Illustrated* eignen. Noch ein Afro-Amerikaner mit einem kahlrasierten Kopf, der aussehen will wie Michael Jordan. Er ist auch fast so groß wie Jordan.«

Ich schüttelte den Kopf. »Müßte ich wissen, wer Michael Jordan ist?«

Lane lachte. »Na klar. Er ist in einem Film mit Bugs Bunny aufgetreten.«

»Ich weiß, daß du ›fix und foxy‹ bist, wie deine Generation es nennt, aber ich glaube, allmählich verlierst du den Bezug zur Wirklichkeit. Bitte werd wieder normal. Was hast du erreicht?«

»Alles, was du mir aufgetragen hast. Williams ist skeptisch. Das können wir ihm nicht vorwerfen. Er arbeitet auch als verdeckter Ermittler in der Rauschgiftfahndung. Die glauben niemandem irgendwas.«

»Lane, die ersten Hinweise darauf, wo sich Wolf in dieser Stadt blicken läßt, werden von verdeckten Ermittlern oder Informanten kommen. Deshalb ist Williams eine gute Kontaktperson. Die Sache auf der Straße zu verbreiten, ist zwar langwierig, aber es könnte eher zum Ziel führen als irgend etwas anderes, was wir momentan tun können.«

Lane nahm ihr Notizbuch aus ihrer Handtasche. »Ich hab' ihm alle Informationen gegeben, die wir haben. Swartz hab' ich auch angerufen. Die Phantombilder, die Swartz letztes Jahr gemacht hat, sind morgen früh hier. Williams hat die Liste von Wolfs Decknamen. Er wollte wissen, was er mit ›dem ganzen Scheiß‹, wie er sich ausgedrückt hat, machen soll. Ich hab' an Autovermieter gedacht, Flughäfen, Kneipen, Hotels und so weiter. Zumindest für den Anfang.«

»Gut. Denk daran, Williams mitzuteilen, daß Willoughby tot ist.«

»Was ist mit den Leuten vom FBI, Pop? Sie ermitteln in einem Fall, in dem einer von ihnen ermordet wurde. Wir werden wieder von ihnen hören.«

Jackson hatte auf mich einen recht vernünftigen Eindruck gemacht. Bei Rexford Landry war das anders. Ich war mir sicher, daß der launische Agent noch zu einem Problem werden würde.

»Ja, die kommen bestimmt wieder«, sagte ich.

Ich hatte auch den leisen Verdacht, daß John Wolf dabei behilflich sein würde, das FBI davon zu überzeugen, daß er in Vermont nicht ums Leben gekommen war. Er hatte seine Morde signiert; jahrelang hatte er Botschaften hinterlassen. Die Signaturen waren oft subtil; seine Botschaften waren unterschiedlich. Er hatte viele Namen und alle notwendigen Nummern und Ausweise zu diesen Namen. Die Computer der Gesetzeshüter deckten sein Werk überhaupt nicht auf.

*Blindheit gegenüber den Verbindungen. Das kotzte dich an, stimmt's, Junge? Du hattest deine Freiheit, aber niemand wußte, wer du warst.*

Jetzt war er von den Toten zurückgekehrt. Er mußte unmißverständlich seine Visitenkarte hinterlassen. Er wollte, daß die Computer aufleuchteten, einen Kurzschluß bekamen und kaputtgingen.

Er wollte, daß ein Cop – am besten ein FBI-Agent – einen anderen ansah und sagte: »Er ist hier.«

*Genau wie die Wiederkunft Christi am Tag des Jüngsten Gerichts.*

»Du warst mit Susan Walker befreundet, stimmt's?« fragte ich.

»Ich kann versuchen, sie zu erreichen. Wir waren eigentlich nie wirklich befreundet, aber ich bin sicher, daß sie nichts dagegen hätte, sich mit mir zu unterhalten.«

»Dann tu das bitte als allererstes. Sie ist in Gefahr. Jackson wird Agent Walker zwar ausrichten, was ich gesagt habe, aber keiner von den beiden glaubt daran, daß die Gefahr real ist. Sorg dafür, daß sie es begreift.«

# Wolf

Rache ist eine Kunst.

Es fängt an mit einem Reiz. Jemand beleidigt einen, bereitet einem Unannehmlichkeiten oder fügt einem Schaden zu. Was folgt, ist das, was die Psychiater als »Zwangsgrübeln« bezeichnen.

Ich nenne es lieber Vorbereitung.

Als ich ein Teenager war, steckte mich der Staat an einen Ort, den sie als »therapeutische pädagogische Umgebung« bezeichneten. Ich war ein Musterschüler – oder Musterhäftling –, und in meinem Kopf führte ich eine Liste der Menschen, die ich töten wollte.

Den ersten Monat in dieser Institution verbrachte ich damit, das Spiel einzuüben, zu lernen, was die Lehrer und Berater hören wollten. Dann, als ich alle richtigen Sätze sagte und mich auch dementsprechend verhielt, perfektionierte ich meine Fähigkeit, mich aus der Anstalt hinaus- und wieder hineinzuschleichen, wann immer ich wollte. Ich wurde auch ein meisterhafter Autodieb. Wenn ich einmal vom Anstaltsgelände weg war, konnte ich in drei Stunden in einem von fünf verschiedenen Staaten sein.

Ich tötete in allen fünf Staaten.

Sie verdächtigten mich in einem Mordfall – verhörten mich, beschuldigten mich, nahmen mich beinahe fest. Es war ein Witz.

Da ich ein Minderjähriger in der Obhut des Staates war, waren die Gesetze auf meiner Seite. Die Vertraulichkeit schützte mich. Alle Gerichtsverfahren fanden hinter verschlossenen Türen statt, und in den Gerichtsakten wurde ich nur unter meinem Vornamen und dem ersten Buchstaben meines Nachnamens geführt. Alle Akten wurden versiegelt.

Die Jugendschutzbehörden waren meine Komplizen bei meinen Verbrechen.

Einer meiner nächtlichen Beutezüge hätte noch eher ins Auge gehen können als meine Beinahe-Verhaftung, wenn ich auch der einzige war, der das wußte. Eines Nachts schlich ich mich nach der Bettkontrolle um elf aus dem Wohnheim, lief ins Dorf, schloß einen alten Chevy kurz und fuhr nach Sandford, Maine. Meine Beute war die ehemalige Rezeptionistin der psychiatrischen Klinik, in die man mich eingewiesen hatte. Anita Baines kontrollierte meinen Namen immer auf einer Liste, wenn ich in das Wartezimmer kam, und starrte mich dann an, bis ich zum Sozialarbeiter hineinging. »Ich werd' die *Newsweek* schon nicht klauen«, sagte ich zu ihr.

«Du glaubst, dir käme niemand auf die Schliche«, erwiderte sie. »Du bist ein verdammter Mörder, weiter nichts.«

Anita war zwar scharfsichtig, aber dumm und hatte ihr eigenes Schicksal besiegelt. Ich lächelte sie an. »Sie könnten die nächste sein«, sagte ich.

»Du jagst mir keine Angst ein, Blödmann.«

Anita heiratete, verließ die Klinik und zog nach Maine. Ich wartete eine angemessene Zeit, wie ich fand, und folgte ihr dann. Es spielte keine Rolle, wohin sie gegangen war – höchstens für den Zeitpunkt ihres Todes. Wenn sie nach Denver oder Dallas gezogen wäre, hätte Anita vielleicht ein paar Jahre länger gelebt. Aber sterben mußte sie.

Um zwei Uhr morgens kam ich im stillen Sandford an. Ich hatte keine Schwierigkeiten, das Apartmenthaus zu finden, in dem sie wohnte, und das Schloß an der Vordertür zu knacken. Sie wohnten im ersten Stock; die Wohnungstür hatte keinen Sicherheitsriegel. Ich knackte das Schloß, betrat das Apartment und machte die Tür hinter mir zu. Dann wartete ich in der Dunkelheit, bis ich Atemgeräusche hörte – die Muskeln zweier Menschen, die Luft einsogen und wieder ausstießen –, und ging zur offenen Schlafzimmertür.

Er war der große Klotz auf der rechten Seite des Bettes. Ich weiß noch, daß ich mich fragte, warum so viele Männer unbedingt auf der rechten Seite schlafen wollen. Sogar in Filmen.

Als ich mir sicher war, wo sein Kopf lag, schlug ich mit meiner frisch geschliffenen Axt fest zu. Auf seiner Seite des Bettes zuckte etwas; auf ihrer war alles still.

Ich ging zu Anita, legte ihr die Drahtschlinge um den Hals, zog an den beiden Holzgriffen und wartete, bis sie die Augen aufmachte. Als sie es tat – und sich ihre Arme von der Bettdecke zu befreien suchten –, lächelte ich und sagte: »Lesen Sie es in der *Newsweek*.«

Dann zog ich fester und wartete, bis sie starb.

Ich wußte, daß ich nicht viel Zeit hatte, aber ich blieb trotzdem noch lange genug in der Wohnung, um eine kurze Bestandsaufnahme der Dinge zu machen, die diese beiden Menschen angesammelt hatten – der Gegenstände, die für ihre Identität oder ihre Existenz irgendwie notwendig waren. Ein Fernseher. Eine Stereoanlage. Zwei gleiche Konfektschalen aus gegossenem Plastik. Eine fischförmige Uhr. Ein gerahmtes Foto des Papstes.

Ich konnte nur den Kopf schütteln. Nichts davon schien irgendeinen Sinn zu ergeben.

Etwas widerstrebend verließ ich die Wohnung. Ich hätte sie gern noch mehr erforscht, mehr über meine Opfer erfahren. Wer waren sie gewesen und warum? Doch dafür war keine Zeit. Ich mußte mich auf den langen Weg nach Vermont machen.

Auf der Route 4, kurz vor Concord, New Hampshire, winkte mich ein Beamter von der Polizei in Epsom rechts ran.

»Oh, Scheiße«, sagte ich zu dem Polizisten, »meine Tante bringt mich um. Ich muß das Auto zurückbringen, bevor mein Onkel zur Arbeit fährt. Ich schwöre, daß ich nichts getrunken habe. Ich puste auch ins Röhrchen – was Sie wollen.«

Er warf einen Blick auf meinen gefälschten Führerschein

und studierte dann die Zulassung. »Wo sind Sie gewesen?« fragte er.

»Bei meiner Freundin«, sagte ich. »Sie ist gerade erst hierhergezogen.«

»Sie sind 'n richtiger Ladykiller, was?«

Ich schenkte ihm ein doofes Lächeln. »Meine Tante findet sie ganz nett, aber mein Onkel . . .«

»Fahren Sie etwas langsamer«, sagte er und gab mir die Papiere zurück. »Es ist es nicht wert, sich nur wegen 'ner Nummer totzufahren oder jemand anderen umzubringen.«

»Ja, Sir.«

Das war zwar nicht gerade oscarverdächtig, aber es reichte, damit der Polizist mich weiterfahren ließ, und es war meine erste Lektion darin, wie primitiv Exekutivbehörden arbeiten. Wenn er den Kofferraum aufgemacht hätte, hätte der Polizist eine blutige Axt, eine Drahtschlinge und Anitas Kopf gefunden.

Es reicht nie aus, einen Mord zu begehen. Der künstlerische Schliff ist eine Notwendigkeit. Ich vergrub ihren Kopf an der Ecke des Parkplatzes der psychiatrischen Klinik unter einem Forsythienstrauch. Ich nehme an, daß er noch dort liegt.

Ich sah zu, wie die FBI-Agenten aus dem Willard kamen. Nach dem Gesichtsausdruck des weißen Cops zu urteilen, hatte ihm sein Treffen mit Dr. Frank keinen Spaß gemacht. Er stand auf dem Bürgersteig, die Hände in die Hüften gestützt, und sah die Pennsylvania Avenue hinauf und hinunter. Der Schwarze stand hinter ihm und schrieb etwas in ein schmales Notizbuch.

Alle Cops sind Arschlöcher.

FBI-Agenten sind schlimmer als die meisten Polizisten von lokalen Polizeiwachen, aber sie alle sind inkompetent. Wenn eine Frau ihren Mann oder ein Mann seine Frau umbringt, kommt die örtliche Polizei damit halbwegs klar – vorausgesetzt, der Täter sitzt blutverschmiert und mit der Waffe in der Hand da und legt ein Geständnis ab.

Aber verlassen kann man sich darauf nicht.

Man sollte sich auch nicht darauf verlassen, daß FBI-Agenten irgend etwas aufklären. Das ist eher ein schlechter Witz. Das einzige technologische Prestigeobjekt, das sie nicht haben, sind Cruise Missiles, und trotzdem haben sie den »Green River Killer« nie geschnappt.

Trotz eines von John Douglas erstellten Täterprofils und ausführlicher Gespräche mit dem Meisterspürhund und Berater der Gesetzeshüter Theodore Robert Bundy – einem Landeskind Vermonts, das berühmter war als Calvin Coolidge – haben die FBI-Agenten keine Ahnung, wer das Gebiet zwischen Seattle und Tacoma unsicher machte und die weibliche Bevölkerung auslöschte. Sie wissen nicht, wer die Prostituierten in New Bedford, Massachusetts, oder in San Diego umgebracht hat.

Natürlich kommt es auf Huren nicht weiter an. Meistens haben sie eine andere Hautfarbe, ethnische Zugehörigkeit und Religion als die weißen Protestanten angelsächsischer Abstammung, und sie übertragen Krankheiten. Sie sind eindeutig ein Teil dessen, was Charles Dickens als »überzählige Bevölkerung« bezeichnete, und müssen eliminiert werden. Einer größtenteils weißen, christlichen, der Regierung unterstellten Behörde muß das ja scheißegal sein.

Der weiße FBI-Agent – ich hörte, daß sein Partner ihn Landry nannte – zündete sich eine Zigarette an. Der andere steckte sein Notizbuch in die Tasche und ging auf das Auto zu.

»Hey«, rief Landry. »Die Tussi ist geil. Sie ist 'n Mischling, was? Vielleicht zu 'nem Viertel 'ne Schwarze, was meinst du?«

»Sie hat was sehr Schwarzes an sich, Landry«, sagte sein Partner. »Nämlich ihren Karategürtel. Wenn du die anfaßt, kannst du dir bald selbst an den Eiern lutschen.«

Landry schnippte seine Zigarette in die Gosse und ging zu dem Ford.

Als die beiden Agenten weggefahren waren, ging ich zurück ins Willard und direkt zum Aufzug. Eine Mutter und ihre Tochter fuhren mit mir nach oben. Die Frau hielt die Hand ihres Kindes mit eisernem Griff und starrte unbeweglich auf die Aufzugtür. Das kleine Mädchen sah zu mir auf. »Wie heißen Sie, Mister?« fragte sie.

Die Mutter zerrte am Arm ihrer Tochter und zischte: »Missy.«

Ich lächelte. »John«, sagte ich. »Und du heißt wohl Missy.«

»Laß den Mann in Ruhe«, sagte Missys Mutter.

Ein Drama entstand in meinem Kopf. Ich würde die Mutter umbringen. Missy würde vielleicht einen Moment lang leiden, aber dann wäre sie erleichtert. Doch dann würden Therapeuten alles vermasseln. Sie würden scharenweise kommen, um Missy davon zu überzeugen, daß sie traumatisiert worden sei und ihre grauenhaften Erinnerungen verdrängt habe. Sie würde diesen manipulativen Horden den Gefallen tun und Symptome entwickeln, an Gruppentreffen teilnehmen und ihr Leben lang als Opfer leben, als Überlebende des Aufzug-Mutter-Mordes. Die Wahrheit – daß sich das Kind tausendmal gewünscht hatte, die alte Ziege wäre tot – würde verlorengehen.

Ich habe gewisse Standards.

Als die Aufzugtür in meinem Stock aufging, verabschiedete ich mich von Missy und überließ die beiden ihren Eltern-Kind-Kriegen.

Ich trat in den mit Teppich ausgelegten Flur und ging auf Lucas Franks Zimmer zu. Ich amüsierte mich bei der Vorstellung, ich sei in dem Film *Barton Fink* der Brüder Coen und würde gleich die Welt anzünden, wobei ich mit diesem langen, stillen Flur anfangen würde.

Ich umschloß meine 44er Magnum mit der Hand – nicht,

weil ich mir Sorgen machte, Lucas Franks Tür könnte plötzlich aufspringen, sondern weil ich eine erhebliche Veränderung meines Drehbuchs erwog.

## Pop

Jemand klopfte an die Tür, und das Telefon klingelte.

»Alle wollen gleichzeitig was von uns«, sagte ich zu Lane, zeigte auf das Telefon und ging zur Tür.

Ich hörte Lane sprechen, während ein Hotelangestellter mit einem Tablett Kaffee, den ich bestellt hatte, hereinkam. Er stellte das Tablett auf einen Tisch und gab mir ein kleines Päckchen. »Das lag auf dem Boden, Dr. Frank, direkt vor Ihrer Tür.«

Ich dankte ihm und machte die Tür wieder zu.

»Von wem ist das, Pop?« fragte Lane, als sie auflegte.

»Steht nicht drauf. Wer war am Telefon?«

»Nicht so gut. Eine Reporterin von der Washingtoner *Blade*. Sie heißt Darla Michaels. Sie will mit dir über Willoughbys Tod sprechen. Ich kann mich an ihren Namen erinnern; sie hat letztes Jahr über den Fall Wolf geschrieben.«

»Hast du ihr gesagt, sie soll sich ans FBI wenden?« fragte ich, während ich den Karton öffnete und ein kleines, steifes Blatt Papier auswickelte – Spottdrosseln und Sichelspötter, Seite 124 von Petersons *Die Vögel*.

Ich erstarrte.

»Ja, aber woher weiß sie überhaupt, daß du hier bist?« fragte Lane. »Pop? Was ist los?«

Ich hielt eine kleine Messingfigur hoch, ungefähr so groß wie der Steingorilla, den Lane in Lake Albert für mich gekauft hatte. Auf einem Aufkleber unter dem Sockel der Figur stand nur »Oliver«. »Das ist ein Phönix«, sagte ich. »Kennst du dich in Mythologie aus?«

»Der Phönix steigt aus der Asche seines eigenen Scheiterhaufens empor, nicht wahr?«

»Ja. Tod und Auferstehung.«

Lane sprang von ihrem Stuhl auf. »Der Mistkerl ist hier. Er weiß, wo wir sind.«

Ich strich mit den Fingern über die rauhe Oberfläche der teilweise ausgebreiteten Flügel des mythischen Vogels, stellte die Messingfigur dann auf den Kaffeetisch, setzte mich und starrte sie an.

*Du siehst still aus einiger Entfernung zu, während du an den Fäden deiner Marionetten ziehst, stimmt's, Junge? Du bist ein geduldiger Mörder.*

»Er ist in der Nähe«, sagte ich und fühlte mich plötzlich schwach, als bekäme ich nicht genug Luft. »Wir haben jetzt eine persönliche Mitteilung über seine Auferstehung. Wenn ich irgendwelche Zweifel über sein Motiv hatte, so sind die jetzt ausgeräumt. Ich hab' ihn in Vermont ›umgebracht‹. Jetzt bin ich an der Reihe zu sterben.«

»Er war vor der Tür, Pop«, sagte Lane, ging durchs Zimmer und sah sich die Seite aus dem Peterson an. »Was zum Teufel bedeutet *das* jetzt?«

Ich zuckte mit den Schultern. »Janet hat Königssatrapen bekommen. Wir bekommen Spottdrosseln.«

Die Exekutivbehörden sind nicht dafür ausgelegt, mit den Wölfen dieser Welt fertigzuwerden. Durch konventionelle Ermittlungen kommt man ihnen kaum auf die Schliche. Sie sind unsichtbar. Meistens werden sie durch Zufall geschnappt – gewöhnlich wegen einer Kleinigkeit, wie den Verkehrsverstößen von Bundy, Joel Rifkin oder David Berkowitz.

Wolf war etwas Besonderes. Schon am See hatte ich gewußt, daß ich derjenige sein würde, der ihn zur Strecke brachte. Er würde es nicht zulassen, daß ihn jemand lebendig schnappte, und letzten Endes hatte er es nur auf *eine* Konfrontation angelegt.

Ich spürte, daß ich mich von Lane entfernte. Das war ein vertrautes Gefühl, das ich im Laufe der Jahre oft erlebt hatte – jedesmal, wenn ein Mörder mich rief.

Ich ging zum Fenster und schob den Vorhang zur Seite. »Es regnet«, sagte ich, als ich auf die Straße hinuntersah. »Ist dir aufgefallen, wie naß der Keller in dem alten Haus in Vermont war? Es roch wie auf dem Friedhof. Manchmal denke ich darüber nach, wie es wohl für Wolf als Kind war, wenn ihn sein Stiefvater in den Kohlenkeller sperrte. Ich hab' versucht, es mir vorzustellen, mich in seine Lage zu versetzen, zu empfinden, was er empfunden haben muß. Es gelingt mir nicht.«

Ich sah wieder zu Lane zurück. »Es gelingt mir nicht, weil er nichts empfunden hat. Er hat viel nachgedacht, überlegt, geplant, aber er hat überhaupt nichts empfunden.«

Ein Kindheitstrauma ist nur eine der möglichen Zutaten in dem Rezept, das einen Serienmörder hervorbringt. Die meisten mißbrauchten Kinder werden später nicht zu Mördern. Die Art, wie sie ihre Erfahrungen wahrnehmen und wie sie ihre Welt begreifen, ist für die Herausbildung ihrer Persönlichkeit mindestens genauso wichtig wie die Erfahrungen selbst. Jahrelang hatten wir unsere Mikroskope auf die Familie gerichtet, das Subjekt unserer Betrachtung hatten wir ignoriert.

Lane kam neben mich. »Wolf hat also seine Nachricht geschickt«, sagte sie. »Er ist von den Toten zurückgekehrt. Was bedeuten die Seiten aus dem Vogelbuch?«

»Janets Königssatrap, *Tyrannus tyrannus*, der Tyrann – will Wolf damit sagen, daß er der Tyrann ist, der böse Herrscher über alle?«

»Und was? Dich verspottet?«

»Ich weiß nicht, was es sonst bedeuten könnte.«

Ich sah weiter hinaus auf die Stadt, auf die verrückten Ansammlungen von Lichtern, die im Regen nur verschwommen zu sehen waren. So erschreckend und unheildrohend Wolfs Geschenk auch war – es hatte bei mir auch eine merkwürdige Entschlossenheit bewirkt.

Ich ging noch näher zum Fenster, berührte die Glasscheibe

mit den Fingerspitzen und versuchte, die Regentropfen zu spüren.

Später, nachdem ich meiner Tochter gute Nacht gesagt hatte, schlich ich mich für den Abend hinaus.

Ich war rastlos, und ich hatte etwas zu erledigen. Außerdem wollte ich die Stadt erkunden, die Teile Washingtons aufsuchen, in denen sich jemand, der seine Anonymität wahren mußte, am wohlsten fühlen würde. Ich wußte, daß sich Wolf nicht in einer Gegend der Hauptstadt aufhalten konnte, wo es Paparazzi gab, und damit schied ein großer Teil der Stadt aus. Er hatte eine Mission; er konnte es nicht riskieren, zufällig auf einem Foto aufzutauchen, das auf der Titelseite der *Blade* erschien.

Eine graue Limousine – meine FBI-Eskorte, vermutete ich – war auf der gegenüberliegenden Seite der Pennsylvania Avenue geparkt, knapp dreißig Meter nördlich vom Eingang des Willard. Ich ging hinüber und klopfte an die Scheibe. Sie wurde heruntergelassen, und zwei weiße Männer in den Dreißigern in beigefarbenen Anzügen kamen zum Vorschein. Der auf der Fahrerseite war Special Agent Rexford Landry.

»Wenn John Wolf tot ist«, sagte ich, »warum folgen Sie mir dann?«

Der Fahrer starrte mich an, betätigte dann einen Knopf, und die getönte Scheibe glitt wieder nach oben. Am liebsten hätte ich sie mit der Faust zertrümmert.

Meine erste Aufgabe bestand also darin, die FBI-Agenten abzuschütteln, und dafür brauchte ich eine günstig gelegene, aber schäbige öffentliche Toilette mit einem Fenster, das auf eine kleine Gasse hinausführte. Ich hatte zwanzig Jahre lang Zeit gehabt, die Technik des Hinauskletterns aus Fenstern zu erlernen, und ich hatte damit noch immer Erfolg gehabt. Mein Lieblings»notausgang« – in Neil's Beer Garden – war abgerissen worden, als man in Boston das neue Regierungsgebäude gebaut hatte. Ein schlechter Tausch, wenn Sie mich fragen.

Eine halbe Stunde später trank ich im Jewell Howard's ein Bier, der Bar, die mir mein Neffe Lymann Murr empfohlen hatte, wenn ich mal nach Washington kommen sollte. Der Rausschmeißer, Oscar Bell, ein großer, muskulöser Schwarzer, hatte in einer von Lymanns kurzlebigen Reggae-Bands Schlagzeug gespielt. Wir waren uns erst einmal begegnet, als ich Lane in New York besuchte, aber Oscar erinnerte sich an mich.

Als ich hereinkam, nickte er, schenkte mir etwas, das als Lächeln durchgehen konnte, und sagte: »Lymanns Onkel.«

»Sie haben ein gutes Gedächtnis.«

»Nachdem wir uns kennengelernt hatten, hat mir Lymann alles über Sie erzählt.« Er grinste. »Ich kann Verbrecher auch nicht leiden.«

Oscar wurde dafür bezahlt, dafür zu sorgen, daß es nicht zu Gewalttätigkeiten kam, zumindest nicht im Jewell's. Wegen seines bulligen Körperbaus war er für den Job gut geeignet.

Seit in der Stadt Gangs aufgetaucht waren, die Uzis mit sich rumtrugen, war Oscars Job kompliziert geworden. Wenn Leute mit roten Stirnbändern in der Bar waren, durften keine Blauen rein. Wenn sich die Blauen frühzeitig einen Tisch schnappten, mußten die Roten in eine andere Bar gehen.

Im Jewell's war heute Nina-Simone-Nacht – nichts als Nina in der Jukebox und Faßbier zum halben Preis.

»Ein paar FBI-Agenten sind hinter mir her«, sagte ich, gab ihm einen Zwanziger und erklärte, was ich vorhatte.

»Die werden den Eintritt bezahlen«, sagte Oscar. »Die trinken nie was. Die lockern nicht mal ihre Krawatte. Die kommen nur hier rein und versauen die Stimmung.«

Ich saß an der Bar, trank mein Bier und sah zu, wie Oscar von den Agenten jeweils einen Fünfer kassierte. Landry blieb in der Nähe der Vordertür. Sein Partner stand am Seitenausgang.

Ich klopfte mit den Fingern den Rhythmus von Ninas »Black Swan«.

Jedesmal wenn Landry in meine Richtung sah, stellte er fest, daß ich ihn anstarrte. Automatisch schaute er weniger oft zu mir herüber. Ich sollte ihn nicht sehen. Die meisten Leute haben wirklich etwas von einem Vogel Strauß. Als er dreißig Sekunden lang nicht herüberschaute, rutschte ich vom Hokker herunter und ging zur Toilette.

Ich öffnete in dem kleinen, schmutzigen Raum das Fenster, kletterte hindurch und sprang in die Dunkelheit neben Jewells Mülleimer. Dann hörte ich Geräusche in der Toilette hinter mir, zog meine Neun-Millimeter und ging zurück zum Fenster.

Landry lag auf dem vollgepißten Linoleumboden. Oscar stand über ihm.

»Der Mann ist ausgerutscht«, sagte Oscar grinsend. »Ist wohl mit dem Kopf auf das Waschbecken aufgeschlagen.«

Damit war ich die FBI-Agenten erst mal los.

Ich nickte und ging durch die dunkle Gasse.

Während ich in einem stetigen, leichten Regen durch die Straßen der Stadt schlenderte, kämpfte ich mit dem hartnäkkigen Gefühl, mich in einem städtischen Ödland verlaufen zu haben. Ich kam an Sozialwohnungen, Spirituosengeschäften, ausgebrannten Autowracks und Gebäuden vorbei, die Huren, Kartenlegerinnen und die Kirche des Lachenden Gottes beherbergten. Dieses trostlose Land hatte einen eigenen Soundtrack – das Soprangeheul der Sirenen, den trommelnden Baß eines Polizeihubschraubers, die Stakkatosalven einer Maschinenpistole irgendwo im Labyrinth der dunklen Gänge der Stadt.

Dies war ein Gelände, in dem Wolf verschwinden konnte. Ich spielte mit der Vorstellung, daß ich ein Köder sei, daß Wolf mir folgte, daß ich etwas erreichte. Ich malte mir aus, wie er aus dem Schatten heraustrat, wie ich meine Waffe zog und ihn mit einem einzigen Schuß niederstreckte.

Das war eine Selbsttäuschung.

Ich tat nichts weiter, als mich durch einen langen, dunklen Tunnel vorwärtszubewegen, dessen Wände mit Schnappschüssen der Überreste eines Landes verziert waren, das noch schlimmer zerstört war als Dresden nach der Bombardierung. Doch ich war mir sicher, daß meine Reise vorherbestimmt war.

Diese Stadt war das Machtzentrum der ganzen Welt. Für Wolf der ideale Ort. Er mußte ihn in die Knie zwingen. Aber wie?

An einer Kreuzung sah ich brennenden Plunder mitten auf der Straße. Matratzen waren darunter, ein zerbrochenes Treppengeländer, Möbel – alles glühte. Funken flogen hoch, doch der Nieselregen verhinderte einen richtigen Brand. Statt dessen stiegen aus dem primitiven Inferno dichte Rauchschwaden auf.

Zwei Polizisten in Uniform und fünf Zivilisten standen dort. Ich stellte mich dazu. Meine Augen tränten; ich konnte kaum noch etwas sehen.

Ein dritter Cop kam dazu. »Das SEK ist auf dem Weg«, sagte er. »Wer ist da drüben?«

»Ein Typ aus der Gegend hier. Er steht unter Drogen. Hat seine Freundin umgebracht, und jetzt hat er ihre dreijährige Tochter bei sich. Wir müssen dafür sorgen, daß diese Leute hier ein Stück wegbleiben.«

Der Regen klebte mir die Haare zusammen und lief mir in Strömen in den Hemdkragen.

»Das SEK will wissen, was für Waffen er hat«, sagte der Polizist.

Er bekam keine Antwort. Ich spürte eine leichte Brise in der Spätsommerluft, während ich versuchte zu sehen, was hinter den Polizisten war. Ein kleines, barfüßiges Mädchen in einer rosafarbenen Hose und einem weißen T-Shirt kam aus dem Rauch heraus. Sie hatte den Daumen im Mund und hielt eine Stoffpuppe im Arm, die wie eine Eule aussah. Eine Polizistin rannte zu ihr, kniete sich hin und fragte: »Alles in Ordnung, Schatz?«

Das kleine Mädchen zog den Daumen aus dem Mund. »Billy im Rauch«, sagte sie.

In dem Augenblick hörte ich ein wildes Brüllen – wie von einem verletzten Tier –, und ein kleiner, schlanker Mann mit einem Küchenmesser in der Hand kam aus dem Rauch heraus direkt auf die Polizistin und das Kind zugelaufen. Instinktiv griff ich nach meiner Waffe.

Eine Frau warf sich auf die Motorhaube eines geparkten Autos. Zwei Männer ließen sich auf das nasse Pflaster fallen.

Einer der Cops hatte viel schnellere Reflexe als ich. Seine Neun-Millimeter ging los, und der rennende Mann stürzte auf den Asphalt. Sein Blut – im Licht des Feuers erst rot, dann blau und schließlich schwarz – floß in die Pfützen.

Wenn der Polizist auch nur ein bißchen gezögert hätte, wäre die Sache anders ausgegangen.

Das kleine Mädchen hatte sich die Finger in die Ohren gesteckt.

»Komm«, sagte die Polizistin und hob das Mädchen und ihre Puppe hoch.

»Billy hat keine Hühnchennudeln gemacht«, sagte das Mädchen. »Mama hat gesagt, in dem, was Billy gemacht hat, war Okra drin. Mama ist allergisch gegen Okra, deshalb ist sie jetzt im Himmel.«

Jeder in der kleinen Menschenansammlung hatte seine eigene Meinung dazu, warum Billy »übergeschnappt« war.

»Sein Kopf war von dem Crack ganz kaputt«, sagte einer.

»Er konnte keine Arbeit finden«, steuerte ein anderer bei.

»Die Frau wollte Billy nicht haben.«

»Warum hat er fast das Kind umgebracht?«

»Wie heißt er mit Nachnamen? Billy was?«

Die Frage des letzten Sprechers war gleichzeitig die Antwort. Billy war von niemandem anerkannt worden. Dies waren Leute aus der Nachbarschaft, und sie wußten nicht, wer er war. Er hatte unter ihnen gelebt, aber er war ein Niemand. Der Mann war machtlos gewesen. Nur ein Cracksüchtiger.

Am Ende hatte sich Billy für »Selbstmord durch Polizisten« entschieden.

Ich wandte mich von dem Rauch und der langsam wachsenden Menschenmenge ab und sah zu, wie ein schwarzer Lincoln am Straßenrand hielt.

Als er im College mein Zimmergenosse war, hatte Harry Storrs nicht vorgehabt, in die Politik zu gehen. Er hatte Vergleichende Literaturwissenschaft studiert, mit dem Gedanken gespielt, den Students for a Democratic Society beizutreten, und mit Hunderten anderen dem damaligen Verteidigungsminister Robert McNamara unschmeichelhafte Worte an den Kopf geworfen, bis die Polizei von Cambridge ihre Hunde auf die Demonstranten losließ. Die Dobermänner und Schäferhunde hatten uns auf die Bäume am Charles River gejagt. Wir skandierten: »Hunde brauchen Bäume.«

Jetzt drückte mir Senator Harry Storrs auf der Rückbank seines Lincoln eine Flasche Ale aus einer kleinen Brauerei seines Heimatstaates in die Hand. Er zog den Kronkorken einer zweiten Flasche für sich selbst ab.

»Was war das da drüben für ein Aufruhr?« fragte er.

»Ein Typ aus der Gegend hier hat seine Freundin umgebracht und wollte auch ihre Tochter umbringen. Aber die Cops haben ihn vorher erledigt.«

Harry nahm seine Flasche vom Mund und starrte mich an. »Das hast du gesehen?«

»Ich hab' gesehen, wie ein geschickter Polizist einen ›Billy‹ ohne Nachnamen getötet hat, bevor Billy Zeit hatte, einem

Kind oder einer Polizistin, die neben dem Kind hockte, etwas anzutun.«

»Großer Gott.«

Ich hatte den Ausdruck auf Billys Gesicht gesehen, als er aus dem Rauch herauskam. Wut. »Alle, an die er herankam, sollten sterben. Kein Job, cracksüchtig, Probleme zu Hause. Dies war seine Chance, Macht zu spüren, der Welt zu sagen, sie könne ihn mal. Wahrscheinlich glaubte er, daß die Leute stehenbleiben und ihn bemerken würden, wenn er ein furchtbares Grauen auslöste. Das war seine Gerechtigkeit, seine Art, es den ganzen Scheißern mal so richtig zu zeigen.«

Harry schüttelte den Kopf. »Gegenden wie diese hier sind ungesund«, sagte er, hob seine Flasche zum Mund und trank.

»Änder was daran.«

»Dafür ist Marion Barry zuständig. Meine Wähler interessieren sich mehr für Agrarsubventionen. Denen ist es scheißegal, ob im District Building Klopapier ist. Wie geht's Savvy?«

»Gut, soweit ich weiß. Ich hab' vor etwa sechs Monaten eine Karte von ihr bekommen. Und Vera?«

Er lachte. »Ich glaub', ich seh' sie ungefähr so oft wie du Savvy. Hast du schon mal drüber nachgedacht, ob wir das vielleicht so geplant haben? Du bist der Psychiater, Lucas.«

»Wie laufen die Ermittlungen im Fall Willoughby?«

Er schüttelte den Kopf. »Du warst schon immer viel zu ernst. Das FBI wird bald wieder bei dir auf der Matte stehen. Es hat ein paar harte Jahre hinter sich. Die Sache mit den Olympischen Spielen in Atlanta war auch nicht gerade eine Hilfe. Die Probleme mit dem Labor. Jetzt das. Das öffentliche Ansehen geht den Bach runter. Die Moral leidet. Die Folge ist, daß das Budget gekürzt wird. Die haben nichts im Fall Wolf – so heißt er doch?«

Ich nickte.

»Nichts. Sie führen nur Routineermittlungen zum Tod des

Agenten durch. Intensive Ermittlungen, aber nichts als Routine, und von Wölfen ist nicht die Rede. Glaubst du, er könnte sich in einer Gegend wie dieser hier aufhalten?«

»Ja. Hier würde er gar nicht auffallen.«

Storrs trank noch einmal von seinem Bier, und ich sah zu, wie er den Kopf in den Nacken legte – die weiße Mähne, das vertraute Profil.

»Was hältst du von diesem Ale?« fragte er.

»Es ist beinahe wie ein India Pale«, sagte ich.

»Aber nicht schlecht, oder?«

Ich lächelte meinen alten Freund vom College an. »Für ein Bier, das sie den Legionen in einem fernen Land schicken, ist es ausgezeichnet.«

Er lachte und sah dann auf seine Flasche. »Du Arschloch. Du hast recht.«

»Zu bitter«, sagte ich. »Was stellen die sonst noch her?«

»Weiß ich nicht. Ich trinke sowieso lieber Bourbon. Ich hab' von dieser Sache letztes Jahr gelesen, Lucas. Ich dachte, du würdest dich nicht mehr um solche Kriminalgeschichten kümmern.«

»Wolf hat eine Freundin von mir umgebracht. Und mich hat er auch fast erwischt. Aber das ist nicht alles.«

»Du kannst es nicht sein lassen, stimmt's?«

»Könntest du der Politik den Rücken kehren?«

Er lachte. »Nein, irgendwann tragen die mich da raus.«

Ich seufzte. »Mir geht es allmählich genauso. Vielleicht kann ich einfach nicht aufhören.«

Der Chauffeur des Senators setzte mich am Willard ab.

Ich saß in meinem dunklen Zimmer, rauchte eine Zigarette und strich mit den Fingern über den Messingphönix. Die Zigaretten hatte ich im Jewell's gekauft. Ich hatte die Schnauze voll. So einfach war es. Auch nach sechs Jahren war Rauchen noch wie eine alte Gewohnheit, und es war beruhigend.

Ich warf die Messingfigur des Phönix ans Fußende des Bettes. Wolf war in meinem Kopf. Wir würden jetzt Gedankenspiele spielen.

Ich sah zu, wie der Rauch in Ringen zur Decke aufstieg, und driftete zurück zu jenem Weihnachtstag in den siebziger Jahren, als Ray Bolton Jeremy Stoneham wegen Mordes an Cora Riordan festnahm. An dem Tag saß ich spätabends in meinem Arbeitszimmer und schrieb eine Notiz an Ray.

*Dieser Mörder ist ein reines Raubtier, ein brillantes, anders als alle anderen, denen wir begegnet sind. Er ist Stonehams »Wolfmann«. Er hat mit Jeremy gesprochen, ihm ins Ohr geflüstert. Die Stimme, die der junge Mann gehört hat, ist real.*

Ich nahm den Messingphönix vom Bett.

*Wenn du eine Botschaft senden willst, kann dich niemand aufhalten, Junge, stimmt's? Du machst nichts einfach nach Gefühl. Du überlegst alles ganz genau, schleichst dich dann im Umfeld herum, zermürbst uns und amüsierst dich köstlich dabei.*

Ich drückte meine Zigarette aus, ging zum Fenster und blickte in die Ferne.

»Flüster mir in die Ohren, Junge«, murmelte ich. »Sprich mit mir. Erzähl mir, wie du Dexter Willoughby, einen FBI-Agenten, dazu gebracht hast, dir in die Arme zu laufen.«

# Wolf

Nachdem ich mein Geschenk für Dr. Frank hinterlassen hatte, ging ich auf Beutefang. Ich hatte etwas zu erledigen.

Ich fand einen grauen Lieferwagen mit magnetischen Schildern auf beiden Türen: Valley Carpet. Er stand am Ende einer kleinen Seitenstraße der Pennsylvania Avenue.

Dann ging ich eine kurze Betontreppe hinunter, die von einer blauen Deckenlampe beleuchtet wurde, und zog eine schwere Metalltür auf. Innen herrschten Grau- und Blautöne vor – Zigarettenrauch und das unverkennbare Aroma von Marihuana.

Ein Schwarzer, etwa so groß wie ich, vielleicht etwas stämmiger, saß im Overall an der Bar, trank Whiskey mit Wasser und rauchte eine Camel nach der anderen. Das Valley-Carpet-Emblem zierte seine linke Tasche. Ein Flicken auf der rechten Tasche tat kund, daß er Nick hieß.

Ich setzte mich auf den Stuhl neben Nick, bestellte ein Bier vom Faß und drehte mich dann um, um zu sehen, wie die schwarzen Trinker und Raucher mich beobachteten.

»Sind Sie 'n Bulle?« fragte die Barkeeperin.

Sie war eine schlanke, junge Frau in einem heißen, rückenfreien, pinkfarbenen Top und saß in einem Rollstuhl. Hinter der Bar war eine hölzerne Plattform, damit sie auf der richtigen Höhe war, und die Regale mit Gläsern und Flaschen waren niedriger als gewöhnlich, damit sie drankam.

»Nick hier kann sich für mich verbürgen«, sagte ich.

»Was?« fragte er und drehte sich zu mir um. »Ich kenn' Sie nicht.«

»Sie haben vor ungefähr einem halben Jahr meinen Teppich verlegt. Ich kann wohl nicht erwarten, daß Sie sich daran erinnern. Sie verlegen schließlich jeden Tag Teppiche.«

Aus irgendeinem Winkel seines vom Alkohol benebelten Gehirns heraus studierte er mein Gesicht. Das Bedürfnis, dem beizupflichten, was einem als freundlich und vertraut präsentiert wird, ist groß. »Ja, ich glaub', ich hab' Sie schon mal gesehen. Sie wohnen irgendwo im Nordwesten?«

»Georgetown.«

Er vermied es, mich bei irgendeinem Namen zu nennen, der wahrscheinlich falsch war. Er konnte nicht wissen, daß ich jeden Namen akzeptiert hätte.

»Was machen Sie hier unten?« fragte er.

»Die Musik«, sagte ich. »Ich hab' die ›Blues Velvet‹-CD. Ich hab' sie erst ein paarmal live gehört.«

»Sie haben 'nen guten Geschmack, Mann«, sagte Nick, nickte dem Trio auf der kleinen Bühne zu und drehte sich dann zur Barkeeperin um. »Ich verbürg' mich für den Typen, Wheels. Der macht bestimmt keine Probleme.«

»Danke, Nick«, sagte ich.

Er winkte ab. »Keine große Sache. Wenn Wheels 'nen weißen Typen reinkommen sieht, denkt sie, es ist 'n Bulle oder jemand, der sonstwie Schwierigkeiten macht. Kann man ihr nicht vorwerfen.«

Ich nickte, trank mein Bier, hörte der Musik zu.

»Was für 'nen Teppich hab' ich verlegt?«

»Wie bitte?«

»Der Teppich, den ich verlegt hab'.«

»Meine Frau hat ihn ausgesucht«, sagte ich. »Er ist beige. Mehr weiß ich nicht. Ich hasse beige.«

Nick lachte. »Heut' hab' ich 'nen Scheiß verlegt; ich schwöre, der hatte die Farbe von Erbsensuppe. Die Lady war ganz begeistert. Der Typ sah aus, als müßte er gleich kotzen.«

Wir lachten beide.

Ich verließ die Bar wenige Sekunden nach Nick. Ich ging die drei Betonstufen vor der Tür hinauf und sah zu, wie der stämmige Mann die Gasse hinunter zum Parkplatz torkelte. Als ich überlegte, welche Methode am effektivsten wäre, um an Nicks Lieferwagen zu kommen, spürte ich, wie in meinem Mundwinkel ein Lächeln entstand. Ich brauchte ihn nicht umzubringen. Ich wollte es.

Schnell ging ich den Abhang hinunter, lief dann los und holte ihn an der Tür seines Lieferwagens ein. Er sprach mit sich selbst, fummelte mit seinen Schlüsseln herum, als ich sprang und auf seinem Rücken landete. Er ächzte, als die Luft aus seiner Lunge wich. Ich griff ihm von hinten um den Hals und fand seine Kehle mit einem rasiermesserscharfen, fünfzehn Zentimeter langen Messer der Marke Schrade, das ich benutze, um größere Vertreter der Gattung zur Strecke zu bringen.

Nick fiel zu Boden.

Im sanften Schein des blauen Lichts war sein Blut lila, beinahe schwarz. Ich sah zu, wie sich das Blut auf Nicks Hals ausbreitete wie ein Rorschach-Tintenklecks und dabei seine Form veränderte.

Es veränderte auch die Farbe seiner braunen Haut.

Lila, beinahe schwarz im blauen Licht.

*Symmetrie.*

Ich zog Nick den Overall aus, ließ ihn in der Gasse liegen und stieg in den Lieferwagen. Als ich langsam wegfuhr, kam eine dicke schwarze Frau aus der Bar. Ihre Schreie durchbrachen die Stille in der trostlosen Asphaltstraße.

Es ist merkwürdig, wie die Leute auf solche Geschehnisse reagieren. Sie haben offenbar das Bedürfnis, Lärm zu machen, anzufassen, sich schnell und hektisch zu bewegen. Was sie aufregt, hat auf mich eher eine beruhigende Wirkung.

Szenen wie diese sind es, die meine Arbeit lohnenswert machen, und ich wollte sie genießen. Ich wollte mir die Erinnerung bei einem Glas Wein noch einmal vergegenwärtigen. Ich fuhr auf der Pennsylvania Avenue in Richtung Norden, denn ich wußte dafür keinen besseren Ort als die Bar im Willard, die The Nest hieß.

Das Objekt einer meiner nächtlichen Raubzüge vor langer Zeit war Cora Riordan. Sie hob matt eine Hand hoch, als ich auf sie zukam – sie wollte wohl schreien, schien aber nicht zu wissen wie.

Jeremy Stoneham saß mit seiner hilflosen Psyche und seinen multiplen Realitäten stumm da, als ich ihn mit meinem Flüstern liebkoste.

Lucas Frank jammerte seinem Lieblingsreporter von einer der Bostoner Zeitungen vor, daß die Feststellungen des Gerichts im Fall Stoneham falsch seien. Dr. Frank war damals seiner Zeit voraus. Er bediente sich einer Sprache, die niemand verstand, einer Sprache, die zwanzig Jahre später zum allgemein üblichen Jargon der Kriminologie wurde.

Ich hatte schon einige Morderfahrungen, als ich zum ersten Mal etwas über Lucas Frank las. Dies war zu einer Zeit, zu der Polizisten oder Politikern nichts Besseres einfiel, als alle nasse Kunst als scheußlich, wahnsinnig, verwerflich oder schlecht zu verteufeln. Dann kam Dr. Frank und sagte, hinter einem augenscheinlich willkürlichen Mord verberge sich eine Logik, ein System.

»Wir müssen unsere eigenen Vorurteile darüber, was rationales Verhalten ausmacht, ablegen«, sagte Frank dem Reporter Anthony Michaels, »und versuchen, den Gedankengang des Mörders zu verstehen. Sein Verbrechen bedeutete etwas für ihn. Was?«

In dem Interview mit Michaels nannte Frank einen Fall im Westen von Massachusetts als Beispiel. Der Mörder von fünf jungen Frauen hatte sich selbst in die Ermittlungen eingebracht, indem er seine Hilfe angeboten hatte. Die Polizei und der Psychiater von der Universität sagten einfach, der Mörder habe sich schnappen lassen wollen, er habe unbewußt das Bedürfnis oder den Wunsch gehabt, gefaßt zu werden.

Lucas Frank war anderer Meinung. »Diesem Mann ging es um die Gelegenheit, im Mittelpunkt zu stehen«, sagte er.

»Das Gefühl der Macht, das ihm die Morde verschafften, wurde noch dadurch verstärkt, daß er sich unter denen befand, die ihn suchten.«

Natürlich hatte er recht. Doch es dauerte Jahre, bis diese Erkenntnis routinemäßig umgesetzt wurde – zunächst in Fällen von Brandstiftung, dann bei Kindesentführungen.

Auf eine seltsame Art und Weise war es für mich, einen Mörder, tröstlich zu wissen, daß es jemanden gab, der die Kunst zwar nicht praktizierte, sich damit jedoch gut auskannte. Es war auch unglaublich und, wenn man darüber nachdenkt, bedrohlich.

Wenn dieser Mann so denken konnte wie ich, was sollte ihn daran hindern, mich zur Strecke zu bringen? Aus diesem Grund beschloß ich, soviel wie möglich über diesen Mann in Erfahrung zu bringen. Ich war schon immer ein Verfechter des Präventivschlags.

Die Kollegen verlangten von Dr. Frank einen Beweis für seine Theorie, Macht sei die Hauptantriebskraft ausgleichender Gerechtigkeit. In der Forschung tätige Psychologen, die nie mit Menschen zu tun gehabt hatten, hauten Studien zusammen. Ratten und Rhesusaffen. Labyrinthe. Futterpellets. Elektroschocks.

Sie waren mit ihrer Arbeit noch nicht fertig, als der geniale Riese Edmund Kemper mit seinen Freunden, den Polizisten, plauderte, sich ihren Frust wegen der Ermittlungen in den Mordfällen Kemper anhörte und dann die Truppen aus Quantico bei sich bewirtete.

Es begann zu dämmern.

Diejenigen von uns, die draußen sind, spielen fast genauso gern Räuber und Gendarm, wie wir das Anpirschen, die Erwartung des Mordes und das Töten selbst genießen. Das Konzept der »Studien« von Fachbuchexperten haben wir längst als erledigt betrachtet.

Es gibt Gesetze, und es gibt Gerechtigkeit. Erstere sind kodiert und füllen große, staubige Bücher. Letztere ist völlig subjektiv. Ich habe meine Gerechtigkeit; Lucas Frank hat seine.

Den Fall Cora Riordan hat er nie aufgeklärt. Er wußte nicht, womit er es zu tun hatte.

Wie konnte er auch? Sie gehörte mir.

Der Kreis bleibt ungebrochen.

*Symmetrie.*

Ich ging in The Nest die Wendeltreppe hinauf und fand einen Tisch am Fenster, von dem aus man auf die Vierzehnte Straße hinuntersah.

Seit meinem letzten Besuch war das Dekor ein bißchen verändert worden. Die Bäume werden alle paar Wochen ausgetauscht, und es gab noch andere kleine Veränderungen im Aussehen des Raumes. Die Holzschnitzereien, die verspiegelten Wände und der gute Wein waren geblieben.

Ich ziehe Beständigkeit vor. Ordnung. Gleichgewicht.

Eine Frau mit hochgekämmten Haaren und blassem Teint saß am Klavier und spielte »Blue Moon«. Ein Mann an einem Nachbartisch sang seiner Begleiterin leise vor.

Im Geiste konnte ich den Aufruhr in der Gasse hören, wenn sich der Blues Club leerte und Menschen zusammenliefen und auf die Polizei und die Sanitäter warteten.

Ich blickte nicht zurück. Ich blicke nur selten zurück. Vermont war eine der Ausnahmen.

Ich dachte gerade an den Tag vor fast einem Jahr, an den Schmerz, die Erschöpfung und das Adrenalin, als der Kellner kam, um meine Bestellung entgegenzunehmen. »Ein Glas roten Hauswein, bitte«, sagte ich zu ihm.

Es ist wichtig, sogar notwendig, einen Entwurf im Kopf zu haben, nach Möglichkeit einen, der aus kleineren Entwürfen zusammengesetzt ist. Es hat mit Symmetrie zu tun, aber es ist mehr als nur das. Es ist die Harmonie verschiedener Formen –

jede innerhalb der anderen, bis ins Unendliche. Mandelbrotbäumchen. Fraktale Graphiken. Muster, die sich mehrfach wiederholen, jedoch nur angedeutet sind, wenn man einen allzu flüchtigen Blick darauf wirft.

Der vollkommene Entwurf ist einer, der die Zeit aufbricht, der freies Gleiten zwischen Vergangenheit und Gegenwart ermöglicht. Es ist wie das Werk eines Drehbuchautors – eine Vision, die vollendet ist, bevor das erste Wort getippt wurde.

Ich trank meinen Wein, genoß das Ambiente und sog alle Dimensionen meines vollkommenen Entwurfes in mich auf.

Zwei junge Frauen kamen auf meinen Tisch zu.

»Wir sitzen immer hier«, sagte die erste, »wegen des Fensters.«

»Haben Sie etwas dagegen, wenn wir uns zu Ihnen setzen?« fragte die zweite.

Vom Willard hatte ich etwas Besseres erwartet – eine zurückhaltendere Kundschaft –, aber ich lächelte und nickte. Sie setzten sich und stürzten sich gleich in das geistlose Geschnatter, das typisch ist für ihr Geschlecht und für ihr Alter. Ich lehnte mich zurück, hörte ihnen nicht zu, so daß ihr Plappern für mich mit den Hintergrundgeräuschen verschmolz.

Wie die beiden Frauen wußte auch ich das Fenster zu schätzen. Ich blickte hinaus, als Dr. Frank ins Hotel kam. Er sah ungepflegt aus – seine struppige Mähne und sein Bart paßten zu seiner ausgeblichenen Jeans, und sein Gang war der eines müden Mannes.

Eine meiner selbst eingeladenen Tischgenossinnen klopfte mir aufs Handgelenk. Ich sah sie mit sanften Augen an.

»Lehren Sie an der George Washington University?« fragte sie. »Philosophie vielleicht?«

»Nein, ich bin in Harvard«, sagte ich. »Anthropologie.«

»Knochen.«

»Nicht all unsere verbleibenden Grenzen sind im Himmel«, sagte ich zu ihr.

Sie zuckte mit den Schultern. »Sie fahren zu Ausgrabungen und so?«

»Vielleicht denken Sie an Archäologie.«

»Oh, das kann sein. Aber Sie kümmern sich um Knochen, oder?«

»Ja«, stimmte ich ihr zu. »Ich kümmere mich um Knochen.«

»Wie dieser russische Zar, den sie ausgegraben haben.«

»Nikolaus«, sagte ich.

»Ja.«

»Um *seine* Knochen hab' ich mich nicht gekümmert, aber im Prinzip ist das meine Arbeit. Forensische Anthropologie.«

»Oh, wie eklig. Opfer von *Verbrechen*?«

Sie drehte sich zu ihrer Freundin um, bevor ich antworten konnte. Junge Frauen scheinen durchs Leben zu wirbeln – bewegen sich auf Zehenspitzen vorwärts, tanzen beinahe, ohne je nach rechts oder links zu schauen.

Jemand zahlte diesen beiden geistlosen Frauen genug Geld, daß sie es sich leisten konnten, im Willard zu sitzen und schaumige Mixgetränke zu trinken. Wer zahlte ihr Gehalt? Wofür? Und woher stammten sie? Aus Arkansas? Ohio? Kansas? Vermont?

»Was machen Sie?« fragte ich Frau Knochen.

»Was?«

»Ihr Beruf.«

»Oh«, sagte sie. »Ich bin Redaktionsassistentin bei der Washingtoner *Blade*. Sie – Jeannie – ist Senatsassistentin. Ich bin Courtney.«

»John«, sagte ich und fragte mich, ob Courtney wohl die *Blade*-Reporterin Darla Michaels kannte, ein weiteres Mitglied meines Ensembles. »Und was macht eine Redaktionsassistentin so?«

»Oh, das ist ziemlich kompliziert. Ich meine, man muß alle möglichen verschiedenen Sachen machen. Und wenn sie einen einstellen, sagen sie einem nicht gleich alles. Es ist eher *oha*, so haben Sie das aber nicht geschildert. Ablage und so. Ich hab' *Englisch* studiert. Ich hab' gedacht, ich würde die Zeichensetzung, Rechtschreibung und Grammatik prüfen – wissen Sie?«

In der Ferne hörte ich eine Sirene. Vielleicht vergeudeten sie ihre Zeit und eilten zu Nick, oder Washington verschlang noch mehr von sich selbst.

»Und was macht eine Senatsassistentin?« fragte ich Jeannie.

»Das möchte ich lieber nicht sagen«, sagte sie.

Ich wußte, daß das ihre Standardantwort war, eine Möglichkeit, sich wichtig zu machen. Wahrscheinlich übte sie es vor dem Spiegel, wie De Niro in *Taxi Driver*. Ihre knappe Antwort war mehr als nur eine Pose.

Es kam zwar nicht oft vor, aber ich hatte dieses Phänomen schon erlebt. Ich treffe eine Frau, und sie wird aus irgendeinem Grund mißtrauisch, spürt von Anfang an die Gefahr. Ich sehe es in ihren Augen, höre es in ihrer Stimme. Genauso war es auch bei Terry, Echos Tochter, in Swanton, Vermont.

Ich wußte, daß Jeannie jeden Augenblick ausbrechen würde.

Sie blickte auf meinen Ärmel. »Ist das Blut?« fragte sie.

»Haben Sie die Sirene gehört?«

»Ja.«

»Ein paar Blocks von hier war ein Verkehrsunfall. Ich hab' geholfen, die Überlebenden aus dem Autowrack zu ziehen – hab' sie weggeführt und bei ihnen gesessen. Eins war noch ein Kind, ein kleines Mädchen. Ich hab' sie gehalten. Aber sie ist gestorben.«

»O *Gott*«, sagte Courtney.

»Ich wollte ein Glas Wein trinken, um meine Nerven zu beruhigen. Auf mein Äußeres hab' ich gar nicht geachtet. Vielleicht stehe ich, ohne es zu wissen, unter Schock?«

Jeannie sagte: »Ich will *gehen.*«

Die beiden standen auf.

»Die Rechnung übernehme ich«, sagte ich. »Das ist das Mindeste, was ich tun kann. Ich hab' Ihnen den Abend verdorben.«

»Nein«, sagte Jeannie, drängte sich an ihrer Freundin vorbei und ging zur Tür.

Courtney sah mich mit feuchten, traurigen Augen an. »Ich weiß nicht, was ich sagen soll. Ich denke, wir gehen jetzt besser. Kommen Sie zurecht?«

»Ganz bestimmt.«

Ich sah zu, wie sie auf Zehenspitzen schwankend zur Tür ging, wo Jeannie auf sie wartete. Jeannie sah aus, als fühle sie sich im Willard nicht mehr sicher.

Abraham Lincoln erkor das Hotel zu seinem Zufluchtsort, als die Attentatsdrohungen zunahmen. Er wurde von dem berühmten Detektiv Pinkerton hineingeschmuggelt, um auf seinen Amtsantritt zu warten. Den überlebte er, doch seine Entscheidung, einer Aufführung im Ford's Theater beizuwohnen, wurde ihm zum Verhängnis.

Damals und jetzt.

*Symmetrie.*

Ich verließ das Willard und ging zurück in die Nacht auf der Pennsylvania Avenue – spähend, lauschend.

Keine Sirenen. Die beiden Frauen waren weg, doch das Gefühl, das Land sei kulturell zerstört worden, blieb.

Das Leben sollte nicht an solche Nullen vergeudet werden. Die Erfahrung, lebendig zu sein, ist zu außergewöhnlich für sie. Leben ist eine Form von Bildung, ein »Trip« ohne chemische Hilfsmittel.

In wenigen Tagen wird jener kurze Augenblick, in dem es schien, als würde mein Leben enden, genau ein Jahr her sein. Als ich aus meinem Tunnel herauskam, konnte ich den Rauch von der Explosion und dem Feuer riechen. Ich sah zu, wie die glühende Asche mit dem leichten Schnee verschmolz. Als ich wegging, verblaßte die Asche, bis da nur noch der Schnee und die Stille des Waldes waren.

Am Jahrestag meiner Wiedergeburt wird es in Washington nicht schneien. Doch es wird eine Detonation unter der Erde geben – eine Explosion und ein Feuer –, und darauf wird das Schweigen der Tausende folgen, die von meiner Kühnheit betäubt sein werden.

»Vollkommenheit«, sagte ich in die kühle Nachtluft hinein.

Susan Walker hatte auf Lanes Anrufe nicht reagiert.

»Ich bin mir nicht mal sicher, ob ihr jemand ausgerichtet hat, daß ich angerufen habe«, sagte Lane. »Die leiten meine Anrufe immer an dieses Arschloch Landry weiter.«

Sie war frühmorgens losgefahren, um Walker zu suchen. Danach wollte sie bei der Washingtoner Polizei noch ein bißchen weiter recherchieren. Ich hatte vor, Willoughbys Akten und Wolfs Tagebuch noch einmal in Angriff zu nehmen, doch Special Agent Hiram Jackson tauchte bei mir auf.

»Ich muß nach Quantico«, sagte er. »Ich dachte, vielleicht wollen Sie mitfahren, wenn Sie nicht zu viel zu tun haben.«

Ich hatte zwar kein Interesse an einem Rundgang durch die unterirdischen Räumlichkeiten, aber ich wollte mein Gespräch mit Jackson gern weiterführen.

Als wir auf der I-95 in Richtung Süden fuhren, sagte er: »Ich möchte mich dafür entschuldigen, wie sich Agent Landry gestern benommen hat.«

»In Ordnung.«

»Ich habe aber auch das Gefühl, daß ich ihn verteidigen sollte. Er ist ein Süd-Florida-Veteran. Ich frage mich manchmal, ob er unter posttraumatischem Streß leidet. Er hat fünf Jahre in Miami verbracht, und meistens wußte er nicht, wer ein Cop war und wer nicht. Einmal hat er einen Typen in einer kleinen Gasse in die Enge getrieben – beide hatten ihre Waffen gezogen –, und es stellte sich heraus, daß der Mann von der DEA war. Solche Sachen können einem ganz schön zu schaffen machen. Wir alle wollen die Drogen von der Straße weg haben, aber die zuständigen Stellen arbeiten nicht immer so gut zusammen.«

Ich hatte den Eindruck, der Krieg gegen die Drogen war

längst verloren. Tonnen von Kokain wurden aus dem Verkehr gezogen, Millionen von Dollar kamen nie in Kolumbien an. Und trotzdem waren immer mehr als genug Kilos im Umlauf, und es war mehr als genug Geld da, um in Cali oder Medellín Paläste zu errichten oder private Armeen aufzubauen. Wenn das Pflaster in Miami zu heiß wurde, konnte man nach Galveston oder L.A. ausweichen, und es gab neue Versandmethoden, mit denen man den Zoll umgehen konnte. Ich konnte mir gut vorstellen, unter welchem Druck Landry in einer solchen Situation gearbeitet hatte, doch ich hielt das ganze Unterfangen für Zeit- und Geldverschwendung.

»Er ist jetzt allerdings noch schlechter auf Sie zu sprechen als bisher«, sagte Jackson.

»Oh?«

»Sie haben ihn gestern abend bemerkt. Sie wußten, daß wir Sie observierten.«

»Ja.«

»Er glaubt nicht, daß er auf dem Boden der Toilette im Jewell Howard's ausgerutscht ist.«

»Davon weiß ich nichts. Der Boden war ganz naß, als ich auf die Toilette ging. Offenbar hatte jemand danebengepinkelt.«

»Er sagt, der Rausschmeißer hätte ihm eins übergezogen.«

»Oscar? Ist Landry Geld abhanden gekommen? Ausweise? Seine Waffe?«

Jackson schüttelte den Kopf und seufzte. »Sagen wir, er wär' ausgerutscht.«

»Agent Jackson, mir ist scheißegal, was ihrem Protégé passiert ist, als er auf dem Klo war. Ich empfinde auch nichts als Antipathie für seinen Mißbrauch meiner Steuern in Florida. Er hat zu mir gesagt, ich würde einen Geist jagen. Wenn er dachte, er könnte den Kokainhandel in Miami stoppen, litt *er* unter Wahnvorstellungen. Wenn Ihre Agenturen nicht zusammenarbeiten können und sich unbedingt gegenseitig erschießen wollen, bitte schön. Sie sollten nur versuchen, dabei erfolgreicher zu sein. Jetzt stelle ich Ihnen dieselbe Frage wie Landry: Wenn Wolf tot ist, warum folgen Sie mir dann?«

Jackson schwieg.

»Haben Sie mit Susan Walker gesprochen?«

Jackson seufzte. »Bevor Willoughby sie von dem Fall abgezogen hat, hat sie sich genau angesehen, was von dem alten Haus übriggeblieben war. Sie hat auch einige der vorläufigen Berichte gelesen. Sie macht sich keine Sorgen wegen John Wolf.«

»Sie glaubt an Zufall?«

»Offenbar.«

»Hat sie Lane deshalb nicht zurückgerufen?«

Jackson sah mich an. »Sie hat nichts davon gesagt, daß Lane sie angerufen hat.«

Ein weiterer Grund für mich, Nadeln in meine Rexford-Landry-Puppe zu stecken.

Ein paar Minuten fuhren wir schweigend weiter.

»Aber Sie glauben nicht an Zufall«, sagte ich. »Sonst hätten Sie nicht an meine Tür geklopft und gefragt, ob ich mitfahren will.«

Er nickte. »Ich hab' das Material über Sarah Humphrey und Alan Chadwick durchgesehen. Ich wußte noch, daß Wolf von Vögeln und Federn fasziniert war. Der Mörder seiner Schwester aß etwas im Wohnwagen, nachdem er sie in Stücke gehackt hatte. Er stellte einen seltsamen Glasvogel auf den Tisch, wie einem Tischschmuck. Keiner der Nachbarn kann sich erinnern, das Ding vorher schon mal gesehen zu haben. Ihr Mann sagte, er könne sich vage daran erinnern. Hatte es seit Jahren nicht mehr gesehen. Sagte, er glaube, es sei ein Geschenk von ihrem Bruder. Ich hab' auch in Boston angerufen. Hab' mit einem Typen gesprochen, der gesagt hat, er wär' ein alter Freund von Ihnen. Ray Bolton.«

»Ray hat mir zu meinem ersten Fall verholfen«, sagte ich. »Wir arbeiten schon seit vielen Jahren zusammen.«

»Er war so freundlich, ein paar Nachforschungen über Chadwicks Tod anzustellen, der übrigens als Selbstmord eingestuft wurde. Auf einem Stuhl im Büro des Pathologen lag eine CD. *Der Feuervogel* von Strawinsky. Chadwick mochte klassische Musik, aber laut Aussage seiner Kollegen kaufte er nur Schallplatten.«

Ich schüttelte den Kopf und entbot meinem Gegner einen stummen Gruß. Das Ballett von Strawinsky ist die Geschichte des Phönix. Ich holte die Messingfigur aus meiner Tasche. »Das ist mir ins Hotel gebracht worden. Es ist der Phönix, der aus der Asche aufsteigt und ins Leben zurückkehrt. Er war in eine Seite aus Petersons *Die Vögel* gewickelt – Spottdrosseln. Janet Orr, meine Freundin am See, hat Königssatrape bekommen. Die Seite wurde aus meinem Exemplar des Buches herausgerissen, während ich bewußtlos auf der Veranda lag.«

Jackson betrachtete die Messingfigur des mythischen Vogels und sah dann mich an. »Ich habe Ihnen gesagt, daß ich bereit bin, Beziehungen zwischen unseren Fällen zu prüfen. Chadwick hat ebenfalls eine Seite aus dem Peterson bekommen – Bleßhühner, Seite einundsechzig. Bei Humphrey war es Seite vierunddreißig, Eisenten.«

Ich wußte, daß Wolfs Visitenkarte in Willoughbys Arbeitszimmer keine Seite aus dem Peterson war. Die Zeile des Dichters Rimbaud, die über den Bildschirm des Agenten gelaufen war, hatte den Mord als ein Werk Wolfs ausgewiesen. Ich wußte auch, daß es sonderbar wirken würde, wenn ich nicht nach diesem Verbrechen fragte.

»Und wie war es bei Willoughby?«

»Nichts aus den Vogelbüchern«, sagte Jackson und schüttelte den Kopf, »aber irgendwer spielt ein kunstvolles Spiel. Vielleicht ein glühender Bewunderer, ein Fan von Wolf. So was haben wir schon ein paarmal erlebt.«

Das hatte auch Lane anfangs geglaubt – daß wir es mit einem Nachahmungstäter zu tun hätten. Ich hielt Jackson für intelligent genug, um zu wissen, daß Willoughbys Leiche aus einem ganz bestimmten Grund vor seinem Schreibtisch festgezurrt worden war. Zwischen den hohlen Händen des Agenten hatte etwas liegen sollen. Ich glaubte auch, daß Jackson sich des Rimbaud-Bezugs bewußt war. Er mußte es wissen.

»Das glaube ich nicht«, sagte ich. »Die Beziehung zu dem Pathologen geht auf die Zeit zurück, als Wolf um die Zwanzig war. Die Beziehung zu seiner Schwester geht auf seine Kindheit zurück. Beide haben uns entscheidend dabei geholfen, Wolf zu verstehen und zu finden. Keiner von beiden wurde in den Medien je erwähnt. Willoughby wurde auf Wolfs Kosten ein Superstar der Ermittlungen. John Wolfs Motiv ist Rache.«

»Warum hat Wolf Sie in Michigan nicht umgebracht?«

»Ich glaube, er wollte mich für das Finale seiner Show hierhaben.«

»Willoughby.«

»Und Susan Walker, Lane – was auch immer er sonst noch geplant hat.«

»Was *hat* er denn noch vor?« fragte Jackson. »Und wann?«

Ich sah aus dem Fenster. Irgend etwas schwirrte in meinem Hinterkopf herum, aber ich bekam es nicht zu fassen. »Ich weiß nicht«, sagte ich.

Jackson nahm ein Foto aus einem Umschlag und reichte es mir. Ich starrte auf das Bild. Ein Autohandel. Willoughbys Volvo mit offener Fahrertür. Eine Gruppe von Polizisten, die herumstanden. Labortechniker, die das Auto des Agenten untersuchten. Hoch an einem Pfosten am Ende des Parkplatzes das Schild des Eigentümers: FEATHERSTONE FORD.

»Ich glaube nicht, daß das eine Überinterpretation ist«, sagte Jackson.

»Ich auch nicht.«

»Offiziell kann ich nicht nach John Wolf suchen. Aber ich

glaube nicht, daß das eine Rolle spielt. Wenn es nicht jemand ist, der Wolf verdammt gut imitiert, bleibt nur noch das Original, richtig?«

Was Jackson anbot, war viel besser als nichts. »Richtig«, stimmte ich ihm zu.

Die Abteilung für Verhaltensforschung in dem unterirdischen Quartier der FBI Academy in Quantico war noch unpersönlicher und deprimierender, als ich sie mir vorgestellt hatte. Sie lag zwanzig Meter unter der Erde und war schlecht beleuchtet, wie eine Gruft.

Special Agent Landry saß in einem der engen Zimmerchen. Als wir vorbeigingen, blickte er auf, so daß man seine bandagierte Stirn, sein blaues Auge und seinen grimmigen Blick sah.

»Landry sieht Willoughbys gesamte Akten noch einmal durch«, sagte Jackson.

»Also wird mir heute abend jemand anders folgen?«

»Hängt davon ab, wohin Sie gehen. Hinterlegen Sie Ihre Route doch einfach bei mir – dann haben wir's alle leichter.«

»Meine Schwester hat einmal zu mir gesagt, das Leben sei nicht fair. Was meinen Sie, hat sie recht gehabt?«

Wir lächelten beide und gingen schweigend durch den Flur.

»Das ist das Büro von Herb Cooper«, sagte Jackson und zeigte auf eins der Zimmerchen. »Er bearbeitet einen Fall aus Oklahoma – Mordopfer, die auf einem Indianer-Friedhof vergraben sind. Wir müssen die Opfer identifizieren – zwei ganze Familien –, ohne die Grabstätten zu beschädigen.«

»Ist das ein Fall aus der jüngsten Zeit?«

»Nein, aus den sechziger Jahren«, sagte Jackson. »Die Winklers und die Parmenters. Beide Familien hatten sechzehnjährige Töchter. Wir nehmen an, sie waren die eigentlichen Zielscheiben, und wir vermuten, in beiden Fällen waren dieselben Täter am Werk. Es ist ein bißchen wie bei den Clutters in Kansas in dem Buch von Truman Capote, nur ging es hier nicht um Geld. Auch ließ der Mörder die Leichen nicht irgendwo liegen, wo man sie leicht hätte finden können. Wir hatten Glück, daß wir überhaupt darauf gestoßen sind – ein Typ aus der Nachbarschaft fand einen Kieferknochen und einen Oberschenkelknochen –, aber es ist ein schwieriger Fall. Wir dürfen die Gräber nicht beschädigen, und da drinnen könnten alle möglichen Beweise sein.«

Auf meiner Tour lernte ich so viele Agenten kennen, daß die Namen nur so an mir vorbeiflogen. Lawrence, Draper, Bowers, Gannet, Means. Immer war ich der Eindringling, der Außenseiter. Die Männer und Frauen, denen ich vorgestellt wurde, waren höflich, aber distanziert. Ich war kein Beamter, der zu Besuch kam und den man beeindrucken mußte. Ich war ein ziviler Kritiker und Konkurrent.

Als Jackson und ich bei Sandwiches und Bier in der Cafeteria saßen, sagte er: »Ich dachte, Sie wären im Ruhestand.«

»Das war ich auch. Es gefiel mir. Doch allmählich wird mir klar, daß ich nicht im Ruhestand bleiben kann.«

»Weil wir es allein nicht schaffen?« fragte Jackson augenzwinkernd.

Ich lachte. »Das fragen Sie mich? Natürlich schaffen Sie es nicht allein. Aus Ihren Pressemitteilungen und Filmen und der Art, wie Sie mit den örtlichen Polizeidienststellen umgehen, geht hervor, daß Sie etwas wissen, was niemand anderes weiß. Das stimmt nicht. Niemand von uns kann es alleine schaffen, Jackson. Ich glaube, Sie wissen das.«

Er nickte. »Das FBI verändert sich«, sagte er. »Zum Besseren, meine ich. Es ist ein langsamer Prozeß.«

»Ich habe keine Geduld mit der Bürokratie«, erwiderte ich. »Ich will nicht sagen, ich hätte nicht meine Eigenarten und Grenzen. Von Wolf lerne ich mit Sicherheit eine Lektion. Wenn man den Raubtieren den Rücken zukehrt, beißen sie einem in die Fersen. Wenn ich vor eine solche Alternative gestellt werde, bin ich lieber der Aggressor, und ich habe nicht die Zeit, zu warten, bis ein Ausschuß beschließt, mich loszulassen.«

Jackson grinste. »Alle haben gesagt, Sie wären ein Arschloch.«

»Ganz genau«, sagte ich und biß in mein Sandwich. »Lane sagt, ich müßte unter der Rubrik ›seltsamste menschenähnliche Wesen‹ im *Guinness Buch der Rekorde* stehen.«

»Was ist mit den Seiten aus dem Peterson?«

»Gute Frage. Wir könnten sagen, Alan Chadwick sei ein dummes Huhn gewesen, Sarah Humphrey eine Ente und so weiter. Das waren allerdings jeweils nur die ersten Einträge auf den Seiten, stimmt's?«

Jackson nickte.

»Das wäre clever, aber es wäre nicht Wolf.«

»Oder ein Fan von ihm«, ergänzte der Agent.

»Oder ein Fan von ihm«, wiederholte ich, »wenn Sie unbedingt wollen. Die Bezüge sind nicht konsequent. Der Königssatrap und die Spottdrossel wären Bezüge auf ihn, nicht auf seine Opfer, wie die beiden anderen. Dafür ist er zu streng. Alle Bezüge müßten einheitlich sein.«

»Also?«

»Soll ich die ganze Arbeit für Sie machen?«

Jackson lachte. »Auf zwei Seiten wird Text von der vorangegangenen Seite fortgeführt«, sagte er. »Auf allen Seiten sind auch andere Vögel erwähnt. Wie können wir sicher sein, was wir seiner Ansicht nach sehen sollen?«

Ich wußte die Antwort nicht, aber mir gefiel der Gedanke, daß ich nicht der einzige war, der über diese Frage nachdachte.

Jackson setzte mich am Willard ab. Lane war noch nicht zurück von der Washingtoner Polizei.

Ich fing an, Einträge aus dem Tagebuch zu lesen, das Wolf in seinem Computer im Büro geführt hatte. Es gab mehrmals ganze Seiten, auf denen nur die Worte »Ich spreche mit Ihnen« standen.

Das dreiste Arschloch.

Es waren Schilderungen etlicher Morde darunter, ein langes Kapitel über seine Schwester, kurze Einträge über seine Mutter und seinen Stiefvater. Eine der Computerdateien war ein ausführlicher, anekdotenhafter Bericht von Dr. Elbert Bernard, einem Psychiater an der Privatschule, in die man Wolf mit siebzehn, achtzehn gesteckt hatte, kurz bevor er nach Harvard ging. Die Behörden verdächtigten ihn schon damals schrecklicher Dinge.

Bernard war ein nichtdirektiver Therapeut, der die Beziehungen zu seinen Patienten natürlich ablaufen ließ. Seine aufgezeichneten Sitzungen mit dem jungen Wolf begannen als Schachstunde, wobei der Teenager dem älteren Mann Ratschläge gab, wie er seine Spieltaktik verbessern könnte.

Wolf hatte seinen Schüler kritisiert: »Denken Sie nicht nur ein oder zwei Züge voraus. Sechs, acht, zehn – wie weit man voraussehen kann, ist nicht beschränkt. Nur das Spiel selbst ist begrenzt. Die Züge müssen bestimmten Regeln folgen. Das Brett ist ziemlich klein. Sie neigen dazu, es als Reihe schmaler Korridore zu sehen. Diese Gänge kreuzen sich, Dr. Bernard. Jeder führt zu anderen, so daß vielfältige neue Möglichkeiten entstehen. Korridore engen ein. Wir müssen ausbrechen und dann das Ganze sehen. Das ist wie Zen. Ich pflege meine Fähigkeit, nicht nur bis zum Ende, sondern darüber hinaus zu sehen. Diejenigen, die uns lehren, Perfektion sei nicht möglich, haben natürlich unrecht. Man kann Perfektion erreichen, aber es wäre ziemlich langweilig, sich so lange mit einer Sache abzugeben.«

Dr. Bernard bat Wolf, zu verdeutlichen, was er damit meinte. Der junge Mann kritzelte etwas auf ein Blatt Papier, legte es dann mit der Oberseite nach unten auf den Tisch und schob es dem Psychiater herüber.

»Durch meinen Zug habe ich Ihnen mehrere Zugmöglichkeiten eröffnet«, sagte Wolf. »Wenn ich mir, sagen wir, die zwei oder drei wahrscheinlichsten Züge vorstelle, kann ich ihre Wirkung antizipieren, meinen darauffolgenden Zug, Ihre Möglichkeiten, meine und so weiter. Versuchen Sie es.«

»Beeindruckend«, sagte Bernard. »Sie sind sehr intelligent.«

»Und wenn Sie Ihre sich selbst beschränkende Art zu denken nicht ändern, sind Sie nur noch sechs Züge vom Schach entfernt, sieben vom Schachmatt.«

»Sind Sie bereit, mit mir eine hypothetische Situation durchzugehen?«

»Natürlich.«

»Wenn Sie getan haben, was andere behaupten – wenn Sie Menschen umgebracht haben –, würden Sie daran genauso herangehen wie an dieses Spiel?«

»Im Prinzip ja. Aber Schach ist ein Spiel für Einfaltspinsel, Dr. Bernard. Das Leben auch. Sie sind sehr angenehm in ihrer Eintönigkeit, ein bißchen herausfordernd aufgrund dessen, was man für Komplexität hält. Ich könnte ein ebensolcher Meister im Nehmen von Schachfiguren – oder von Menschenleben – sein, wie behauptet wird, wenn ich diese Spiele nur nach den üblichen Regeln spielen würde. Meinen Sie das mit Ihrer hypothetischen Situation?«

»Ja.«

Wolf räusperte sich. »Die Gedanken und das Verhalten der beiden Beamten, die hier waren, waren von Vorurteilen geprägt. Einer folgte den Grundregeln für Verhöre. Er stellte Fragen, wartete auf Antworten, machte sich Notizen. Der andere war eine Art Neandertaler. Sehr körperbetont. Bedrängte mich, stieß sogar gegen mich. Als ob er mich zwingen könnte, zu antworten. Es ist amüsant und gleichzeitig beunruhigend. Das sind Leute, denen wir die Aufgabe übertragen haben, uns zu schützen. Ich komme mir nicht besonders gut geschützt vor. Erinnern Sie sich noch an den Fall Heirens aus den vierziger Jahren?«

»Ja.«

»Die Behörden nahmen an, das, was Heirens auf den Spiegel geschrieben hatte – ›Schnappt mich, bevor ich noch mehr umbringe‹ oder etwas in der Art –, sei die flehentliche Bitte eines kranken Mannes. Nun, wenn er krank ist, Dr. Bernard, ist das eine Abweichung von der Norm. Das dünne Ende einer Gauß-Kurve. Das erklärt alles. Er ist nicht so wie wir. Er ist psychisch krank. Interessant. Ich verstehe die Mitteilung von Heirens als Herausforderung. Aber mich fasziniert noch ein anderer Aspekt dieses Falles. Heirens wurde wegen mehrerer Einbrüche gefaßt und in ein strenges katholisches Internat mit lauter widerlichen Nonnen gesteckt. Haben die einen Einbrecher zum Mörder gemacht? Ich bin auf meine Eltern losgegangen, Dr. Bernard. Was wird hier aus mir? Meinen Sie, der Staat könnte bei mir einen furchtbaren Fehler gemacht haben?«

Es war eine rhetorische, argumentative Frage. Bernard war klug genug, nicht zu antworten.

Nach einer langen Pause sagte Wolf: »Machen Sie Ihren Zug.«

## Wolf

Irgendwann am Nachmittag wachte ich auf.

Die Sonne sickerte durch das einzige Fenster im Apartment. Ich war kaputt, ausgelaugt.

Ich bewegte mich nicht, starrte nur an die Decke. Eine Glühbirne hing an einem Draht, der in einem Spalt im Putz verschwand. Der Spalt, der wie der Umriß einer weiblichen Brust geformt war, war voller Spinnweben. Flecken vom Regen des letzten Jahrhunderts bildeten Muster an der Decke und an den Wänden.

Das Knabbern von Nagetierzähnen drang von irgendwo hinter den Latten im Putz.

Scheiße.

Ich schwenkte meine Beine aus dem Bett und setzte mich schwerfällig auf. Ich schluckte die letzte der Pillen, die ich von meiner Schwester mitgenommen hatte.

Gestern abend habe ich im Willard Wein getrunken. Für ein paar Dollar brachte mich ein Taxi hierher, Lichtjahre entfernt vom Prunk des Hotels, in eine Zone, wo Menschen am Rande der Gesellschaft leben. Manchmal ist es notwendig, so zu leben, jenseits dessen, was als zivilisierte Gesellschaft gilt. Es ist eine Frage des Überlebens.

Irgendwo in dem Apartmenthaus dröhnte ein Fernseher und pries alles an, von Jesus bis zu Jeeps.

Ich tastete die Oberseite der Kommode ab, bis sich meine Hände um die 44er Magnum schlossen. Ich behielt die Uhr im Auge, als sich der große Zeiger an der Drei vorbeibewegte. Wenn er das nächste Mal an der Drei vorbeikäme – und wenn der Fernseher dann noch immer Reklame für Corn-flakes, Autos, Turnschuhe, Tampons, Waschmittel und Deodorants brüllte –, würde ich auf den Flur hinausgehen, das schuldige

Apartment finden, die Tür eintreten und alle, die zu sehen wären, erschießen.

Sie sind so gut trainierte Kunden, so gehorsame Käufer. Sie hören zu, lesen, sehen Bilder, das, was die einseitige Perspektive Ihnen zeigt, lassen zu, daß eine Realität für Sie geschaffen wird, und gehen dann hinaus und kaufen – selbst wenn das Produkt Sie töten wird. Nur eins meiner Opfer war so gefügig wie Sie, und selbst sie bezahlte mich nicht dafür, daß ich ihrem Leben ein Ende machte.

Der große Zeiger glitt über die Sechs.

Hefepilzinfektionen. Bier. Basketballschuhe. Noch mehr Autos.

Das Dröhnen des Fernsehers kam wahrscheinlich von irgendeiner Mutter, die sich wie Jabba the Hutt vor irgendeine Talkshow hatte plumpsen lassen, während ihre Kinder draußen auf der Straße waren und sich einen Schuß setzten.

Neun.

Amerikas meistverkaufter Minivan.

Zwölf.

Ich stand vom Bett auf und ging durch den kombinierten Wohn-Eß-Küchenbereich, einen langgestreckten rechteckigen Raum, der sich durch ein Sofa, einen mit rotem Resopal bezogenen Aluminiumtisch und ein Spülbecken, in dem es vor Kakerlaken wimmelte, als solcher auswies.

Barfuß, in einem zerknitterten T-Shirt und schmutzigen Boxershorts, trat ich auf den Flur und lauschte.

Aus dem Fernseher drang Gelächter. »Du hast also nicht gewußt, daß er im Nebenzimmer war und mit deiner Schwester schlief?«

»Nein. Und ich wußte auch nicht, daß er sich mit meiner Mutter traf.«

Noch mehr Gelächter.

Ich stieg die Treppe hinunter und ging nach rechts. Ein Schwarzer mit einer Lunchbox in der Hand kam aus einem stillen Apartment und erstarrte, als er mich sah. Sein Blick wanderte zu meiner Magnum. »Gehen Sie arbeiten«, sagte ich.

Er schlüpfte an mir vorbei und rannte die Treppe hinunter. Ich ging weiter durch den Flur und blieb vor Apartment Nr. 4 stehen. Lauschte.

»Wie war die Bilanz am Ende?«

»Er schlief erst mit meiner Mutter, dann mit mir, dann mit meinen beiden Schwestern.«

Ich zog den Abzugshahn zurück.

»Vor zwei Wochen hat er in meinem Studentenwohnheim angerufen und hatte den Nerv zu sagen, er wolle mich wiedersehen.«

»Und du hast ihn tatsächlich wiedergesehen, stimmt's?«

Das Publikum stöhnte, als ich die 44er hochhielt und mich anschickte, die Tür einzutreten.

Der Fernseher in dem Apartment verstummte in dem Augenblick, in dem das letzte Geschenk meiner Schwester, die Tabletten, zu wirken begannen. In meinem Kopf klarte es auf.

Ich entspannte den Abzugshahn und ließ den Arm fallen. Wer auch immer hinter dieser Tür wohnte – er hatte gerade das große Los gezogen, ohne es zu wissen.

Ich ging zurück zu meinem Apartment.

Alles ist Teil des Plans.

Was sein soll, wird auch sein.

In der Dusche drehte ich den Hahn auf und wartete auf das heiße Wasser. Wilde Tiere suchten in den Rissen im Mörtel Schutz. Das Apartment war widerlich – noch schlimmer als Echos Wohnwagen, der wenigstens sauber war. Aber es erfüllte seinen Zweck. Ein Akt sollte hier noch aufgeführt werden. Der Rest der Show würde auf anderen Bühnen stattfinden.

Während mir das Wasser übers Gesicht lief, dachte ich an

meinen Plan, meinen Entwurf – seine erlesenen Details, die Art, wie er sich in verschiedenen Formen wiederholte, wie ein Kaleidoskop. Als ich zum ersten Mal einen Druck von Escher sah, war ich fasziniert von den Figuren – Mönchen, die gemessenen Schrittes in die Ewigkeit gehen wollten, aber nur eine endliche Tiefe und Höhe erreichten. Nicht mehr und nicht weniger. Für immer.

Ich trocknete mich ab, schlüpfte in meinen Valley-Carpet-Overall und setzte meine Baseballkappe auf. Ich nahm den Autoschlüssel, fuhr mit dem Lastenaufzug ins Erdgeschoß und schlich hinaus in die Gasse.

Ich war aus den Tiefen der Erde heraufgekommen, doch ich wollte noch viel größere Höhen erreichen.

Während ich auf der I-95 Richtung Süden fuhr, dachte ich an einen Fallbericht, den Lucas Frank vor fünfzehn Jahren für eine Fachzeitschrift geschrieben hatte. Sein Thema war Norman Elgar, ein Mann, den ich gut kannte. Trotz des ungeheuren Risikos hatte ich Elgar im Staatsgefängnis von Massachusetts in Walpole besucht – dieselbe Anstalt, die Albert DeSalvo beherbergt, aber nicht geschützt hatte. DeSalvo war erstochen worden.

Mein Gespräch mit Elgar war viel aufschlußreicher gewesen als der Scheiß, den Doctor Lucas Frank seinen Kollegen verkauft hatte.

Der kleine, drahtige, blonde Mörder und ich saßen an einem Tisch in der Gefängniscafeteria. Das Geplapper anderer Stimmen war ein ständiges Ärgernis. Der winzige, jedoch äußerst stolze Mann nahm meine Hand und schaute mir in die Augen. Er erkannte eine verwandte Seele.

»Träume sind besser als die Wirklichkeit«, sagte er. »Wenn ich einen Traum verstehe, seine Bedeutung, vergesse ich ihn nie. Es ist wie ein Geschmack, der in meinem Mund bleibt, etwas, was ich lange schmecken kann. Manchmal verblaßt die

Wirklichkeit für mich, verschwindet sogar. Bei Träumen passiert das nie.«

Ich weiß noch, daß ich nickte und ihn weiter meine Hand halten ließ. »Genausowenig wie bei einem gut ausgeführten Mord«, sagte ich.

Elgar lächelte.

In Lucas Franks Artikel hatte Elgar den Doktor auf so ziemlich dieselbe Weise begrüßt. Lucas Frank hatte seine Hand weggezogen, und die Worte, die er diesem Mann zugeschrieben hatte, waren ganz anders.

Ich hatte Norman Elgar nicht besucht, weil seine Kunstwerke gut waren. Das waren sie nicht. Er vergewaltigte, zerhackte und warf weg. Ich war zu ihm gefahren, weil alle Gurus der Kriminologie bei ihm gewesen waren. Die Leute vom FBI mit ihren Kameras und Fragebögen hatten ihre Arbeit beendet, als Lucas Frank eintraf.

»Wenn ich sterbe«, sagte Elgar, »werden sie mein Gehirn aufschneiden. Sie wollen das limbische System untersuchen. Offenbar denken sie, ich hätte vielleicht eine Läsion oder irgendeine Anomalie. Sie müssen mich erklären. Diese Dinge können sie erst diagnostizieren, wenn man tot ist. Mit den Außerirdischen, die in den fünfziger Jahren in New Mexico gelandet sind, haben sie dasselbe gemacht. Vielleicht glauben sie, ich wäre ein Marsmensch. Es ist schon merkwürdig. Sie haben die Energie, die in einem Atom steckt, nutzbar gemacht, aber sie sagen, den Zerstörungstrieb können sie nicht verstehen.«

Er starrte mir in die Augen und erzählte mir von dem größten Triumph in seiner langen Laufbahn. »Ihr Name war voller harter Laute. Schneidender Laute. Beißender Laute. Er war genauso wie ihr Gesicht im Profil – die scharfen Züge. Sie hatte eine markante Nase. Sie hatte eine hochnäsige Art, die gut dazu paßte.«

Elgar kicherte.

»Sie lief steifbeinig in engen Röcken herum, so daß sich ihr Po auf und ab bewegte wie die Kolben in einem großen Dodge. Das gefiel mir. Die Art, wie sie die Worte, die sie sagte, abhackte, sie ausspuckte – das gefiel mir nicht. Ich sprach sie nie an. Ich war immer da und lauschte. Ich beobachtete sie. Ich folgte ihr. Wenn sie mit dem Fahrrad fuhr, klaute ich eins, um mit ihr Schritt halten zu können. Ich betrachtete sie durch ihre Fenster. Sie wußte gar nicht, wie nah ich ihr war. Sie hatte blaue Augen und ein sicheres Auftreten. Selbstbewußtsein. Wenn sie lächelte, zögerte sie – nur den Bruchteil einer Sekunde –, als wollte sie ihr Publikum mit dem Rätsel necken, ob sie lächeln würde oder nicht. Sie war so raffiniert. Sie brachte alle dazu, zu warten, zu raten und sie zu wollen. O Gott, sie war perfekt.«

Er lehnte sich auf seinem Stuhl zurück, die Hände im Nakken verschränkt. »Sie stellte sich immer zur Schau. Sie war selbst schuld.«

»Sie hat Sie herausgefordert?«

»Wie würden Sie es sonst nennen?«

Dieser Mann war widerlich, leicht zu durchschauen, reaktiv. Doch er hatte Informationen, die ich wollte. »Lucas Frank hat Sie als arrogant beschrieben«, sagte ich, den Kommentar des Psychiaters gegenüber seinem Lieblingsreporter zitierend.

Frank bemerkte, wie gewunden und ausgefeilt die Selbstanalyse eines Psychopathen war, wie geschliffen, aufrichtig und vernünftig seine »Ausreden« für seine Gewalttätigkeit wirkten. »Menschliche Raubtiere kommen zum Ziel«, sagte Frank, »weil sie so glaubwürdig sind. Norman Elgar ist überzeugend, vor allem, wenn er von seinem eigenen Schmerz spricht.«

Frank führte den Fall von Jack Henry Abbott an, dem schreibenden Häftling, dessen »langatmiges Buch voller Selbstmitleid« über ein Leben in Gefängnissen die führenden

Köpfe der literarischen Welt von New York überzeugte, Abbotts *Mitteilungen aus dem Bauch der Hölle* zu veröffentlichen und sich für seine Freilassung aus dem Gefängnis einzusetzen. »Jack Abbott brachte sein Publikum dazu, Mitleid und Schuld zu empfinden«, sagte Frank. »Sie wollten glauben, ihnen könnte gelingen, was andere nicht geschafft hatten. Sie wollten ihn retten, ihn ändern. Abbott war keine zwei Monate draußen, als er wieder einen Mord beging.«

Mir hatte das Buch gefallen. Lucas Frank verdarb es mir. Sein Angriff auf Abbott war ein Angriff auf mich.

»Ich habe den Artikel, den er über mich geschrieben hat, nicht gelesen«, sagte Elgar, »auch die Interviews nicht, die er Anthony Michaels gegeben hat. Ich bin nicht arrogant. Ich vertraue mir selbst. Ich weiß, daß ich zur richtigen Zeit die richtigen Entscheidungen treffen werde. Ich bin damit zufrieden, wer ich bin, und bereue nichts. Ich bewahre alle meine achtzehn besonderen Frauen in meinem Herzen.«

Ich wußte, daß das Konzept, seinem eigenen Gespür zu vertrauen, etwas war, was der berühmte Psychiater verstehen würde, worüber er aber nie in einem Artikel für Kollegen berichten oder in einem Interview mit einem Zeitungsreporter sprechen würde. Wie konnte er erwarten, daß irgend jemand ernsthaft glaubte, er sei genau wie wir? Sie würden ihn auslachen und aus seinem Beruf hinausjagen.

Ich handele nicht impulsiv. Es ist eine Frage der Planung, Geduld, Intelligenz und des Selbstvertrauens. Ich würde nie auf Provokationen reagieren – eine Methode, die Frank erfolgreich angewandt hat.

Frank hatte Norman Elgar dazu bringen wollen, überzuschnappen, hatte seine Wut sehen wollen, »den Geisteszustand, der ihn dazu trieb, menschliches Fleisch zu zerhacken«, wie er es der Presse gegenüber beschrieb. Das Interview war ein Schachzug im Spiel des Psychiaters. Er wollte Elgars abschließende Statistiken, die Einzelheiten, damit man den Familienangehörigen mitteilen konnte, daß ihre Lieben nicht länger als vermißt galten. Ich wollte wissen, wie Doktor Frank vorgegangen war.

»Lucas Frank hielt mich für ein arrogantes Arschloch«, sagte Elgar. »Er war stinksauer, weil ich ihm keine Einzelheiten nennen wollte. Er wollte, daß ich im Staub kroch. Ich weiß noch genau, was er sagte: ›Sie sind aufgrund eines Zwangs berühmt geworden – wie jemand, der nicht aufhören kann, sich die Hände zu waschen.‹ Ist das eine Provokation oder was? Meine Hände waschen, so 'n Scheiß. Da hab' ich reagiert.«

In seinem Interview mit Anthony Michaels beschrieb Frank die Reaktion. Elgar rührte sich nicht, aber sein Blick veränderte sich. »Er starrte mich ungläubig an«, sagte Frank zu seinem Lieblingsreporter.

Warum sollte er das auch nicht tun? Der egozentrische Seelenklempner hatte eine Diagnose gestellt und sich dann benommen, als könne kein Zweifel an ihrer Richtigkeit bestehen. Das, was mich an all dem am meisten ärgerte, war, daß Dr. Frank recht hatte. Er wußte genau, was er zu Norman sagen mußte und wie er es sagen mußte. Woher konnte er das wissen? Wie konnte er das verstehen? Ich hatte mich auf die Suche nach Antworten auf diese Fragen gemacht.

»Die Phantasien erweckten mich nicht zum Leben«, sagte Norman zu mir. »Ich erweckte die Phantasien zum Leben. Ich war ihnen überlegen. Ich nährte sie.«

Das psychiatrische Gewerbe versteht dieses Gedankensystem nicht, auch wenn sie so tun als ob. Mir ist egal, was Lucas Frank sagt. Man kann sich ein Bild von Bosch oder Magritte so lange ansehen, wie man will – man darf nicht erwarten, die Gedanken des Künstlers aus seinen Pinselstrichen herauszulesen.

Elgar sagte mir, Frank habe mit den Schultern gezuckt, den Blick gesenkt, sich über den Tisch nach vorne gebeugt und dann Elgar plötzlich direkt in die Augen gesehen. »Haben Ihnen die anderen diesen Blödsinn abgekauft?« fragte er.

Elgars Hände lagen flach auf dem Tisch, seine Arme waren angespannt. Er atmete schwer, doch er sah Frank ohne zu blinzeln an. »Polizisten aus achtzehn Staaten sind hier gewesen«, sagte Elgar zu dem Psychiater. »FBI-Agenten waren viermal hier. Sie wissen, wer ich bin.«

Lucas Frank schüttelte den Kopf. »Die wissen überhaupt nichts«, sagte er. »Die haben noch noch nie irgendwas gewußt und werden es auch nie tun. Offenbar haben Sie eine durchschnittliche Intelligenz, und Ihr Verstand hat Ihnen eine Zeitlang gut gedient. Aber Ihre Psyche war im Zusammenbruch begriffen, Normie.«

So hatte Elgars Mutter ihn genannt, und Elgar war von seinem Stuhl aufgesprungen und mit Speichel am Kinn und Augen, die wie Billardkugeln nach einem Stoß in ihren Höhlen herumrollten, vom Tisch zurückgewichen. Er schrie, und aus allen Richtungen stürzten Wärter herbei.

Das einzige, was Frank nicht getan hatte, war, ein Messer durch Elgars Hand zu stoßen und ihn am Tisch festzunageln. Das Verhaltensspektrum, das dem Doktor zur Verfügung stand, umfaßte nicht die Technik, derer ich mich bei Oliver bedient hatte. Offenbar erkannte er gewisse Einschränkungen an.

Frank hatte genau das bewirkt, was er hatte erreichen wollen.

»Das war einfach nicht fair«, sagte Elgar zu mir.

Lucas Frank hatte sein Jackett angezogen und sich die Krawatte gerade gerückt. »Völlig im Zusammenbruch begriffen«, sagte er. »Psychotisch.«

Und Elgar mit seiner Größe von einsachtundsechzig und seinem Gewicht von sechzig Kilo schleuderte die Wärter zur Seite.

»Ich komm' aus diesem Scheißgefängnis raus«, brüllte er. »Ich mach' alles noch mal.«

Sie setzten die chemische Keule ein, und er kämpfte sich hindurch. »Ich reiß' euch in Stücke«, sagte er zu Lucas Frank, als einer der Wärter ihn mit einem Betäubungsgewehr niederstreckte.

Als ich jetzt mit meinem Wagen auf der Interstate in Richtung Süden fuhr, dachte ich über Symmetrie nach und über all die Jahre, in denen ich Lucas Frank nahe war.

Ich habe seine Laufbahn verfolgt. Ich habe alles gelesen, was er geschrieben hat. Ich bin den Menschen nachgegangen, mit denen er gesprochen hat, und habe meine eigenen vertraulichen Gespräche geführt. Ich habe mehr von ihnen erfahren, als er oder das FBI je wissen werden.

Gleichgewicht. Ordnung. Gerechtigkeit.

*Symmetrie.*

Ich weiß mehr über Lucas Frank, als er je über sich selbst wissen wird.

# Pop

Ein psychotischer Patient, den ich vor Jahren hatte, telefonierte einfach nicht. Er fürchtete und verabscheute das Telefon, und er weigerte sich hartnäckig, anderen seinen Namen zu nennen.

»Ich will nicht, daß irgendwer weiß, daß ich nicht ermordet worden bin«, sagte er.

Ich glaube nicht, daß ich psychotisch bin, aber auch ich hasse Telefone. Für Menschen habe ich auch nicht besonders viel übrig, vor allem, wenn ich komplizierte Regeln der Etikette beachten muß, wie es beim Telefonieren erforderlich ist.

»Was ist, wenn ihnen einfällt, daß sie mich nicht umgebracht haben?« fragte mein Patient.

Seine Logik war in sich schlüssig und unangreifbar.

Er beschwerte sich über die Geräusche in seinem Kopf. »Ich kann mich nicht denken hören. Vor allem wegen der Aufzüge, die sirrend rauf- und runtersausen, und der Türen, die surrend aufgehen und klickend zugehen.«

»Hören Sie auch Stimmen?« fragte ich ihn.

»Nur Winston Churchill. Er klingt wie J. Edgar Hoover, und er rezitiert *Mord im Dom* von T. S. Eliot. Ist Ihnen schon mal aufgefallen, wie die Vergangenheit und die Gegenwart miteinander verschmelzen? Ich glaube, das ist eine Warnung.«

Er hatte in Boston als erfolgreicher Buchhalter gelebt. Eines Tages war er von der Arbeit gekommen und hatte in dem Augenblick den Flur seines Apartmenthauses betreten, als sich ein Mann mit einem Seil um den Hals von der Treppe stürzte. Das Knacken, als das Genick des Mannes brach – »wie wenn eine Bombe hochgeht« –, war ein Geräusch, das er nicht vergessen konnte.

Die ersten Symptome waren entsetzliche Migräneattacken. Sein Hausarzt verschrieb Schmerzmittel. Er brauchte nur auf einen Käfer zu treten, und schon ging es mit der Migräne wieder los. Das knackende Geräusch war der Auslöser. Jedesmal wenn er es hörte, sah er den Mann im Treppenhaus hängen.

Er sprach auf ein psychotropes Medikament an – Thorazine, glaube ich – und machte so viele Fortschritte, daß er aus dem Krankenhaus entlassen werden konnte. Nach zwei Wochen hörte er auf, seine Medizin zu nehmen. Einen Monat später war er tot. Ein Priester fand ihn in der Sakristei einer nahegelegenen Kathedrale. Er hatte sich erhängt; in seiner Tasche war ein Exemplar von Eliots Drama. Er hatte auf seine Stimmen gehört.

Wenn ich auch die meisten Aversionen meiner Patienten nicht teilte, so blieb ich doch ein standhafter Gegner des Telefons und all der Forderungen, die es an mich stellte. Aber ein Anruf in Vermont war notwendig.

Wolf hatte die Explosion überlebt und war irgendwo hingegangen, um sich zu erholen. Wenn ich seinen Weg verfolgen könnte – in Erfahrung bringen, wo er sich aufgehalten hatte, was er getan hatte, mit wem er gesprochen und was er gesagt hatte –, müßte ich ermitteln können, welche Rache er im Sinn hatte, und das würde mir vielleicht helfen, ihn zu finden. Ich dachte mir, daß ich mich als erstes nach Mordfällen erkundigen sollte, Wolfs Lieblingsbeschäftigung. Als ich Nachforschungen angestellt hatte, ob in Saxtons River am Tag der Explosion irgendwelche Autos gestohlen worden waren, hatte ich mit einem Captain von der Polizei in Vermont gesprochen. Diesen Mann rief ich noch einmal an.

»Sie haben da oben sicher nicht so viele Mordfälle«, fing ich an.

»Mehr, als uns recht ist«, sagte er. »Sechs, vielleicht sieben im Jahr.«

»Wie war es denn letztes Jahr?«

»Oben in Swanton gab es einen Doppelmord.«

»Davon weiß ich nichts. Was ist geschehen?«

»Ich kann Ihnen nicht besonders viele Einzelheiten erzählen. Nur daß eine Frau und ihr Bruder in ihrem Wohnwagen erschossen wurden. Zwei Leichen, mit verschiedenen Pistolen erschossen, aber nur eine der beiden Waffen wurde am Tatort gefunden. Bei dem Fall waren die Leute nicht sehr kooperativ, weil es Indianer sind. Die Tochter der Frau kann nicht sprechen, und selbst wenn sie es könnte, würde sie uns wahrscheinlich nichts sagen. Ein Nachbar sagte, sie hätten einen Typen bei sich beherbergt, aber er war längst weg, als wir dort ankamen.«

»Vierzig bis fünfzig Jahre alt. Allmählich ergrauende Haare. Vielleicht ein Schnurrbart. Einsachtzig groß. Durchschnittlicher Körperbau.«

»Das trifft auf viele zu, aber es stimmt. Das war im Prinzip die Beschreibung, die wir bekommen haben. Er war irgendwie verletzt worden, und die Frau hatte ihn gepflegt. Hören Sie, Dr. Frank, wenn Sie uns bei diesem Fall helfen können . . .«

»John Wolf«, sagte ich.

»Der Typ, der bei der Explosion ums Leben gekommen ist?«

»Er ist nicht tot.«

»Ich kann mir nicht vorstellen, wie irgend jemand lebendig da rausgekommen sein kann. Das FBI hat uns natürlich außen vor gelassen. Wir konnten uns die Sache nicht genauer ansehen.«

»Wolf wuchs bei seinem Stiefvater auf. Sein leiblicher Vater war ein Mann namens Pease, ein Holzfäller, der in Bellows Falls lebte.«

»Ich glaube, es sind noch ein paar von dem Clan da. Sie sind Abenakis.«

»Es gab einen Tunnel«, setzte ich an, doch der Rest von dem, was ich sagen wollte, entfiel mir.

Der Captain stellte mir Fragen, und ich antwortete – doch in Gedanken driftete ich weit weg von dem Gespräch. Als ich auflegte, starrte ich vor mich hin und dachte an Wolf.

Die Unbeirrbarkeit und Gerissenheit dieses Mannes faszinierten mich – ebenso wie sein Tunnel und das, wofür er stand. Er zeugte von seiner Fähigkeit, in die Zukunft zu sehen und Vorkehrungen für jede Eventualität zu treffen. Wenn ich Aussicht haben wollte, ihn einzuholen, mußte ich seine Spur zurückverfolgen. Ich mußte soviel wie möglich über sein Leben nach dem Tod in Erfahrung bringen.

Wieder schnappte ich mir das Telefon und wählte – diesmal eine vertraute Nummer in Lake Albert.

»Ich dachte, du benutzt diese Dinger nicht«, sagte Buck Semple.

Das amüsierte mich, aber ich wünschte mir doch, meine exzentrischen Marotten wären nicht so allgemein bekannt. »Ich bekomm' die Krätze davon«, erwiderte ich, »aber ich werd's wohl überleben.«

Der Chief lachte. »Wo zum Teufel steckst du?«

»Immer noch in Washington.«

»Ich versteh' nicht, warum du dich an so einem Ort rumtreibst. Was machen die Löcher in deinem Fell?«

»So gut wie neu. Ich wollte dich nur fragen, inwieweit ihr die Charles-Weathers-Identität überprüft habt.«

»Soweit wir konnten. Die Adresse in Lincoln war falsch. Der Führerschein ist noch gültig. Er bezahlte die Pistole bar, obwohl er eine MasterCard und ein Girokonto in Boston hatte. Ich hab' bis jetzt achtzehn Monate zurückverfolgen können.«

»Wie sieht's mit den Daten von der Scheckkarte, Kontoauszügen, eingelösten Schecks aus?«

»Die Scheckkarte war es, die achtzehn Monate alt ist«, sagte Buck. »Er hat das Konto letztes Jahr im September eröffnet und es vor ungefähr zwei Monaten gekündigt.«

Wolf hatte sein Konto an dem Tag gekündigt, an dem Alan Chadwick ermordet worden war. Am selben Tag war auch seine MasterCard belastet worden – für ein einfaches Ticket nach Fort Lauderdale.

»Die Polizei da unten war sehr hilfsbereit«, sagte Buck. »Weathers hat bei Avis einen Wagen gemietet. Da er ihn für einen Monat haben wollte, hatten sie seine Adresse in Florida – eine Wohnung am Meer.«

Der Scheißkerl erholt sich, kratzt sein Geld zusammen, wirft Chadwick vom Dach und fährt in Urlaub. Großer Gott.

»Sie prüfen noch immer, ob sonst noch jemand mit ihm zu tun hatte, als er in Fort Lauderdale war«, sagte Buck. »Ich hab's noch nicht schriftlich, aber auch hier hatte er einen Mietwagen. Er hat ihn in Detroit abgeholt und am dortigen Flughafen wieder abgegeben – an dem Tag, an dem er dich angeschossen hat.«

»Ich brauche die Passagierlisten der Flüge von Detroit nach Washington.«

»Das FBI kann dir die schneller besorgen als ich.«

Ich bedankte mich bei Buck, sagte, ich würde mich wieder melden, und warnte ihn, er solle nur ja die Finger von meinem Forellenbarsch lassen. Seit Jahren waren wir beide hinter demselben Fisch her.

»Machen wir einen Deal«, sagte Buck. »Ich laß' deinen Fisch in Ruhe. Du läßt Mr. Weathers in Ruhe. Den möchte ich nämlich an den Haken bekommen.«

Wir schlossen den Pakt – dabei logen wir beide.

Während ich mich bemühte, Wolfs Denkweise zu verstehen, wußte ich, daß er dasselbe tat, daß auch er versuchte in meinen Kopf hineinzugelangen. Er war der einzige Mensch auf der Erde, der das zustande brachte.

Es klopfte an meiner Tür; Hiram Jackson war da. Ich hatte

damit gerechnet, daß er wiederkommen würde, aber nicht so bald. Ich war froh, ihn zu sehen.

»Ich sollte ein Feldbett für Sie hier reinstellen lassen«, sagte ich zu ihm.

Jackson lächelte, setzte sich auf einen Stuhl und beugte sich nach vorne. »Vielleicht bin ich zu alt und zu müde für diese ganze Geschichte.«

Ich konnte sehen, daß er das wirklich ernst meinte. Sein beigefarbener Anzug war zerknittert, seine braune Krawatte am Hals gelockert. Die dunklen Ringe unter seinen Augen zeugten von Schlafmangel.

Ich setzte mich ihm gegenüber.

»Erzählen Sie mir mehr von diesem Typen«, sagte Jackson.

»Von welchem? Wolf oder seinem Fan?«

»Wolf.«

»Er ist der Ingebriff eines menschlichen Raubtieres. Bis letztes Jahr waren die meisten von uns noch nie einem wie ihm begegnet. Was wollen Sie wissen, was ich in fünf Minuten zusammenfassen kann? Was *müssen* Sie wissen?«

»Wir haben gehört, daß Willoughby telefonisch irgendwo hinbestellt wurde«, sagte Jackson seufzend. »Wir wissen nicht warum. Wir wissen nicht von wem. Er nahm zehntausend Dollar in bar mit, als er sein Büro verließ. Offenbar wollte er Informationen kaufen. Als wir ihn fanden, steckte das Geld noch in dem Umschlag in seiner Tasche.«

Jackson bearbeitete den Fall, und er war aufgeschlossen genug, um mich über seine Fortschritte zu informieren. Trotzdem hatte ich keine Ahnung, wie mein nächster Vorschlag ankommen würde.

»Ziehen Sie Walker von dem Fall ab«, sagte ich. Ich war aufgestanden und ging auf und ab. »Bringen Sie sie in Quantico unter, bis diese Sache vorbei ist.«

»Da wird sie aber sauer sein.«

»Aber lebendig.«

Jackson nickte.

»Wolf will sich die Bahn freiräumen«, sagte ich. »Natürlich könnte er sich auch einfach eine neue Identität erschaffen und verschwinden. Aber ihm geht es um Rache. Alle, die vor einem Jahr daran mitgewirkt haben, ihn zur Strecke zu bringen, und alle, die im Augenblick eine Bedrohung für ihn darstellen, werden eliminiert werden. Morde nur zum Spaß sind da noch gar nicht mitgerechnet.«

Ich berichtete dem Agenten von dem Doppelmord in Swanton, Vermont, und von der möglichen Beziehung zwischen Wolf und den Abenakis. »Diese Leute haben ihm geholfen«, sagte er. »Sie haben den Scheißkerl ins Leben zurückgeholt, und er hat sie umgebracht.«

Jackson ging zur Tür. »Ich mach' mich auf die Suche nach Susan Walker«, sagte er.

# Wolf

Ich saß in dem Lieferwagen und sah zu, wie die junge Frau schnell über den Parkplatz zu dem Apartmenthaus ging, in dem sie wohnte. Sie war klein – eine weitere Miniaturperson, die ich mit einer Hand hochheben und mit der anderen durchbrechen konnte.

Der nicht eingezäunte Komplex war eine Ansammlung rechteckiger Abscheulichkeiten aus Backstein, vor denen nachgemachte weiße Säulen im Stil der Kolonialzeit standen. Überall in der Gegend waren diese Dinger, wie Vogelkot entlang des Autobahnrings.

Sie trug eine schlichte Twillhose, einen weißen Rollkragenpullover und einen blauen Blazer. Sie kam immer um dieselbe Uhrzeit zum Mittagessen nach Hause. Ihr Schritt war zielstrebig, entschlossen. Diese Frau hatte Autorität. Sie übte Macht aus, traf Entscheidungen, die einschneidend für das Leben anderer Menschen waren – die in *mein* Leben einschneidend eingegriffen hatten. Sie hielt ihr Schlüsselbund in der Hand und war auf die nächste, vielleicht die letzte, Aufgabe in ihrem irdischen Leben gut vorbereitet.

Als ich vorher in ihrem Apartment war, hatte ich die schlichte Einrichtung – alles in Schwarz und Weiß – bemerkt, die paar Zeitschriften und Bücher und ihre Sammlung von New-Age-Hintergrundmusik. Ihr Schritt war wie ihre Wohnung – er zeugte von Effizienz und einem absoluten Mangel an Anmut. Er war der Inbegriff dieser Nation von Buchhaltern, und wie sie alle war sie oberflächlich, leer und gab ihre Kommentare zu Ereignissen und Menschen ab, über die sie absolut nichts wußte. Ihr einziger Versuch, Geschmack und Farbe in ihre Wohnung zu bringen, war ein einsachtzig mal zweifünfzig Meter großer nachgemachter Perserteppich –

wahrscheinlich hatten Ausländer ohne Aufenthaltserlaubnis das Muster mit Textmarkern aufgemalt.

Nach einer kurzen Bestandsaufnahme ihrer Besitztümer machte ich es mir auf ihrem weißen Sofa bequem, strich mit der Hand über den groben Stoff und dachte darüber nach, was ich alles erreicht hatte, seit ich aus Swanton weggefahren war. In Boston hatte ich mir eine weitere Identität verschafft und zwei Banken aufgesucht. Ich hatte mir einen Koffer, einen Seesack und Kleidung gekauft. Dann hatte ich dem City Hospital einen Besuch abgestattet.

Alan Chadwick hatte von seinem Kaffee und seiner Zeitung aufgeblickt.

»Ja?« sagte er.

Ich setzte mich ihm gegenüber, legte die Magnum zwischen uns auf den Tisch und sah mich in seinem schäbigen Büro um – kaum mehr als ein Schrank in Grau-, Weiß- und Schwarztönen. Chadwicks einziges Zugeständnis an Farbe war das rote Blut einer Leiche auf seinem Laborkittel.

»Was wollen Sie?« fragte er und starrte auf die Waffe. »Wer sind Sie?«

Ich starrte auf die verkrüppelten Hände des Pathologen – auf die grotesk verkrümmten Finger, die ich vor so vielen Jahren mit einem Baseballschläger geformt hatte. Chadwick war in Cambridge in eine junge Frau verliebt gewesen. Ich bezweifle, daß sie ihn überhaupt bemerkte. Sie hatte mich in einer Bar, die ich schon mehrfach zur Auswahl menschlicher Projekte benutzt hatte, angesprochen. Sie und ich waren durch die kalten Straßen gegangen. Ich zeigte ihr die Vögel, die zwischen den Bürogebäuden der Stadt umherflogen. Ich glaube, ich begann ihr sogar zu erzählen, daß Vögel manchmal zusammenstoßen und tot herunterfallen.

Später half ich ihr zu fliegen wie die Schwalben, die sie so bewundert hatte. Ich warf sie vom Dach ihres Wohnheims. Chadwick hatte das Urteil des Leichenbeschauers, es handele sich um Selbstmord, zu Recht bezweifelt. Er war mir gefolgt. Seine verkrüppelten Hände waren der Lohn für seine Hartnäckigkeit.

Ich starrte den Arzt an und sah zu, wie ihm das Blut aus dem Gesicht wich. Er hob sich kaum noch von seinen blassen Wänden ab.

»Oh, mein Gott. Sie sind doch tot.«

»Du hättest es bleiben lassen sollen, Alan. Ich hab' dir schon vor langer Zeit gesagt, daß deine Versuche, dich als Gesetzeshüter aufzuspielen, vorbei sind. Als du letzes Jahr dachtest, die Polizei hätte mich am Haken, hast du ihr geholfen. Du hast dich mit ihr zusammengetan, um meinen Tod herbeizuführen, und du hast mir eine Menge Unannehmlichkeiten bereitet.«

Ich stand auf und richtete die Magnum auf ihn.

Er stolperte auf der Treppe, flehte mich an, betete. Er fiel auf dem Kies des Daches hin und legte sich schützend die Arme um den Kopf, als rechnete er damit, daß ich ihn schlagen würde. In der Ferne sah ich einen Verkehrshubschrauber, atmete die schwefelhaltige Luft Bostons tief ein, streckte dann die Arme aus und half dem Doktor auf die Beine. Innerhalb von Sekunden flog Alan Chadwick hinaus in die Luft über der Columbus Avenue; sein weißer Laborkittel flatterte wie verrückt hinter ihm her.

Er schrie überhaupt nicht; er wirkte beinahe dankbar.

Zwei Stunden später saß ich in einer L-1011, die vom Logan Airport nach Fort Lauderdale flog. Ich schlug ein Buch auf – *Die Einkreisung* von Caleb Carr – und machte es mir für den dreistündigen Flug bequem.

Carr hatte gut recherchiert – aber natürlich schilderte er längst vergangene Verhältnisse. Mörder wie ich haben sich der Zeit angepaßt, sind in der Ausübung ihrer Kunst subtiler geworden. Die Kriminologen und Psychiater, welche »die kriminelle Psyche«, wie sie sagen, zu verstehen versuchen, tappen herum wie moderne Versionen von Laszlo Kreizler – sie stützen sich auf das Denken des neunzehnten Jahrhunderts, um im zwanzigsten zu überleben. Es gibt gar keine »kriminelle Mentalität«, es sei denn, man rechnet die Banausen dazu, die die Bevölkerung mit Kettensägen und Hackbeilen zerstückeln.

Gegen den wahren Künstler – den virtuosen Jongleur – hat die Welt keine Chance.

Jetzt, als die junge Frau durch die Tür des Apartmenthauses verschwunden war, blieb ich im Lieferwagen sitzen. Ich wartete noch fünf Minuten, um sicherzugehen, daß ihr niemand folgte; dann ging ich über den Parkplatz und betrat das Gebäude.

Auf meinem Overall waren ein Namensschildchen mit der Aufschrift »Nick« und das Firmenlogo von Valley Carpet. Ich hatte weiße, gelbe und rosafarbene Durchschriften eines Arbeitsauftrags dabei. Ich glaubte kaum, daß Nick sie vermissen würde.

Ich stand im Eingangsbereich zwischen der Haustür und der Tür zum Flur und studierte die Namen auf den Dutzenden von Briefkästen. Ein junger Mann kam hinter mir herein. »Zu viele verdammte Briefkästen«, murmelte ich.

Er öffnete die Tür. »Wen suchen Sie denn?«

»Auf dem Auftrag steht ›Bristol‹«, sagte ich. »Der Arzt sagt, ich bräuchte 'ne Brille. Ich kann die kleine Schrift auf den Briefkästen nicht lesen.«

Er hielt mir die Tür auf. Er war so was von leichtgläubig, daß ich ein Lachen unterdrücken mußte.

»Die wohnen im obersten Stock, glaube ich«, sagte er. »Lassen Sie mich mal Ihre Unterlagen sehen.«

Ich gab sie ihm. »Vielleicht sollte ich mir einfach so eine billige Lesebrille kaufen, wie es sie im Kmart gibt.«

»Ja. Bristol. Dreihundertelf«, sagte er.

Ich dankte ihm und ging hinein. Wir fuhren zusammen mit dem Aufzug nach oben. Er stieg im ersten Stock aus. Ich fuhr in den dritten Stock, ging hinunter in den zweiten, fand ihre Tür und klopfte. Sie öffnete sie so weit, wie die Kette es zuließ.

»Ms. Bristol?« fragte ich.

»Nein«, sagte sie. »Ich glaube, die wohnen im Apartment Nummer *drei*hundertelf.«

»Da ist niemand zu Hause. Ich dachte, ich hätte hier vielleicht das falsche Stockwerk stehen«, sagte ich und kratzte mir unter meiner Washington-Redskins-Kappe den Kopf. »Na, dann müssen sie sich den Teppich eben selbst reinholen.«

»Steht die Telefonnummer auf dem Auftrag?« fragte sie und streckte ihren rechten Arm durch den schmalen Spalt.

Ich packte ihn und zerrte sie nach vorne, so daß ihr Kopf gegen die Türkante schlug, stieß die Tür dann mit meiner Schulter auf und riß die Kette aus dem Holz.

Der erste körperliche Kontakt – mit dem Stoff ihrer Jacke, der Haut ihres Unterarms – und der Duft ihres Haares ließen etwas in meinem Inneren zerspringen. Ich wollte nur noch über sie herfallen.

»Du wirst jetzt schlafen«, knurrte ich.

Sie sank zu Boden, doch ich ließ ihr rechtes Handgelenk nicht los und trat die Tür hinter mir zu. Ich warf sie auf den Bauch und zog die überdimensionale Pistole aus dem Holster an ihrem Rücken. Ihr Mund war offen, doch sie schwieg, genau wie Chadwick. Das hatte ich schon so viele Male gesehen – den betäubten, gelähmten Moment des Schocks.

Gerade als sie wieder klarer zu werden schien, setzte ich ihr eine Spritze Librium in den Arsch. »Zeit für ein Nickerchen«, murmelte ich.

Ich hielt sie am Hals fest und zerrte ihr Handgelenk hoch auf ihren Rücken, bis ihr Wimmern verebbte und sie das Bewußtsein verlor.

Sie wog etwa fünfundvierzig Kilo. Sie in den Teppich zu rollen und diesen mit einer kräftigen Schnur zusammenzubinden, war kein Problem. Ich hob das Bündel auf meine Schulter – vielleicht siebzig Kilo – und verließ das Haus auf demselben Weg, auf dem ich hineingekommen war.

Als ich aus dem Gebäudekomplex hinausfuhr, kam der Schwarze, den ich vor dem Willard gesehen hatte, mit seinem Dienstwagen hereingefahren.

Das FBI kommt immer zu spät.

Ich trug das Bündel in mein Apartmenthaus und ging zu dem uralten Lastenaufzug. Er fuhr knarrend zu meinem Stockwerk hinauf. Als ich in den Flur trat und um die Ecke ging, sah ich einen Cop von der Washingtoner Polizei vor meiner Tür stehen.

Ich war vertieft gewesen, hatte mich auf die Unterhaltung gefreut, die mein großes Paket mir bieten würde. Ich hatte nicht damit gerechnet, der Polizei zu begegnen. Es war Zeit, schnell in einen anderen Gang zu schalten und nicht zuzulassen, daß der Polizist mich in die Defensive drängte.

»'tschuldigen Sie, Officer«, sagte ich und steckte den Schlüssel in das Schloß.

»Sie wohnen hier?«

»Das soll wohl 'n Witz sein? In so 'nem Dreckloch würd' ich nicht wohnen wollen.«

»Wie heißt denn der Bewohner?«

Er half mir, die Last auf meinen Schultern zu balancieren, während ich einen weiteren Auftrag herausfischte. »Was steht da drauf? Irgendwas mit Dexter, oder?«

»Wilbur Dexter«, las der Polizist vor. »Wann haben Sie ihn zum letzten Mal gesehen?«

»Ich hab' ihn noch nie gesehen. Er hat bei meinem Boss seinen Schlüssel hinterlassen. Mein Boss hat gesagt, ich soll den Teppich ausliefern. Das versuche ich gerade.«

Ich drehte den Schlüssel herum und trat die Tür auf. »Kommen Sie rein oder was?«

»Nein«, sagte der Cop und warf einen Blick in das Apartment. »Ich hab' hier sowieso einen anderen Namen stehen.«

Er zog ein Notizbuch aus seiner Tasche und schlug es auf. »Wilbur Dexter haben Sie gesagt?«

Ich nickte und legte den Teppich auf dem Boden ab. »Was für einen Namen haben Sie denn?«

»Alan Chadwick.«

»Versteh' ich nicht.«

Er war noch dabei, Wilbur Dexters Namen in sein Notizbuch zu schreiben, als ich die Tür wieder zumachte und abschloß.

Der Polizist würde zurückkommen, aber nicht so schnell. In einer Stadt wie dieser hatte er sicher Dringenderes zu erledigen. Mir war es gelungen, Aufmerksamkeit auf mein Apartment zu ziehen, wahrscheinlich, weil ich in Unterwäsche und mit einer Magnum in der Hand durch den Flur spaziert war. Jetzt würde es Eingang in die Akten finden. Wilbur Dexter und Alan Chadwick.

Ich würde mich nicht mit solchen Details abgeben, wenn ich nicht wüßte, daß Lucas Frank ein aufmerksames Publikum ist. Dieser Bastard sollte auf jedes bißchen Information reagieren, das er in die Finger bekam. Ich wollte, daß er sich Gedanken über Symbole und ihre komplizierten Bedeutungen machte – über Vögel, Wiederauferstehung und Seiten aus Büchern. Er würde sich in diesem Scheiß völlig verheddern, während ich meine wenigen, einfachen Vorbereitungen für das Ende traf.

Das Licht ist schwach, doch es ist da.

Es kommt zum Vorschein.

# Pop

Mir war jegliches Zeitgefühl abhanden gekommen.

Es schien mir, als wäre Jackson gerade erst gegangen, doch das war schon Stunden her. Ich war noch immer in Wolfs Tagebuch vertieft und gerade dabei, die Informationen zu sichten, die ich zusammengestellt hatte, als Lane vor der Tür stand.

»Wir müssen uns mal unterhalten«, sagte sie. »Es hat sich wirklich eine Menge getan. Als wir die Phantombilder von Swartz bekommen haben, hat Detective Williams sofort Kopien gemacht. Wir haben sie an Polizeidienststellen gefaxt und an Taxiunternehmen, Mietwagenfirmen, Hotels und Motels verteilt. Ich wußte nicht, ob du wolltest, daß das FBI sie bekommt, aber ich hab' sie jedenfalls auch an Jacksons Büro gefaxt.«

»Gut.«

»Bisher haben wir drei Treffer.«

Lane gab mir die Kopie eines Polizeiberichts. »Ich faß' es für dich zusammen«, sagte sie. »Ein Fall von schwerer Körperverletzung. Das Opfer ist eine Art Hippie, der auf Jahrmärkten billigen Schmuck verkauft. Ein Weißer mittleren Alters, gut gekleidet, stieß dem Opfer ein Messer durch die Hand und nagelte sie am Boden fest. Die ganze Zeit redete der Täter wirres Zeug – irgendwas von Gerechtigkeit. Und jetzt hör zu, Pop. Der Name des Opfers ist Oliver Wendblat.«

Lane hatte meine ungeteilte Aufmerksamkeit. Der Name Oliver hatte auf dem Sockel des Messingphönix geklebt, der vor meiner Tür lag.

»Weiter«, sagte ich.

»Selber Ort, selbes Datum, im Prinzip dieselbe Personenbeschreibung. Ein Typ hielt der siebzehnjährigen Susan Parker ein Messer an die Kehle. Verletzte sie nicht. Gab ihr einen geschnitzten Holzvogel im Tausch gegen einen Messingvogel, den sie Oliver Wendblat abgekauft hatte. Dann warf er sie von einer Fußgängerbrücke. Sie liegt mit mehreren Verletzungen im General Hospital von Washington.«

»Er hat keinen von den beiden umgebracht«, murmelte ich. Wolf wollte offenbar sichergehen, daß weiterhin Botschaften übermittelt wurden.

»Das hier ist ein Mordfall«, sagte sie und gab mir einen weiteren Polizeibericht. »Das Opfer ist Nicholas Wesley, ein vierzigjähriger Schwarzer. Jemand hat ihm gestern abend in einer Nebenstraße der Pennsylvania Avenue die Kehle durchgeschnitten. Ein Weißer saß neben ihm in einer Bar und folgte ihm dann nach draußen. Zeugen haben den Mann in Wesleys Lieferwagen wegfahren sehen. Er hat auch Wesleys Overall mitgenommen. Hat ihn in Unterwäsche und Arbeitsschuhen auf dem Parkplatz liegenlassen. Hat gar nicht versucht, den Mord zu vertuschen. Wir haben drei Zeugen, die Wolf als Täter identifiziert haben.«

Er hatte zwei Menschen schwer verletzt und einen ermordet. »Was zum Teufel geht hier vor?«

»Das hier ist der Knaller, Pop. Wir haben die Unterlagen noch nicht da, aber ein uniformierter Polizist hat den Bericht über Wesley gesehen. Der Cop war auf eine Beschwerde hin in den Nordosten von Washington gefahren – jemand hatte gesagt, ein Typ liefe in Unterwäsche durch den Flur und hätte eine Pistole bei sich. Als der Polizist zu dem Apartment kam, wo der Mann angeblich wohnen sollte, traf er nur einen Typen an, der einen Teppich ausliefern wollte. Der Typ hatte einen Wohnungsschlüssel und bat den Cop sogar herein. Es war ein Weißer; die Phantombilder könnten auf ihn passen, aber der Polizist war sich nicht sicher. Wesley hat für eine Firma namens Valley Carpet gearbeitet. Die Adresse des Apartments steht handschriftlich oben auf dem Bericht über Wesley. Der Polizist sucht noch seine Notizen, um zu sehen, ob ihm irgendwelche Einzelheiten entgangen sind. Er glaubt, auf dem Overall könnte das Valley-Carpet-Logo gewesen sein. Die restlichen Blätter hier sind deine Kopien der Phantombilder, die Informationen über Flüge von Detroit nach Washington und die Passagierlisten, die du haben wolltest.«

»Ist schon jemand zu diesem Apartment gefahren?« fragte ich und tippte auf das Deckblatt des Berichts.

»Noch nicht. Das ist alles gerade erst passiert. Sie wollen abwarten, ob dem Polizisten noch was einfällt. Er war erst vor ein paar Stunden da draußen.«

Noch während Lane im Zimmer auf und ab lief und mir erzählte, Detective Williams sei jetzt auch beinahe davon überzeugt, daß sie es mit Wolf zu tun hatten, und darüber spekulierte, wie sich die Rolle des FBI in diesem Fall wahrscheinlich ändern würde, driftete ich weg.

Schließlich legte Lane die Berichte vor mir auf den Tisch, sagte, sie wolle nur schnell duschen und dann wieder zum Police Department von Washington fahren. An der Tür blieb sie stehen. »Das hätte ich beinahe vergessen. Wolf hat zu Oliver Wendblat gesagt, es werde keine weitere Nachsicht geben.«

»Was?«

»Er hat gesagt, Oliver solle das der Polizei ausrichten.«

Mit diesen Worten ging Lane aus dem Zimmer.

*Keine weitere Nachsicht.* Wolf hatte weder Susan Parker noch Oliver, den Typen, der sich in dem Apartmenthaus beschwert hatte, oder den Polizisten, der daraufhin zu dem Apartment gefahren war, umgebracht. Er wollte, daß sie ihre Geschichten erzählten, damit man die Verbindungen erkannte. Wolf *hatte* Nicholas Wesley umgebracht, aber er hatte Wert darauf gelegt, daß jemand ihn wegfahren sah – genau wie nach dem Mord an seiner Schwester in Florida.

*Warum hat er den Lieferwagen nicht einfach gestohlen?*

fragte ich mich, doch dann beantwortete ich mir die Frage selbst.

»Weil er Lust hatte zu töten«, sagte ich.

Ich saß da und ließ meinen Gedanken freien Lauf. Ich wußte, wie die Formel funktionierte, daß sie mit meiner eigenen Vorstellung von Rache zu tun hatte – mit dem, was der deutsche Mörder Peter Kurten »ausgleichende Gerechtigkeit« genannt hatte.

Vor weniger als einem Jahr hatte ich Lane erklärt, wie schmal der Grat zwischen »denen« und »uns« war. Sie ertrug es nicht, in mir einen Mörder zu sehen. So gerne ich ihr vielleicht etwas anderes erzählt hätte – ich konnte es nicht.

Gerechtigkeit ist einfach ein zu abstraktes und persönliches Konzept, um je absolut existieren zu können. Der wilde Mann, der den Straßenhändler Oliver attackiert hatte, hatte etwas von Gerechtigkeit gemurmelt.

Ich warf einen Blick auf die Adresse, die oben auf den Polizeibericht über den Mord an Nicholas Wesley gekritzelt war. Ich wollte gerade aus dem Zimmer gehen, als das Telefon klingelte.

»Walker ist verschwunden«, sagte Jackson. »Über ihr Büro konnte ich sie nicht finden, also bin ich zu ihrer Wohung gefahren. Ihre Tür war eingetreten worden. Sieht aus, als hätte ein Kampf stattgefunden. Wir nehmen an, er hat sie in den Teppich eingerollt und rausgetragen. Der Teppich ist weg, der Teppichstopper ist noch da. In dem Gebäude ist ein Mann gesehen worden . . .«

*Valley Carpet.*

»Ich hab' keine Zeit, das zu erklären«, unterbrach ich ihn und gab ihm die Adresse des Mannes, der mit einer Pistole in der Hand durch den Flur spazierte und dabei nur Unterwäsche trug.

»Wir treffen uns da. Jetzt.«

# Wolf

Ich hatte Susan Walker gegenüber von der Tür auf einen Stuhl gesetzt. Sie konnte nichts sehen, weil sie Klebeband über ihren Augen hatte. Ich stand hinter ihr und hörte zu, wie sie durch den Knebel und das Isolierband hindurch stöhnte. Sie versuchte, ihren Kopf zu bewegen, doch die Fesseln und die hohe Rückenlehne des Stuhls behinderten sie.

»Nichts würde mir größeres Vergnügen bereiten, als Ihnen das verdammte Genick zu brechen, wie ich es bei Willoughby gemacht habe.«

Sie hörte auf, sich zu bewegen. Das stetige Tropfen eines undichten Wasserhahns war das einzige Geräusch im Zimmer.

»Sie haben mich beleidigt. Ich lese Zeitung. ›FBI-Profiler sagt, Wolf war ein Verrückter‹. Das ist idiotisch. Wenn ich ein Verrückter wäre, hätte ich längst Hackfleisch aus Ihnen gemacht. Hätte Sie an die Krabben von Maryland verfüttert. Sie haben gesagt, ich hätte eine sehr geringe Meinung von mir selbst, litte unter einem schlechten Selbstbild, sei fixiert. Leute wie Sie spotten über die psychiatrische Terminologie, aber sie flüchten sich hinein, wann immer sie etwas nicht mit einfachen Worten erklären können oder wenn es abstoßend klingen soll.«

Ihr Kopf fing wieder an, sich zu bewegen.

»Sie haben gesagt, ich sei anderen Serienmördern sehr ähnlich. Tatsächlich? Darüber sollten Sie lieber noch mal nachdenken. Sie haben gesagt, ich hätte als Teenager eine inzestuöse Beziehung zu meiner Schwester gehabt. Das ist nicht wahr. Ich hab' sie erst gefickt, als sie tot war. Ich *bin* eine unersättliche Bestie, aber nicht die, die sie beschrieben haben. Sie haben auch gesagt, mein Verhalten sei vorhersagbar.«

Ich sah zu, wie sie sich zu befreien versuchte.

»Dann sagen Sie mal vorher, Ms. Walker: Was werde ich als nächstes tun?«

Ich legte meine Hände auf ihren Nacken und fühlte die Stoppeln ihres kurzen Haares, das mit dem Messer geschnitten worden war. Der Hals einer Frau ist so zerbrechlich. Sie zuckte zusammen, als hätte ich sie geschlagen.

Ich beugte mich zu ihrem Ohr hinunter und flüsterte: »Werde ich Ihnen die Kehle durchschneiden?«

Sie wich zurück, so weit sie konnte.

Ich wandte meine Aufmerksamkeit dem Projekt zu, mit dem ich vorher schon begonnen hatte – ich bastelte an den erforderlichen Drähten, Schaltern und Batterien herum. Es war ein einfacher, kleiner Sprengsatz – gerade genug, um das Gebäude dem Erdboden gleichzumachen.

»Vor vielen Jahren«, sagte ich zu ihrem Hinterkopf, »nahm ich eine junge Anhalterin mit. Sie war ungefähr so alt wie Sie und glich Ihnen auch. Dieselbe Figur, dieselben Augen, dieselbe Haarfarbe. Ihre Stimme war nicht so schrill wie Ihre, und sie bildete sich nicht ganz so viel auf sich ein. Sie war Studentin. Ihr schlimmster Fehler war, daß sie ununterbrochen redete. Wo arbeitete ich? Mochte ich Lou Reed und ›Velvet Underground‹? War ich schon mal in Europa? Endloses Geplapper. Sagen Sie mir, was Sie denken, Special Agent Walker. Setzen Sie um, was sie in Quantico gelernt haben. Habe ich sie gefickt und umgebracht?«

Die Agentin schwieg. Hörte zu. Der Wasserhahn tropfte noch immer unregelmäßig.

»Ich gabelte sie in Santa Cruz, Kalifornien, auf, zu der Zeit, als Edmund Kemper Schüler von gemischten Schulen enthauptete. Eigentlich hätte sie vernünftiger sein müssen, als da draußen zu stehen und das Schicksal herauszufordern. Wie lautet Ihre Vorhersage, Ms. Walker?«

Schweigen.

»Ich setzte sie an einem Kino ab«, sagte ich, »wo man einen alten Frank-Sinatra-Film zeigte. Ich fuhr weiter. Ich schaffe mir meine eigenen Gelegenheiten. Ich warte nicht, daß das Glück sie mir darbietet.«

Mit meiner mechanischen Arbeit war ich fertig. Es war Zeit für neue Kleider und ein neues Aussehen.

Ich drehte den Hahn am Spülbecken in der Küche auf, wusch mir das Gesicht und gab Rasiercreme darauf.

»Ihr ehemaliger Partner hat meinen Tod dazu benutzt, seine Karriere voranzutreiben. Er hat mich beleidigt. Genau wie das Profil, das Sie geschrieben haben, mich beleidigt hat.«

Walker saß still wie eine Leiche da und hörte zu.

»Der Name des Autohändlers – Featherstone Ford – war ein reiner Glückstreffer. Es war ein Wink des Schicksals. Ist Ihnen dieses Detail entgangen? Ich bin sicher, daß Lucas Frank es bemerkt hat. Er ist Ihnen allen überlegen, wissen Sie. Das heißt zwar nicht viel, aber Sie sollten seine Ratschläge wirklich beherzigen. Sonst geben Sie lieber gleich auf. Es bleibt Ihnen ohnehin nicht mehr viel Zeit.«

Der Schnurrbart war ab. Ich wusch mir das Gesicht und drehte die Hähne zu.

»Mit Willoughby hab' ich mich nicht lange abgegeben. Das war nur eine dieser niedrigen Arbeiten, die wir alle hin und wieder verrichten müssen.«

Als nächstes war die Haarfarbe dran, doch ich zögerte, weil meine Aufmerksamkeit der gefesselten Agentin galt. Hinter ihrer Klebebandmaske mußte sie wohl nachdenken. Diese Frau hatte an meiner Fähigkeit gezweifelt, von den Toten aufzuerstehen.

»Als Alan Chadwick auf die Straße stürzte, haben Sie oder Ihre Leute in Quantico da überhaupt an mich gedacht?«

Ich betrachtete die Sehnen ihres Halses, wie senkrechte, straff gespannte Schnüre vor ihrer Kehle.

»Als das, was von meiner Schwester übrig war, auf dem Boden des Wohnwagens gefunden wurde, hat Ihnen das zu denken gegeben?«

Hervortretende blaue Adern zierten die Flächen zwischen den Sehnen ihres Halses.

»Verdammt, wieviel braucht es denn, bis Quantico ein Muster erkennt? Hätte ich etwa anrufen sollen?«

Dummheit ärgert mich. Ich spürte, wie Wut in mir aufstieg, und ich wußte, daß ich sie im Zaum halten mußte. Wut ist stets kontraproduktiv, eine Bedrohung für die erfolgreiche Umsetzung eines jeden Plans. Ich mußte konzentriert bleiben. Ich holte tief Luft. Der Wasserhahn fing wieder an zu tropfen.

»Waren Sie schon mal in San Francisco? Ich war vor kurzem dort. Ich frage mich, warum Kalifornien ›der goldene Staat‹ genannt wird. Die Hügel sind alle braun.«

Ich weiß noch, wie ich die Bay Bridge überquerte und auf der I-80 in Richtung Norden fuhr. Mein Ziel war die Vierte Straße in Berkeley, wo versteckt neben einer Autobahnüberführung Spenger's Fish Grotto liegt. Das Restaurant nahm im neunzehnten Jahrhundert als Fischmarkt den Betrieb auf und befindet seitdem an dieser Stelle. Im Spenger's habe ich die beste französische Bouillabaisse der Welt gegessen.

»Haben Sie je die Protokolle gelesen über die Wortgeplänkel, die sich Theodore Bundy Anfang der achtziger Jahre mit denen, die ihn verhörten, lieferte?« fragte ich Walker. »Ich erinnere mich noch an die Stelle, wo sie über das Gedächtnis sprechen. Bundy tat so, als versuche er, sich an einzelne Opfer und die Einzelheiten ihres Todes zu erinnern. Er verglich das mit Bouillabaisse, sagte, daß sich manche Menschen an den Geschmack der Venusmuscheln, andere an den der Meeräschen erinnern. Bundy war ein vulgärer Mensch. Das Ganze ist immer mehr als die Summe seiner Teile. Das versteht man, wenn man im Spenger's in Berkeley Bouillabaisse ißt. Diese Erfahrung bleibt als Ganzes im Gedächtnis, und man kann sie immer wieder genießen. Sie läßt sich nicht zerstückeln. Und im Spenger's kommen weder Venusmuscheln noch Meeräschen in die Bouillabaisse.«

An jenem frühen Abend in Berkeley hatte ich mir in dem Restaurant Zeit gelassen – hatte ein Glas Rotwein getrunken und die Atmosphäre in mich aufgenommen. Als ich ging, kaufte ich bei einem Straßenhändler eine Nelke, steckte sie mir ans Revers und fuhr dann die Telegraph Avenue hinauf zu Rasputin's, wo auf zwei Etagen Musik gemacht wird.

Erfahrungen sind immer in ihrer Gesamtheit in mein Bewußtsein wiedergekehrt. Manchmal ist ein Gefühl der Distanz da, dann umgibt sie eine Art Nebel. Ich habe das Gefühl, als seien es die Erinnerungen eines anderen. Meine Erinnerungen an die Fahrt nach Berkeley sind gemischt. Die ersten Stunden sind klar, eine Erfahrung, die ich mir nach Belieben ins Gedächtnis zurückrufen kann. Die späteren Stunden aber haben ihre Gestalt verloren und sind nicht mehr greifbar. Ich bin mir nicht sicher, wie lange ich dort blieb und wie der Abend zu Ende ging. Ich weiß nicht, ob jemand starb.

Was ich weiß, ist, daß ich am nächsten Morgen in Richtung Süden fuhr, nach San Jose. Meine Kontaktperson war eine kleine, stämmige, dunkelhaarige Frau, die ihren Hund in einem Park spazierenführte. Sie stellte eine Einkaufstasche auf eine Betonbank und machte dann den Hund von der Leine los, damit er laufen konnte. Ich tat, was sie mir stets aufgetragen hatte: Ich blieb drei Meter entfernt stehen und wartete. Und wie immer stellte ich mir vor, ich wäre ein Kind und wartete auf die Erlaubnis des Lehrers, aufs Klo gehen zu dürfen.

»Ich muß gestehen, daß Sie mich neugieriger machen«, sagte die Frau, »als irgendein anderer meiner Kunden.«

»Neugier ist kein gesunder Wesenszug«, sagte ich.

Sie zuckte mit den Schultern. »Ich lese immer die Zeitung. Ich versuche zu erraten, welche der Explosionen dieser Welt hier ihren Ursprung haben. Ich bin mir nie sicher.«

Zum ersten Mal sah sie mich an. »Bei Ihnen habe ich überhaupt keine Ahnung.«

Ich sagte nichts.

»Das muß eine große Sache sein«, fuhr sie fort. »So viele Platten Hexogen.«

Sie drehte sich um und pfiff ihren Hund herbei. »Legen Sie das Geld auf die Bank«, sagte sie. »Nehmen Sie die Tasche und gehen Sie.«

Jetzt drehte ich die Hähne in der Küche fester zu und betrachtete mein Bild im Spiegel. Rotbraune Haare und Augenbrauen. Getönte Kontaktlinsen. Hornbrille. Grauer Anzug.

»Dies war eine perfekte Kostümprobe«, sagte ich.

Sie schien nicht zu atmen.

»Ich bin froh, daß Sie daran teilnehmen konnten.«

Ich ging durch das Zimmer, bereitete Kabel vor, einen Zünder, einen Kippschalter. Ich hatte meine Arbeit vollendet.

»Hören Sie«, sagte ich.

Als ich den Schalter betätigte, ertönte ein Klicken – lauter als der tropfende Wasserhahn.

»Haben Sie das gehört? Sie wissen, wie sehr ich für Sprengsätze schwärme. Sie haben aber eine Chance – das ist mehr, als Lucas Frank mir geboten hat. In der Zeit, in der ich hier war, habe ich Aufmerksamkeit auf mich gelenkt. Vor einer Weile war ein Polizist hier. Möglicherweise kommt er wieder. Ich schließe die Tür nicht ab. Machen Sie soviel Krach, wie Sie wollen. Niemand wird sich darum kümmern. Die Menschen sind erbärmlich gleichgültig. Niemand scheint sich mehr dafür zu interessieren, wie es anderen geht.«

Ich nahm meinen Aktenkoffer und mein Schlüsselbund. »Wahrscheinlich fragen Sie sich, warum ich Sie überhaupt leben lasse, und sei es nur für die kurze Zeit, in der diese Uhr tickt. Falls Sie überleben, Ms. Walker – falls ein Wunder geschieht und Sie dieses Haus lebend verlassen –, sprechen Sie bitte ausführlich mit Dr. Frank. Jemand muß ihm sagen, daß er es mit dem perfekten Mörder zu tun hat. Mich kann niemand aufhalten. Diesmal kommen alle zu Fall.«

Ich schlüpfte leise auf den Flur, die Hand noch auf dem Türknauf hinter mir. Ich blieb einen Moment dort stehen und fragte mich, warum ich die Frau nicht einfach umbrachte. Dann hörte ich unten im Flur die Tür ins Schloß fallen. Ich verspürte nicht den geringsten Wunsch, meine neue Identität aufs Spiel zu setzen.

Im Grunde spielte es keine Rolle. Ich wußte, daß ich Susan Walker wiedersehen würde – falls sie überlebte.

# Pop

Das Apartmenthaus, ein schwarzes Steingebäude, war ein Relikt aus besseren Zeiten. Es lag drei Blocks von der Stelle entfernt, wo die Polizei einen Mann namens Billy niedergeschossen und Senator Harry Storrs mich in seinem Lincoln abgeholt hatte.

Ich betrat einen ausgetretenen Flur. Die schwere Holztür fiel hinter mir ins Schloß. Als die Geräusche der Straße verstummten, war es in dem Haus merkwürdig still.

Dann hörte ich irgendwo im hinteren Teil des Gebäudes das Rumpeln eines Aufzugs. Er fuhr nach unten.

*Ein Lastenaufzug.*

Ein Mann, der einen Teppich ausliefern wollte – vor allem, wenn eine Frau darin eingerollt war –, hätte seine Last sicher nicht diese Treppe hinaufgetragen. Ich fragte mich, ob er auf demselben Weg wieder herunterkommen würde, ob mit oder ohne Ladung.

Ich zog die Neun-Millimeter aus meiner Tasche, ging zum Treppenhaus und lauschte. Der Aufzug fuhr rumpelnd am Erdgeschoß vorbei in den Keller.

Ich ging das eine Stockwerk hinunter in einen dunklen, dumpfigen Flur und folgte dem Geräusch links von mir. Als ich meine Pistole entsicherte, hallte das Klicken wider, wurde von den Wänden vor mir zurückgeworfen, wo eine einzige Lampe die Kreuzung zweier Flure beleuchtete.

Der Aufzug kam hinter der Ecke rechts von mir zischend zum Stillstand, aber die Tür ging nicht auf.

Vollgepumpt mit Adrenalin, drückte ich mich gegen den rissigen Putz und bewegte mich langsam auf die Kreuzung der beiden Flure zu. Ich spürte, wie mein Herz pochte, als ich schnell einen Blick um die Ecke wagte.

Der Lastenaufzug war leer.

Über mir hörte ich Schritte – jemand ging schnell zur Rückseite des Hauses. Ich rannte den Flur entlang, in der Erwartung, einen Hinterausgang zu finden. Doch statt dessen war da nur ein Flügelfenster, von dem aus man den hinteren Parkplatz des Gebäudes sehen konnte.

Ich erhaschte einen flüchtigen Blick auf einen Mann, der schnell vom Licht weg ging, vorbei an einem Lieferwagen mit der Aufschrift Valley Carpet. Er verschwand in die Dunkelheit der Gasse.

Wieder war alles still.

Als ich die Betontreppe mit Stahlgeländer hinaufging – die Pistole noch immer im Anschlag –, wirkte das Haus, als stünde es leer. Der einzige Hinweis darauf, daß hier Menschen wohnten, war das Gemisch von Gerüchen – gebratene Zwiebeln, Urin und das moschusartige Aroma von Schweiß. Diese Unterkunft für Halbseßhafte war von frischer Luft und Tageslicht abgeschottet.

Als ich im obersten Stock ankam, hatte ich keine Ahnung, was mich dort erwartete. Ich ging zu der Wohnungstür und lauschte. Durch die Tür drangen gedämpfte Laute und kratzende Geräusche.

Ich drehte den Türknauf, und die Tür ging einen Spalt auf. Ich richtete die Pistole auf das Zimmer, während ich mit dem Fuß gegen die Unterseite der Tür stieß. Knarrend ging sie auf und gab den Blick auf eine junge Frau frei, die mitten im Zimmer an einen Stuhl gefesselt war.

»Ist sonst noch jemand hier?« fragte ich.

Die Frau schüttelte den Kopf.

Ich sah im Schlafzimmer und im Bad nach und schnitt dann mit meinem Taschenmesser die Schnüre an den Handgelenken und Armen der Frau durch. Sofort riß sie sich das Klebeband vom Mund und zog den Knebel raus.

»Hier ist eine Bombe«, sagte Special Agent Susan Walker.

»Ich muß die 911 wählen. Wir müssen das Gebäude räumen und den Kampfmittelräumdienst rufen.«

Sie kämpfte mit dem Klebeband über ihren Augen, während ich die Schnur durchschnitt, mit der sie am Stuhl festgebunden war. Gemeinsam entwirrten wir das Isolierband in ihren Haaren und zogen es vorsichtig von ihrer Haut.

Steif, aber schnell ging Walker durch die Tür auf den Flur.

*Hier ist eine Bombe.*

Instinktiv sah ich hinauf zum Rahmen über der Tür. Im Keller des Hauses in Vermont hatte Wolf den Schalter seiner Bombe oben auf einem Balken versteckt. Jetzt fand ich dort, wo ich es erwartete, einen Kippschalter und verfolgte die Drähte, die neben der Tür hinunterführten und über den Fußboden unter das Waschbecken liefen, wo sie aufhörten, ohne daß etwas an sie angeschlossen war.

Es war eine Attrappe.

Ich holte tief Luft und atmete langsam wieder aus, als ich zurück in die Wohnung ging, zu einem Tisch hinter dem Stuhl, an den Walker gefesselt gewesen war. Auf dem Boden und auf dem Tisch lagen grüne und rote Drahtstücke, eine Spitzzange, eine Drahtzange. Das sadistische Arschloch hatte die junge Agentin terrorisiert.

In der Ferne hörte ich Sirenen. Walker stand wieder in der Tür. »Kommen Sie da raus, Dr. Frank«, sagte sie und verschwand wieder, bevor ich etwas sagen konnte.

Als ich auf den Flur hinausging, hörte ich Stimmen unter mir: Die wenigen Mieter des Hauses wurden evakuiert.

Warum hatte Wolf eine Bombenattrappe arrangiert? Er wollte, daß Walker starb. Auch sie hatte an seinem Tod in Vermont mitgewirkt. Er hatte einen Mann wegen eines Lieferwagens und eines Overalls umgebracht und dann eine FBI-Agentin gekidnappt und sich einen Scherz erlaubt. Was zum Teufel wollte er?

Langsam ging ich die Treppe hinunter. Das Ganze war ein

Trick. Ein kunstvoll gestaltetes Bühnenbild. Warum hatte er Walker nicht umgebracht?

Ich ging auf die Treppe vom ersten Stock zum Erdgeschoß zu, stellte mir vor –

*die schwarzen und roten Drähte, die von dem Kippschalter hinunterführten, die grünen und roten Drahtstücke auf dem Tisch* –

Es waren nicht dieselben Drähte. Es gab tatsächlich eine Bombe.

Wolf hatte eine echte Bombe irgendwo anders in dem Apartment oder sogar in einem anderen Teil des Hauses versteckt.

Ich rannte die letzte Treppe hinunter und lief auf die Straße, die sich mit Rettungsfahrzeugen füllte. Hiram Jackson ging von Susan Walker weg und kam auf mich zu, während sich Mitglieder des Kampfmittelräumdienstes in Astronautenanzügen dem Gebäude näherten.

Das Pflaster schien in sich zusammenzusacken, noch bevor ich die Detonation hörte und den Schwall aus heißer Luft und Schutt in meinem Rücken spürte. Die Explosion drückte mich gegen Jackson und warf uns beide zu Boden.

# DRITTES BUCH

# Wolf

Ich saß in dem Schnellrestaurant schräg gegenüber von dem Apartmenthaus, in dem ich gewohnt hatte, und trank das warme, braune Wasser, das als Kaffee verkauft wurde. Ich sah auf meine Uhr, dann hinaus auf die Straße, wo sich Polizeifahrzeuge, Feuerwehrautos, Übertragungswagen der Fernsehsender und etliche andere, nicht identifizierbare Fahrzeuge versammelten.

Offenbar hatte jemand Agent Walker gefunden. Die Bombe würden sie nicht finden.

Die hektische Betriebsamkeit, die Ansammlung von High-Tech-Spielzeugen, die lächerlichen Anzüge mit Flaggen und Rangabzeichen auf den Schultern amüsierten mich. Es waren Pfadfinder, die ihre Abzeichen ins Erwachsenenalter mitgenommen hatten und nicht eine Sekunde lang darüber nachdachten, wie kindisch und irrelevant sie waren.

Ich fragte mich, ob Special Agent Hiram Jackson auch da war. Er war in Quantico meine Kontaktperson – der Mann, der mich in die heilige Stätte gewaltsamen menschlichen Verhaltens einlassen würde.

Als ich vor vier Jahren als Alan Chadwick nach Quantico fuhr, war Jackson nicht da. Ich hielt dort einen Vortrag über die Beziehung zwischen den verwendeten Waffen und der Persönlichkeit in Fällen von mehrfachem Mord. Meine Funktion als Gastdozent war etwas, worauf Agent Willoughby bei seinen Ermittlungen vielleicht gestoßen war, was er aber unmöglich hatte aufdecken können. Das wäre für das FBI zu peinlich gewesen.

Ich fragte mich auch, ob einer von ihnen die Verbindung erkannt hatte – gemerkt hatte, daß sie der Klebstoff waren, der meinen Plan zusammenhielt. Alle meine Spieler kreisten wie

Planeten um einen kleinen Stern, ohne daß sich ihre Umlaufbahnen je überschnitten. Sie waren Besucher der Psyche eines Mörders, befreit von der Aufgabe, nach einem Mord aufzuräumen, weil sie voller Autorität – wenn auch nicht voller Genauigkeit – Dinge beschrieben und voraussagten.

*Er wird wieder töten. Er fährt ein altes Auto. Er ist unordentlich. Er masturbiert mit der linken Hand und blättert gleichzeitig mit der rechten die Seiten des Hustler um. Er wohnt bei einer älteren Verwandten. Er hat eine Stelle als einfacher Arbeiter.*

In seinem verrückten Sturm ins Nichts war das FBI schon mehrfach an mir vorbeigebraust. Lucas Frank war immer zur Stelle. Bereits am Anfang hatte er eine Gegenwart gespürt, aber er wußte nicht, welcher Name und welches Gesicht sich dahinter verbargen. Ich war der einzige, der sich frei von einer Umlaufbahn zur anderen bewegen konnte.

Jetzt wollte ich, daß all diese parallelen Welten zusammenstießen und abstürzten, also hatte ich die Ereignisse so gestaltet, daß sie sich auf einem Kollisionskurs befanden. Keiner meiner Spieler würde irgendwelche Verbindungen erkennen, während sie durch den luftleeren Raum auf ihre Begegnung zutaumelten.

Noch zweiundsiebzig Stunden.

Alan Chadwick war der erste Schritt gewesen. Es gab aber jemanden, mit dem mich eine noch längere Geschichte verband.

Als ich in Florida war, verbrachte ich einen Monat damit, Papageien zuzuhören, die morgens in Fort Lauderdale herumhüpften. Ich ging am Dania Beach spazieren, wo ich den Plastikschaum nicht von den Korallen unterscheiden konnte. Wochenlang wußte ich nicht, ob ich Spottdrosseln oder Alarmanlagen von Autos hörte.

Dann gab ich meinen Avis-Mietwagen als Charles S.

Weathers am Flughafen wieder ab. Professor John Krogh, bescheiden wie immer, nahm sich einen Kleinwagen und fuhr nach Orlando.

Ich bezweifelte, ob diese Verwirrspiele wirklich notwendig waren, aber ich wußte, daß irgendwer ein paar Wochen damit zubringen würde, die verschiedenen Autos und Identitäten zu ermitteln – wenn es ihm überhaupt gelang.

Ich fuhr die State Road 436 in Richtung Norden, bis ich zum Winter Park Drive kam. Die Einfahrt zum Wohnwagenplatz zu finden, war kein Problem, wenn ich auch überrascht war, daß er seit meinem letzten Besuch gepflastert worden war.

Es gab noch eine weitere Neuerung. Auf dem Streifen Unkraut, das als Rasen durchging, verkündete ein Schild: HUMPHREY. Es war eines dieser rechteckigen, hölzernen Schilder mit gezackten Rändern – wie Schüler in den unteren Klassen der High School sie mit einer Laubsäge ausschneiden müssen, um die Prüfung in Holzbearbeitung zu bestehen. Vielleicht waren ihre Kinder ja tatsächlich schon so alt. Das Schild war mit weißem Lack bekleckst und hatte erhabene rote Buchstaben.

*In einer Sommernacht in dem alten Haus in Saxtons River verließ ich mein Schlafzimmer und ging in Sarahs Zimmer. Ich war fest entschlossen, es in jener Nacht zu tun.*

*Sie schlief. Ich hörte sie leise ein- und ausatmen. Ich sah zu, wie sich die dünne Decke hob und senkte. Dies sollte das Ende allen Verlangens sein, all der Nächte, in denen ich meine Bettwäsche befleckt hatte.*

Ich fuhr bis zum Ende der Sackgasse, wendete und parkte dann mit der Vorderseite vor der Tür. Die Kinder waren jetzt sicher in der Schule. Ihr Mann war bei der Arbeit – was für eine das auch immer sein mochte.

Ich nahm meinen Seesack und ging die paar Schritte bis zu ihrer Tür. Sie war nicht abgeschlossen.

*Ich ging zum Fußende ihres Bettes und schlüpfte aus meiner Pyjamahose.*

Ich ging in die Küche und lauschte in die Stille hinein. In dem Wohnwagen war es stickig – keine Klimaanlage –, und es roch nach in Butter gebratenen Eiern. Neben einer halben Tasse Kaffee lag der Orlando *Sentinel* – aufgeschlagen bei einem Artikel über einen Mann im Todestrakt von Florida. Ich ließ meinen Seesack fallen und setzte mich mit dem Gesicht zur Küchentür.

*Ihre Augen waren offen, starrten mich an, doch sie sagte nichts.*

Ihre Brille lag auf dem Artikel. Ich schob sie weg und las. Der Hauptbelastungszeuge im Verfahren gegen »Crazy Joe« Spaziano hatte seine Aussage widerrufen, aber Spaziano sollte trotzdem auf dem elektrischen Stuhl sterben. Er war für schuldig erklärt worden, eine junge Frau getötet und sich ihrer Leiche auf einer Müllkippe entledigt zu haben, wo sie mit dem anderen Abfall verrotten sollte. Auf der Müllkippe lag noch eine andere Leiche – eine Frau, deren Identität nicht ermittelt werden konnte –, aber Spaziano war des Mordes an ihr nicht angeklagt worden. Die Nähe der beiden Leichen hatte für die Behörden nichts zu bedeuten. Die Dummheit des Gesetzes und derer, die es ausführten, wurde in dem Artikel sehr deutlich.

Gesetze sind Sammlungen von Verboten und Verfahren, für die man heute schwärmt. Sie ändern sich mit der Mode.

Die juristischen Köpfe, die Sie repräsentieren, gestehen Ihnen eine große Vielfalt zu, was das Auslöschen eines menschlichen Lebens betrifft. Ob man ein Schwarzer oder ein Weißer ist, reich oder arm, gerade Rehe jagt, wenn man die Frau an der Wäscheleine erschießt, oder Menschen jagt, wenn man den Bock außerhalb der Jagdsaison niederstreckt – Sie haben Anspruch auf einen Prozeß mit einer Jury, die aus Ihresgleichen zusammengesetzt ist.

Wenn der Staat im Fall Spaziano die üblichen Verfahren befolgte, würde Spaziano sterben – trotz der Zweifel an seiner Schuld. Ich fragte mich, wie Sarah dazu stand.

*»Ich will dich ficken«, sagte ich zu ihr.*

*»Geh weg«, sagte sie. »Geh zurück in dein Zimmer.«*

*»Ich verspreche, daß ich dich nicht umbringe.«*

*Sie setzte sich auf. Durch den dünnen Stoff ihres Nachthemds konnte ich die Umrisse ihrer Brüste sehen. Ich spürte, wie ich steif wurde.*

*»Ma hat nicht gewollt, daß ich es mit ihr mache«, sagte ich.*

*»O Gott. Geh zurück in dein Zimmer.«*

*»Sie war diejenige, die den Riegel an der Schlafzimmertür wollte.«*

*Sarah behandelte mich wie ein Kind. »Hol dir doch einfach einen runter«, sagte sie, »und dann geh wieder ins Bett.«*

Dem Hauptbelastungszeugen im Fall Spaziano hatte sich Gott offenbart. Er war zur Polizei gegangen, weil er etwas wiedergutmachen wollte. Er sei hypnotisiert worden, sagte er. Eine andere Realität sei für ihn erschaffen worden.

Ich ging zur Küchentheke, stellte den Seesack darauf und öffnete ihn. Ich steckte mir das Buck-Messer in die Gesäßtasche und die 44er Magnum in den Gürtel. Ich stellte mich in die Ecke und wartete.

*»Faß ihn an«, sagte ich.*

*»Nein.«*

*»Ich geh nicht eher weg, bis du es tust.«*

*Ich hielt es nicht mehr aus. Ich kam in langen, pochenden, pulsierenden Wellen – warm und naß – auf meine Hand und auf ihre Decke.*

*Sie sackte wieder im Bett zusammen und zog sich die Decke bis zum Kinn hoch.*

*Eine lange Zeit, wie mir schien, blieb ich dort stehen. Der Schweiß trocknete und kühlte meinen Körper.*

*Dann ging ich.*

Als sie in Florida durch die Tür ihres Wohnwagens hereinkam, war meine Halbschwester entsetzt, mich zu sehen. Auch sie war über meinen Tod informiert worden.

Mit ihrem Körper kreierte ich die Requisiten einer Greueltat. Ich wollte, daß Dexter Willoughby wußte – und daß Lucas Frank glaubte –, daß ich in eine Dimension abgerutscht war, die nur von amoklaufenden Psychotikern bevölkert wird, die unberechenbar zwischen dem Wahnsinn und Augenblicken geistiger Klarheit hin und her driften.

Sarah war gefügig. Nur eine sanfte Unterstützung war nötig, damit sie mich aufnahm.

Sie gab keinen einzigen Laut von sich.

Während ich im Schnellrestaurant saß und noch mehr von dem trüben Gebräu trank, sah ich wieder auf meine Uhr. In weniger als einer Minute würde das Gebäude zu Asche und Staub werden. Ich legte zwei Dollar auf den Tisch und ging durch die Seitentür hinaus.

Als ich zu meinem Auto kam und den Schlüssel ins Schloß steckte, hörte ich das Donnern. Staub und Rauch flogen in die Luft und verdunkelten den Himmel. Ich fuhr weg.

Ich hielt noch einmal kurz an, einfach, um meine Neugier zu befriedigen. Ich war wieder anonym – als wäre ich unsichtbar – und konnte überall hingehen.

Ich bin nicht wie andere. Ich bin kein Alptraum. Ich bin real, und niemand kann mich aufhalten.

Die Medien wollen Ihnen einreden, daß Menschen wie ich Monster sind – rasend und wahnsinnig. Ich habe die spärliche Fachliteratur zum Thema Psychopathie gelesen. Ich wollte wissen, was die selbsternannten Experten über mich sagen. Es war absurd. Sogar in der Bibel der Psychiatrie, dem *Diagnostischen und Statistischen Handbuch,* war ich nicht erwähnt. Dieser Wälzer kennt nur ein Etikett, die antisoziale Persönlichkeitsstörung – die primitive, impulsgesteuerte Persönlichkeit, die in Filmen wie *Kalifornia* dargestellt wird.

Das Leben und die Kunst sind nicht scharf voneinander abzugrenzen, aber die Kunst ist informativer als die Etiketten und Kategorien der Psychiatrie. Sehen Sie sich Keaton in *Fremde Schatten* oder Robert De Niro in *Kap der Angst* an.

In der Fachliteratur werden Sie auch keinerlei Hinweise darauf finden, daß zwischen Mörder und Opfer eine vertraute Beziehung besteht. Sie ist nicht in den Spaziergängen, den Gesprächen, dem Kaffeetrinken oder der Parodie des Umwerbens zu finden. Man kann sie auch nicht einfach als Projektion aus dem Bewußtsein des Mörders abtun. So flüchtig sie auch sein mag, es besteht eine Intimität – anders als jede andere –, bei der wir in unserem Schrecken und unserer Vorfreude untrennbar sind.

Sarah Sinclair wußte das.

Ich parkte und betrat die Lobby des Willard.

Als Lane Frank um die Ecke kam und auf den Ausgang zuging, sah ich, daß sie mindestens ebenso groß war wie die meisten Männer, die mit ihren Aktenkoffern und Zeitungen herumstanden. Ich sah ihr Profil, als sie an mir vorbeikam – kastanienbraunes Haar und eine Haut, die die Farbe von hellem Kaffee hatte. Ich hätte den Arm ausstrecken können, sie mit meiner Hand streicheln oder ihr ein Messer in den Brustkorb stoßen können. Statt dessen studierte ich sie einen Augenblick, um mir das Bild einzuprägen, das ich in meinem Gedächtnis bewahren wollte.

Es war ein merkwürdiges Gefühl. Ich dachte, ich könnte mich noch an sie erinnern, doch die Begegnung von vor einem Jahr war in meinem Gedächtnis verblaßt. Wenn es mir nur darum gegangen wäre, sie umzubringen, hätte ich genügend Gelegenheiten dazu gehabt.

Ich hatte mir vorgestellt, mich mit ihr zu unterhalten – ihr die Wahrheit darüber zu sagen, wie ein Mann wie ich entsteht und warum ich die Methoden ihres Vaters und jede kleine

Einzelheit seines Lebens kannte. Vor langer Zeit hatte ich mir einmal gewünscht, sie hätte das Privileg, mit mir bei einem Glas Wein zu sitzen. Wir hätten zusammen zusehen können, wie sich das Kerzenlicht in unseren Kristallgläsern mit karminroter Flüssigkeit gebrochen hätte – wie das Licht Streifen wie Kometenschweife über unser weißes Leinentischtuch geworfen hätte.

Ich stellte mir sogar vor, ihr gegenüber ehrlich zu sein, bevor ich ihren Vater tötete, bevor ich sie tötete.

So sehr es mir auch Freude macht, über das Surreale nachzudenken und danach zu handeln – ein Mörder von Dutzenden von Menschen, in eine Unterhaltung mit einer Frau vertieft, deren Vater als einziger weiß, wie der Mörder denkt, und der ihm überdies den Tod wünscht –, so bietet das Schicksal doch stets Möglichkeiten, die man nicht ignorieren sollte. Mein Plan hat alles geändert.

Ich werde jemandem von meiner Jugend erzählen, davon, daß mein Stiefvater und sein häufiger Gebrauch des Kohlenkellers nicht die Ursache waren. Nicht er hat mich zu dem gemacht, was ich bin. Ich habe mich selbst gemacht. Ich bin mein eigenes Geschöpf. Ich habe eine makellose Maske geistiger Gesundheit. Ich werde meine Geschichte erzählen. Aber Lane Frank werde ich sie nicht erzählen.

Dann werden unsere Welten kollidieren, und die Zeit wird kollabieren. Auch dies ist vom Schicksal bestimmt.

Manchmal spiele ich mit dem Gedanken, vielleicht mit dem Töten aufzuhören. Vielleicht hat das damit zu tun, daß ich älter und sanfter werde. Ich denke auch ganz gern, daß ich eine neue Ebene der Weisheit erreicht, daß ich meine eigenen Dämonen besiegt habe.

Doch der Wolf ist wie der Kojote – ein Schwindler.

Ich weiß, daß ich nur mich selbst betrüge.

Mich kann wirklich niemand aufhalten.

# Pop

Ich saß mit Jackson in seinem Auto und inspizierte meine zerrissene Kleidung, meine Kratzer und blauen Flecken. Die Rettungsmannschaften bemühten sich, den Brand in Schach zu halten und die Verletzten zu versorgen.

»Jemand hat das Haus verlassen, als ich gerade kam«, sagte ich. »Ich glaube, es war Wolf. Ich habe ihn nicht richtig sehen können.«

»Walker hat ihn überhaupt nicht gesehen.«

»Was hat er zu ihr gesagt?«

»Die lassen sich gerade von ihr berichten, was passiert ist. Ich hab' ein paar Minuten mit ihr gesprochen. Er hat ihr die Daumenschrauben angelegt wegen der Persönlichkeitsstudie, die sie über ihn angefertigt hat, und er hat das ganze Unterstützungsteam schlechtgemacht. Er hat ihr gesagt, sie nehme an einer Kostümprobe teil. Die eigentliche Vorstellung solle noch kommen. Es ist genauso, wie Sie gesagt haben.«

»Bei Gelegenheit würde ich gern mit Walker sprechen«, sagte ich. »Wenn das Gebäude nicht draufgestürzt ist, finden Sie Nicholas Wesleys Lieferwagen auf dem Parkplatz hinter dem Haus. Er arbeitete für eine Firma namens Valley Carpet.«

»Ein Mordopfer.«

»Genau.«

Jackson sah noch zerknitterter und übermüdeter aus als bei unserer letzten Begegnung. Sein Gesicht war sorgenschwer. »Ich habe beantragt, daß das FBI den Fall Wolf offiziell wieder aufrollt«, sagte er. »Walker war überzeugt.«

Ich hatte gemischte Gefühle hinsichtlich Jacksons Mitteilung. Ich nahm seine Hilfe und die seiner Dienststelle zwar gerne an, aber Jackson war nicht repräsentativ für den Rest seiner Gruppe, und das FBI arbeitete noch langsamer als das Straßenverkehrsamt.

Überdies hatte mich der Agent nie über die Einzelheiten des Szenarios im Mordfall Willoughby informiert. Er war genauso vorsichtig wie ich, und ich konnte jemandem, der mir so ähnlich war, nicht völlig vertrauen.

Außerdem wußte ich schon, worauf die ganze Sache hinauslaufen würde – und eine dritte Partei war nicht daran beteiligt.

»Lucas, was zum Teufel macht er? Normalerweise erkennen wir nach einer Weile Muster bei dem, was diese Typen machen. Bei ihm nicht.«

»Wir sollen die Scheiße durcharbeiten, die er für uns hinterläßt«, sagte ich. »Er will, daß wir uns hoffnungslos verheddern, während er sich ums eigentliche Geschäft kümmert.«

»Rache«, sagte Jackson. »Das ist sein Geschäft, und das ist bei einem Serienmörder nichts Ungewöhnliches. Aber er macht Sachen, die ich noch nie bei einem dieser Typen gesehen habe.«

»Niemand weiß, wie oft er schon getötet hat«, sagte ich. »Er genießt es, so wie Sie oder ich es vielleicht genießen, Mousse au Chocolat zu essen. Wir sollten es nicht essen. Cholesterin, Kalorien, Fett. Wir wissen, daß es schlecht ist, aber wir schaufeln es in uns rein. Wolf kennt den Unterschied zwischen gut und schlecht. Das ist ihm aber völlig egal. Er hat gerade demonstriert, wie gut er mit Sprengstoff umgehen kann. Er ist sehr geschickt mit einem Messer, einer Pistole, einem Stück Schnur oder seinen bloßen Händen. Er hat zu Walker gesagt, dies sei eine Kostümprobe gewesen. Denken Sie mal darüber nach, Jackson. Was hat er geprobt?«

Bevor Jackson antworten konnte, steckte Rexford Landry sein puterrotes Gesicht zur offenen Autotür herein. »Beinah' wären jetzt alle tot, und Sie wären schuld daran, Doc. Für wen halten Sie sich eigentlich, verdammt noch mal?«

»Immer mit der Ruhe, Landry«, sagte Jackson.

»Wir hätten viel schneller hier sein können, wenn er das gemeldet hätte.«

»Und was wäre dann passiert?« fragte Jackson.

Landry schwieg.

»Die Polizei wußte von der Sache. Die hatten noch nichts unternommen.«

Landry drückte sich vom Auto ab und marschierte den Bürgersteig hinunter.

»Halten Sie mir diesen Mann vom Hals«, sagte ich. »Wenn ich mit meinem Wagen hier rauskomme, fahre ich zurück zum Hotel.«

»Lucas, wir hätten gern, daß Sie und Lane zu einer Lagebesprechung über unseren Mr. Wolf nach Quantico kommen.«

»Er gehört also nicht mehr mir allein.«

Jackson schüttelte den Kopf.

Unter anderen Umständen würde ich mich weigern, mir mein Leben vorschreiben zu lassen, aber ein Brainstorming konnte nicht schaden, und vielleicht würde es ja sogar etwas nützen.

»Wann ist die Besprechung?«

»Am Freitag morgen, wenn ich sie genehmigt bekomme.«

Typisch. Ich nickte. »Okay, wir unterhalten uns vorher noch mal.«

Als ich auf der Pennsylvania Avenue in Richtung Süden fuhr, fragte ich mich wieder, warum Wolf Susan Walker nicht umgebracht hatte. Ich konnte mir nur einen Grund denken: Er wußte, daß er noch eine andere Gelegenheit dazu haben würde. Wann? Und wer war der nächste auf seiner Liste?

Seit seiner Auferstehung in Vermont war Wolfs Trickkiste vielfältiger geworden. Aus der Art, wie er seine Schwester zugerichtet hatte, hatte ich geschlossen, daß er zwischen Verhaltensextremen hin und her pendelte, wie es typisch für Persönlichkeitsgestörte ist. Ich hatte angenommen, er hätte jede Kontrolle über sich verloren, als er in Florida war, habe sich dagegen in Michigan fest im Griff gehabt.

Was war, wenn ich mich täuschte? Was, wenn es zu Wolfs Plan gehörte, mich an der Nase herum und in die falsche Richtung zu führen? Vielleicht wollte er, daß ich dachte, er mache das ganze Spektrum des Wahnsinns durch, während er in Wirklichkeit völlig klar war und sich absolut unter Kontrolle hatte.

Ich fuhr nicht direkt zurück zum Willard. Nachdem ich mich ein paarmal verfahren hatte, fand ich die Gasse, in der Wolf Nicholas Wesley umgebracht hatte.

Eine blaue Lampe leuchtete über der Tür der Bar. Ein paar Gäste sahen mich an, als ich hereinkam; die meisten waren damit zufrieden, zu trinken und sich zu unterhalten.

Ich setzte mich an die Theke. Eine Frau in einem Rollstuhl kam herübergerollt, und ich schob ihr die Phantombilder von Wolf über das polierte Mahagoni zu. Ich dachte mir, daß Wolf nach dem Mord vielleicht noch mal in die Bar gegangen war. Er genoß es, die Ereignisse auszukosten, die er in Gang gesetzt hatte.

»Sieht nicht gerade nach Harrison Ford aus«, sagte die Frau und wollte schon wieder von mir wegrollen.

»Der Abend, an dem Nicholas Wesley ermordet wurde«, setzte ich an.

»Sind Sie hergekommen, um was zu trinken?«

»Ich will wissen, ob er nach dem Mord noch mal hier war.«

Sie klopfte gegen die Wand. »Delta, 'n weißer Mann will dich sprechen.« Die Frau, die den Vorhang hinter der Theke auseinanderzog, war stämmig gebaut und trug ein metallisch blaues Abendkleid. »Wieso machst du denn so 'n Getöse?«

Sie unterhielt sich leise mit der Barkeeperin und kam dann herüber.

»Hat jemand diesen Mann seit dem Mord noch mal gesehen?« fragte ich und zeigte auf die Phantombilder.

»Was wollen Sie trinken?«

»Am liebsten Ale, aber ...«

»Wheels«, sagte sie. »Nimm ein paar Flaschen Bass Pale Ale unten aus dem Kühlschrank.«

Die Frau wandte sich mir wieder zu. »Ist Ihnen das recht?«

»Könnte nicht besser sein«, sagte ich.

»Alles könnte viel besser sein, ist es aber nicht. Kommen Sie. Setzen wir uns hier rüber.«

Sie führte mich zu einem Tisch an der hinteren Wand, wo ich mit der Hand über die klammen Felsen des Fundaments fuhr. Eine unterirdische Steinmauer, genau wie in dem Keller in Vermont.

»Wer sind Sie?«

»Mein Name ist Lucas Frank.«

»Sie sind kein Bulle.«

»Nein. Ich bin Psychiater. Ich spüre Mörder auf. Gewöhnlich mache ich das im Auftrag der Polizei.«

»Aber diesmal nicht?«

Ich schüttelte den Kopf.

»Persönlich?« fragte sie.

»Ja.«

»Der ist wie von 'nem anderen Stern. Lebendig kriegen Sie den nicht.«

»Das stört mich nicht.«

»Das hab' ich mir gedacht«, sagte sie und trank aus ihrer Aleflasche. »Er ist noch mal hiergewesen. Hat mit der Hand über die Felsen gestrichen, genau wie Sie. Diesmal sah er nicht so aus wie auf irgendeinem der Bilder. Wir haben nichts gesagt. Wir haben nichts unternommen. Schließlich hat er schon mal jemanden umgebracht. Wir haben einfach gewartet, bis er gegangen ist.«

»Hat er mit jemandem gesprochen?«

»Nur mit Wheels. Hat gesagt, er wollte ein Bud. Sie hat ihm ein Bud gezapft. Er hat es getrunken und ist gegangen.«

»Sie haben gesagt, er sah nicht so aus wie auf den Bildern«, erinnerte ich sie.

Sie blickte hinunter auf das Phantombild. »Kein Schnurrbart«, sagte sie. »Die Haare nicht so dunkel und kein Grau darin. Braune Augen. 'ne große Plastikbrille. Ich wußte, daß er es war. Ich hab' ihn mir genau angesehen, als er mit Nicks Lieferwagen aus der Gasse rausgefahren ist.«

»Wann war er hier?«

»Sie haben ihn knapp verpaßt.«

# Wolf

Ich war Special Agent Herb Cooper einmal begegnet, in einem Aufzug in San Francisco.

Diese Begegnung war kein Zufall. Er war zu einer Besprechung mit der Ermittlungskommission Unabomber gekommen. Ich war da, sagte ich, um vor einer Gruppe von Akademikern einen Vortrag über computerunterstützte anatomische Rekonstruktion anhand von Knochenfragmenten zu halten. In Wirklichkeit hatte ich an der Nordküste, in der Nähe von Ukiah, ein paar anatomische Beutezüge gemacht.

»Interessant«, sagte er. »Ich hab' da diesen Fall aus Oklahoma.«

»Den mit dem Friedhof? Ich hatte letzte Woche eine Besprechung im Innenministerium. Jemand erwähnte diesen Fall. Sie haben sicher alle Hände voll zu tun.«

»Das kann man wohl sagen«, erwiderte er, dankbar für meine Anteilnahme und beeindruckt von meinen Beziehungen zur Regierung.

Wir aßen gemeinsam in der Stinking Rose. Am Ende des Abends waren wir übereingekommen, daß ich nach meiner Rückkehr nach Washington Kontakt zu Special Agent Hiram Jackson in Quantico aufnehmen und mit ihm vereinbaren würde, daß ich Fotos und Bodenproben von dem Friedhof in Oklahoma zu sehen bekäme. Es war fast zu einfach.

»Danach kann ich Ihnen ungefähr sagen, womit Sie es zu tun haben«, sagte ich zu ihm, »aber es klingt nicht gut. Wahrscheinlich sind DNA-Analysen nötig, um die Toten zu identifizieren.«

Ich gab ihm eine Telefonnummer in Washington, wo er mir eine Nachricht hinterlassen könne. Er gab mir seine Büronummer in Oklahoma City.

»Ich weiß nicht, wo ich dort wohnen werde«, sagte er, »aber ich werd' mich jeden Tag mit dem Büro in Verbindung setzen.«

Ich bestellte noch zwei Gläser Wein. »Es muß schwierig sein, immer überall im Land herumzureisen.«

»Mir macht es Spaß«, sagte Cooper. »Ich bin zur Navy gegangen, um die Welt zu sehen, und zum FBI, um dieses Land zu sehen. Ich hab' noch nie viel Lust gehabt, seßhaft zu werden. Sind Sie verheiratet?«

Ich lächelte das Arschloch an, das noch immer den Bürstenhaarschnitt der Navy trug. »Zwei Teenager. Wir haben ein Haus in der Mount Auburn Street in Cambridge. Lynn, meine Frau, ist am Pädagogischen Seminar der Universität beschäftigt. Ich bemühe mich immer, meine Reisen auf diese Zeit des Jahres zu beschränken. Die Kinder sind im Ferienlager, und wenn Lynn nicht mit dem Sommersemester beschäftigt ist, begleitet sie mich oft.«

»Diese Art von Leben hatte ich noch nie in Aussicht«, sagte er. »Immer kommt die Arbeit dazwischen – meine oder ihre. Ich hab' eine Beziehung mit einer Frau in Washington. Nichts Ernstes, aber diesmal ist es ihre Arbeit, die uns in die Quere kommt. Ihr Name ist Samantha Becker. Sie ist geschieden. Hat zwei Kinder, die bei ihrem Vater leben. Sie ist attraktiv und intelligent und weiß, was sie will. Es ist das erste Mal, daß ich ans Heiraten gedacht habe. Aber im Augenblick geht es einfach nicht. Das wissen wir beide.«

Eigentlich hatte ich durch Agent Cooper nur eine Verbindung zu Quantico haben wollen. Samantha war eine unerwartete Dreingabe.

Ich rief Samantha Becker in ihrem Büro im Ford's Theater an, wo sie als stellvertretende Programmdirektorin sehr viel zu tun hatte, wie sie sagte. Trotzdem lud sie mich ein, sie in ihrem Haus in Georgetown zu besuchen.

Am späten Nachmittag kam ich an ihrem Reihenhaus an, klingelte an der Tür und ertrug das Begrüßungsgeplapper. Sie ließ mich im Wohnzimmer warten, während sie in die Küche ging.

Ich sah mir ihre Wände an. Sie waren vollgehängt mit Postern, die für kommende Vorstellungen im Ford's warben. Neben den Postern sah das Familienfoto von einer blonden Mutter und ihren zwei blonden Kindern winzig aus.

Die Mutter war Samantha, mein Opfer.

Genauer gesagt würde sie mir ihr Reihenhaus als Bühne zur Verfügung stellen. Samantha selbst würde natürlich die zentrale Figur in meiner Montage sein. Sie war ein Requisit, ein Gegenstand, der an die richtige Stelle gelegt und dort ausgerichtet werden mußte.

»Was ist in dem Päckchen?« fragte sie, als sie mit zwei Gläsern und einer Flasche Van der Heyden Chardonnay ins Zimmer kam.

Sie deutete mit dem Kopf auf das Päckchen aus braunem Papier, das ich auf ihren gläsernen Kaffeetisch gelegt hatte.

Samanthas blondes Haar fiel ihr über die Schultern – ungewöhnlich langes Haar für eine Frau mittleren Alters in den Neunzigern. Sie trug eine schlichte Jeans, einen weißen Rollkragenpullover und eine Baumwollbluse in gedämpften Blautönen.

»Die Feder eines Goldadlers.«

»Eine Adlerfeder? Wirklich? Warum denn? Sind die nicht illegal oder so?«

Sie packte das kleine Päckchen aus und betrachtete die Feder. »Sie ist hübsch, finde ich, aber es lohnt sich bestimmt nicht, dafür ins Gefängnis zu gehen. Wo haben Sie sie her?«

Ich wollte ihr die Kehle durchschneiden. Ich verabscheue leeres Geplapper. Sie fand dieses Fragment eines Vogels, der über der Sierra Nevada seine Kreise gezogen hatte, »hübsch«.

Nach einem meiner Morde hatte Lucas Frank ein Profil geschrieben.

»*... Er ist ein Einzelgänger, lebt allein, hält sich von anderen Menschen fern. Er hat noch nie in irgendeine soziale Gruppe ›gepaßt‹. Doch so merkwürdig sein Verhalten auf andere auch wirken mag – man hält ihn nicht für unhöflich. Er kann lächeln, einem zur Begrüßung zunicken, aber er vergeudet keine Zeit mit oberflächlichem Geplapper. Er erträgt die Art, wie andere Menschen die Welt sehen, nicht, wenn es seiner Sicht widerspricht. Er ist überdurchschnittlich intelligent, aber durchaus nicht überragend.*«

»Es ist kein überragendes Exemplar«, sagte ich.

»Es sind keine Milben dran oder so?«

»*Falls er irgendeinen Abschluß abgelegt hat, dann nur den eines Bachelors, mit Biologie oder Chemie als Hauptfach (den Schwerpunkten des medizinischen Vorbereitungskurses). Er beschäftigt sich nur mit dem, was ihn interessiert, und nur dann, wenn er Lust dazu hat, und sein Widerstand gegenüber Autoritäten machte ihn zu einem mittelmäßigen Studenten.*«

Sie legte die Feder auf den Tisch, wischte sich die Hand an ihrer Jeans ab und machte die Weinflasche auf.

»*Er hätte auf dem akademischen und beruflichen Sektor mehr erreichen können, wenn er nicht ein solcher Außenseiter wäre. Wenn er sich entschließt, sich mit etwas zu beschäftigen, tut er dies gründlich – vielleicht am ehesten mit esoterischen Themen – und investiert sehr viel Zeit darin.*«

Samantha beugte sich über das Tablett und schenkte zwei Gläser Van der Heyden ein.

»Wie ist es, mit einem FBI-Agenten befreundet zu sein?« fragte ich. »Herb scheint ja ziemlich viel herumreisen zu müssen.«

Sie brachte mir mein Glas Chardonnay. »Schwierig«, sagte sie.

»*Er ist akribisch, hält sich für perfekt, und er ist stolz auf das Werk, das er Ihnen zur Untersuchung hinterlassen hat. Er ist herumgekommen, hat Jobs gekündigt, wann es ihm paßte. Falls er eine militärische Laufbahn hatte, wird sie aufgrund seiner Unfähigkeit, mit Autorität umzugehen, höchstens durchschnittlich gewesen sein. Er hat seine eigenen Erwartungen nicht erfüllt, also hat er sie neu definiert und die Vergangenheit umgeschrieben.«*

»Nun«, sagte Samantha. »Ich bin froh, daß Sie angerufen haben und daß wir uns getroffen haben.«

»Ich auch.«

*»Klinisch gesehen ist er persönlichkeitsgestört – paranoid, narzißtisch, zwanghaft. Er leidet auch unter Dissoziation. Auch wenn sich die Kollegen weigern, die diagnostische Terminologie zu akzeptieren, ist die treffendste Bezeichnung für ihn ›Psychopath‹. Er kann jede beliebige Rolle überzeugend spielen. Er sieht sich als der mächtigste und brillanteste Mensch auf der Erde – eine Art Gott. ›Recht und Ordnung‹ sind intellektuelle Abstraktionen, denen er sich überlegen fühlt. Er glaubt, Zeuge eines Niedergangs der Moral, der Gerechtigkeit, der gesellschaftlichen und wirtschaftlichen Systeme zu sein – sonst hätte man seine Brillanz gewürdigt. Er nimmt keine Drogen, raucht nicht. Wenn er trinkt, dann nur gelegentlich ein Glas Wein.«*

»Was genau sollen Sie für Herb eigentlich tun? Hat es mit dem Unabomber zu tun?«

Ich schüttelte den Kopf. »Samantha . . .«

»Dann geht es sicher um die Morde in Oklahoma. Sie haben am Telefon gesagt, daß Sie forensische Arbeiten für ihn machen wollen. Was denn genau?«

*»Er ist getrieben von Rache und dem Wunsch, daß seine Überlegenheit anerkannt wird, aber er muß seine Anonymität aufrechterhalten. Er ist ein Spieler, liebt es, Autoritäten zu verspotten. Alle Indizien, die er anbietet, sind Attrappen und führen nirgendwo hin.«*

Sie hatte ihr Glas auf den Tisch gestellt und ihre Arme vor der Brust verschränkt. Ihr Mund war eine dünne Linie. Ihre Augen waren schmal, fragend, skeptisch. Samanthas Gesicht schien sich zu einer Maske zu verzerren. Diese Frau wollte eine Antwort auf ihre Frage, und sie drängte mich, wie jemand, der es gewohnt ist, seinen Willen zu bekommen.

*»Die Kontrolle, nach der er strebt, ist persönlich. Die Anerkennung, die er sich wünscht, ist öffentlich. Das ist frustrierend für ihn, da er seine Identität nicht aufdecken kann. Er hat sein Leben einer einzigen Mission verschrieben: Mord. In seinen Augen ist alles, was er tut, vollkommen gerechtfertigt.«*

Während ich ihr erklärte, was für eine Arbeit ich angeblich für Agent Cooper tun würde, griff ich hinter meinen Rücken und umschloß den Griff meines Messers.

»Was machen Sie denn so, wenn die Regierung Sie nicht in den Klauen hat?« fragte sie.

»Auf der Feder sind keine Milben.«

»Was?«

Lucas Frank hatte sein »Profil eines unbekannten Täters« im Jahr 1976 geschrieben. Es basierte auf einem einzigen Fall aus Massachusetts, und Frank legte die Unterlagen der zuständigen Exekutivbehörde vor. Natürlich geschah nichts, und der Fall blieb unaufgeklärt.

1985, als Quantico schon in Betrieb war, kehrte ich in dasselbe Städtchen zurück und beging einen identischen Mord. Ich blieb noch eine Weile in dem Städtchen, wohnte in einem Motel, sah mir die Fernsehnachrichten an und beobachtete, wie Staats- und Bundesbeamte in die Polizeistation schräg gegenüber hineingingen und wieder herauskamen.

Nach einer Woche, als mich mein Spiel gerade zu langweilen begann, nahm Special Agent Dexter Willoughby an einer vom Fernsehen übertragenen Pressekonferenz zu dem Fall teil. Ein Reporter aus Boston fragte ihn, ob er eine Beziehung zu dem ungelösten Fall aus dem Jahre 1976 für möglich halte.

»Wir sehen keinen Grund, eine Verbindung zwischen diesen Fällen anzunehmen«, sagte Willoughby. »Zunächst einmal liegt der Mord von 1976 ja zeitlich lange zurück, rund neun Jahre, und abgesehen von dem verwendeten Waffentyp gibt es wirklich keine Parallelen.«

Erst dachte ich, es wäre ein Trick.

Ich täuschte mich. Die Gurus des Verbrechens waren genauso dämlich wie andere Lehrer auch.

Als ich mehrere Monate später in Houston die *Chronicle* durchblätterte, stieß ich auf einen Artikel, in dem die Arbeit der »psychologischen Detektive« von Quantico beschrieben wurde. In dem Artikel wurde ein diplomatischer Doktor Lucas Frank zitiert. Er sagte, er beneide das FBI um die Mittel, die ihm zur Verfügung stünden, und gehe davon aus, daß diese hervorragend geschulten Agenten die wachsende Epidemie des Serienmordes in vorderster Reihe bekämpfen würden. Ein neues Mitglied der Abteilung für Verhaltensforschung, Special Agent Herb Cooper, erwähnte den ungelösten Fall aus dem Jahr 1985. »Wir sehen uns die neueren Fälle genau an«, sagte Cooper zu dem Reporter, »prüfen, ob es schon mal ähnliche Tatbegehungen gegeben hat, suchen nach Hinweisen, die es uns ermöglichen, zurückzugehen und ein paar der älteren Fälle abzuschließen.«

Blödsinn.

Es war Zeit, all den Super-Spürhunden etwas vor die Füße zu werfen – eine Nachbildung eines brillanten Kunstwerks, vom Künstler signiert.

Samantha Beckers Kopf schnellte zurück, als ich meine Klinge in ihre Kehle stieß.

# Pop

Lane traf mich in der Lobby des Willard.

»Jackson kommt uns abholen«, sagte sie. »Er fährt uns an den Tatort eines Mordes in Georgetown. Er hat nicht viel gesagt. Jemand hat es der Washingtoner Polizei gemeldet. Die haben das FBI gerufen. Jackson will, daß wir es uns ansehen.«

Sie deutete auf die Tür. »Er ist gerade vorgefahren.«

Als ich in Jacksons Wagen stieg, gab er mir einen Umschlag. »Ich weiß, daß Lane das mit eigenen Augen gesehen hat«, sagte er. »Vielleicht wollen Sie sich die Fotos noch mal ansehen.«

»Was ist denn los?«

Jackson antwortete nicht. Er fuhr los, während ich ein paar Tatortfotos aus dem Umschlag zog.

»Das ist Sarah Sinclair«, sagte Lane, die mir über die Schulter sah.

»Unser Opfer heißt Samantha Becker«, sagte Jackson. »Sie war stellvertretende Programmdirektorin im Ford's Theater, organisierte Veranstaltungen, kümmerte sich um den Vorverkauf. Der Tatort ist ihr Haus in Georgetown. Ich bin reingegangen, hab' mich einmal umgesehen, und es hat sofort geklingelt.«

»Warum geben Sie mir die Fotos von Sarah Sinclair?«

Jacksons Gesichtsausdruck war schwer zu interpretieren, aber seine Gesichtsmuskeln spannten sich an. »Die beiden Tatorte sehen fast identisch aus«, sagte er.

Wir fuhren über die P Street Bridge nach Georgetown. Jackson bog ein paarmal ab und hielt dann vor einem schmalen Reihenhaus. Es wimmelte von Polizisten und FBI-Agenten, unter anderem Rexford Landry.

Als wir aus dem Auto stiegen, sagte Jackson: »Sieht aus, als wär' es irgendwann gestern abend passiert.«

Wir gingen die Stufen hinauf und durch die Diele. Ich blieb einen Moment unter der kirchenartigen, gewölbten Decke stehen und hockte mich dann neben die blonde Leiche auf den Boden. Ihre langen Haare waren blutverschmiert.

»O Gott«, sagte Lane, als sie sich in der Wohnung umsah. »In Sarah Sinclairs Wohnung sah es ganz genauso aus, als wir sie fanden.«

Ich blätterte die Fotos durch, trat ein paar Schritte zurück und sah mir das Zimmer aus verschiedenen Blickwinkeln an. Alles sah genauso aus wie am Sinclair-Tatort. Kerzen waren zu Wachspfützen heruntergebrannt. Weingläser. Ein Tablett mit Crackern und Käse. Ihr Kleid war weiß, wie ein Brautkleid, und am Hals waren Vögel aufgestickt, die in dieselbe Richtung flogen wie der Schnitt durch die beiden Halsschlagadern.

»Samantha Becker hatte nicht dieses Kleid an«, bemerkte ich überflüssigerweise. »Erst nachdem er sie ermordet hatte, zog er sie aus und ihr dann dieses Kleid an.«

Die ganze Szene war erst nach dem Mord gestellt worden. Er hatte sie auf dem Sofa umgebracht – dort war ein großer Blutfleck –, sie auf den Boden gerollt, umgezogen und neben den Kaffeetisch geschleift.

»Was ist mit den Kleidern, die sie anhatte?« fragte ich.

»Die muß er wohl vom Tatort entfernt haben«, sagte Jackson.

»Sie ist geschieden«, sagte Landry, der hinter uns stand. »Mutter von zwei Kindern. Sieht nicht so aus, als wohnten die Kinder hier. Der Ex-Mann arbeitet bei einer Bank in Delaware. Wir versuchen ihn zu finden. Wir ermitteln auch seinen Hintergrund. Ein paar von unseren Leuten sind im Ford's Theater, um soviel wie möglich über die Frau rauszufinden.«

»Zeitverschwendung«, murmelte ich.

»Da ist die Feder«, sagte Jackson und zeigte auf den gläsernen Kaffeetisch.

Ich stand auf, ging um das riesige, weiße Sofa herum und sah auf eine große, braungelbe Feder . »Jemand vom Smithsonian soll sich die mal ansehen. Ich glaube, es ist die Halsfeder eines Goldadlers. Er wollte nicht, daß uns das entgeht.«

Am Sinclair-Tatort hatte Wolf eine Blauhäherfeder direkt hinter Sarahs ausgestreckte Finger gelegt. Bei Samantha Becker hatte er den Sinclair-Mord kopiert und eine neue Dimension hinzugefügt.

»Er reibt uns unsere Unfähigkeit, ihn zu schnappen, unter die Nase«, sagte ich.

Wolf bearbeitete die Stadt wie ein geschickter Politiker. Er war immer allen einen Schritt voraus, machte seine Schachzüge und ließ uns sein Kielwasser schlucken.

»Durch den Mord an Sarah Sinclair sind wir darauf gekommen, daß es Wolf war«, sagte ich. »Das Programm zur Ergreifung von Gewaltverbrechern ist voll mit seinen Eskapaden, aber niemand hat je die Beziehung zwischen ihnen erkannt.«

»Vor Jahren hab' ich im Fall eines Serientäters in Richmond ermittelt«, sagte Jackson. »Wir wußten nicht, womit wir es zu tun hatten. Schließlich stellte sich heraus, daß es ein Einbrecher war, der sich zum Vergewaltiger und dann zum Mörder hochgearbeitet hatte. Bei dem Fall waren die Computer auch keine besondere Hilfe.«

»Jemand sollte sie neu programmieren. Danny Rolling fing als voyeuristischer Jugendlicher in Shreveport, Louisiana, an. Erst guckte er nur durch Fenster, dann kletterte er hinein. Manchmal nahm er etwas mit. Manchmal stellte er nur etwas um. Schließlich vergewaltigte und ermordete er Studenten in Gainesville. Es geht um das Bedürfnis nach einem höheren Erregungsniveau, einem besseren Höhepunkt. Wenn man sich nur die offizielle Akte seiner Festnahmen ansehen würde,

würde man ihn für nichts weiter als einen bewaffneten Räuber halten.«

»Jeder hätte diese Szene kopieren können«, sagte Landry. »Sie würden staunen, was für Details der Tatorte über das Internet verbreitet werden.«

»Nein. Die Medien bekamen mit, daß sie und Wolf zusammen etwas getrunken hatten. Ich erinnere mich an noch ein paar Details, aber es war nichts über das Kleid dabei.«

»Er will nicht ignoriert werden«, sagte ich zu Landry. »Er will seine Anerkennung bekommen, auch wenn er Sie und Ihre Agentur dafür in die Knie zwingen muß.«

»Wenn Sie so reden, klingt es, als wäre dieser Typ 'n verdammtes Genie«, sagte Landry. »Selbst wenn der Arsch noch leben würde, was er nicht tut, wäre er genau wie die anderen auch. Sie beide sind wie Mädchen, die sich auf einer Nachthemdparty mit Geistergeschichten aufgeilen.«

Landry drehte sich um und stampfte durch die Diele davon.

»Pop, was hat es mit der Adlerfeder auf sich?«

»Das erste, was mir einfällt, ist Macht«, antwortete ich. »Der Adler ist ein Raubvogel. Darüber hinaus ist er ein wichtiges Motiv in den Erzählungen der amerikanischen Ureinwohner. Wolfs leiblicher Vater war Abenaki.«

»Samantha Becker war mit einem unserer Agenten befreundet«, sagte Jackson. »Herb Cooper. Er ermittelt in dem Fall aus Oklahoma, von dem ich Ihnen erzählt habe. Er und Samantha sind Anfang dieses Sommers ein paarmal zusammen ausgegangen. Ihre Arbeit nahm sie völlig in Anspruch; bei ihm war es genauso. Dann wurde Herb mit dem Fall in Oklahoma betraut.«

»Vielleicht ist das die Verbindung«, sagte ich. »Hat Cooper schon mal mit Willoughby zusammengearbeitet?«

»Ja, einmal, bei einem ungelösten Fall aus dem Jahr 1985. Massachusetts, glaube ich. Im Augenblick sieht sich jemand noch mal die Akten an. Könnte das mit Ihnen zu tun haben?«

Wolf hatte einige Zeit in Samantha Beckers Haus verbracht. Er wußte, daß er den Sinclair-Tatort nicht vollkommen kopieren konnte, aber beinahe war es ihm gelungen.

Er mußte auch wissen, daß er mich schon in Lake Albert von seiner Existenz überzeugt hatte. Warum hatte er sich solche Mühe gegeben, diesen Mord von vor einem Jahr nachzustellen?

Für das FBI war Wolf noch immer offiziell tot. Die bürokratischen Räder, die Jackson in Gang gebracht hatte, hatten ihren Lauf noch nicht vollendet. Außerdem war da noch Rexford Landry.

*Deine Auferstehung soll offiziell anerkannt werden, stimmt's, Junge?*

»Der Fall aus Massachusetts muß mit mir zu tun haben«, sagte ich zu Jackson, »aber ich glaube, Ms. Becker ist für das FBI gedacht.«

»Wissen Sie, was mit dem alten Haus in Vermont geschehen ist, nachdem unsere Leute damit fertig waren?« fragte Jackson.

»Nein.«

»Willoughby hat es gekauft und es mit einem drei Meter hohen Zaun mit Stacheldraht obendrauf umgeben. Sieht aus, als wäre dort ein Gefängnis mitten im Wald.«

»Wenn Willoughby dachte, daß dort mehr zu finden sein könnte – warum dann nicht in Wolfs Büro, der Lagerhalle in der Nähe von Brownsville?«

»Unsere Leute haben dort alles mitgenommen. Sie haben die Wandverkleidung rausgerissen, die Bodendielen und so weiter. Willoughbys Frau sagt, er sei von dem Fall besessen gewesen. Er untersuchte jeden Gegenstand, blätterte jedes Buch durch, las jedes Stück Papier. Anfangs dachte sie, er wollte ein Buch darüber schreiben. Er sagte immer nur, daß etwas fehlte und daß er es finden müsse. In den letzten sechs Monaten ist er viermal dorthin geflogen.«

Willoughby hatte mehr als nur Zweifel gehabt. Daß er das Grundstück in Vermont gekauft hatte, war offenbar die Information, die ich nicht haben sollte. Er war davon überzeugt gewesen, daß Wolf die Explosion überlebt hatte. Der Agent brauchte etwas Greifbares, irgendeinen Gegenstand, den er bei einer Konferenz auf den Tisch legen konnte.

»Es gibt ein junges Mädchen, das vielleicht weiß, was in Swanton passiert ist. Ich will ihr die Phantombilder zeigen, die wir von Wolf haben. Dann würde ich gern zu dem alten Haus fahren. Gibt es eine Möglichkeit, Zutritt zu dem Grundstück zu bekommen?«

Jackson gab mir einen Schlüssel. »Willoughbys Frau hat ihn mir gegeben. Er ist für das Tor. Von mir haben Sie den nicht. Bitte melden Sie sich bei mir, wenn Sie zurück sind.«

# Wolf

Jetzt, da ich beinahe reinen Tisch gemacht hatte, überkam mich eine Welle der Trägheit. Wenn die Schlußszenen meines Drehbuches – die letzten sechsunddreißig Stunden – nicht so ausgeklügelt und großangelegt gewesen wären, hätte ich Schwierigkeiten gehabt, aus dem Bett zu steigen.

Ich wußte, daß dieses Gefühl vorübergehen würde. Diese periodisch auftretenden Schübe von Lethargie sind bisher noch immer vorübergegangen.

Auf dem College hatte mich die Idee des *ennui* fasziniert, vor allem die existentialistische Spielart. Ich glaubte nicht, daß ich selbst je darunter gelitten hatte. Sartre war ein Langweiler. Camus war mehr nach meinem Geschmack – er zog sowohl Mord als auch Selbstmord als philosophische Aussagen in Betracht.

Als ich auf der I-95 durch die Hügel von Virginia in Richtung Süden fuhr, wurde mir bewußt, daß jetzt die schwierigste Phase meines Plans begann, so befriedigend er auch sein mochte. Ich hätte erregt sein müssen, wie in meiner Jugend.

Statt dessen dachte ich, als ich an der Ausfahrt zur Marinebasis in Quantico von der I-95 herunterfuhr, über Theorien des Absurden nach und darüber, wie sehr man die Rolle der Legende im Leben unterschätzt. *Ich* habe das Zeug zur Legende. Samantha Becker in ihrer Rolle als die tote Sarah Sinclair hat das Zeug zur Legende.

Sie haben zugelassen, daß Statistiker Athleten, Rennpferden, Politikern und Serienmördern das Etikett Legende anheften. Sie sind eine Nation, die Bescheid weiß über Durchschnittsleistungen beim Baseball, Trends, ob DeSalvo oder die Manson-Kommune mehr Opfer gefordert hat. Das FBI läßt zu, daß dieselben Zahlenjongleure die Wahrscheinlichkeiten bestimmen, die der Lebensnerv ihrer Höhle in Quantico sind.

Selbst die gemeinschaftlichen internationalen Bemühungen der Engländer und der Russen gründen sich auf computergenerierte Modelle. Tabellen und Balkendiagramme. Sie haben eine Methode entdeckt, die die Massen beeindruckt. Der betrunkene Footballfan weiß, was er von Thurmon Thomas oder Emmitt Smith in Yards pro Lauf zu erwarten hat, und glaubt, Zahlen seien immer ein Zeichen von Wissenschaftlichkeit. Selbst die, die schon im Mathe-Grundkurs durchgefallen sind, wurden von dieser Guinness-Buch-Mentalität angesteckt.

Das ist einer der Gründe, weshalb ich ihnen alles unter die Nase reiben will – ihnen zeigen will, was es heißt, wirklich gedemütigt zu werden, mit einem Schuß Inferno.

Ihre Zahlen sind bedeutungslos. Sie können nicht messen, was Sie nicht verstehen können.

Die »Spürnasen« fragen ihre eingekerkerten Serienmörder, ob sie an Gott glauben und ob sie glauben, daß sie sich für das, was sie getan haben, vor Gott werden verantworten müssen. Warum? Ist das eine Mahnung? Eine Projektion? Eine Übung in einer gesellschaftlich anerkannten Form von Sadismus?

*»Vielleicht konnten wir dich nicht auf dem elektrischen Stuhl braten, aber Gott wird dir Feuer unterm Arsch machen.«*

Diese Übung ist so ähnlich wie die Sitte, Mitgliedern des Kongresses oder Medienvertretern, die zu Besuch kommen, Tatortfotos vorzulegen. Die Zivilisten schrecken angewidert zurück. Der FBI-Agent nickt weise mit dem Kopf und sagt: »So etwas tun sich Menschen gegenseitig an. Das sind die Fälle, mit denen wir Tag für Tag zu tun haben.«

Wer würde es wagen, ihnen nach einer solchen Demonstration die Mittel zu kürzen?

Ihre Experten strampeln sich ab – bemühen sich, an irgendeinem System von Überzeugungen, einer biblischen Gerechtigkeit festzuhalten. Auge um Auge – etwas, was sie motiviert, wenn ihnen klar wird, daß unsere Anzahl exponentiell zunimmt und daß wir viel intelligenter sind, als sie es je sein können.

Wenn sie nach der Qualität eines Lebens fragen, das man hinter Mauern aus Beton und Stahl zubringt, wollen sie dann Nähe herstellen? Wenn sie sich das Jackett ausziehen und ihre Krawatte lockern, um ungezwungen auszusehen, glauben sie dann wirklich, mit dem Mann in Ketten und im orangefarbenen Overall auf einer Ebene zu stehen?

Ich habe viele Verhörprotokolle gelesen. Ich habe die Fotos gesehen – Ressler und Douglas, die wie Zwerge links und rechts neben Edmund Kemper stehen. Sie waren dort hingefahren, um Trophäen zu ergattern. Ist die Motivation, Souvenirs zu sammeln, bei ihnen etwas anderes als bei Joel Rifkin, dem Mörder von Long Island?

Ich fand die nicht ausgeschilderte Straße, die ich gesucht hatte, bog ab und begann die lange Fahrt zum Pförtnerhäuschen.

Profiler sind Amateure, hetzen durch das Land und sprechen voller Autorität, weil sie eine Sammlung von Zahlen haben – von Wahrscheinlichkeiten. Sie lassen Namen fallen. Sie haben mit Charles Manson gesprochen, mit John Gacy, Ted Bundy, Arthur Shawcross. Die eingesperrten Mörder haben sie im Kreis laufen lassen – haben ihnen Teilwahrheiten und völligen Blödsinn erzählt –, aber die Agenten störte das nicht. Ihr Publikum bei der Workshop-Rundreise sah voller Ehrfurcht zu ihnen auf.

Ich blieb am Zaun stehen, gab dem Pförtner meine Ausweise, meine Anweisungen von Agent Cooper und teilte ihm den Namen meiner Kontaktperson mit – Special Agent Hiram Jackson.

»Geradeaus und dann rechts, Dr. Krogh«, sagte er.

»Danke.«

Natürlich hatte ich keine Schwierigkeiten, das große, graue Gebäude mit dem Schild »FBI Academy« zu finden. Die Büros der Abteilung für Verhaltensforschung, Unterstützender Ermittlungsdienst, lagen unterirdisch.

Der Schauplatz des bevorstehenden Blutbads.

Am Eingang des Gebäudes zeigte ich dieselben Unterlagen vor wie am Pförtnerhäuschen. Eine Frau mittleren Alters mit einem weichen, südlichen Akzent teilte mir mit, Special Agent Jackson sei »in der Außenermittlung tätig«.

»Ich weiß nicht, wann er zurückkommt, Doktor«, sagte sie.

»Wie ärgerlich. Ich habe nur heute und morgen vormittag Zeit, um die Vorarbeiten zu machen, die Special Agent Cooper haben wollte. Er schien sich so sicher zu sein, daß Agent Jackson da sein würde.«

»Lassen Sie mich mal nachsehen, ob ein anderer Agent da ist, der Ihnen behilflich sein kann«, sagte sie, und nachdem sie kurz am Telefon mit jemandem gesprochen hatte, fragte sie: »Wieviel Zeit brauchen Sie?«

»Das kann ich erst sagen, wenn ich die Fotos und die Bodenproben gesehen habe. Ich brauche nur eine kleine Ecke irgendwo. Der Platz ist kein Problem, aber mit der Zeit bin ich mir nicht sicher.«

Sie wiederholte diese Informationen am Telefon, hörte zu und legte auf. »Einen Augenblick, bitte.«

Den Agenten, der die Tür öffnete, kannte ich nicht. »Sam Draper«, sagte er und streckte mir die Hand entgegen. »Tut mir leid, daß es nicht so geklappt hat wie geplant. Sie sind wegen des Falls aus Oklahoma hier, stimmt's?«

»Im Auftrag von Herb Cooper, ja.«

»Darf ich Sie bitten, durch den Metalldetektor zu gehen? Wenn Sie Schlüssel bei sich haben, Kleingeld . . .«

Ich lächelte. »Ich kenne die Routine. Den nehmen Sie besser auch«, sagte ich und gab ihm meinen Aktenkoffer.

»Was ist da drin?« fragte er.

Ich ging durch den Metalldetektor, ohne Alarm auszulösen. »Lupen, kleine Hämmer, Hacken, Zangen, ein Mikroskop. Machen Sie ihn auf. Er ist nicht abgeschlossen.«

Er ließ die zwei Verschlüsse aufschnappen und blickte auf die Werkzeuge, die in Seidenfächern lagen. Dann machte er den Koffer wieder zu und gab ihn mir zurück – einschließlich einer 44er Magnum, zweier Messer und meiner Platten Hexogen.

»Folgen Sie mir, Dr. Krogh«, sagte er.

Ich ging hinter dem Agenten durch die Tür, ließ meinen Blick über die eintönige Einrichtung schweifen und begann dann den Abstieg in die Katakomben, die jene Menschen beherbergten, die mich unbedingt zu fassen bekommen wollten.

# Pop

Lane war zum Washingtoner Polizeipräsidium gefahren. Sie und Detective Williams sahen sich die neuesten Vermerke über die Hinweise an, die auf das Versenden der Phantombilder von Wolf hin eingegangen waren.

Ich schrieb ihr eine Nachricht, um zu erklären, wohin ich fuhr und warum, und machte mich auf den Weg zum Flughafen.

Ich wurde das Gefühl nicht los, daß in den Bergen Antworten auf mich warteten. Ich wünschte nur, ich hätte eine klarere Vorstellung davon, wie die Fragen lauteten.

Ich hatte vorher angerufen und vereinbart, daß Corporal Lucy Travis von der Vermont State Police zum Flughafen nach Burlington kommen würde. Travis war seit acht Jahren bei der Vermont State Police, hatte den Doppelmord in Swanton bearbeitet und beherrschte die Gebärdensprache.

Sie war groß und offenbar auch schlank, aber die Uniform und die Ausrüstung, die sie trug, ließen sie unförmig erscheinen. Sie erinnerte mich daran, wie meine Tochter ausgesehen hatte, bevor sie ins Morddezernat kam und Zivilkleidung tragen durfte.

Als wir auf der I-89 in Richtung Norden fuhren, sagte Travis: »Ich erinnere mich noch, daß ich vom Fall Wolf gelesen hab'. Das Haus flog in die Luft, als er drin war. Ich dachte, das sei das Ende gewesen.«

»Ich auch. Aber die Ereignisse scheinen mir unrecht zu geben.«

Wir verließen die Stadtgrenzen von Burlington und Winooski und fuhren durch eine glühende Landschaft, gefärbt von den letzten Ausläufern des Herbstes.

»Wann bekommen Sie hier den ersten Frost?« fragte ich.

»Wir haben schon ein paarmal Frost gehabt«, sagte sie. »Letztes Jahr um diese Zeit lag hier Schnee.«

*Natürlich lag letztes Jahr um diese Zeit hier Schnee. Ich war da.*

Nach kurzem Schweigen sagte Travis: »Sie glauben, daß Wolf für unsere Fälle in Swanton verantwortlich ist?«

»Ja, für die beiden und seither für mindestens vier weitere Fälle.«

Sie sagte nichts weiter, sondern nickte nur.

Travis und ich saßen in der Polizeiwache in Swanton. Ich blickte in die dunklen Augen einer jungen Abenaki-Frau namens Terry.

Sie war nicht das verwahrloste Waisenkind, das ich erwartet hatte. Terry war eine selbstsichere Sechzehnjährige in blauen Jeans und einem schwarzen T-Shirt mit dem Logo einer Rockband. Sie trug einen silbernen Nasenring.

Ihre Unfähigkeit zu sprechen verbarg keineswegs einen Anflug von Trotz, der es mit jedem anderen Teenager hätte aufnehmen können.

Ihr erklärte ihr, wer ich war und was ich wollte.

Terry starrte mich an.

Als ich ihr die Phantombilder vorlegte, blätterte sie sie mit einer Hand durch, fand das Bild, das sie wollte, und schob es mir über den Tisch zu. Dann gestikulierte sie kurz.

Ich sah zu Lucy Travis auf. »Terry hat gesagt: ›Er behauptete, er wäre wie wir, ein Wolf. Er hat gelogen. Er ist ein Schakal.‹«

»Was ist in dem Wohnwagen passiert?« fragte ich.

Ich hörte Travis zu, während mir Terry in die Augen starrte und gestikulierte. Sie hatte gesehen, wie Wolf ihren Onkel erschossen hatte.

Solange sich Wolf in dem Wohnwagen aufhielt, hatte Terry

einen Bogen um ihr Zuhause gemacht. Sie wohnte bei ihrem Freund oder bei Verwandten, wegen des Bösen, das sie in dem Mann spürte. Es war in seinen Augen, der Art, wie er sich bewegte, seinen sparsamen Gesten. Er war zu locker, wie jemand, der glaubt, auf alle Fragen dieser Welt eine Antwort zu haben. Immer wenn Terry zum Wohnwagen ging, sah sie durch ein Fenster hinein, bevor sie ihn betrat. Wenn Wolf da war, ging sie wieder weg.

Am Abend des Doppelmords war Terry zu dem Wohnwagen gegangen und hatte durch ein Vorderfenster hineingespäht – genau in dem Augenblick, in dem Wolf seine Waffe abfeuerte. Ihr Onkel fiel zu Boden. Terry rannte zu dem Imbiß, wo ihre Mutter arbeitete, in der Hoffnung, sie noch zu erwischen und warnen zu können. Eine andere Kellnerin sagte ihr, Echo sei in die örtliche Bücherei gegangen.

»›Ich rannte in die Stadt‹«, dolmetschte Corporal Travis, »›aber meine Mutter war weg. Überall, wo ich hinging, verpaßte ich sie. Als ich wieder auf unsere Straße kam, war es dunkel. Ich ging in die Wälder. Meine Mutter lag auf dem Weg. Ich konnte ihr Blut sehen. Er kam nach draußen, stieg über sie hinweg und fuhr im Pick-up meines Onkels davon.‹«

»Das tut mir leid, Terry«, sagte ich.

Sie zuckte mit den Schultern und seufzte.

»Sie will wissen, ob Sie der Frank sind, der den Schakal in seinen Träumen verfolgt hat«, sagte Travis.

Ich zog eine Augenbraue hoch und nickte. »Vielleicht.«

»›Als er zu uns kam, hab' ich ihm in den ersten Nächten manchmal beim Schlafen zugesehen‹«, fuhr Travis fort. »›Ich habe mich neben die Couch gesetzt und zugehört, wie er im Schlaf redete. Er sagte, Frank habe ihn angeschossen. Er sei beerdigt worden, als sei er tot, und Frank sei daran schuld. Meine Mutter half ihm, wieder gesund zu werden, und er brachte sie um. Ich wünschte, Sie wären ein besserer Schütze. Sie hätten ihn töten sollen, Frank.‹«

Ich sah auf das Phantombild, das Terry ausgewählt hatte.
Der Tod hatte John Wolf nicht verändert.

Corporal Travis setzte mich bei einer Mietwagenfirma ab.

»Danke für Ihre Hilfe«, sagte ich.

»Ich frage mich, wie ich meinem Captain erklären soll, daß John Wolf unser Verdächtiger für den Doppelmord von Swanton ist.«

»Wenn ich Ihnen irgendwie helfen kann, tu' ich das natürlich gern. Sie können auch unser Material haben. Ich weiß nicht, wie kooperativ das FBI sein wird, aber wenn Sie sich an jemanden dort wenden wollen, dann an Hiram Jackson.«

Travis gab mir ihre Visitenkarte, und ich gab ihr meine Nummer im Willard.

Als ich in dem Mietwagen den Zündschlüssel herumdrehte, ging das Radio an. Auf meiner Fahrt in Richtung Süden, nach Saxtons River, mußte ich leider erfahren, daß Wal-Mart Vermont erobert hatte. Selbst der Green Mountain State – der nach der letzten Wahl zum liberalsten Staat des Landes erklärt worden war – hatte zugelassen, daß die Monsterladenkette mit dem Saubermann-Image dort ihre Zelte aufschlagen konnte

Es kam noch schlimmer.

Dieselben gewählten Vertreter, die offenbar ganz versessen darauf waren, den Geschmack der Bevölkerung einzuebnen und Altstadtgebiete zu zerstören, hatten ihre Aufmerksamkeit jetzt auf die Beziehung zwischen Geist und Körper gerichtet. Was weder Theologie noch Medizin, Philosophie oder Psychologie in Tausenden von Jahren hatten verstehen können, würde die Gesetzgebung von Vermont per Erlaß entscheiden. Ein »Gleichheitsentwurf« wurde erörtert, eine Gesetzesvorlage, durch die Krankenversicherungen verpflichtet werden sollten, für emotionale und körperliche Störungen gleichermaßen aufzukommen. Von der Seele war nicht die Rede.

Irgendwo in der Nähe von Bethel schaltete ich das Radio aus. Es machte viel mehr Spaß, die paar Kühe anzusehen, die es in Vermont noch gab und die nicht aus Sperrholz waren, als den vielen einfältigen Politikern zuzuhören.

Ich hatte keine Ahnung, was ich auf dem alten Grundstück finden würde. Ich konnte nur raten, genau wie Dexter Willoughby. Ich nahm an, Willoughby hatte wahrscheinlich die meiste Zeit in der Nähe des Fundaments und der Überreste des Hauses verbracht. Ich würde nicht mehr lange Tageslicht haben, also dachte ich beim Fahren darüber nach, wie ich meine Suche einengen konnte.

Ich hatte Dexter Willoughby nicht gemocht, aber ich wußte, daß er nicht dumm gewesen war. Er hatte mehr gesucht als nur Beweise für Wolfs Tod – Souvenirs, Trophäen, ein Versteck mit Dingen, die der Mörder gesammelt hatte. Roel Rifkin hatte den Schmuck seiner Opfer in seiner Kommode aufbewahrt. Jeffrey Dahmer hatte seine Opfer in seiner Tiefkühltruhe aufbewahrt.

O Gott, wie weit würde es noch gehen?

Ich erinnerte mich an die Apfelbäume, zwischen denen Wolf als Kind eine Stadt gebaut hatte. Er hatte Holzstücke und andere Baumaterialien genommen, die sein Stiefvater hatte herumliegen lassen, und auf dem Hügel hinter dem Haus ein Miniaturstädtchen errichtet.

*Er hatte seine perfekte Welt gebaut. Ohne Menschen.*

Als ich in die Straße einbog, die zu Wolfs altem Haus führte, wußte ich sofort, wo ich war, und erinnerte mich an meine letzte Fahrt hierher. In dem Glauben, dem Leben eines Mörders ein Ende gesetzt zu haben, war ich schließlich wieder weggefahren.

Terry sagte, ich hätte ein besserer Schütze sein sollen. Sie hatte recht.

Es war sonderbar. Als ich von der Straße herunterfuhr und parkte, spürte ich Angst in mir aufsteigen. Willoughby hatte den Zaun errichtet, um Eindringlinge fernzuhalten. Was, wenn er etwas eingesperrt hatte?

Das Haus war durch die Explosion und das Feuer dem Erdboden gleichgemacht worden; später waren Ausgrabungen durchgeführt worden. Der süße Duft von Geißblatt stand in scharfem Kontrast zu dem Gestank von verkohltem Holz und Farbe. Mehrere getrennte Haufen Fundamentsteine, Erde und Asche lagen auf dem Grundstück herum. Es sah aus, als wäre Willoughby mit einem Bagger darübergefahren. Sogar der Tunnel, der von der Baustelle weg durch das Feld und auf einen Hang neben dem Obstgarten führte, war ausgehoben worden und lag wie eine ausgefranste Wunde auf der Erde.

Der Agent glaubte felsenfest, Wolf habe dort etwas versteckt.

Gruppen von Buchen und Birken neigten sich wie graue und weiße Wächter über ein offenes Grab. Eine sanfte Brise ließ das Gras und die Blätter wie Trauergäste flüstern – oder wie die Geister der Toten.

Wolf hatte seine Opfer hier begraben. Dieses Massengrab hätte, wenn es nach mir gegangen wäre, auch seinen Schöpfer aufnehmen sollen, aber ich hatte versagt.

Ich schloß das Tor auf und ging um das Fundamentloch herum zu dem dahinterliegenden Hügel. Mein Spaziergang führte mich zu den Apfelbäumen und zu einer Stelle, wo einmal eine Lichtung war, die aber längst von Tollkirschen und Färberbäumen zurückerobert worden war.

In den zwanziger Jahren hatte Carl Panzram ein Tagebuch geführt, das seine Jahre in einer brutalen Besserungsanstalt, seine einundzwanzig Morde und die Tausende anderer Verbrechen, die er begangen hatte, dokumentierte. John Wolf hatte in seiner proustschen Zwanghaftigkeit ein akribisches Computerprotokoll seiner eigenen Grausamkeit geführt. Ihn zeichnete eine starre Detailbesessenheit aus, die für ihn Selbstzweck war.

Als die Polizei Rifkins Schlafzimmer in seinem bescheidenen Haus auf Long Island durchsuchte, fand sie seine Sammlung – Fotos seiner Opfer, ihren Schmuck, ihre Kreditkarten, Kleidung. Auch Wolf war ein Sammler, und das, was er anhäufte, beschriftete er peinlich genau.

Wolf hatte seine Berichte in den Computer eingegeben oder auf Zettel geschrieben und alphabetisch sortiert. Er hatte Tatorte verändert, indem er Gegenstände hinzugefügt oder weggenommen hatte. Niemand hatte je das Versteck der Dinge gefunden, die ihm am wichtigsten waren, die ihm das größte Vergnügen bereiteten, wenn er sie anfaßte. Diese Gegenstände – vielleicht eine Locke vom Haar eines Opfers, ein Foto, ein Kleidungsstück – hatten ihn in der Wirklichkeit verankert, die er sich selbst geschaffen hatte, und ihm die Möglichkeit gegeben, seine Eroberungen noch einmal zu durchleben.

Ich schlenderte über die Lichtung zu dem Gebüsch ringsherum, trat gegen die Grasbüschel und blickte ab und zu zurück auf das Kellerloch, wo Wolf und ich miteinander gekämpft hatten.

Beinahe wäre ich dort gestorben.

An jenem Tag vor einem Jahr hatte ich Wolf befohlen, in den Kohlenverschlag zu gehen.

Ich fragte: »Was ist mit Ihren Trophäen?«

Er sagte, die meisten von »ihnen« – er meinte seine Opfer – seien es kaum wert, sich an sie zu erinnern.

Blödsinn. Er kannte alle Einzelheiten. Er hielt jede kleine Information fest.

Ich drehte mich um, um zu sehen, wie die Sonne hinter dem Hügel verschwand.

*Was war dir am wichtigsten, Junge?*

Ich stellte mir vor, wie Wolf antwortete: »Die Angst zu besiegen.«

Er war immer wieder an den Ort zurückgekehrt, vor dem er sich am meisten fürchtete, in das Haus, in dem die Angst wohnte. Ich erinnerte mich an die Musik, die von einer Kassette lief, als er Sarah Sinclair umbrachte – »Fear Loves This Place« von Julian Cope.

*Sein Versteck enthält Gegenstände, die er liebt.*

»Wo zum Teufel kann es nur sein?« murmelte ich.

*Die Apfelbäume markierten die Grenzen deines Heiligtums, stimmt's, Junge?*

Ich ging in die Mitte des Dreiecks, das von drei knorrigen Bäumen gebildet wurde. Dort hatte Willoughby nicht gegraben. Ich trat in die Erde und legte Bruchstücke von alten Latten und Putz frei – die Überbleibsel von Wolfs Stadt.

*Wenn du der Nacht trotzen konntest, den Keller deines Stiefvaters überlebt hast, würdest du, wie du glaubtest, beim Herauskommen stärker und mächtiger sein. Du mußtest es immer wieder tun. Deine Angst schmecken und sie dann ausspucken.*

Ich war in Gedanken und hörte die Schritte daher erst in der allerletzten Sekunde. Ich fuhr herum, die Hand an meiner Pistole.

»Lassen Sie das sein«, sagte der junge Mann und richtete eine langläufige 38er auf mich.

Er war groß und muskulös, zwischen zwanzig und dreißig, und trug über seinem roten Flanellhemd einen Rucksack. Seine zerzausten, blonden Haare waren unter seiner John-Deere-Kappe gefangen, und er hielt ein Budweiser in der linken Hand. Über seiner Schulter trug er noch ein Jagdgewehr.

»Sind Sie auch vom FBI? Verdammt. Sie Arschlöcher sind alle bewaffnet.«

»Ich bin nicht vom FBI«, sagte ich.

Seine Augen waren glasig. Wahrscheinlich war dieses Bier nicht sein erstes heute.

»Der andere Scheißkerl hat mich mit 'ner Neun-Millimeter hier rausgejagt«, sagte er. »Sind Sie Lucas Frank?«

Ich zögerte und nickte dann. »Woher wissen Sie das?«

»Weisen Sie sich irgendwie aus. Ich hab' was für sie, und ich bin verdammt froh, wenn ich es los bin.«

»Mein Portemonnaie ist in meiner Tasche.«

»Dann nehmen Sie es raus. Wenn Sie außer dem Portemonnaie sonst noch was rausholen, sind Sie Ihre Eier los. Vielleicht macht Ihnen das in Ihrem Alter ja gar nichts mehr aus.«

Er trank seine Dose Bier aus und warf sie weg. »Ich bin wegen dieser Sache schon oft genug angemacht worden.«

Ich holte mein Portemonnaie heraus und hielt es hoch, so daß er meinen Ausweis sehen konnte. Er warf einen Blick darauf, zog sich den Rucksack aus und warf ihn mir vor die Füße.

»Ich soll Ihnen sagen, daß vor ein paar Monaten ein Typ hier war, der mir das für Sie gegeben hat. Er hat gesagt, sein Name wär' Charles Weathers. Ich glaub' ihm nicht. Er hat mir tausend Dollar gezahlt, um ganz sicherzugehen, daß Sie das bekämen. Hat gesagt, wenn ich es Ihnen nicht geben würde, wenn Sie kämen, würde er zurückkommen und mir ein Buck-Messer in die Brust stoßen. *Das* hab' ich geglaubt. Hier haben Sie Ihren Scheiß. Ich bin jetzt weg.«

»Warten Sie. Der Mann, dem das Land hier gehört . . .«

»Der FBI-Agent? Der war zum ersten Mal hier, kurz nachdem das alte Haus in die Luft geflogen ist – lange bevor Weathers hierherkam. Damals hat er den Zaun aufgestellt. Nachdem Weathers mir das Geld gegeben hatte, sah ich ein Auto da parken, wo Ihres jetzt steht, und kam her, um zu sehen, ob Sie es waren. Ich bin nur bis zum Tor gekommen, dann hat das Arschloch mich weggejagt. Sonst hab' ich auch schon mal gesehen, daß er es war, und bin gar nicht erst hergekommen. Weathers hat mir gesagt, daß der kleine Scheißer immer wieder herkommen würde. Er hat recht gehabt. Er hat auch gesagt, Sie wär'n ein Mörder. Stimmt das?«

»Ich bin Arzt.«

Sein Lachen war ein kurzes, spöttisches Bellen. »Ich glaub'

keinem von Ihnen ein Wort«, sagte er und ging den Abhang hinunter.

»Hören Sie, ich brauche Ihre Hilfe«, sagte ich. »Nur ein paar Fragen.«

»Ich hab' meinen Job erledigt. Mehr mach' ich nicht.«

Ich sah zu, wie er durch das Tor hinaus und die unbefestigte Straße entlangging.

John Wolf hatte gewußt, daß Willoughby hierherkommen würde, um zu suchen. Schon vor zwei Monaten hatte Wolf auch meinen Besuch vorausgesehen und Vorkehrungen dafür getroffen. Der Mann war unheimlich.

Ich beugte mich über den Rucksack und zog ein rostiges, schmutzverkrustetes, abschließbares Kästchen heraus, das offenbar einige Zeit unter der Erde gelegen hatte. Mit meinem Taschenmesser hebelte ich es auf.

Ich hatte das Gefühl, die Stimme Wolfs flüstern zu hören: »Was hast du da?«

Ich ließ mich auf den Boden fallen und zog modrige, vergilbte Papiere und Fotos heraus. Ich weiß, was ich erwartet hatte – eine Sammlung von Gegenständen, die mit Wolf zu tun hatten, Erinnerungen an seine speziellen Morde. Sein ganzes Leben hatte ich erwartet.

»Mein ganzes Leben«, sagte ich ins Leere. »Mein ganzes verdammtes Leben.«

Es war eine Sammlung von Ausschnitten, Fotos und Artikeln über mich – angelegt von einem Besessenen. Kopien von Fachaufsätzen, die ich geschrieben hatte, waren darunter, meine beiden Bücher, Zeitungsausschnitte – die meisten von Anthony Michaels – über viele Fälle, an denen ich gearbeitet hatte. Wolf hatte sie alle mit roter Tinte scharf kritisiert.

Mich überkam ein Gefühl der Übelkeit und des Schwindels. Wolf hatte in meinen Sachen herumgekramt, persönliche Briefe ausgegraben, sogar Glückwunschkarten. Der Bastard war ständig hinter mir hergeschlichen.

Es war ungeheuerlich. Er machte es schon so lange, daß er die ersten Bilder mit einer alten Polaroid geschossen hatte, bei der man das Foto noch vom eingebauten Negativ ablösen mußte. Auf einem verblichenen Schwarz-Weiß-Foto standen Ray Bolton und ich vor Cora Riordans Apartmenthaus in der Huntington Avenue.

Die acht Jahre alte Lanie und ich kamen aus unserem Haus auf dem Beacon Hill. Die zehnjährige Lanie und ich saßen am Winthrop Beach.

»Großer Gott.«

Ich spürte, wie in meinen Augen Tränen aufstiegen. Während ich die verschiedenen Unterlagen aus der Kiste nahm, drehte sich meine Welt rasend schnell, und meine Hände zitterten. Ich hatte seit dem Flug nichts mehr gegessen, aber mein Magen verkrampfte sich, als müßte ich mich übergeben.

Die Qualität von Wolfs Bildern verbesserte sich. Farbe, einige Fotos, die mit einem 135mm-Teleobjektiv gemacht worden waren. Ich mit Lane im Barett und Talar bei der Abschlußfeier ihres Colleges. Ich als Teilnehmer einer Podiumsdiskussion im Sanders Theater von Harvard.

»Das glaub' ich einfach nicht.«

Es waren Fotos des alternden Mörders Norman Elgar dabei. All diese Bilder hatte Wolf gemacht. Er hatte Elgar besucht und mit ihm gesprochen, genau wie ich.

»Sein ganzes Leben hat sich um mich gedreht«, flüsterte ich.

Wolf hätte zu jedem beliebigen Zeitpunkt innerhalb der letzten zwei Jahrzehnte aus dem Schatten heraustreten und meine gesamte Familie vernichten können.

*Das vollkommene Raubtier. Wenn er sein Opfer einmal ausgewählt hat, verfolgt er unbeirrt sein Ziel. Nichts lenkt ihn ab, bringt ihn von seinem Weg ab, schon gar nicht die Zeit. Im Bewußtsein eines Reptils gibt es keine zeitlichen Beschränkungen. Aber warum gerade dieses Ziel?*

Ich weiß noch, wie ich einmal auf einem Deich im Loxahatchee-Nationalpark in Florida spazierenging. Ich hatte in das trübe Wasser des Kanals hinuntergeschaut und das Maul und die zusammengekniffenen Augen eines Alligators gesehen. Der Rest des Tieres war unter Wasser. Ich beobachtete ihn eine Zeitlang. Er schien sich einfach dort zu sonnen. Dann sah ich die breiten, schwarzen Flügel eines Schlangenhalsvogels, der sich in einem Gebüsch über dem Kanal trocknen ließ, vielleicht zwei Meter von dem Reptil entfernt. Auch der Vogel rührte sich nicht. Ich fragte mich, ob diese beiden einfach zwei parallele Leben im Sumpf führten, als der Schlangenhalsvogel nach fast einer halben Stunde den Kopf bewegte und nach irgend etwas pickte, was ihn störte.

Das Wasser explodierte, als der drei Meter lange Alligator mit offenem Maul hochschoß, den Vogel von seinem Zweig riß und unter der Wasseroberfläche verschwand.

Der Ausbruch war plötzlich, erschreckend und endgültig.

Ich weiß noch, daß ich von der Geduld des Tieres beeindruckt war. Ich wußte, daß es keine Rolle spielte, wie lange es auf diese kurze Ablenkung und die kleine Bewegung, durch die es sein Ziel ortete, warten mußte. Zeit war kein Faktor, der sein Handeln einschränkte.

Das vollkommene Raubtier.

*Was war ich? Eine Mahlzeit oder eine Bedrohung?*

Als ich mir den Inhalt von Wolfs Metallkästchen ansah, verstand ich alles, was vor einem Jahr geschehen war. Wolf hatte gewollt, daß ich mich in die Ermittlungen im Mordfall Sarah Sinclair einmischte. Um das zu erreichen, brauchte er nichts weiter zu tun, als Lane zu bedrohen, das wußte er.

Er hatte gewartet.

Diesmal hatte er mir seine Einladung in Form von drei Schüssen aus einer Remington 30/06 geschickt. Wieder hatte ich sie angenommen. Ich war zu Willoughby geflogen.

Wolf wartete.

Zwei Jahrzehnte lang hatte ich mich der schlimmsten Sünde schuldig gemacht, die man an einem narzißtischen Psychopathen begehen kann. Ich hatte ihn nicht bemerkt. Wolf war überall in meinem Leben gewesen, und ich hatte die Bodendielen nachts nicht knarren gehört.

Und immer hatte Wolf gewartet.

Er wollte, daß ich ihn sah, ihn bemerkte, daß ich wußte, daß er da war. Seine Position war am Rand meines Blickfelds, ein Stückchen außerhalb meines Augenwinkels. Er köderte mich, wartete darauf, daß ich in seine Richtung sah. Doch das passierte nicht.

»Warum ich?« sagte ich in die Abendluft hinein.

Er war mein ständiger Schatten gewesen, aber ich hatte nicht gewußt, daß er da war.

Er hatte seine Obsession von anderen Dingen getrennt, abgespalten. Nichts davon tauchte in seinen Akten auf.

Es war kein Wunder, daß Wolf wußte, wie ich dachte, und daß er meine Handlungen voraussehen konnte. Er hatte mir und meiner Arbeit mehr Aufmerksamkeit geschenkt als ich selbst.

*Warum ausgerechnet ich?*

Seine Sammlung enthielt eine Broschüre von einem Workshop, an dem ich teilgenommen hatte – Der Sachverständige: Das Präsentieren von forensischem Beweismaterial vor Gericht. In der Broschüre steckte ein Polaroidfoto. Auf dem Bild stand ich vor dem Konferenzraum und sprach mit Teddy Morgan.

Ich erinnerte mich noch an den Augenblick. Teddy und zwei Kollegen von ihr hatten den Workshop organisiert, und ich beschwerte mich, daß ihr Moderator trotz seiner hervorragenden Referenzen einen völlig unverständlichen Akzent hatte.

»Aber die Leute machen sich doch Notizen«, versuchte Teddy ihn zu verteidigen.

»Sie schreiben Briefe nach Hause«, sagte ich. »›Schick mir Geld und Sprengstoff.‹«

Ich erinnere mich auch noch an das Blitzen von Kameras. Teddy und ich hatten es ignoriert. Wir hatten damals beide mit Fällen zu tun, die in der Öffentlichkeit großes Aufsehen erregten, und wurden immer wieder von Reportern belästigt.

Ich starrte auf das Foto. Wolf konnte nicht mehr als drei Meter von uns entfernt gewesen sein, als er es gemacht hatte.

*Besessenheit.*

Während ich immer bekannter wurde, hatte Wolf anonym bleiben müssen. Wenn ein Kriminalbeamter, Reporter, Anwalt oder Sachverständiger für Lügendetektortests über Mord sprechen wollte, rief er mich an. Als jemand, der getötet hatte, wußte Wolf mehr über das Thema als ich, aber ihm war der Platz an der Sonne verwehrt.

Ich erinnere mich noch an andere Fälle, die sich über mehrere Jahre erstreckten – bei den meisten spielte eine emotionale Bindung eine Rolle. Die Beute wurde erst nach einer Periode unbewußter Inkubation ergriffen. Die fünfundzwanzigjährige Zwangsvorstellung eines Manns aus Oregon in bezug auf seine Frau endete damit, daß er sie ermordete und sich selbst das Leben nahm. Er haßte sie, gab ihr die Schuld an allem Unangenehmen, das ihm zugestoßen war, doch es dauerte ein Vierteljahrhundert, bis sein Haufen aus emotionalem Schutt gereift war.

Der Fall Donovan Kane war bekannter geworden. Kane war Anwalt und hatte einen ehemaligen Polizisten aus Louisiana beauftragt, seine Frau umzubringen. Die Frau hatte das Glück, an dem Abend, an dem sie sterben sollte, eine Blinddarmentzündung zu bekommen. Da der Polizist den größten Teil seines Honorars schon kassiert hatte, konnte er sich ein Gewissen leisten und sagte gegen Kane aus.

Wenn ein Deal mit der Staatsanwaltschaft zustande gekommen wäre, hätte Kane nicht ins Gefängnis gemußt, sondern nur eine hohe Geldstrafe zahlen müssen. Außerdem wäre ihm die Anwaltslizenz entzogen worden. Doch der zuständige Richter, Martin Lockworth, lehnte den ausgehandelten Deal ab. Es kam zum Prozeß, Kane wurde schuldig gesprochen und mußte für sieben Jahre ins Gefängnis, bis er schließlich auf Bewährung freikam.

Während seiner Haft und der zehn Jahre, die darauf folgten, schickte Kane Lockworth jedes Jahr eine Weihnachtskarte. Er schickte ihm auch Glückwünsche zum Geburtstag und gratulierte ihm zu allen beruflichen Erfolgen, von denen in den Medien berichtet wurde.

Während Lockworth immer berühmter wurde, saß Kane erst im Gefängnis und wurde dann von allen vergessen.

Neunzehn Jahre nach seinem Erscheinen in Lockworths Gerichtssaal trat Donovan Kane, inzwischen ein mittelmäßiger Immobilienmakler, auf dem Parkplatz eines eleganten Restaurants aus dem Schatten, schoß neunmal mit einer halbautomatischen Pistole auf den Richter und verschwand.

*Besessenheit.*

Als Kane unter dem Namen »Donald Kahn« in Toledo, Ohio, wo er als Rechtsberater der Stadtverwaltung arbeitete, festgenommen wurde, weigerte er sich, mit irgendwem zu sprechen. Die Psychiater bezeichneten ihn als paranoid, aber sachkundig.

Donovan Kane war nicht paranoid, und er war mehr als sachkundig. Mit Hilfe seiner Anwälte und eines Psychiaters aus Columbus überzeugte Kane das Gericht davon, daß er unter einer Multiplen Persönlichkeitsstörung leide – einer Folge von Mißbrauch in der Kindheit. Er wurde wegen Geisteskrankheit für unzurechnungsfähig erklärt und somit für nicht schuldig befunden und in einer staatlichen Anstalt für kriminelle Geisteskranke untergebracht. Prompt brach er aus.

Daraufhin brachte Kane seine Ex-Frau um. Er ermordete auch den Polizisten, der ihn verraten hatte. Dieser geisterhafte Mann beging noch ein Dutzend weiterer, offenbar wahlloser Morde, die nichts mit seiner Vergangenheit zu tun hatten. Seine Fingerabdrücke wurden an Tatorten in Illinois, Iowa, Tennessee, Florida und Texas gefunden.

Als er einmal gemordet hatte, schien Kane Geschmack daran zu finden. Er genoß das Morden an sich, das Gefühl der Macht. Wie D. B. Cooper, der mit seinem Sack voll Geld irgendwo über den zerklüfteten Bergen des amerikanischen Nordwestens aus einem Jet sprang, hatte Donovan Kane seine eigene Kultgemeinde, die ihm folgte. Es gab Clubs, Diskussionsgruppen im Internet, die Informationen austauschten und sich gegenseitig mitteilten, wenn sie Kane gesehen zu haben glaubten. Es ging jetzt nicht darum, Elvis im Burger King zu sehen, sondern »DK im BK«.

Soviel ich wußte, konnte Donovan Kane, der jetzt Mitte Fünfzig war, noch immer das Gewerbe betreiben, das als eine einzelne, zielgerichtete Zwangsvorstellung begonnen hatte – gegenüber dem Richter, der den ausgehandelten Deal in Kanes Fall abgelehnt hatte.

Ich war John Wolfs Richter Lockworth.

*Die Vergangenheit ist ein Schrotthaufen aus Mythen und Realitäten, wirren Träumen und Alpträumen, Illusionsfetzen und Scherben flüchtiger Wahrheiten. Das war dir nie genug, stimmt's, Junge? Ich kam und las deine Gedanken, ohne einen Mord zu begehen, ohne dich überhaupt zu kennen. Du hast die Ähnlichkeit sofort gesehen. Später hast du die Bedrohung erkannt.*

Auf dem Boden von Wolfs Metallkästchen lag eine Audiokassette. Das erinnerte mich an die vielen Botschaften, die Wolf bei seinen Opfern hinterlassen hatte – die Musik, die in Sarah Sinclairs Haus immer wieder abgespielt wurde, als ihr Ex-Mann ihre Leiche fand.

Bei der Kassette lag auch eine Nachricht, ein einzelnes Blatt Papier. »Wo werden Sie den Jahrestag meines Todes feiern?«

hatte Wolf geschrieben. »Es ist nur angemessen, daß ich unter die Erde zurückkehre, um den Feiertag zu begehen. Vielleicht kommen auch Sie zu dem Feuerwerk.«

Auf unserer Fahrt nach Swanton hatte Lucy Travis gesagt, letztes Jahr um diese Zeit habe in Vermont Schnee gelegen. Das wußte ich, weil ich dagewesen war, um Wolf aufzuspüren. Ich kann mir Daten nicht gut merken, aber der »Jahrestag« mußte in wenigen Tagen, vielleicht sogar nur Stunden sein. Von Wolfs Tunnel war nichts mehr übrig. Wovon zum Teufel sprach er?

Ich ging den Abhang hinunter, machte Willoughbys Tor hinter mir zu und schloß es ab. Dann setzte ich mich ins Auto und steckte die Kassette in den Rekorder. Es war »Le Moribond« – »Der Sterbende« – von Jacques Brel, ein Lied über den Tod eines langjährigen Freundes. In dem Lied ging es zwar nicht um Mord, aber ich brauchte nicht viel Phantasie, um zu verstehen, was Wolf mir damit sagen wollte.

*Ich war eine Bedrohung, ein Ärgernis, das du nicht in Ruhe lassen konntest, wie einen schmerzenden Zahn. Du mußtest dasein – beobachten, warten. Es hätte ja sein können, daß ich einfach meinen Kopf umgewandt hätte. Aber da ich nicht reagierte, ließest du uns parallele Leben führen, bis du eine andere Entscheidung trafst. Jetzt war ich natürlich an der Reihe, zu Staub zu werden.*

Ich war John Wolfs »Sterbender« – schon seit zwanzig Jahren.

# Wolf

Der Friedhof ist eine Form der Kunst.

Winkel, Linien, Schatten und bei Nacht die reinste Dunkelheit – das sind alles Teile der Geometrie und des Bühnenbilds für den Tod.

Solange wir leben, denken wir linear, und dann – wenn das Leben vorbei ist – legen wir uns gegenseitig in geraden Linien auf festgelegte Flächen, alles folgt einem Muster, das einem Stadtplan ähnelt. Natürlich ist der Ort der Toten symmetrischer und reicht tief in die Erde hinein. Er bleibt unverändert, bis jemand eine Ladung Sprengstoff hochgehen läßt, die sowohl die Lebenden als auch die Toten durcheinanderbringt.

Der Friedhof, mit dem sich Special Agent Herb Cooper beschäftigte, war ein ödes Stück Prärie. Sand und Knochen – keine Blumen –, hier und da ein Kaktus. Ich saß in seinem engen, unterirdischen Büro und sah die Fotos durch. Fläschchen mit Erde und zersetztem menschlichen Gewebe waren auf dem Schreibtisch aufgereiht. Ich öffnete meinen hölzernen Koffer und nahm ein paar Werkzeuge heraus, um den Anschein zu erwecken, ich sei ein forensischer Experte bei der Arbeit.

Als Hiram Jackson vorbeikam und sich vorstellte, erkannte ich ihn wieder. Er war der Agent, der in Susan Walkers Apartmentkomplex gefahren war, als ich von dort wegfuhr.

»Tut mir leid, daß ich gestern nicht hier sein konnte«, sagte er. »Sieht aus, als hätten Sie sich schon ganz gut eingerichtet. Brauchen Sie sonst noch irgendwas?«

»Ich hab' alles da, was ich brauche, um mich in die Sache einzuarbeiten«, antwortete ich. »Natürlich sind noch eingehendere Analysen erforderlich, aber die muß Ihr Labor durchführen. Ich werd' noch einmal wiederkommen müssen. Ich hatte nicht damit gerechnet, aber es läßt sich nicht vermeiden. Die Toten brauchen offenbar soviel mehr als die Lebenden.«

Jackson zog die Stirn in Falten. »Oh?«

»Den Toten genügt es oft nicht, in Frieden zu ruhen. Entschuldigen Sie – anthropologischer Humor.«

Jackson lächelte. »Behalten Sie Ihren Sicherheitsausweis, Dr. Krogh. Ich sage oben Bescheid. Wie lange arbeiten Sie und Cooper schon zusammen?«

»Wir machen das jetzt zum ersten Mal«, sagte ich. »Wir haben uns letzten Monat in einem Aufzug in San Francisco kennengelernt. Ich kannte den Fall aus Oklahoma von meiner Arbeit für das Innenministerium. Die denken übrigens, Sie sollten es am besten bleiben lassen, weil Sie aus diesen Gräbern nie die Informationen herausholen können, die Sie brauchen. Ich wußte nicht, daß Herb der zuständige Agent war. Ich war da, um einen Vortrag zu halten. Ein Teilnehmer wollte wissen, was mir bei der Arbeit die größten Schwierigkeiten bereitet und was für mich die größte Hilfe ist. Hexogen und Alleskleber, sagte ich.«

Jackson lachte. »Na, falls Sie doch noch irgend etwas brauchen sollten, Dr. Krogh, sagen Sie mir Bescheid. Ich komme morgen noch einmal vorbei.«

Ich dankte ihm, und er ging.

In so vielerlei Hinsicht ist meine Arbeit viel zu einfach gewesen.

Ich hörte, wie ein paar Agenten sich im Flur unterhielten. Sie vergewisserten sich, daß der Konferenzraum für ihre »Lagebesprechung« am Freitag morgen zur Verfügung stand. Ich war enttäuscht, daß mich niemand namentlich erwähnte, aber mit dem Datum und der Uhrzeit war ich einverstanden. Natürlich hatten Samantha Becker und ich zu dieser Entscheidung beigetragen.

Wenn Lucas Frank durch die Tür zwanzig Meter über mir

hereinkommt und dann durch diese langen Flure geht, wird etwas zu Ende gehen. Vielleicht werde ich dann endlich einen dauerhaften Platz über dem Erdboden beanspruchen können.

Oft habe ich versucht, über den Mord hinauszusehen, die Voraussetzungen für eine vertraute Beziehung zu verstehen. Als junger Mann beobachtete ich die Gesichter von Paaren, die in der Hayes-Bickford-Cafeteria Kaffee tranken und in eine Unterhaltung vertieft waren. Ich sah, wie sie miteinander sprachen, sich berührten, lächelten und Qualen litten und sich nur mit den Augen verständigten. Ich studierte sie.

Sie führten für sich selbst ein Drama auf, während sie sich durch die Schule fickten. Das Stück war ein prickelndes Geheimnis – der Reiz, sich zu zweit in ein schmales Wohnheimbett zu kuscheln. Die spätabendlichen Telefongespräche, in denen die Einzelheiten eines gemeinsamen Lebens unter die Lupe genommen wurden, waren ein wichtiger Aspekt des Geheimnisses.

Ich entschied, daß alle Beziehungen nur um sich selbst kreisten, bis es einem oder beiden Beteiligten langweilig wurde. Für mich blieb Mord ein einfacheres und befriedigenderes Unternehmen.

Während dieser Jahre kam eines Abends eine Gruppe Studenten vor einer brennenden Lagerhalle im Osten von Cambridge zusammen. Sie sahen ängstlich aus der Ferne auf das Feuer, während ich immer näher an die Flammen heranging. Ich fragte mich, was Angst war, wollte wissen, ob das, was ich im Keller meines Stiefvaters geschmeckt hatte, Angst war. Das Gebäude stürzte in sich zusammen, und brennender Schutt flog in die Luft.

Ich hörte Schreie aus der Gruppe hinter mir.

»Hast du keine Angst?« fragte mich eine junge Frau.

Ich schüttelte den Kopf.

»Du solltest ein Stück zurückgehen«, sagte sie und stellte sich neben mich.

Wir gingen zusammen zum Central Square zurück, doch die letzte Subway war schon weg.

»Bist du schon mal auf den Gleisen gegangen, Annie?«

»Durch die Tunnel? Gibt's da keine Ratten?«

»Es gibt eine ganze Welt unter der Erde.«

Ich erinnere mich noch an die roten und gelben Warnlichter, die zur Farbe von Feuer verschmolzen und überdimensionale Schatten an die Wände warfen. Wir wurden Riesen in dem unterirdischen Labyrinth.

Wir landeten in ihrer Wohnung, unterhielten uns und tranken etwas.

»Ich glaube, wir sind zu betrunken zum Vögeln«, sagte Annie. »Aber ich würd' es wirklich gern tun.«

Sie schlief auf dem Fußboden ein – ihre Haare lagen wie ein Fächer um ihren Kopf herum, und ihre Hände waren zu kleinen Fäusten geballt, wie die eines Kindes. Ich kniete mich hin und berührte ihr Gesicht, strich mit den Fingern über ihre Lippen und berührte schließlich mit meinen Lippen die ihren. Sie regte sich nicht.

Am nächsten Tag setzte sie sich im Hörsaal neben mich und gab mir einen Zettel. »Hast du letzte Nacht irgendwas mit mir gemacht?« stand darauf. »Wenn nicht, bin ich stinksauer.«

Darunter hatte sie ihre Telefonnummer gekritzelt. Wir starrten beide nach vorne, als der wissenschaftliche Assistent über *Das Wintermärchen* herfiel. »Shakespeares Botschaft ist einfach«, sagte er. »Für Sünden muß man bezahlen, bevor sie vergeben werden können.«

Als er fertig war, beugte sie sich zu mir herüber.

»Ich glaube, ich hab' mich letzte Nacht gut amüsiert«, sagte sie. »Aber ich glaube, das Feuer war das einzige, was heiß war.«

Am zweiten Abend machte sie zwei Bier auf, gab mir eins und sagte: »Ich will dich kennenlernen. Du willst das nicht, stimmt's?«

»Wenn du schneller trinkst, muß ich diese Frage nicht beantworten.«

»Dann penne ich ein, und du nutzt es wieder aus. Oder wäre es das erste Mal? Ich kann mich nicht mehr erinnern.«

»Du hast keine Vorstellung von dem Risiko, das du eingehst.«

»Genau deshalb ist es ja so aufregend. Du könntest ein Mörder sein. Du könntest derjenige sein, der letzten Frühling das Mädchen umgebracht hat, sie mit ihrer eigenen Socke erdrosselt hat.«

Sie schob einen Teller mit Nüssen über den Tisch. »Nimm dir ein paar«, sagte sie. »Ich wette, du hast dich da reingeschlichen, als sie schlief, bist in ihr Apartment eingebrochen ...«

»Wie bin ich in ihr Apartment eingebrochen?«

»Mit einer Brechstange? Nein. Mit einem Schraubenzieher. Du hast die Tür aufgestemmt, so daß das Schloß von selbst aufging. Dann bist du reingegangen, hast sie im Schlafzimmer gefunden. Wahrscheinlich wolltest du sie gar nicht umbringen, aber sie sagte, sie würde der Polizei sagen, daß du sie vergewaltigt hast. Deshalb mußtest du sie umbringen.«

»Annie, ich besuche den medizinischen Vorbereitungskurs. Ich beschäftige mich mit asiatischen Kampfsportarten. Ich kenne die Druckpunkte am Hals. Warum sollte ich eine Socke benutzen?«

»Aha«, sagte sie. »Genau wie der Würger von Boston. Du hast sie mit bloßen Händen umgebracht und ihr die Socke dann in einer Schleife um den Hals gebunden, genau wie er.«

»Ich will dir genau erzählen, wie ich es gemacht habe.«

»Großartig. Ich hol' noch ein paar Bier.«

Sie kam mit einem Six-Pack zurück. »Ich will alle Einzelheiten wissen, und paß auf, daß ich nicht einpenne.«

»Ich bin die Feuerleiter hochgeklettert«, begann ich.

»Deshalb hat niemand irgendwas gesehen.«

»Willst du mich ständig unterbrechen?«

»Nein. Aber ich kann einfach nicht anders. Ich find's so aufregend.«

Sie spielte ein Spiel und amüsierte sich köstlich. Sie hatte keine Ahnung, daß ich genau das getan hatte, was ich ihr erzählte.

»Das Badezimmerfenster war ungefähr fünf Zentimeter weit offen. Ich hab' es hochgeschoben und bin reingeklettert.«

»War drinnen Licht?« fragte Annie mit weit aufgerissenen Augen. »Entschuldige. Ich hab' dich schon wieder unterbrochen.«

»Nein«, sagte ich leise. »Das war auch sehr gut so. Die Augen gewöhnen sich an die Dunkelheit, und man verbündet sich mit ihr. Es war ein Einzimmerapartment, also war es nicht schwer rauszufinden, wohin ich gehen mußte. Ich hab' sie nicht vergewaltigt.«

»Das ist alles?«

»Oh – sie trug im Bett Socken. Während des kurzen Kampfes zog sie sich eine Socke aus. Ich weiß nicht warum. Vielleicht aus Panik. Sie griff nach meinen Händen, und am Ende lag die Socke über ihrem Hals. Sie war nicht um den Hals gebunden.«

»Du hast sie nicht mal vergewaltigt? Warum hast du sie dann überhaupt umgebracht?«

»Ich wollte mich eine Weile in ihrem Apartment aufhalten, mich mit ihren Sachen beschäftigen, ohne daß sie dabei war.«

Annie nahm einen langen Zug aus ihrer Bierdose. »Na, Scheiße. Warum bist du nicht einfach eingebrochen und hast an ihrer Unterwäsche geschnüffelt, als sie in der Vorlesung war? Meine Version gefällt mir besser.«

Schließlich heiratete Annie einen Typen, der Wirtschaft studiert hatte. Sie zogen nach Connecticut und bekamen drei Kinder. Dreizehn Jahre nach dem Lagerhausbrand schickte sie mir ein Geschenk – ein Exemplar des Buchs *The Unexpected Universe* von Loren Eiseley. Sie hatte die Widmung des Autors umkringelt: »Für Wolf, der auf ewig mit einem Knochen aus der Eiszeit über seinem Herzen schläft – das letzte Geschenk von einer, die ihn liebte.«

Einen Monat später tötete ich sie in einem Pferdestall.

# Pop

Auf dem Rückflug döste ich unruhig vor mich hin und dachte über Wolfs ausgedehnten Aufenthalt in Vermont nach. Er hatte reichlich Zeit gehabt, die jetzigen Geschehnisse zu planen. Es war reine Detailarbeit. Der Entwurf des Mannes umfaßte ein ganzes Leben.

Ich hörte auch die Stimme meines Vaters.

*Vertrau dem, was dein Inneres dir sagt, Junge.*

Mein Vater hatte dreizehn »Herzinfarkte«. Die meisten davon waren Aufenthalte in Trinkerheilanstalten. Mindestens einmal im South View, mehr als einmal in The Pines. Manchmal war es auch das weniger vornehme Gefängnis in der Charles Street, wie ich viel später erfuhr. Dort gab es keine kardiologische Station.

Dann starb er wirklich. Nummer vierzehn war echt.

Ich weiß noch, wie ich, als er in die Erde gesenkt wurde, auf einem Hügel stand, und wie ich darüber nachdachte, daß wir sowohl die Oberfläche als auch die Tiefen der Erde bewohnen – ich fragte mich, wie lange es wohl dauern würde, bis mehr Menschen unter der Erde waren als darauf. Vielleicht war das schon der Fall.

*Da die Lebenden genauso blind sein können wie die Toten, regiert der Zufall noch immer das Universum. Es gibt nichts Absolutes – nicht einmal in der Quantenphysik. Wir existieren nur für einen Augenblick im Leben der Galaxien. Wir haben keine andere Wahl, als dem zu vertrauen, was unser Inneres uns sagt.*

Ich stand auf dem Friedhof auf dem Hügel und beobachtete einen Vogel auf einer Telefonleitung. Er flog los, schnappte ein Insekt in der Luft und kehrte dann zu dem Draht zurück.

»Das ist ein Königssatrap«, sagte ich zu meiner Schwester.

»Siehst du den weißen Streifen an der Unterseite seines Schwanzes?«

Sie drückte meine Hand und flüsterte: »Hör zu, was der Pfarrer sagt.«

Ich verstand kein Wort von dem, was der Mann in Schwarz sagte, aber ich war fasziniert von den blitzschnellen Bewegungen des Vogels, seinen abrupten Richtungswechseln, der Art, wie er mitten in der Luft mit einem Ruck beinahe anzuhalten schien.

*Wolf hatte Janet Orr eine Seite aus dem Peterson gegeben – den Königssatrap.*

Dexter Willoughbys Worte über Wolfs Notiz in *Der Sammler* hallten in meinem Kopf nach: »Das Blatt war datiert, und er hatte auch die Uhrzeit aufgeschrieben.«

*Ich hatte eine Spottdrossel bekommen.*

Wolfs Einträge in seinem Computertagebuch waren alle numeriert.

*Bleßhühner und Eisenten.*

»Großer Gott«, sagte ich und hielt mich an der Rückenlehne des Sitzes vor mir fest.

Die Frau auf dem Platz neben mir funkelte mich an und drehte sich weg.

Der erste Charakterzug Wolfs, der mir vor einem Jahr auffiel, war seine Starrheit. Der Mann war übertrieben methodisch.

*Du warst der Herrscher über deine Welt, Junge, aber du mußtest ihr Gleichgewicht und Ordnung geben, stimmt's?*

»Entschuldigen Sie, Ma'am«, sagte ich zu meiner Sitznachbarin. »Ich hab' meinen Seesack in einem Schließfach in Hartford liegengelassen.«

Nicht die Vögel waren Wolfs Botschaft. Das Entscheidende waren die verdammten Seitenzahlen. Was hatte Jackson gesagt? Bleßhühner, Seite einundsechzig. Wolf hatte Chadwick vor etwa zwei Monaten umgebracht. Ich brauchte einen Kalender, aber ich war mir ziemlich sicher, daß einundsechzig der Beginn eines Countdowns war, die Zahl der Tage bis zu Wolfs großem Finale. Seine Schwester hatte er vor ungefähr einem Monat ermordet. Eisenten, vierunddreißig.

»Scheiße«, murmelte ich.

Wieder fuhr der Kopf der Frau herum.

»Mein Portemonnaie ist in dem Seesack«, erklärte ich und fragte mich, wie lange ich dieses Spielchen noch spielen konnte.

Königssatrapen, acht. Spottdrosseln, hundertvierundzwanzig. Es kam nur auf die letzte Stelle an. Vier Tage, nachdem er Janet umgebracht hatte, hatte Wolf den Phönix bei mir abgeliefert. Wieviel Zeit blieb also noch?

Weniger als zwei Tage.

Sechsunddreißig Stunden.

Es war spät, als ich wieder im Willard ankam. Ich wollte eine Stunde schlafen, aber mein Inneres gab keine Ruhe. Ich setzte mich mit einer Flasche Ale aufs Bett und ließ mich treiben.

Plötzlich arbeitete ich in einem Restaurant am Nantasket Beach. Es war in den sechziger Jahren. Ich trug Jeans, ein T-Shirt und eine weiße Schürze.

*Ich machte das Restaurant – Amanda's – zu, während Leo, der Eigentümer, die Quittungen des Abends zählte.*

*Der Junge hatte ein Messer in der Hand, als er durch die Küche auf der Rückseite des Restaurants hereinkam. Er hielt Leo die Klinge ans Kinn und sagte, er wolle das Geld.*

*Ich spürte, wie sich ein vertrautes Gefühl in mir regte. Ich packte den Jungen an seinen fettigen, schwarzen Haaren.*

*Er riß das Messer hoch und schnitt mir in den Arm. Einen Moment lang blickte ich ihm in die Augen, sah die wilde Panik darin, dann stieß ich sein Gesicht durch die gläserne Süßwarentheke. Ich machte es noch einmal. Sein Blut spritzte hoch, besprenkelte meine weiße Schürze.*

*Die Polizisten vernahmen mich. Sie sagten, ich hätte den Jungen umbringen können. Sie taten so, als wäre ich derjenige, der etwas Unrechtes getan hatte.*

*Sogar Leo sagte: »Wenn so was passiert, mußt du ihnen einfach das Geld geben.«*

*Doch das konnte ich nicht. Ich war mit meiner eigenen Bestie geschlagen. Einer Bestie, die der von Wolf nicht unähnlich war. Ich fürchtete mich vor ihr. Ich liebte sie. Ich wußte, daß ich sie nie mehr würde unter Kontrolle bringen können, falls sie je ausbrach, je das Kommando übernahm.*

*Nach diesem Zwischenfall – nachdem ich gesehen hatte, wie die Klinge in Leos Fleisch gedrückt wurde, und sie selbst gespürt hatte – war meine Bestie tagelang aufgewühlt. Sie funkelte mich mit ihren schwarzen Augen an, lief hin und her, weigerte sich, mit dem Rücken zu mir zu sitzen.*

*Meine Schwester hatte gesagt: »Es ist wieder passiert, stimmt's?«*

*Ich nickte.*

*»Kannst du nichts dagegen tun?«*

*»Das will ich nicht.«*

*»Aber . . .«*

*»Sie ist ein Teil von mir«, erklärte ich. »Sie macht mir angst, aber sie läßt mich nie im Stich.«*

»Sie findet immer eine Möglichkeit auszubrechen«, murmelte ich.

Ich zündete mir eine Zigarette an, sah zu, wie der Rauch in Spiralen nach oben stieg, und dachte daran, wie der Nebel nähergekommen und an der Küste von Massachusetts hängengeblieben war. Ich dachte an die Welten, die jenseits des Nebels lagen. Ein Ozean. Ein Kontinent. Noch ein Kontinent. Wenn ich meine Gedanken frei und weit genug fliegen ließ, umkreisten sie die Welt und kamen wieder zu mir zurück.

Ich wußte nicht mehr genau, wie alt ich war, als mir zum ersten Mal bewußt wurde, daß ich mich verlaufen hatte. Noch zu klein, um die Straße zu überqueren, ohne an der Hand meiner Schwester zu gehen. Zu klein, um ohne sie zum Pier hinunterzugehen. Doch ich erinnerte mich noch an das Geräusch, das die Wellen machten, wenn sie gegen die Mauer klatschten – daran, wie sich die Luft angefühlt und wie das Meer gerochen hatte. Schon damals wußte ich, daß Menschen sich gegenseitig umbringen – einen nach dem anderen oder mehrere gleichzeitig in einem Orgasmus mörderischer Wut.

Ein Mann wie Wolf fügt sich gut in das System der Dinge ein. Genau wie ich.

Die Grenze zwischen uns hat sich verwischt.

Das muß sie auch, wenn ich ihm das Handwerk legen soll.

Lane und ich wollten uns zu einem späten Abendessen treffen.

Ich hatte meine Hand auf dem Türknauf und wollte gerade in den Flur hinausgehen, als ich merkte, daß ich unkonzentriert war: Beinahe wäre ich ohne meine Pistole aus dem Zimmer gegangen.

Ich nahm meine Neun-Millimeter und ging in die Lobby.

Wenn ich anfange wegzudriften, wenn meine Bestie sich zu rühren beginnt, wird das Losbrechen unwillkürlich. Meine Gedanken bekommen ein eigenes Leben.

Ich erinnerte mich an einen Familienausflug in den Franconia Notch State Park in New Hampshire vor etlichen Jahren. Nach einem Picknick hatten Lanie, Savvy und ich die Route 3 überquert und waren zum Flume gegangen, einer Reihe von unterirdischen Höhlen, Flüssen und Wasserfällen. Savvy sagte, sie bekäme dort Platzangst, also blieb sie in einer der größeren Höhlen zurück, während Lanie und ich uns durch die Tunnel vorkämpften, die in Millionen von Jahren in die Felsen gewaschen worden waren.

»Pop?«

Ich sah Lane über den Tisch hinweg an.

»Wo bist du?« fragte sie.

»Was?«

»Du hast dein Essen nicht angerührt.«

Ich sah hinab auf die Stückchen Hühnerbrust, die in einem Meer aus Ahornsirup mit Mandarinenscheiben schwammen. »Riecht gut«, sagte ich.

»Wahrscheinlich ist es kalt.«

Ich probierte. »Lauwarm.«

Lanes Teller war leer. Ich zwinkerte ihr zu und lächelte. »Du ißt zu schnell«, sagte ich.

Sie schüttelte den Kopf. »Du bist unmöglich.«

Ich hatte beschlossen, Wolfs Metallkästchen und seine Besessenheit von mir erst später – am liebsten erst dann, wenn der Bastard tot war – zur Sprache zu bringen. Lane wußte, daß ich der Brennpunkt von Wolfs Wut war, und ich glaubte nicht, daß etwas damit gewonnen wäre, wenn sie sich noch mehr Sorgen machte.

Das Hühnchen war ausgezeichnet, der Wildreis genau bis zum richtigen Punkt gekocht. Ich wünschte, ich hätte beides gegessen, als es noch heiß war.

»Also, was hältst du dieses Jahr von den Knicks?« fragte Lane lachend.

»Man sollte Miami Heat im Auge behalten«, sagte ich.

Ich trank mein Ale.

»Pop?«

»Ja, Lanie?«

»Seit wann interessierst du dich für Basketball? Ich hab' doch neulich was von Michael Jordan gesagt, und da wußtest du nicht mal, wer das ist.«

»Haben wir darüber gesprochen?«

»Du hast einen Blick auf eine Sportseite geworfen.«

Lane wußte von meiner Fähigkeit zu eidetischer Erinnerung. Wenn ich ein Buch oder eine Zeitung durchblätterte, warf ich manchmal nur einen ganz kurzen Blick auf eine Seite und vergegenwärtigte sie mir dann später als Bild in meiner Erinnerung.

»Ich bekenne mich schuldig«, sagte ich.

»Weißt du, manchmal wünsche ich mir, ich hätte dieses Gen geerbt. Manchmal bin ich aber auch froh, daß ich es nicht habe.«

»Was man nur sieht, ist einem oft im Weg«, sagte ich.

Ich wollte Lane meinen Standardvortrag über das Erleben halten – die Wichtigkeit aller Sinne –, aber ich hatte mich selbst abgelenkt.

*Was man nur sieht, ist einem oft im Weg. Was geschieht, wenn sich die Augen an die Dunkelheit gewöhnen? Was ist mit dem, was man nicht sieht – oder hört oder riecht oder fühlt? Wolfs Verweis auf unterirdische Orte hatte meine Erinnerungen an den Flume ausgelöst.*

Was hinterließ Wolf für mich, damit ich es sah? Was sah ich, was im Weg war? Ich war so visuell orientiert gewesen, daß mir vielleicht etwas entgangen war.

*Die Seiten aus dem Peterson. Ich hatte nur auf ihren Inhalt geachtet.*

»Pop?«

»Gehen wir ein bißchen spazieren«, sagte ich und stand vom Tisch auf.

»Was ist denn los?«

»Ich will spazieren gehen«, sagte ich. »Unterschreib' die Rechnung.«

Ich ging zur Tür.

»War alles zu Ihrer Zufriedenheit, Dr. Frank?«

Ich blieb stehen. Ich hatte gehört. Ich konnte den Ahornsirup noch immer schmecken. Ich sah den Maître d'hôtel an und hatte keine Schwierigkeiten, ein Lächeln zustande zu bringen. Manchmal ist dieses automatische Verhalten ein Problem. »Ganz wunderbar«, sagte ich.

Ich stieß die Tür auf und trat hinaus auf den Bürgersteig.

Ich kramte in meinen Taschen nach einer Zigarette, zündete sie an und sog die heiße, beruhigende Droge ein.

Lane kam durch die Tür. »Ich wünschte, du würdest so was nicht machen«, sagte sie.

Ich gab ihr die Schachtel. »Die kannst du wegwerfen.«

»Das hast du schon öfter gesagt.«

»Bis zum nächsten Mal«, sagte ich. »Komm.«

Ich fing an zu gehen – warf die Zigarette auf den Boden –, ging schneller.

Lane trabte fast, um mit mir Schritt zu halten. »Du hast ihn, stimmt's?« fragte sie.

»Nein. Ich bin mir nur meiner eigenen Dummheit bewußt geworden. Bist du nicht gut in Form?«

Sie holte mich ein. »Mann, du kannst einem ganz schön auf die Nerven gehen.«

»Ich tue mein Bestes.«

»Wohin gehen wir?«

»Spazieren. Sag mir, was du siehst.«

»Ich möchte lieber hören, wie es in Vermont war«, sagte sie. »Okay. Ich sehe Häuser. Hotels, Regierungsgebäude, Restaurants.«

»Sieh genauer hin.«

»Ich sehe Glas, Stein, Stahl, Menschen . . .«

»Noch genauer.«

»Sprünge im Glas«, sagte sie, während sie sich Mühe gab, mit mir Schritt zu halten. »Poster an den Wänden.«

Ich bog links in die Zehnte Straße ein und blieb stehen. Ich zeigte auf die Pennsylvania Avenue. »Das Justizministerium«, sagte ich. »Recht und Ordnung. Wär' schön, wenn wir das je erreichten. Ein großer Gauner trieb sich da früher rum, John Mitchell, der Justizminister unter Richard Nixon.«

Ich zeigte nach links.

»Ford's Theater«, sagte Lane, »wo Samantha Becker gearbeitet hat.«

»Ein Stück Geschichte«, sagte ich und blickte nach oben. »Weißt du noch, was gerade gespielt wurde?«

»*Our American Cousin.* 14. April 1865.«

»Die Zuschauer lachten. Die meisten hörten den Schuß auf Lincoln gar nicht.«

»Booth floh auf einem Pferd. Später wurde er erschossen. Es hieß, er hätte gegen seine Festnahme Widerstand geleistet.«

»Da unten«, sagte ich und zeigte nach links. »Peterson House. Da haben sie den Präsidenten reingetragen. Er starb in dem Schlafzimmer auf der Hinterseite des Hauses. Das Kissen, auf dem sein Kopf lag, haben sie aufbewahrt. Blutverschmiert. Unter Glas.«

*Was man nur sieht, ist einem oft im Weg.*

»Was hörst du, Lane?«

»Pop . . .«

»Los«, sagte ich und sah zu dem Gebäude hinauf, das ein Fanatiker aus dem Süden berühmt gemacht hatte.

»Verkehr. Stimmen. Ein Flugzeug.«

»Hör genau hin«, sagte ich. »Ziegenmelker. Sie verbringen die meiste Zeit mit Fliegen und schnappen sich Insekten aus der Abendluft. Sie sind in Städten ziemlich häufig.«

Lane schaute hinauf in die Dunkelheit. »Ich kann sie nicht sehen.«

»Das ist es ja gerade«, sagte ich.

*Wenn alles schwarz ist, sind wir blind und müssen uns auf unsere anderen Sinne verlassen.*

Wolf hatte gewußt, daß ich mich nur auf die Federn und Vögel und seine Auferstehung von den Toten konzentrieren würde. Ich würde nach oben sehen, sogar in den schwärzesten Himmel. Ich hätte wissen sollen, daß ich meinen Blick dorthin wenden mußte, wo er hergekommen war – unter die Erde.

*Unter die Erde.*

»Ich habe in die falsche Richtung geschaut«, sagte ich. »Er

segelt nicht durch den Abendhimmel. Sein Spiel hat mit Tunneln zu tun.«

»Du hast ihn in seinem Keller gestellt.«

»In seinem Zuhause. Er ging zuerst in die Tiefe und stieg dann aus seiner eigenen Asche empor.«

»Pop, diese Stadt ist von Tunneln durchzogen. Die Subway, all die Regierungsgebäude.«

Wolf gab sich nicht damit zufrieden, daß ich in Washington war. Er wollte, daß ich zu seinem unterirdischen Feuerwerk kam. Vor einem Jahr war ich der Jäger gewesen und hatte Wolfs Bau aufgespürt. Jetzt war ich der Gejagte. Würde er zu meinem Bau kommen?

»Was ist mit dem Willard?« fragte ich.

»O Gott, Pop.«

»Da gibt es bestimmt irgendeinen Keller. Vielleicht ist darunter noch etwas. Wolf hat ja schon bewiesen, daß er das Gebäude kennt.«

Ein kühler Wind wirbelte Staub auf. »Gehen wir zurück«, sagte ich. »Ich rufe Jackson an.«

Zum ersten Mal seit unserer Ankunft in der Hauptstadt hatte ich das Gefühl, als bekäme ich mein Phantom allmählich zu greifen. Ich stellte mir die Skizze des Fliegenschnäppers in Petersons *Die Vögel* vor. Eidetische Erinnerung: Seite 101.

Es kam nur auf die letzte Stelle an.

Als ich an dem Abend allein in der Stille meines Zimmers saß, rief mich Hiram Jackson zurück, den ich angepiepst hatte. Nachdem ich ihm meinen Gedankengang erklärt hatte, sagte er: »Ich schick' noch heute abend ein Spezialistenteam in den Keller.«

»Wie lange wird das dauern?«

»Wahrscheinlich halten sich im Willard ausländische Delegationen auf. Wir müssen diskret vorgehen, den Geheimdienst einbeziehen und mit dem Hotelmanagement zusammenarbeiten. Bei so einem alten Gebäude kann man nicht wissen, wie groß die Fläche ist, die abgedeckt werden muß. Ich weiß nicht, wie lange das dauern wird. Wir werden so schnell wie möglich arbeiten. Schließlich wollen wir ja keinen internationalen Zwischenfall.«

»Hiram, Wolfs Botschaften waren die Seitenzahlen aus dem Vogelbuch. Es ist ein Countdown.«

»Wieviel Zeit haben wir noch?«

»Ich glaube, ungefähr dreißig Stunden.«

Jackson sagte, er würde sich wieder bei mir melden.

Ich tat das, worum ich, wie ich wußte, nicht herumkam. Ich fing an, der Bestie, die so tief in meinem Inneren lebte, den Rücken zu streicheln. Sie rutschte unbehaglich hin und her, warf den Kopf von einer Seite auf die andere.

Ich dachte zurück an jene Nacht vor so vielen Jahren, an den versuchten Raubüberfall im Amanda's, nachdem die Polizei mich verhört hatte. Ich saß in meinem kleinen Zimmer und lauschte dem Klang der Wellen, die plätschernd gegen den Sand schlugen. Ich nahm Papier und Bleistift und schrieb die paar Worte auf, die mir im Kopf herumgingen.

*es ist fast Zeit, sagen sie –*
*sie sagen's und gehen weg,*
*und lassen mich allein mit der Nacht*
*und dem Meer*
*ohne Kontrolle über meine Seele –*

In jener Nacht war ich aus dem Fenster geschlüpft und durch die Zweige des alten Flieders hinuntergeklettert. Ich ging am Strand spazieren, setzte mich fröstelnd in den tiefen Sand und sah zu, wie der Himmel im Osten heller wurde. Das Blut auf meinem T-Shirt sah schwarz aus.

Ich hatte Angst, daß ich zusammen mit dem Gesicht, das ich durch die Glastheke gestoßen hatte, zerbrochen war.

Schon damals war in meinem Innern diese Rastlosigkeit – die funkelnden Augen, die muskulösen, hochgezogenen Schultern. Mein afrikanischer Flachlandgorilla weigerte sich, sich besänftigen zu lassen.

Beim ersten Licht des Washingtoner Morgens wachte ich im Sessel auf. Meine Augen fühlten sich an, als wären sie voller Sand vom Strand.

Ich bestellte beim Zimmerservice Kaffee und holte dann die Zeitung vom Flur.

John Wolfs Gesicht war auf Seite eins.

## Wolf

Während ich in der Cafeteria der FBI Academy Kaffee trank, betrachtete ich mein Bild auf der Titelseite der Washingtoner *Blade*. Es war keine schlechte Abbildung eines früheren Lebens. Erstaunlich, was ein geschickter Künstler und ein Computer alles zustandebringen.

Ich sah mich in dem Raum um; Agenten und Studenten trugen ihre Tabletts mit Eiern, Toast und Saft zu den Tischen. Ein paar hatten eine Zeitung in der Hand.

Zwei junge Männer in Jogginganzügen setzten sich mir gegenüber. Einer von ihnen schlug sofort seine *Blade* auf. »Hast du das gesehen, Red?« fragte er seinen Partner.

Red warf einen Blick auf das Phantombild, überflog die ersten Absätze des Artikels, nickte und machte sich daran, sein Omelette zu verdrücken. »Wir haben nur zwanzig Minuten Zeit, Louie«, sagte er.

Und ich hatte vierundzwanzig Stunden Zeit bis zu meiner Schlußszene – der reinsten Form von Gerechtigkeit.

Die Leute in Quantico – die wenigen, die mich überhaupt beachteten – schienen sich zunehmend an meine Gegenwart zu gewöhnen.

Wenn alle anderen Triebe und Wünsche vorbei sind, wenn sie auf der ersterbenden Glut des Alters und der Impotenz verloschen sind, bleibt die eine, reine Motivation.

Rache.

Sie war schon immer da. Nicht nur bei mir, auch wenn ich sie gehegt und gepflegt habe, sie gezwungen habe zu blühen wie eine weiße Narzisse im Winter. Felsen, Wasser, Blumenzwiebeln und eine Explosion von Blütenpracht.

Rache.

Die wohlhabenden Bewohner von Greenwich, unweit von

meinem ehemaligen Zuhause in Hasty Hills, Connecticut, befahlen ihren hispanischen Dienstboten, ihren Kindern den Arsch abzuwischen und die Flecken aus den Laken, die sie in Hotels in Palm Springs oder Aruba gestohlen hatten, herauszuwaschen. Sie zahlten keine Steuern für ihre Arschabwischer und Lakenwäscher.

Der Herr hat gesagt, die Rache sei sein. Wenn er keinen Spaß versteht, kann er mich mal.

In New Hampshire untersagte ein Schulausschuß, daß einer Klasse im Fach amerikanische Zeitgeschichte der Film *Platoon* gezeigt wurde. Zuviel Gewalt, zu viele Morde. Es war ihr Krieg, an dem ich teilgenommen hatte. Die Morde gehörten ihnen. Wie sollte der Krieg ihrer Ansicht nach dargestellt werden? Als Grillparty unter Palmwedeln?

Rache.

Alles andere ist unrein, unehrlich.

Heute kann ich die brausenden Wogen von Sibelius' zweiter Symphonie spüren. Die Cellos, die Violinen, die Hörner, die Pauken vibrieren auf meiner Hautoberfläche. Ich habe den Geist, die Seele eines Mörders. Das ist alles, was ich je gewollt habe.

Ich streckte meine Hand über den Tisch und tippte auf mein Foto in Reds Zeitung. »Interessanter Mann«, sagte ich.

»Ja, Sir. Pervers. Wenn er überhaupt noch lebt.«

»Ich hab' ein klein wenig mit dem Fall zu tun gehabt«, fuhr ich fort. »Übrigens, ich bin John Krogh. Ich bin als anthropologischer Gutachter hier. Ich glaube, es wäre möglich, eine solche Explosion zu überleben. Allerdings nicht besonders wahrscheinlich.«

»Inwiefern hatten Sie denn mit dem Fall zu tun, Sir?« fragte Red.

Der angehende Agent interessierte sich überhaupt nicht dafür. Er wollte nur einem alten Mann gegenüber nicht unhöflich sein, während er sein Essen in sich reinschaufelte.

»Ich habe mich mit zwei Fällen befaßt, die noch immer als ungelöst gelten, auch wenn ich überzeugt bin, daß sie Wolfs Werk waren. Die Opfer – die Knochen der jungen Frau zumindest – wurden nur eine Meile voneinander entfernt gefunden – in einer ländlichen Gegend in Connecticut. Waschbären und Kojoten hatten sich daran gütlich getan. Das Fleisch hatten sie natürlich größtenteils gefressen.«

Er drosselte sein Tempo beim Verschlingen der Eier.

Nachdem Lucas Frank mich in Vermont angeschossen hatte, hatte ich auf der Straße Geister gesehen. Während ich in Richtung Norden fuhr, stiegen Gestalten und Gesichter wie Rauch vom schneebedeckten Highway auf. Weiße Gestalten mit grauen Gesichtern in der schwarzen Nacht. Ich kurbelte das Fenster herunter, damit ich bei Bewußtsein blieb. Dann hörte ich die Geister in der Nacht heulen.

Es ist nur der Wind, sagte ich mir, als Hände auf mich zukamen und mich packten und dann vom fauchenden, winselnden Wind, der sich in wirbelsturmartigen Spiralen nach oben wand, weggeblasen wurden.

Rache.

An der Subway-Haltestelle am Park Square in Boston sagte, kurz nachdem ich aus dem Krieg zurückgekehrt war, ein alter Betrunkener zu mir, ich sei der Grund, warum wir den Vietnamkrieg verlieren würden.

»Du hast keinen Mumm«, sagte er und funkelte mich an. »Du bist ein Verlierer. Ich hab' im großen Krieg gekämpft.«

Er haßte mich, doch als er mich weiter anstarrte, erlosch die Glut in seinen Augen. Verwirrung trat an ihre Stelle. Sein Griff lockerte sich, und er trat einen Schritt zurück. Er fürchtete sich vor dem, was er in meinen Augen sah.

»Sie sind total verrückt«, sagte er.

Ich ging auf ihn zu, während er zurückwich.

Er fuchtelte mit den Armen. »Kommen Sie mir nicht zu nah.«

Er ging schnell von mir weg, aber ich wollte ihn nicht gehen lassen. Ich packte ihn am Mantel und riß ihn herum.

»Nein«, flehte er mich an.

Als mich ein Subway-Polizist packte, rannte der alte Mann weg.

»Scheiße, was soll das?« sagte der Cop, und ich stieß ihm ein Messer tief in den Bauch.

Rache.

Als Kind griff mich in meinen Träumen manchmal jemand an. Ich hatte nie irgend etwas, womit ich mich verteidigen konnte, also versuchte ich es, bevor ich es besser wußte, mit Beten. Doch die Kirche hatte mir nichts zu bieten, und Beten ist allenfalls ein Versuch, dessen Erfolg nicht vorhersehbar ist, also blieb mir nur das, was ich mir selbst ausdenken konnte.

»Tierfraß ist ein echtes Problem«, sagte ich zu Red. »Ich will Sie nicht mit den kniffligen Problemen forensischer Anthropologie langweilen, aber ...«

»Entschuldigen Sie, Sir«, sagte Red. »Wir müssen auf den Schießstand. Louie?«

Als er wegging, hörte ich, wie er zu seinem Freund murmelte: »Ich muß aufs Klo. Mir kommt das Frühstück wieder hoch.«

Tüchtige Rekruten.

Ich sah auf die Uhr an der Wand. Inzwischen hatte die USAir Dr. Frank wieder in Washington abgeliefert. Vielleicht war er sich bei seinem kurzen Aufenthalt in den Bergen der wahren Dimension seiner Aufgabe bewußt geworden und hatte gelernt, *seinen* geisterhaften Gegenspieler besser einzuschätzen.

# Pop

Darla Michaels, eine wagemutige junge Reporterin, hatte die Phantombilder von Wolf in die Finger bekommen. Sie hatte auch eine zuverlässige Informationsquelle gefunden.

Die Story war leicht sensationell aufgemacht, aber zutreffend und enthielt Informationen, die für mich neu waren. In dem Artikel stand, John Wolf sei der produktivste Serienmörder aller Zeiten. Man habe angenommen, er sei bei einer Explosion vor fast einem Jahr umgekommen; doch tatsächlich sei er noch am Leben und terrorisiere die Bundeshauptstadt, bla, bla, bla. Ermittler führten drei Todesfälle in der Gegend auf Wolf zurück: FBI Special Agent Dexter Willoughby, Nicholas Wesley und Samantha Becker.

Verdammt, was für Ermittler? Lane und Jackson weigerten sich, mit den Medien zu sprechen, und niemand sonst gab irgend etwas zu. Ich fragte mich, ob Darla Michaels an die Geschichte mit Wolf glaubte oder einfach nur ihre Zeitung verkaufen wollte.

Rettungssanitäter, hieß es weiter, berichteten nur von leichten Verletzungen als Folge einer Explosion im Nordosten der Stadt. Die Detonation – eine Bombe – wurde ebenfalls Wolf zugeschrieben. Daß sich noch kurz vor der Explosion eine Geisel in dem Gebäude aufgehalten habe, sei unbestätigt.

In dem Artikel wurde Wolfs Vergangenheit kurz zusammengefaßt und eine anonyme Quelle zitiert, laut der sich Detective Lane Frank vom NYPD und ihr Vater, Dr. Lucas Frank, in der Stadt aufhielten und mit der örtlichen Polizei und dem FBI bei der Jagd nach dem schwer zu fassenden Killer zusammenarbeiteten. »Das Vater-Tochter-Team hat Wolf letztes Jahr in Vermont aufgespürt, wo der Serienmörder angeblich ums Leben kam«, schloß der Artikel.

Was ich nicht gewußt hatte, war, daß John Wolf unter dem Namen Dr. Alan Chadwick als Gastdozent in Quantico gewesen war. Der Scheißkerl war einfach unglaublich.

Als das Telefon klingelte, dachte ich, es wäre Lane. Es war Hiram Jackson. »Haben Sie die Zeitung gesehen?« fragte er.

»Sie haben mir nicht gesagt, daß Wolf in Quantico eine Vorlesung gehalten hat.«

»Das hab' ich selbst nicht gewußt. Inzwischen hab' ich in unseren Unterlagen nachgesehen und festgestellt, daß wir tatsächlich einen Alan Chadwick als Gastdozenten in einem unserer Seminare über Tötungsdelikte hatten. Ich habe noch nicht alle Informationen.«

»Sie sagten, Sie hätten Landry gebeten, sich Willoughbys Akten anzusehen.«

Jackson sagte nichts.

»Wenn Landry dafür verantwortlich ist, daß unsere Namen auf der Titelseite stehen, dreh' ich ihm den Hals um. Hören Sie, am besten setzen wir uns mal zusammen. Haben Sie Leute in den Keller geschickt?«

»Ja, die haben schon vor Sonnenaufgang dort angefangen. Bis jetzt haben sie nichts gefunden. Im Hotel geht alles seinen gewohnten Gang. Ich bin jetzt in Quantico. Herb Coopers Gutachter für den Fall aus Oklahoma ist hier.«

»Hiram, wir haben nicht viel Zeit. Die Winklers und die Parmenters sind seit dreißig Jahren tot. Die können noch ein paar Tage warten. Was ist mit dem Fall aus dem Jahr 1985, bei dem Cooper und Willoughby zusammengearbeitet haben?«

»Ich habe ein Fax zu dem Fall. Wie wär's, wenn wir uns im Willard zum Mittagessen treffen?«

Ich legte auf. Jemand klopfte an die Tür; es war Lane. »Hast du das gesehen?« fragte sie und hielt ihre Zeitung hoch.

Direkt nach ihr kam mein Kaffee. Ich schenkte uns beiden ein und sagte: »Ich hab' schon genug von diesem Morgen. Wenn ich den nicht trinke, schlafe ich wieder ein.«

»Wolf war als Gastdozent in Quantico. Großer Gott. Haben diese Arschlöcher noch nie was davon gehört, daß man eine Hintergrundrecherche machen muß? Offenbar ist die Sicherheit in ihrer verdammten Festung gleich null. Ich kann es gar nicht glauben.«

»Ich hoffe, sie haben Wolf zugehört«, sagte ich. »Er hatte ihnen bestimmt das eine oder andere zu sagen.«

Lanes Kopf war noch immer in die Zeitung vergraben, aber es gelang ihr, ihren Kaffee entgegenzunehmen. Ich setzte mich in einen Sessel ihr gegenüber. Schließlich sah sie mich an. »Du hast in deinen Kleidern geschlafen. Warum hast du dich nicht ins Bett gelegt? Warst du noch mal draußen?«

»Eins nach dem anderen«, sagte ich. »Ich bin im Sessel eingeschlafen.«

Das Telefon klingelte schon wieder. »Scheiße. Das ist der Grund, weshalb ich keins von diesen verdammten Dingern haben will. Die klingeln pausenlos.«

Ich dachte, es wäre irgendein Reporter. Es war Detective Williams vom Washingtoner Polizeipräsidium. »Zwei junge Frauen waren gerade hier«, sagte Williams. »Sie haben die Zeitung gesehen. Die beiden waren an dem Abend, an dem Nick Wesley ermordet wurde, in der Bar des Willard. Sie haben mit dem Typen auf dem Phantombild an einem Tisch gesessen und sich mit ihm unterhalten. Eine von den beiden sagt, er hätte Blut auf seinem Hemd gehabt.«

»Er hat nach Wesley nicht aufgeräumt oder irgendwas sauber gemacht«, sagte ich und dachte, wie nachlässig das für einen Mann wie Wolf war.

»Zur Erklärung sagte er, es wäre ein Unfall passiert und er hätte Leute aus dem Autowrack gezogen. Ich hab' mich bei der Verkehrspolizei erkundigt. Die Geschichte ist frei erfunden.«

»An was können die beiden sich sonst noch erinnern? Was hat er noch gesagt?«

»Ihre Namen sind Courtney Davenport und Jean Posner. Hauptsächlich Davenport hat sich mit Wolf unterhalten. Posner hatte von Anfang an Angst vor dem Typen. Er wäre zwar freundlich gewesen, aber irgendwie merkwürdig, als ob er die beiden die ganze Zeit taxiert hätte. Schließlich hielt sie es nicht mehr aus. Sie bestand darauf zu gehen. Davenport glaubt, er habe gesagt, er sei Archäologe. An mehr kann sie sich nicht erinnern. Die beiden sind ziemlich mitgenommen.«

»Sind sie noch da?«

»Ja. Wir lassen gerade ihre Aussagen tippen.«

»Spricht was dagegen, daß ich mit ihnen spreche?«

»Überhaupt nichts.«

Lane las noch immer die Morgenzeitung, als ich auflegte. »Woher hat die Reporterin diese Informationen?« fragte sie. »Wie wird Wolf darauf reagieren? Mann, das kotzt mich an.«

»Könntest du dich bitte jedesmal auf eine Frage beschränken? Ich brauch' Zeit zum Aufwachen. Wahrscheinlich berufen sie einen Sonderausschuß ein, um rauszufinden, woher sie ihre Informationen hat. Washington verbringt mehr Zeit damit, nach Lecks zu suchen, als sich mit dem zu beschäftigen, was direkt unter seiner Nase passiert. Wolf wird tun, was er tun will. Das hat er schon vor langer Zeit geplant.«

Ich schnappte mir meine Jacke. »Das war gerade dein Washingtoner Detective.«

»Williams?«

»Zwei junge Frauen sind aufs Präsidium gekommen. Sie glauben, daß sie mit Wolf in The Nest an einem Tisch gesessen haben. Sie sind die beste direkte Verbindung zu Wolf, die wir im Augenblick haben.«

»Ich wollte sowieso gerade dorthin. Fahren wir.«

Wir durchquerten die Lobby des Willard. Die Atmosphäre dort war dieselbe wie immer, genau wie Jackson gesagt hatte – alles ging »seinen gewohnten Gang«. Ich teilte Lane mit, was sich im Keller des Gebäudes tat.

»Wenn die beiden Zeuginnen von Detective Williams damit recht haben, daß sie Wolf hier gesehen haben«, sagte ich, »würde das dafür sprechen, daß er Zeit gehabt hat, sich mit dem Hotel vertraut zu machen.«

»Du klingst skeptisch, Pop.«

Ich zuckte mit den Schultern. »Irgendwas stimmt nicht.«

Lane und ich sprachen mit den beiden jungen Frauen, aber ohne Ergebnis. Courtney Davenport redete ununterbrochen, aber sie hatte dem, was sie schon gesagt hatte, nichts hinzuzufügen. Jean Posner schien traumatisiert zu sein. Sie war gefaßt, aber still, beinahe in sich gekehrt. Sie erinnerte mich an Opfer von Gewaltverbrechen, die ich vor Jahren behandelt hatte.

Ich bat darum, mit Jean allein sprechen zu dürfen. Sie war einverstanden. Williams brachte uns in einen Vernehmungsraum, der gerade nicht gebraucht wurde. Zwei abgenutzte Metallklappstühle standen darin, und jemand hatte auf dem Tisch einen verstaubten Lügendetektor liegengelassen. Es war nicht gerade die ideale Umgebung, aber es würde genügen müssen.

»Darf ich Sie Jean nennen?«

Sie nickte.

»Jean, die meisten Leute machen die Erfahrung, daß es hilft, über ein Ereignis zu sprechen, das einem Angst macht. Es ist unangenehm, sich alle Einzelheiten zu vergegenwärtigen. Sich daran zu erinnern, kann genauso erschreckend sein wie das Ereignis selbst. Aber es ist vielleicht eine Möglichkeit, das Erlebte zu bewältigen.«

Jean nickte wieder.

»Sie haben von Hypnose gehört, Jean?« fragte ich.

Sie nickte. Jean Posner hatte eine positive Reaktionseinstellung.

»Ich meine nicht die Art Hypnose, bei der man eine Uhr

pendeln läßt, sondern eine tiefe, sanfte Entspannung – einen ruhigen Ort, an den zwei Menschen freiwillig zusammen hingehen. Wir beide könnten das tun. Ich wäre die ganze Zeit bei Ihnen. Niemand kann Ihnen etwas tun. Wir können uns gemeinsam erinnern, so als würden wir uns ein Video ansehen. Sie werden die Kontrolle über das Bild und den Ton des Videos von jenem Abend im Willard haben. Okay?«

Sie deutete ein Nicken an.

»Schließen Sie Ihre Augen«, fuhr ich fort, verlangsamte mein Sprechtempo und senkte meine Stimme, »und lassen Sie Ihre Gedanken frei schweifen – mühelos –, atmen Sie tief ein und spüren Sie, wie sich Ihre Lunge mit Luft füllt, und lassen Sie die Luft dann langsam, ganz langsam wieder heraus, während sich Ihre . . . Lider . . . schließen.«

Jeans Lider flatterten und schlossen sich. Ihr Atem, der flach und unregelmäßig gewesen war, nahm einen ruhigen Rhythmus an. Ich wartete eine volle Minute, dann sagte ich: »Tiefer.«

Ich sah zu, wie die Anspannung aus ihrem Gesicht wich. Ihre Hände lagen auf ihren Knien.

»Bitte nehmen Sie mich mit zurück zu jenem Abend im Willard«, sagte ich.

Nach einer langen Pause sagte Jean: »Unser Tisch ist besetzt.«

»Was sehen Sie?«

»Einen Mann. Wir sitzen ihm gegenüber. Blut. Er hat Blut auf dem Hemd.«

»Was hören Sie, Jean?«

»Knochen. John gräbt tote Menschen aus. John ist Anthropologe in Harvard. Er sieht mich an. Seine Augen sind tot.«

Die junge Frau fing an zu zittern.

»Er ist ein Bild auf einem Fernsehbildschirm«, sagte ich. »Wann immer dieses Bild Sie beunruhigt, haben Sie die Macht, es abzuschalten.«

Innerhalb von Sekunden entspannte sie sich wieder. Ich war mir sicher, daß sie mir alles erzählt hatte, was sie konnte. Ich bot ihr die posthypnotische Suggestion an, daß die Kontrolle über ihr Bewußtsein von dem, was an dem Abend geschehen war, bei ihr läge. Sie würde sich nur an das erinnern, womit sie umgehen konnte, wenn sie bereit dazu war.

Als ich ihr aus ihrer Trance heraushalf, lächelte Jean. »Ich habe in letzter Zeit nicht gut geschlafen. Die Arbeit war stressig. Aber jetzt fühle ich mich ausgeruht.«

»Heute nacht werden Sie, glaube ich, gut schlafen.«

Jean Posner ging, um ihre Aussage zu unterschreiben, und ich fand Lane bei Susan Walker.

»Wir haben durch das Spiegelglas zugesehen«, sagte Walker. »Beeindruckend. Jackson hat gesagt, Sie wollten mit mir sprechen. Ich wollte mich auch bei Ihnen bedanken.«

»Im Vergleich zu unserer letzten Begegnung hat sich Ihr Aussehen gewaltig verbessert. Wenn ich auf Sie gehört hätte, wäre ich vielleicht nicht quer über die Straße geschleudert worden. Ich hielt die Bombe für eine Attrappe.«

»Jackson hat mir auch gesagt, daß ich Ihrer Meinung nach in Quantico bleiben sollte. Ich weiß Ihre Sorge zu schätzen, aber wie Sie sehen, habe ich mich anders entschieden. Also, Sie haben ein paar Fragen? Ich hoffe, Sie haben nicht vor, mit mir dasselbe zu versuchen wie mit Ms. Posner.«

»Ganz gewiß nicht.«

Aus dem Augenwinkel heraus bekam ich mit, wie Lane zusammenzuckte, weil ich log. Ich sah zu, wie Susan Walker die Arme vor der Brust verschränkte, die Beine ausstreckte und verkrampft gegen die hintere Wand des Zimmerchens drückte.

»Ich wäre niemals damit einverstanden, mich hypnotisieren zu lassen«, sagte Walker. »Ich glaube, bei mir würde es sowieso nicht funktionieren.«

Ich brauchte die Feinheiten, die Nuancen, die in der Zeit,

die sie mit Wolf verbracht hatte, gewiß nur ihr Unbewußtes registriert hatte. Bei ihrer Berichterstattung gegenüber dem FBI hatte sich sicherlich niemand dafür interessiert. Sie hatte mich beobachtet, als ich Jean Posner hypnotisiert hatte. Dies war die ideale Gelegenheit für die indirekte Induktion einer Hypnose.

»Aus Ihrer Anwesenheit hier«, sagte ich zu Walker, »schließe ich, daß Sie die Genehmigung haben, mit mir zu sprechen.«

Sie nickte.

Ich wandte mich an Lane. »Ist dir schon mal aufgefallen, Lanie, daß Leute, die sich dagegen wehren, sich hypnotisieren zu lassen, dies meist auch körperlich zum Ausdruck bringen? Sie erzeugen eine Anspannung in ihrem Körper – eine Steifheit in Armen und Beinen. Sogar in ihren Augenlidern – sie wehren sich gegen ihren eigenen Wunsch, zuzulassen, daß sich ihre Augen ... ganz langsam ... schließen ... ganz schließen. Diese Weigerung und Anspannung scheinen sehr tief zu gehen.«

Lane verschränkte ihre Arme. »Jemand sollte dich an die Leine nehmen«, sagte sie.

Als ich Walker wieder ansah, waren ihre Augen geschlossen. Sie zog ihre Beine von der Wand weg und legte ihre Arme entspannt in ihren Schoß. Ich dachte an das Klebeband über ihren Augen, als ich sie in Wolfs Apartment gefunden hatte. »Wenn wir nichts sehen können«, begann ich, »spüren wir Dinge auf andere Weise. Wir hören Worte, die gesprochen werden, Menschen, die sich um uns herum bewegen. Wir nehmen Gerüche besser wahr. Wir fühlen – taktile Empfindungen, intuitive Gedanken. Wir sagen, unser Geist sei ständig in Eile. Es liegt an uns, das Tempo zu drosseln. Diese Macht haben wir.«

»Seife«, sagte Walker. »Ich rieche Seife. Nein. Rasiercreme. Ich höre Wasser laufen.«

Sie hatte auch das Klicken von Wolfs Drahtzange gehört und etwas gerochen, von dem sie glaubte, daß es Haarfarbe sei. Das paßte zu dem, was die Frau in der Bar, vor der Wesley ermordet wurde, mir gesagt hatte. Wolf hatte sein Aussehen verändert.

Manchmal ist ein bißchen Manipulation notwendig. Während der folgenden Stunde hörte ich zu, wie sich Walker an einen Ort jenseits der Wahrnehmung und unterhalb des bewußten Denkens begab. Die Einzelheiten über Willoughbys Tod würden ihre Kollegen ärgern. Ich interessierte mich mehr für die Wut, die sie in Wolfs Stimme gehört hatte, als er sich darüber beschwerte, daß Quantico nicht an ihn gedacht hatte, nachdem Chadwick in den Tod gestürzt war. Seine Wut war die des mißachteten Narzißten. Er wollte ihr klarmachen, daß er ein überlegener Mensch sei – daß er sich seine eigenen Gelegenheiten schaffe –, daß er ein anspruchsvoller Reisender mit einem Sinn für gutes Essen sei und daß er aus der Erde wiederauferstanden sei.

Er hatte seine Zeit mit Walker als »Kostümprobe« bezeichnet und sie daran erinnert, wie sehr er für Sprengsätze schwärmte.

Was zum Teufel hatte er vor? War das Willard seine Zielscheibe? Wie wollte er seine Schauspieler zusammenbringen?

Als ich das Gefühl hatte, Susan Walker habe mir alles gesagt, wandte ich mich wieder an Lane und beendete die Trance auf dieselbe indirekte Weise, derer ich mich für die Induktion bedient hatte.

Walker setzte sich auf ihrem Stuhl auf, streckte sich und fragte: »Also, was wollen Sie wissen, Dr. Frank?«

»Ich muß jetzt los«, sagte ich zu ihr. »Ich hab' im Willard eine Verabredung mit Agent Jackson. Lane, vielleicht kannst du es ihr erklären.«

Lane folgte mir und sagte zu Walker, sie käme gleich zurück. »Bringt dich all das irgendwie weiter?« fragte sie.

»Die Frage war schon immer: Wie stellt sich Wolf den ultimativen Akt der Machtdemonstration und Demütigung vor? Was würde ihm die größte Genugtuung verschaffen? Wir müssen die Welt sehen, wie er sie sieht, statt unsere Sicht der Dinge auf ihn zu übertragen. Wolf hat zu Walker gesagt, sie solle mit mir reden. Was ich weiß, ist, daß es um Tunnel geht, um irgend etwas Unterirdisches, Vergrabenes. Vielleicht ist es das Willard. Ich weiß es nicht. Ich weiß aber, daß es für morgen geplant ist, den Jahrestag unserer Konfrontation in dem Keller in Vermont. Es besteht auch die Möglichkeit, daß sich unser Mörder als Anthropologe ausgibt.«

»Was willst du machen?«

»Mich mit Jackson treffen«, sagte ich. »Du erkundigst dich beim Smithsonian, bei den verschiedenen Universitäten. Stell eine Liste von Anthropologen auf, von Gutachtern, die als Gastdozenten hier sind und so weiter. Nimm für den Fall, daß Wolf mit der Wahrheit geflirtet hat, alle Johns auf, unabhängig davon, ob sie festangestellt oder Gastdozenten oder was auch immer sind.«

Als ich durch den Flur ging, wurde mir bewußt, daß ich wahrscheinlich alle Teile des Puzzles hatte, aber die Art, wie sie zusammenpaßten, behagte mir nicht. Ein solches Dilemma empfinde ich immer als unbehaglich, aber dieses hier zermürbte mich. Ich hatte das Geühl, daß die Antwort quälend nahe war, aber ich bekam sie nicht zu greifen.

Wollte Wolf unter die Erde gehen und für immer verschwinden? War es das, was der Bastard mir sagen wollte?

Oder plante er jetzt, nach seiner Kostümprobe, etwas viel Schlimmeres?

# Wolf

Ich folgte Darla Michaels vom Büro bei der Washingtoner *Blade* zu einer Country-Western Bar – Barb's Barbecue – in Quantico.

Es machte mir Spaß, der nichtsahnenden Reporterin zu folgen. Sie war die Vermittlerin, die für die Vollendung meines Plans sorgen würde, und sie hatte keine Ahnung, was um sie herum vorging. Wirklich recht amüsant. Vor ihr lag die größte Story in ihrer ganzen Laufbahn, aber jetzt hastete sie von ihrem Auto in eine baufällige, scheunenartige Bar direkt neben der State Road.

Barb's zeichnete sich aus durch alte Neonreklamen für Bier, schwarze Cowboyhüte, Jeansjacken, die mit Südstaatenflaggen geschmückt waren, und eine Jukebox, die näselndes, weinerliches Geschwafel über verlorene Geliebte, letzte Biere, tote Hunde und knallrote Pickups mit Gewehrhaltern ausspuckte.

Dieses Land war merkwürdig.

Ich trank ein Bier und studierte Darla Michaels. Sie war sportlich gekleidet, in Jeans und Hemd, und trug ihre hellbraunen Haare kurzgeschnitten. Ihr Profil faszinierte mich. Ich starrte auf ihr Gesicht, suchte nach einem Hinweis, einer kleinen Ähnlichkeit zwischen ihr und ihrem Vater Anthony Michaels, einem Bostoner Reporter aus vergangenen Zeiten. Michaels Senior war einer der wichtigsten Kriminalreporter Bostons, bis er vor sechs Jahren an Krebs starb. Er hatte über DeSalvo geschrieben, den Mord an Cora Riordan, über Jeremy Stoneham, Norman Elgar – alle großen Fälle. Er war ein Fan des Bostoner Genies Lucas Frank, glaubte ihm alles und bot ihm soviel Öffentlichkeit, wie er nur wollte. Jetzt war seine Tochter das letzte Requisit für meinen Schlußakt.

Es war nur angemessen, daß wir alle auf diese Weise zusammenkommen sollten, notwendig, daß die Zeit in sich selbst zusammenstürzte. Die Versuchung, all diese Menschen in Stücke zu reißen, war stark. Ich mußte ihr widerstehen und mich in Geduld üben.

Rexford Landry spazierte zur Tür vom Barb's herein. Er schien sich in dieser nicht Englisch sprechenden Enklave sofort wie zu Hause zu fühlen. Er winkte Leuten zu, umarmte eine dicke Frau in einem Tupfenkleid, schüttelte einem hochgewachsenen Mann in zu kurzen Jeans, weißen Socken und schwarzen Schuhen die Hand und küßte ein kleines Mädchen, deren Gesicht voller Barbecuesauce war.

Scheiße. Er sah aus wie Clinton auf Wahlkampftournee.

Er wischte sich noch die Sauce von seinem Gesicht ab, als er sich zu der Reporterin setzte. »Hey, Darla«, sagte er und rutschte auf die Bank am Tisch gegenüber von mir. »Sie haben es auf Seite eins geschafft. 'ne tolle Titelstory.«

»Hier sind wir nicht gerade anonym, Landry«, sagte sie. »Ich dachte, Sie wollten nicht, daß wir zusammen gesehen werden.«

»Die Leute hier kennen mich, aber Sie nicht.«

Sie zuckte mit den Schultern. »Wie Sie meinen.«

»Die Informationen, die ich Ihnen gegeben habe, waren nicht schlecht, was?«

»Kann ich nicht abstreiten. Ihre Vorgesetzten haben sich ganz schön aufgeregt, als sie gelesen haben, daß Wolf alias Chadwick an der Academy gelehrt hat.«

Landry lachte. »Jackson hat mich zu Hause angerufen.«

»Er muß den Verdacht haben, daß Sie die undichte Stelle sind.«

»Ich bin es so leid, in 'nem Scheißbüro zu sitzen, daß ich kotzen könnte. Was sollen sie machen – mir andere Aufgaben zuweisen? Alles andere ist besser als dieser Scheiß. Ich will wieder zurück auf die Straße. Ich weiß nicht, warum sie mich von da abgezogen haben. Wir haben Dealer in ganz Miami festgenommen. Na ja, was trinken Sie?«

»Scotch.«

»Millie«, brüllte Landry, »ein Glas von dem, was sie hat, und ein Bier vom Faß.«

Er wandte seine Aufmerksamkeit wieder Darla Michaels zu, die den ungehobelten Cop offenbar kaum ertragen konnte. »Ich hab' Ihnen ja gesagt, daß ich die Wolf-Story liefern könnte«, sagte er.

»Ich bin neugierig, Landry. Glauben Sie, er ist noch am Leben?«

»Total ausgeschlossen, daß ein menschliches Wesen diese Explosion überlebt hat. Willoughby war besessen, als wäre er dem Superman der Serienmörder auf der Spur. Er wollte beweisen, daß Wolf am Leben war, und ihn dann erledigen – das sollte die Krönung seiner Karriere sein. Der offizielle Standpunkt des FBI ist unverändert: Wolf ist in Vermont ums Leben gekommen. Jackson ist von Lucas Frank ganz gebannt. Er versucht, den Fall wieder aufzurollen. Sie ›untersuchen Möglichkeiten‹. Das ist alles Blödsinn.«

»Wer begeht denn dann die Morde?«

»Millie, Sie sind ein Schatz«, sagte Landry, als die Kellnerin seine Drinks auf den Tisch stellte. »Wir nennen sie ›Fans‹. Nachahmungstäter. Die verschlingen alles, was sie über ein Arschloch wie Wolf finden können. Sie lesen die Revolverblätter, die Taschenbücher, sehen sich *Inside Edition* und *America's Most Wanted* an. Sie sind richtige Experten, was diese Killer angeht.«

Er kippte den Scotch runter und trank dann von seinem Bier. »Hören Sie zu. Sehen Sie mal, was sie über den Verkauf von einem Haus und vier Hektar Land in Saxtons River, Vermont, von Corrigan an Willoughby rauskriegen.«

»Er hat das Grundstück gekauft?«

Landry lachte. »Ich hab' Ihnen ja gesagt, daß er besessen

war. Er war wirklich ein Fan von Wolf. Er hat einen riesigen Zaun um das Kellerloch und den Großteil des Grundstücks errichtet. Frank war gestern in Vermont. Er hat in Swanton Halt gemacht und ist dann nach Saxtons River gefahren.«

»Was hat er gesucht?«

Landry schluckte. »Er hat sich im Willard einquartiert. Gehen Sie hin und fragen Sie ihn.«

»Sie wissen es nicht?«

Landry schüttelte den Kopf. »Aber ich weiß was Besseres – zu dem Mord in Georgetown.«

»Samantha Becker. Den haben wir Wolf zugeschrieben, genau wie Sie gesagt haben.«

»Ich habe nie gesagt, Wolf wäre der Täter. Sie haben sich entschieden, es so darzustellen. Der Tatort sah genauso aus wie der nach einem Mord, den Wolf vor etwa einem Jahr in New York begangen hat. Der Name des Opfers war Sarah Sinclair. Die Leiterin der Ermittlungskommission war Lane Frank. Machen Sie daraus eine Story.«

»Einzelheiten über Becker«, sagte Michaels und schlug einen Stenoblock auf.

»Kehle mit chirurgischer Präzision durchtrennt. Herausgeputzt in einem ausgefallenen weißen Kleid, das ihr, wie man uns sagte, nicht gehörte und das sie auch sicher nicht hätte haben wollen. Offenbar hatte sie ihren Gast bewirtet. Weingläser und der ganze Scheiß. Auf dem Kleid waren am Kragen Vögel aufgestickt. Am Tatort lag eine Feder.«

»Daran erinnere ich mich noch«, sagte Michaels und sah von ihrem Block auf. »Die Federn. An der ganzen Ostküste gab es solche Fälle. Das Programm zur Ergreifung von Gewaltverbrechern spuckte sie nicht aus.«

»Ich bin mir nicht so sicher, ob es überhaupt nötig war, sie auszuspucken. Diese Mörder sind nicht so schlau, verdammt. Bei Ihnen allen klingt es immer so, als wären sie wer weiß wie intelligent. Shawcross? Dumm wie Bohnenstroh. War zu doof, um nicht durch Pfützen zu laufen. Der verdammte Bundy hat sich selbst verteidigt und ist direkt auf den elektrischen Stuhl gewandert. Ich glaube, Ted Bundy wollte den Leuten weismachen, er hätte mehr Menschen umgebracht, als er wirklich umgebracht hatte. Wie der Typ in Texas, Henry Lee Lucas. Jedesmal wenn die Ranger ihm einen Erdbeermilchshake brachten, gestand er noch ein paar Morde. Über dreihundert, bis schließlich jemand sagte: ›Moment mal, verdammt.‹ Das Arschloch war im Gefängnis, als einige der Morde begangen wurden, oder in Florida, als die Leute in Oklahoma abgemurkst wurden.«

»Wir haben es also mit einem Nachahmungstäter zu tun?«

»Natürlich«, sagte der Agent und schlug mit der Hand auf den Tisch. »Das sage ich ja die ganze Zeit. Vielleicht haben wir 'n paar verdammte Schafe geklont, aber es ist schon lange keiner mehr von den Toten auferstanden.«

Als Michaels gehen wollte, änderte sich Landrys Ton. »Hey, verdammt, hören Sie. Sie sind die Journalistin. Wenn Sie bei der Story über den übernatürlichen Irren bleiben wollen, um ein paar Zeitungen zu verkaufen, machen Sie das. Millie?«

Darla Michaels verließ die Bar, als Millie Landry nochmal dasselbe brachte.

Es überraschte mich nicht, daß Lucas Frank erfahren hatte, was in Swanton geschehen war – raffinierte Orchestrierung meinerseits.

Daß er zu dem alten Haus zurückgekehrt war, um eine innere Haltung wiederzuerlangen, hätte nur in einem Melodrama irgendeines Romanautors Sinn ergeben. Er hatte die innere Haltung immer gehabt. Es spielte keine Rolle, ob er sie wollte. Sie war ebensosehr ein Teil von ihm wie von mir. Der einzige Unterschied zwischen uns bestand darin, daß er seine Mordlust fürchtete, während ich meine hegte und pflegte und zu einer Kunstform kultivierte.

Nein, er war wie Willoughby nach Saxtons River gereist, um etwas schwer Greifbares, aber Definitives zu finden – etwas, das ihm alles sagte, was er wissen mußte, um einen Mörder zu schnappen.

*Haben Sie mein Geschenk erhalten, Dr. Frank?*

Dieses rostige Metallkästchen ist alles, was von seinem Leben übrig bleibt. Ein paar Fotos, einige Artikel – sie ändern Dinge, die vor zwanzig Jahren geschehen sind, vor zehn Jahren, gestern. Im Wald schienen Bäume nur zu fallen, wenn niemand da war. Es war jemand da. Ich sandte Wellen aus Geräuschen, Gefühlen und Chaos in seine Welt.

Ich war für Lucas Frank nicht mehr gewesen als ein Flüstern – ein Flüstern, das er bei dem Lärm in seinem eigenen Leben nicht hören konnte. Jetzt, wo er in seiner Vergangenheit kramt, haben sich die Zeit, der Raum und das, was er als Wirklichkeit kennengelernt hat, verändert. Zwei Jahrzehnte seines Lebens sind umgeworfen worden.

*Habe ich jetzt Ihre Aufmerksamkeit, Dr. Frank?*

Als ich in Richtung Washington fuhr, dachte ich daran, wie ich vor Jahren aus einer Souterrainwohnung in der Bay State Road in Boston in eine hellere Parterrewohnung in der Fenwood Road umgezogen war. In der zweiten Woche nach dem Umzug warteten, als ich von der Arbeit im Krankenhaus nach Hause kam, zwei Detectives auf mich.

Der Chef der beiden war eine kleine irische Bulldogge aus South Boston – Tommy Sullivan. Sein Partner war ein großer, schwer gebauter Schwarzer aus Roxbury – Raymond Bolton. Ich fragte mich damals, ob es eine richterliche Anordnung gebraucht hatte, um diese Vertreter so gänzlich verschiedener Stadtteile zusammenzubringen.

Sie würden mir gerne ein paar Fragen stellen, sagte Sullivan.

Ich hatte keine Ahnung, was sie wollten. Ich bat sie herein

und setzte mich aufs Sofa. Sie blieben in ihren Mänteln und Hüten mitten im Zimmer stehen und ignorierten mein Angebot, es sich bequem zu machen.

Sullivan wollte wissen, ob ich vorher in der Bay State Road gewohnt hatte, wann ich umgezogen war und wann ich meine Schlüssel bei wem abgegeben hatte.

»Mr. Rayle, haben Sie die Bekanntschaft des nächsten Bewohners des Apartments gemacht?« fragte Sullivan in der Polizeiversion unserer Sprache.

»Nein.«

»Sind Sie nicht mehr dorthin zurückgegangen? Vielleicht, um etwas zu holen, was Sie vergessen hatten?«

»Ich habe nichts vergessen.«

»Wußten Sie, daß die Wohnung schon wieder vermietet war?«

»Nein. Darf ich fragen, worum es geht?«

Sullivan hob einen Finger. »Ich stelle die Fragen. Welchen Hauseingang haben Sie benutzt, als Sie dort wohnten?«

Ich zuckte mit den Schultern. »Beide. Meistens den Hintereingang im Souterrain. Die Gasse dort führt zum Kenmore Square. Ich fahre gewöhnlich mit dem Bus oder der Subway. Ich habe kein Auto. Der Weg durch die Hintertür war kürzer.«

»Ihr Wohnungsschlüssel paßte für beide Türen?« fragte Sullivan.

»Ja«, sagte ich und begriff allmählich, worauf sie hinauswollten, »aber für die Hintertür brauchte ich keinen Schlüssel.«

»Das Schloß war kaputt?«

»Ich weiß nicht. Die Tür ging nicht ganz zu. Sie war irgendwie aufgequollen, paßte nicht in den Rahmen.«

Sullivan nickte. »Können Sie uns sagen, wo Sie von Samstag nacht um zwölf bis Sonntag mittag um zwölf waren?«

»Samstag nacht um zwölf? Da hab' ich geschlafen. Am Sonntag morgen bin ich gegen neun aufgestanden und auf dem Riverway joggen gegangen. Als ich zurückkam, hab' ich gefrühstückt und Zeitung gelesen. Am Sonntag nachmittag bin ich zur Arbeit gefahren.«

Bolton ergriff das Wort. »Sie haben acht Monate lang in dem Apartment in der Bay State Road gewohnt.«

»Ja. Es war an mich untervermietet.«

»Gab's schon mal Schwierigkeiten mit Leuten, die durch die Hintertür reinkamen?«

Ich dachte darüber nach. »Nicht soviel, als daß ich mich je darüber beschwert hätte. Als ich einzog, war es Winter, und ein alter Betrunkener kam immer rein und schlief im Flur. Er schien wirklich harmlos zu sein, und es war kalt. Vor ein paar Monaten hat jemand an meinem Türknauf gerüttelt, aber das ist mir auch schon woanders passiert. Einmal, als ich in der Marlborough Street gewohnt hab'. Ich hab' gebrüllt, und er ist weggelaufen. Das ist so ziemlich alles.«

Bolton schob Zeitschriften auf dem Kaffeetisch zur Seite, setzte sich hin, so daß seine Knie meine beinahe berührten, und starrte mir tief in die Augen. »Wir nehmen an, daß jemand früh am Sonntag morgen durch die Hintertür reingegangen ist, sich Zugang zu Ihrer alten Wohnung verschafft hat und dort eine junge Frau vergewaltigt und ermordet hat.«

»Die neue Mieterin?«

Bolton nickte.

»Ich weiß nichts davon. Ich bin, wie gesagt, nicht mehr in der Wohnung gewesen. Klingt wie Albert DeSalvo.«

»Ja, wirklich, nicht wahr?«

Bolton sah weg. Sullivan machte sich weiter Notizen.

Ich fand, daß dies alles ein erstaunlicher Zufall war. Ich war nicht mehr in die Wohnung zurückgekehrt. Ich hatte die junge Frau nicht umgebracht. Irgendeine verwandte Seele war in meiner Stadt zugange und hatte den Weg in meine Wohnung gefunden, nachdem ich umgezogen war. Plötzlich wollte ich diesen Mann treffen, mich mit ihm unterhalten. Solche Gelegenheiten sind so selten.

Es lag, wie ich fand, eine gewisse Ironie in der Situation. Ray Bolton – Lucas Franks Partner bei Kriminalfällen und Lane Franks Pate – saß mir gegenüber; seine Hosenbeine berührten meine Jeans. Er war so nah, daß ich sein Old Spice riechen konnte.

Schließlich gingen die beiden Detectives und sagten, sie würden wiederkommen, falls sie noch Fragen hätten. Sie kamen nicht mehr wieder.

Sechs Wochen später, an einem verschneiten Heiligabend, ging ich die Fenwood Road hinauf, überquerte die Huntington Avenue und tötete Cora Riordan. Bis spät in die Nacht hinein stand ich inmitten der kleinen Menschenansammlung auf der anderen Straßenseite und sah zu, wie Dr. Frank eintraf.

Der Reporter Anthony Michaels kam kurz zu uns herüber, stellte uns Fragen, bekam Antworten. Dann überquerte er die Straße und vertiefte sich erst in ein Gespräch mit Bolton, dann mit Lucas Frank. Später sah ich zu, wie Bolton Jeremy Stoneham abführte.

Jahre später, als ich Norman Elgar im Walpole State Prison besuchte, erzählte er mir von der jungen Frau, deren Name genauso hart und spröde gewesen war wie ihr Wesen. Kira Kirkman. Elgar war ihr nach Hause gefolgt, war durch eine kaputte Hintertür in ihr Wohnhaus gelangt und hatte sie dann erdrosselt.

Er erinnerte sich an all seine Eroberungen. Ms. Kirkman hatte in der Bay State Road gewohnt.

Das war ganz offenbar ein Wink des Schicksals. Ich hatte lange und hart daran gearbeitet, uns alle als Familie zu behaupten.

# Pop

Während ich auf Jackson wartete, las ich einen weiteren Eintrag in Wolfs Tagebuch.

*Frederick Law Olmstead, der Künstler, der den New Yorker Central Park entworfen hat, entwickelte auch Pläne für verschiedene ästhetisch ansprechende Friedhöfe – Gartenfriedhöfe, auf denen die Grabsteinreihen durch verschlungene, abfallende und ansteigende Wege voneinander abgegrenzt und mit Tausenden von Tulpen, Narzissen und Pfingstrosen geschmückt sind. Meine Lieblingsblumen sind die blutähnlichen Explosionen roter Farbe, die sich von dem Gelb, Rosa und Weiß abheben.*

*Friedhöfe sind sinnlicher als die Orte, die wir während unserer Zeit auf der Erde bewohnen. Zu unseren Lebzeiten ermöglichen uns diese herrlichen Gärten, das Ödland, das wir geschaffen haben, zu verlassen – ein paar kleine Schritte können eine transzendentale Erfahrung sein, eine Möglichkeit, die Klagen der Lebenden hinter sich zu lassen und Zeit mit den stillen Toten zu verbringen. Eines Tages werden wir uns ohnehin zu ihnen gesellen – warum sollen wir uns daher nicht schon jetzt mit diesen grasbewachsenen Orten anfreunden?*

In Wolfs Jugend hatten unterirdische Orte eine große Rolle gespielt. Seine Vorliebe für Friedhöfe, die Zeit, die er im Keller des alten Hauses verbracht hatte, der Tunnel, den er wie besessen aus dem Kohlenkeller nach draußen gegraben hatte.

*Besessenheit.*

Ich war nicht nur das Publikum, das nie applaudierte, ich hatte auch nicht einmal gemerkt, daß eine Vorstellung lief.

*Unterirdische Tunnel.*

Ich dachte daran, wie ich vor einem Jahr, nach dem Mord an Sarah Sinclair, angefangen hatte, mich in Lanes Auftrag mit Mordfällen zu befassen. Ein Opfer war eine Frau namens Annie, die in einem Pferdestall auf einer Farm in Connecticut tot aufgefunden wurde. In seinem Computertagebuch hatte Wolf ausführlich über Annie geschrieben.

Sie hatte gleichzeitig mit ihm in Cambridge studiert, und Jahre später erzählte sie ihrem Ehemann von einem jungen Mann, den sie vor einer brennenden Lagerhalle kennengelernt hatte. In der Brandnacht waren sie und ihr neuer Freund auf den Subwaygleisen vom Central Square zum Harvard Square gelaufen.

*Er nahm sie mit unter die Erde. Er fühlte sich dort wohl,* erzählte sie ihrem Mann.

Es gab so vieles, was ich nicht bemerkt oder nicht richtig gewürdigt hatte. Wolf hatte gewollt, daß ich mich verfolgt fühlte, und jetzt war es soweit – eine Zwanzig-Jahres-Dosis wurde mir eingetrichtert, und ich sollte alles auf einmal schlucken.

Ich blickte hinunter auf die zierliche Frau, die an meine Tür geklopft hatte.

»Mein Name ist Darla Michaels«, sagte sie. »Ich bin Reporterin bei der Washingtoner *Blade.*«

»Ich weiß, wer Sie sind. Trotz Ihrer Versicherung unten an der Rezeption wußte der Herr dort, daß ich Sie nicht erwarte. Auch er hat Sie wiedererkannt. Ich hab' gerade mit ihm telefoniert. Offenbar treiben Sie ziemlich oft Ihr Unwesen hier. Kommen Sie rein.«

»Sie sind bereit, mit mir zu sprechen?«

»Nicht hier im Flur, und nur für eine Minute. Ich bin ein bißchen in Eile. Kommen Sie rein.«

Sie setzte sich auf eine Stuhlkante und holte ein Notizbuch

und einen Stift aus ihrer Tasche. »Ich habe für die *Blade* schon letztes Jahr über den Fall Wolf geschrieben. Ich schrieb gerade an einer Serie über das FBI, als diese Sache bekannt wurde. Das war eine perfekte Einleitung für die anderen Artikel.«

Ich setzte mich ihr gegenüber. »Ich lebe in Michigan. Ich beziehe Ihre Zeitung nicht. Ihre aktuelle Story habe ich aber gelesen. Sie haben ziemlich gründlich recherchiert.«

»Danke. Dr. Frank, Sie waren vor kurzem in Vermont.«

»Ein wunderbarer Staat. Könnte ein hübscher Nationalpark werden, wenn er nicht an Disney verkauft wird.«

Sie lachte. »Als ich klein war, bin ich mit meinem Vater oft auf dem Mount Ascutney Ski gefahren. Es ist so eine schöne Gegend. Dr. Frank, sind Sie wegen des Doppelmordes, der im März passiert ist, nach Swanton gereist?«

»Ja. Hören Sie, beeilen wir uns ein bißchen. John Wolf lebt, und er hat diese beiden Menschen in Vermont umgebracht. Was hier in Washington geschehen ist, ist nicht das Werk eines Nachahmungstäters.«

Sie starrte mich einen Moment lang an. »Und was ist mit Willoughby?«

Ich nickte. »Wolf.«

»Nach dem Mord an Samantha Becker sah der Tatort genauso aus wie nach dem Mord an Sarah Sinclair, dem Fall aus New York, bei dem Ihre Tochter die Ermittlungen leitete. Der Mörder hatte die Szene arrangiert.«

Ich wartete.

»Sogar das Kleid, das Becker trug, war identisch mit dem, das Sinclair anhatte, als sie ermordet wurde.«

Rexford Landry war derjenige, der sie mit Informationen versorgt hatte. Jackson hatte den verbitterten, jähzornigen Agenten angewiesen, Willoughbys Akten durchzusehen. Landry war an beiden Tatorten in Washington gewesen und kannte alle Einzelheiten.

»Ich muß gleich weg«, sagte ich.

»Glauben Sie, daß Wolf auch für den Mord an Becker verantwortlich ist?«

Ich brachte sie zur Tür. »Hundertprozentig. Da haben Sie Ihre Bestätigung, Ms. Michaels.«

»Ich hatte auf mehr Einzelheiten gehofft, Dr. Frank«, sagte Michaels, als ich sie sanft in den Flur schob. »Vor allem wollte ich fragen, wie Sie es finden, daß derselbe Mörder Sie zweimal aus dem Ruhestand herausgeholt hat.«

»Zum Kotzen«, sagte ich und machte die Tür zu.

Ich hatte keinen Appetit. Jackson bestellte Suppe.

»Der Keller ist sauber«, sagte er. »Nichts. Sie sind sogar mit Hunden da runtergegangen.«

Wenn ich recht hatte, blieben uns nur noch ein paar Stunden Zeit. Wolf hatte bestimmt an Ort und Stelle alles vorbereitet. Wenn sein Ziel nicht das Willard war, was zum Teufel war es dann?

»Wir lassen ein paar Agenten da unten, für den Fall, daß er auftaucht.«

»Haben Sie noch irgendwas darüber rausgefunden, daß Wolf an Ihrer Akademie eine Vorlesung gehalten hat?«

Jackson schüttelte den Kopf. »Jemand hat Chadwicks Akte weggenommen. Wir vermuten, daß es Willoughby war. Wahrscheinlich dachte er, er würde dem FBI damit Peinlichkeiten ersparen, und wir wissen, daß er seine eigene Spur verwischen wollte. Wolf war seine Eintrittskarte zu dem Eckbüro unten auf der Straße.«

»Und die Eintrittskarte zu seinem Grab. Was ist mit Landry?«

Jackson hob die Hand, mit der Handfläche nach außen, als wollte er den Verkehr regeln. »Innere Angelegenheit«, sagte er.

»Darmbeschwerden«, murmelte ich. »Ich hatte gerade Besuch von Darla Michaels.«

Jackson zögerte und sagte dann: »Die würde nie ausplaudern, von wem sie ihre Informationen hat.«

Ich zuckte mit den Schultern. »Vielleicht nicht absichtlich.«

Jackson schüttelte den Kopf. »Ich regele das auf meine Weise. Ich hab' Ihnen doch erzählt, daß Samantha Becker mit Herb Cooper befreundet war. Ich hab' heute morgen mit Cooper gesprochen.«

»Könnte Wolf Agent Cooper bei dem Seminar über Tötungsdelikte kennengelernt haben?«

»Cooper arbeitete damals von unserem Büro in Denver aus. Das wäre nicht besonders wahrscheinlich – das Seminar hat vor vier Jahren stattgefunden.«

»Auch Jahrzehnte spielen für Wolf überhaupt keine Rolle. Was ist mit dem Fall, bei dem Cooper mit Willoughby zusammengearbeitet hat – der aus dem Jahr 1985?«

»Ich glaube nicht, daß der uns weiterbringt. Er ist nie aufgeklärt worden. Eine junge Frau wurde erdrosselt und dann im Fundament einer ausgebrannten Rangerhütte in einem Park auf Cape Cod gefunden.«

Ich erinnerte mich an den Fall. Er war identisch mit einem, an dem ich im Jahr 1976 gearbeitet hatte. Bei dem früheren Fall hatte ich ein Täterprofil geschrieben.

*Ein Mörder mit einer Mission – einer, der eine Karriere des Tötens plant.*

»Sie wurde komplett angezogen gefunden, aber die Kleidung gehörte ihr nicht«, sagte ich. »Die Fingernägel des Opfers waren frisch lackiert, ihre Haare waren gewaschen und gekämmt worden.«

Jackson zog eine Augenbraue hoch. »Sie haben den Fall bearbeitet?«

»Es waren zwei identische Fälle. Der Mord, den ich bearbeitet habe, geschah 1976. Ganz offenbar tötete Wolf die beiden jungen Frauen. Ich erinnere mich, daß Willoughby gesagt hat, die zwei Fälle hätten nichts miteinander zu tun. Zuerst dachte ich, das sei nur ein ermittlungstaktischer Trick. Später wurde mir klar, daß er es ernst meinte. Wolf wollte uns klarmachen, daß er da draußen war. Niemand von uns hörte ihn.«

Jackson gab mir ein Blatt Papier. »Das ist eine Übersicht über das Material, das er behandelt hat, als er unter dem Namen Alan Chadwick hier war.«

Wolf hatte über die Auswahl von Waffen in Fällen von Serienmord gesprochen. Er hatte die Fälle aus den Jahren 1976 und 1985 erwähnt. In beiden Fällen waren die Opfer mit Drahtschlingen erdrosselt worden. Bei dem späteren Fall hatte Wolf seine Waffe bei der Leiche liegenlassen. Er wollte, daß jemand die Verbindung erkannte.

»Das Programm zur Ergreifung von Gewaltverbrechern hat noch einen Fall mit 'ner Drahtschlinge ausgespuckt«, sagte Jackson, beugte sich über den Tisch und zeigte auf die Stelle, die ich gerade las. »Es ist ein älterer Fall aus Sanford, Maine. Eine Frau wurde mit der Schlinge umgebracht; ein Mann, der neben ihr im Bett lag, mit einer Axt. Sieht nach zwei Tätern aus. Ihren Kopf nahmen sie mit. Bei dem Fall wurden die Opfer nicht umgezogen. Wolf war damals noch ein Teenager.«

»Er war in dieser Privatschule, in die der Staat ihn gesteckt hatte«, sagte ich. »Während andere Jungs in seinem Alter Baseball spielten, vervollkommnete Wolf seine Fähigkeiten als Mörder.«

Ich las weiter. Wolf hatte auch über den Fall Cora Riordan und einen anderen Fall – Kira Kirkman – in der Bay State Road in Boston gesprochen. Ray Bolton und ich hatten immer geglaubt, Norman Elgar habe Kirkman umgebracht.

Irgend etwas an Wolfs Auswahl von Fällen beunruhigte mich, aber ich wußte nicht genau, was es war. Es waren alles Fälle aus Neuengland, aber es steckte noch mehr dahinter.

»Sagt Ihnen das Zeug irgendwas?«

Ich zuckte mit den Schultern. »Hat Cooper je mit irgend jemandem über seine Beziehung zu Samantha Becker gesprochen?«

»Er sagt, nein. War Walker irgendeine Hilfe für Sie?«

»Sie hat das meiste von dem bestätigt, was wir schon wußten, und ein paar neue Dinge hinzugefügt. Wolf mag Bouillabaisse.«

»Was ist das?«

»Eine französische Fischsuppe. Ein paar Restaurants in Marseille machen die beste Bouillabaisse der Welt. Alle Fische und Meeresfrüchte darin sollen aus dem Mittelmeer kommen. Die Bouillabaisse, die es im Spenger's in Berkeley gibt, kommt dem Original am nächsten. Wolf hat Walker gegenüber vom Spenger's gesprochen.«

»Cooper war in San Francisco«, sagte Jackson und legte seinen Löffel hin. »Er hat ein paar Tage bei der Ermittlungskommission Unabomber verbracht.«

»Im letzten Monat?«

»Vor drei oder vier Wochen. Dort hat er den Gutachter kennengelernt, der ihm bei dem Fall aus Oklahoma hilft.«

Die Worte, die Jean Posner tief in ihrer Trance gesagt hatte, hallten in meinem Kopf wider.

*Knochen. John gräbt tote Menschen aus. John ist Anthropologe in Harvard.*

»Was für ein Gutachter?«

»Ein forensischer Anthropologe«, sagte Jackson. »Aus Harvard, glaube ich. Dr. John Krogh.«

Ich lehnte mich auf meinem Stuhl zurück und entspannte mich – zum ersten Mal, seit Wolf mich am Lake Albert niedergestreckt hatte.

»Eine schwierige Arbeit«, sagte ich.

»Krogh arbeitet Tag und Nacht. Ich weiß nicht, wann er überhaupt schläft. Er ist bis Mitternacht da und kommt in der Morgendämmerung schon wieder.«

Wolfs Ort unter der Erde war nicht das Willard Hotel. Es

war die Abteilung für Verhaltensforschung in Quantico. Mein Gott, was für eine Phantasie.

Er würde schon vor seinem Jahrestag einige Zeit dort verbringen, damit sich das Personal an seine Anwesenheit gewöhnte.

»Wird er auch die DNA-Analysen durchführen?«

Jackson schüttelte den Kopf. »Das erledigt unser Labor.«

»Vertrauen Sie denen?«

»Du meine Güte. Sie sind knallhart, was?«

»Na ja, das Labor hat sich doch einiges geleistet, oder nicht? Vielleicht sollten Sie Ihre Proben nach L.A. schicken. Ich hab' gehört, daß die gut sind bei Beweismaterial. Also könnte Cooper Wolf an der Westküste begegnet sein.«

»Ich ruf' ihn zurück und lasse ihn jede Minute, die er dort verbracht hat, rekonstruieren.«

Das war gar nicht nötig.

*Die Flure der Abteilung für Verhaltensforschung des FBI, zwanzig Meter unter der Erde.*

*Geh in ihren Bau, um Macht über sie auszuüben und sie zu demütigen. Töte direkt unter ihrer Nase. Laß das ganze Scheißhaus zusammenstürzen.*

Das war typisch Wolf.

Der Mörder und ich waren uns ähnlicher, als ich je würde zugeben wollen. Wir sind vom Denken und vom Instinkt geleitete Wesen – wie jeder andere, nehme ich an –, doch uns umgibt eine Aura des Todes. Ein befreundeter Polizist spürte einmal die Wogen, die in meinem Schädel branden, und sagte zu mir, er sei froh, daß ich auf seiner Seite stehe.

»Meistens trifft das zu«, hatte ich erwidert.

Diesmal wußte ich, daß er mein Verhalten nicht gutheißen würde. Ich mußte mich entscheiden. Ich konnte Jackson gegenüber offen sein und die Angelegenheit ihm und seinem Heer von Agenten überlassen, damit sie auf der Suche nach ihrem eigenen Gutachter ihre eigenen Büros stürmten.

Ja, richtig. Ich hatte nicht die Absicht, diese Aufgabe zu delegieren. Landry war unzuverlässig. Jackson und der Rest seiner Leute würden sich alle Mühe geben, Wolf lebendig zu schnappen. Ich wollte ihn tot.

Lane war unter anderem deshalb nach Lake Albert gekommen, weil ihr Gerechtigkeitsempfinden sich von meinem unterschied. Sie mochte dem FBI zwar kritisch gegenüberstehen, aber sie war zur Gesetzeshüterin ausgebildet worden. Bei diesem Mann – dieser Killermaschine, die mich und mein Leben zu ihrem besonderen Projekt erklärt hatte – war mir das Gesetz einerlei.

John Wolf war seit fast zwanzig Jahren mein Schatten. Vor einem Jahr war ich nachlässig gewesen; Wolf hatte überlebt, und andere hatten sterben müssen. Ihn zu töten, war keine Aufgabe, die ich irgend jemandem überantworten würde.

*Krogh arbeitet Tag und Nacht*, hatte Jackson gesagt.

Mir war die Nacht lieber. Wolf würde seine Vorbereitungen für den Morgen treffen, wenn Lane und ich zu der Lagebesprechung kommen sollten. Wenn ich nachts in das Gebäude hinunterging, wäre der Faktor der Überraschung auf meiner Seite, und nur wir beide wären da.

Als ich in mein Zimmer zurückkam, fand ich die Fluglisten, die Lane mir gegeben hatte. Ich glaubte nicht, daß es nötig war, sie mir anzusehen, aber es konnte als weitere Bestätigung dienen. Ich machte eine Flasche Ale auf, setzte mich aufs Sofa und blätterte die Seiten durch.

Zwei Tage, bevor Lane und ich von Detroit nach Washington geflogen waren, hatte John Krogh dieselbe Reise gemacht.

# Wolf

Darla Michaels saß an einem Metallschreibtisch in der Redaktion der *Blade*.

Sie trug dieselbe schwarze Jeans und dasselbe blaue Hemd wie im Barb's in Quantico. Ihre Augen hatten eine aparte grüne Farbe.

Sie telefonierte gerade. Ich zog mir einen Stuhl herüber und setzte mich in diskreter Entfernung von ihr, aber nah genug, um ihr Gespräch hören zu können.

»Es wird länger dauern, als ich dachte«, sagte sie in den Hörer. »Ich hab' noch zwei gefunden. Ein Pathologe in Boston und eine Frau in einem Vorort von Orlando. Allmählich glaube ich es selbst. Die Frau war seine Schwester.«

Während sie zuhörte, sah sie zu mir herüber, hob einen Finger und wandte ihre Aufmerksamkeit dann wieder dem Telefon zu. »Für den morgigen Artikel werde ich wohl noch nicht alle Einzelheiten haben, aber ich will wenigstens die Bestätigung haben, daß Willoughby die Fälle mit Wolf in Verbindung brachte. Sie bekommen die Story, keine Sorge.«

Michaels knallte den Hörer hin.

»Entschuldigen Sie«, sagte sie. »Chefredakteure. Manchmal machen sie es einem bloß noch schwerer, eine Story zusammenzubekommen. Hören Sie, ich bin ziemlich im Streß hier. Es ist gleich Redaktionsschluß. Können Sie nicht später noch mal kommen?«

Sie wandte sich ab, ohne auf meine Antwort zu warten.

»Ich war in den sechziger Jahren in Harvard«, sagte ich. »Der Mann, den Sie John Wolf nennen, hat ein Jahr lang mit mir in einem Zimmer gewohnt.«

Sie drehte ihren Stuhl wieder zu mir herum, und ich hatte ihre volle Aufmerksamkeit.

»Wissen Sie irgend etwas über das, was in letzter Zeit hier geschehen ist?« fragte sie.

»Ich habe Ihren Artikel gelesen. Vor einem Jahr haben das FBI und die New Yorker Polizei mich ausführlich vernommen. Sie schienen zu denken, die Sache wär' vorbei – er wäre tot, wissen Sie. Ich wußte, daß er nicht tot ist.«

»Wie heißen Sie, Sir?«

»Das werde ich Ihnen sagen, und ich werde mich auch ausweisen, aber ich möchte nur als vertrauliche Quelle zitiert werden. Bitte schreiben Sie nicht, daß ich sein Zimmergenosse im College war.«

»Einverstanden.«

»Mein Name ist Roger Curlew«, sagte ich, klappte meine Brieftasche auf und zeigte ihr einen Führerschein des Staates Maryland.

»Ich muß mich bei der Rechtsabteilung erkundigen«, sagte sie, wählte eine Durchwahl, buchstabierte meinen Namen und las die Nummer meines Führerscheins ab.

Einen Moment später sagte sie: »Ein Geistlicher? Okay. Danke.«

»Ohne Kirche«, sagte ich, als sie den Hörer auflegte. »Ich bin Pastoralberater.«

»Ist Reverend Curlew die richtige Anrede?«

»Roger.«

Sie nickte. »Roger, warum sind Sie sich so sicher, daß er die Explosion in Vermont überlebt hat? Macht es Ihnen etwas aus, wenn ich unser Gespräch aufnehme?«

Ich zuckte mit den Schultern. Sie zog ein Diktiergerät aus ihrer Schublade und schaltete es ein.

»Warum glauben Sie, daß er am Leben ist?«

Meine Erfahrung mit Reportern hat mich gelehrt, daß sie nur Schlüsselwörter hören, nie ganze Sätze. Das ist der Grund, weshalb sie Namen nie korrekt schreiben, aber immer wissen, welche Körperteile des Opfers die Polizei gefunden hat.

»Ms. Michaels, ich habe gesagt, ich *weiß*, daß er am Leben ist. Er hat mich im Januar dieses Jahres angerufen, dann wieder im Juni und vor zwei Tagen noch einmal. Wir haben heute im Willard zusammen Mittag gegessen. Ja, ich weiß, daß sich dieser Psychiater, Lucas Frank, dort einquartiert hat. Paul – ich habe ihn immer unter dem Namen Paul gekannt – fand, es läge eine köstliche Ironie darin, das Hotel aufzusuchen, in dem dieser Mann wohnt. So war er schon immer.«

»Sie beide sind also auch nach dem College in Kontakt geblieben?«

»Nicht wirklich. Er ist vor mir abgegangen. Ich weiß nichts über seine Zeit in Vietnam. Er besorgte sich meinen Namen und meine Adresse aus einem Ehemaligenverzeichnis und fing in den Achtzigern an, mir zu schreiben. Ab und zu rief er mich auch an. Ich habe der Polizei das alles erzählt.«

»Haben Sie denen auch gesagt, daß Sie wissen, daß er am Leben ist? Haben Sie ihnen gesagt, daß er Sie angerufen hat, als er angeblich schon tot war?«

Ich nickte. »Ich hab's versucht. Die haben mich behandelt, als ob ich verrückt wäre. Paul – Entschuldigung, *John* - ist ein gefährlicher Mann. Mir würde er nie etwas tun. Das hat er mir gesagt. Aber er hat so vielen anderen etwas getan. Er wußte, daß ich mit jemandem würde reden müssen. Er ist nicht verrückt. Er ist nicht unvernünftig. Er kann oder will nur einfach nicht mit dem Töten aufhören.«

»Großer Gott«, sagte Michaels kopfschüttelnd. »Worüber haben Sie sich beim Mittagessen mit ihm unterhalten?«

Ich hatte einen Punkt erreicht, wo ich alles hätte sagen können, was ich wollte – Darla Michaels hätte mir geglaubt. Ich beschloß, an meinem Drehbuch festzuhalten. Schließlich waren es nur noch ein paar Stunden bis zur Schlußszene.

»Am Anfang war es nur Small talk. Er hat gefragt, wie es meiner Frau und meinen Kindern geht. Er sieht jetzt ganz anders aus, nicht wie auf dem Bild in Ihrer Zeitung. Er ist blond.

Sein Haar ist dünner. Er hat mir erzählt, daß er Leichenbeschauer in Connecticut war. Darüber hat er gelacht – wie er Arzt geworden ist, obwohl er nie auch nur den untersten Universitätsabschluß abgelegt hat. Zum Schießen. Worüber haben wir sonst noch gesprochen? Ach ja. Er hatte sich mit einem FBI-Agenten unterhalten. Um zu beweisen, wer er war, nannte er dem Agenten gegenüber Einzelheiten über den Tod der armen Frau in Georgetown.«

»Samantha Becker.«

»Ja. Einzelheiten, die nur der Mörder, nur er wissen konnte. Der Agent legte auf.«

Michaels zog ihre Stirn in Falten. »Wer war der Agent? Hat er seinen Namen genannt?«

Ich überlegte. »Landers vielleicht?«

»Landry.«

»Ja. Das war es. Er hatte einen ungewöhnlichen Vornamen.«

»Dieser Mistkerl.«

»John hat mir gesagt, wen er als nächstes umbringen will. Die Polizei weigert sich, überhaupt mit mir zu sprechen. Bei ihm haben sie aufgelegt, und mich stellen sie nicht durch. Deshalb habe ich beschlossen, daß ich zu Ihnen kommen muß.«

»Mr. Curlew . . .«

»Roger, bitte.«

»Richtig. Roger. Er hat Ihnen tatsächlich gesagt, wer sein nächstes Opfer sein wird?«

»O je. Ich dachte, Sie hätten mich verstanden. Deshalb bin ich ja zu Ihnen gekommen.«

»Was . . .?«

»Sie sind das nächste Opfer, Ms. Michaels.«

# Pop

Ich prüfte meine Neun-Millimeter und steckte die Pistole dann in ein Gürtelholster an meinem Rücken. Ich war gerade dabei, mein blaues Sportsakko anzuziehen, als Lane kam.

»Gehst du aus?« fragte sie.

Ich gab ihr ein Blatt Papier. »Pack deine Sachen zusammen. Fahr zum National Airport. Dort wartet ein Lear-Jet auf uns. Genauere Anweisungen stehen auf dem Blatt.«

»Augenblick mal, Pop. Wo fährst du hin? Was ist los?«

»Ich hab' keine Zeit, Lane. Vertrau mir. Tu, was ich sage. Ich hab' meine Tasche schon vorgeschickt. In ungefähr drei Stunden komm' ich nach. Sorg dafür, daß kaltes Ale im Flugzeug ist.«

Sie ließ sich auf einen Stuhl fallen. »Und was ist mit Wolf? Ist er geschnappt worden, oder geben wir uns geschlagen? Ich geh' hier nicht weg, bevor du mir nicht sagst, was los ist.«

Ich warf einen Blick auf ihr Gesicht und wußte, daß sie sich nicht von der Stelle rühren würde. Ich würde aber auch nicht zulassen, daß die Sorge um die Sicherheit eines anderen Menschen mich ablenkte.

»Im Flugzeug ist ein Metallkästchen mit meinem Kram. Es ist in meinem Seesack. Alles, was du wissen mußt, ist in dem Kästchen. Du mußt dein Taschenmesser nehmen, um es aufzubekommen.«

»Wo fährst du hin?«

»Nach Quantico.«

»Zur Abteilung für Verhaltensforschung?«

»Ja.«

Sie legte den Kopf schief. »Da soll doch morgen früh die Lagebesprechung sein. Ist die abgesagt worden? Warum fährst du heute abend schon hin?«

»Ich brauche Zeit dort allein.«

»Ist das legal?«

Ich zuckte mit den Schultern. »Ich hab' noch meinen Sicherheitsausweis von neulich.«

»Und was ist mit Wolf?«

»Dir das zu erklären, hab' ich im Moment keine Zeit. Es ist alles in dem Kästchen im Flugzeug. Wenn du dir das Zeug angesehen hast und noch irgendwas nicht verstehst, erklär' ich's dir, wenn ich komme.«

»Bist du in Gefahr?«

Die Schätze in Wolfs Metallkästchen hatten alle Grenzen zwischen uns beiden ausgelöscht. Es waren keine Souvenirs oder Trophäen von seinen Mordopfern. Vielmehr waren es Fragmente einer Vergangenheit, die Wolf umgeschrieben hatte. Meiner Vergangenheit. Seiner Vergangenheit. Ineinander verknotet.

Ihm war es wichtiger, die Tatsache auszukosten, daß er mich überlistet hatte, als sich irgendwelche seiner über fünfzig Morde ins Gedächtnis zurückzurufen.

»Ich war schon immer in Gefahr. Lane, die Antworten findest du da, wo ich gesagt habe. Ich muß dies auf meine Weise tun. Es ist nicht mehr viel Zeit. Bitte geh jetzt.«

Lane starrte mich an. Schließlich nickte sie, stand auf und ging zur Tür. Sie sah auf ihre Uhr. »Wenn du um zwei Uhr morgens noch nicht am Flugzeug bist, komm' ich dir nach.«

»Abgemacht«, sagte ich. »Auf dem Blatt stehen noch ein paar weitere Anweisungen, zwei Anrufe, die du vom Flugzeug aus erledigen mußt. Was du sagen sollst, steht da.«

Sie sah auf das Blatt Papier, dann sah sie wieder mich an. »Zwei Uhr morgens«, sagte sie noch einmal und ging hinaus.

Ich stieg ins Auto und schaltete die Zündung ein.

*Nur wir beide, Junge. Aber eigentlich war das ja schon immer so, stimmt's?*

Als ich noch ein Junge war und in Roxbury lebte, kam meine Schwester oft in mein Zimmer und las, was ich geschrieben hatte.

»Macht es dir was aus, wenn ich das vorlese?« fragte sie mich einmal.

Ich schüttelte den Kopf.

Ihre Stimme glitt sanft durch die Worte.

*Zu Hause*

*wie man hier lebt,*
*sagt die alte schwarze Frau,*
*ist jetzt anders,*
*weil wir uns gegenseitig erschießen*

*süßer Dschungel der Städte,*
*Feuer am südlichen Himmel –*
*niemand hat uns gelehrt zu leben,*
*und niemand scheint zu wissen,*
*daß man das Blut nicht wieder hineinbekommt,*
*wenn es einmal in den Schnee ausgelaufen ist*

»Hier zu leben, ist für dich so, stimmt's?« fragte meine Schwester.

»Ja.«

»Hast du dabei an den Jungen gedacht, der von der Hochbahn überfahren wurde?«

Ich schüttelte den Kopf. »An den Jungen, den sie auf dem Mission Hill erschossen haben.«

»Muß sich alles um Gewalt und Tod drehen?«

»Es ist eben so.«

Als ich jetzt auf der Interstate in Richtung Süden fuhr, wurde mir bewußt, daß sich der größte Teil meines Lebens – all das, was Wolfs Metallkästchen verkörperte – um Gewalt und Tod gedreht hatte.

Viele von Wolfs Morden hatten mich beeindrucken, verwirren, verhöhnen oder mir Angst einjagen sollen. Das hatte nicht funktioniert, weil ich gar nicht wußte, daß diese Ein-Mann-Show überhaupt lief. Ich verließ sogar das Theater und ging in den Ruhestand. Daraufhin nahm Wolf ein paar Korrekturen seines Plans vor. Er wollte mich nicht mehr unterhalten, sondern töten.

Das hat sich nicht geändert. Er will, daß ich tot bin.

Auch Wolfs Art zu denken hat sich nicht geändert. Der junge Mann, der Kerben in die hölzernen Wände des Kohlenverschlags ritzte, wurde zu einem Erwachsenen, der dasselbe tat. Jeder Schnitt im Holz stand für eine Ungerechtigkeit, eine Grausamkeit, die ihm angetan wurde und für die er sich rächen würde.

Am ersten Morgen nach meinem Krankenhausaufenthalt in Lake Albert hatte ich mir das Buch von Margaret Wagner über Peter Kurten vorgenommen. Irgendwo unterhalb der Ebene meines Bewußtseins spürte ich die Botschaft eines Mörders.

Ausgleichende Gerechtigkeit.

Wolf war seit Jahren auf mich fixiert. Er hatte seine ganze mörderische Energie auf mich gerichtet.

Nach dem Mord an Cora Riordan hatte ich zu Ray Bolton gesagt, der Mörder sei ein zweiter Albert DeSalvo.

Der Fall in der Bay State Road, sechs Wochen vor dem Mord an Cora Riordan, war dem Verlangen eines anderen entsprungen, ein Blutbad anzurichten. Weder Jeremy Stoneham noch sein »Wolfmann« waren der Täter. Norman Elgar hatte diese Souterrainwohnung mit Blut beschmiert. Das sagte ich auch zu einem Reporter.

Dann hatte Wolf Elgar besucht.

Was den Täter betraf, über den ich 1976 das Profil anläßlich des Falls vom Cape Cod geschrieben hatte, sagte ich zu demselben Reporter: »Er wird wieder töten.«

Aber ich wußte nicht, wer »er« war.

Die Ermittlungen in dem Fall, der sich 1985 in derselben Gemeinde auf Cape Cod ereignet hatte, hatte ich erst voller Interesse, dann mit Fassungslosigkeit verfolgt. Das FBI hatte den Mord nicht zu dem früheren, identischen Fall in Beziehung gesetzt. Die Presse hatte wieder bei mir angerufen.

*«Hallo, Lucas. Hier ist Anthony Michaels.«*

*»Anthony. Schön, deine Stimme zu hören. Warum habe ich bloß das Gefühl, daß wir uns über Mord unterhalten werden?«*

Anthony Michaels war ungefähr zu der Zeit gestorben, als ich meine Praxis aufgab und mich nach Michigan zurückzog. Krebs, soviel ich wußte.

*»Mein Name ist Darla Michaels. Ich bin Reporterin bei der Washingtoner* Blade.*«*

Ich erinnerte mich, daß Anthony mir ein Foto von seiner Tochter gezeigt hatte. Sie war ungefähr so alt wie Lane. Michaels war zwar ein ziemlich häufiger Name, aber so gerne ich es auch als Zufall abgetan hätte – ich konnte es nicht.

*»Als ich klein war, bin ich mit meinem Vater oft auf dem Mount Ascutney Ski gefahren.«*

Anthony Michaels war ein leidenschaftlicher Skifahrer gewesen.

Lane und ich sollten morgen früh zu der Lagebesprechung kommen. Wolf alias Krogh würde warten, darauf vorbereitet, uns alle tief im Bauch der Abteilung für Verhaltensforschung umzubringen. Wenn Darla Anthonys Tochter war, was hatte sie damit zu tun? Es war klar, daß sie ihre Informationen von Landry bekommen hatte.

*«Ich habe für die* Blade *schon letztes Jahr über den Fall Wolf geschrieben.«*

Sie hatte Wolf in der Zeitung groß herausgestellt; etwas, wonach er sich verzweifelt gesehnt hatte, doch ihr Vater – falls Anthony ihr Vater war – hatte mich in der Zeitung so ausführlich behandelt, wie ich es je gewollt oder gebraucht hatte.

Ein Phantombild und ein oder zwei Tage auf der Titelseite konnten Wolfs unersättliches Bedürfnis nach Anerkennung nicht stillen. Er hatte nie den Luxus kennengelernt, Kontrolle über das auszuüben, was Polizisten und Psychiater über ihn sagten und was Reporter über ihn schrieben. Das Bild von ihm entsprach nicht dem, wie er sich sah. Während seiner Jahre in Boston hatten Ray Bolton und ich, ohne Wolfs Identität zu kennen, bestimmt, was die Öffentlichkeit über diesen Killer erfuhr.

*Das hat dich angekotzt, Junge, stimmt's?*

Ich fuhr vom Highway runter zu einer Tankstelle, suchte mir ein Telefon und wählte die Nummer der Bostoner Auskunft. Der Eintrag war nach Anthonys Tod unverändert geblieben. Ich hörte, wie das Telefon dreimal, viermal, fünfmal klingelte. Schließlich meldete sich eine Frau.

»Mrs. Michaels?« fragte ich. Es gelang mir, jedes Zeichen von Dringlichkeit in meiner Stimme zu unterdrücken.

»Ja.«

»Mein Name ist Lucas Frank.«

»Dr. Frank? Natürlich. Mein Anthony hat oft von ihnen gesprochen.«

»Ich bin in Washington, D.C., Mrs. Michaels, und . . .«

»Unsere Darla ist auch dort. Sie ist jetzt Polizeireporterin, wissen Sie.«

Mrs. Michaels machte den Eindruck, als könnte sie die ganze Nacht reden. Dazu hatte ich keine Zeit. »Das Telefon hier tut's nicht richtig«, sagte ich. »Entschuldigen Sie die Störung. Ich ruf' ein andermal zurück.«

Als ich bei der Washingtoner *Blade* anrief und nach Darla Michaels fragte, war nur ihr Anrufbeantworter dran.

Ich rannte zum Auto zurück und fuhr weiter in Richtung Süden.

Die Vergangenheit war schon mit der Gegenwart kollidiert. Wolf war hinter Darla Michaels her, aber warum? Sollte sie ein weiteres Opfer werden? Sollte sie für die Sünden der Unterlassung und Verzerrung zahlen, die ihr Vater in Wolfs Augen begangen hatte?

Es ergab Sinn – in Wolfs Augen.

Ich mußte zu ihm gelangen, bevor er die Chance hatte, zu der jungen Reporterin zu gelangen.

Das einzige, womit Wolf vor einem Jahr wohl nicht gerechnet hatte, war meine Bereitschaft, ihn umzubringen. Jetzt wußte er natürlich, daß ich genauso wenig wie er zögern würde zu töten.

Der einzige Vorteil, den ich hatte, war die Tatsache, daß Wolf erst am Morgen mit mir rechnete.

Darla Michaels sah mich an, als hätte ich sie geschlagen. Ihre Augen weiteten sich. Ihr Schmollmund klappte auf.

»Er hat Ihnen das gesagt?« fragte sie.

Ich nickte.

Sie schnappte sich ihr Telefon und tippte eine Nummer ein. »Landry, wo zum Teufel stecken Sie? Rufen Sie mich an. Schnell.«

Sie legte auf.

»Anrufbeantworter«, murmelte sie.

Sie schaute auf und sah mir flehentlich in die Augen. »Warum ist Wolf hinter mir her?«

»Er hat gesagt, Ihr Artikel sei ungenau und eine furchtbare Beleidigung für ihn.«

»Das gibt's doch gar nicht. Großer Gott.«

»Als ich mit dem Agenten gesprochen habe, war er in seinem Büro in Quantico. Können wir dort hinfahren?«

Sie kaute auf ihren Nägeln.

»Na, vielleicht gehen Sie zu Ihrer eigenen Sicherheit einfach hier zur Polizei«, schlug ich vor.

Sie schlug mit der Hand auf den Tisch. »Die sind zu nichts zu gebrauchen. Fahren Sie mit mir zu Landry?«

»Natürlich. Dazu fühle ich mich verpflichtet.«

»Sind Sie bewaffnet?«

Ich schenkte ihr meinen besten verdutzten Blick. »Du liebe Güte, nein.«

Sie tippte wieder Zahlen in ihr Telefon, wartete und sagte dann: »Landry, hier ist Darla Michaels. Kommen Sie so schnell wie möglich in Ihr Büro. Ich bin mit Roger Curlew auf dem Weg dorthin. Erinnern Sie sich noch an ihn?«

Es kamen immer mehr Schauspieler zu meinem Ensemble

hinzu. Ich hatte damit gerechnet, daß Landry unter denen sein würde, die ich einäschern würde. Doch ich hatte nicht erwartet, noch einige Zeit mit ihm privat verbringen zu dürfen.

Michaels holte eine 32er aus ihrem Schreibtisch, steckte sie in ihre Handtasche und nahm ihre Jacke.

»Gehen wir.«

Wir nahmen meinen Wagen. Die Reporterin war zu mitgenommen, um zu fahren.

Ich hatte ihre Realität neu definiert. Einem ruhigen, nicht bedrohlichen Pastor ohne Kirche mußte sie einfach vertrauen. Sie saß gegen die Beifahrertür gelehnt da und kaute weiter auf ihren Nägeln herum.

Erst jetzt spürte ich die Erregung, welche die Vorfreude auf ein Blutbad begleitet. Sonderbar. Bei anderen Morden – sogar mehrfachen Morden, anderen Versionen der Apokalypse – waren der Gedanke, das Entwickeln eines rudimentären Plans, die ersten Vorbereitungen, das Erspähen eines Opfers genug gewesen, um mich zu stimulieren. Diesmal war es anders. War es möglich, daß ich an mir selbst zweifelte, meine Fähigkeit in Frage stellte, dies zustandezubringen?

Ich mußte über meine Selbstanalyse lächeln. Sie war so falsch.

»Ich habe den Eindruck, Sie sind jemand, der immer sehr angespannt ist«, sagte ich zu Michaels. »Ich weiß, daß dies eine schreckliche Nervenprobe für Sie sein muß, aber ich meine nicht nur die Situation jetzt. Das war mein erster Eindruck, als ich in ihr Büro kam und sie beim Telefonieren sah. Sie scheinen ein nervöser Mensch zu sein.«

»Ich sage immer, das liegt am Job. Ich weiß nicht. Ich glaube, ich hab' schon immer ein bißchen unter Strom gestanden. Vielleicht habe ich mich deswegen für diese Arbeit entschieden – und wegen meinem Vater. Er war Reporter. Mein Leben ist allerdings noch nie bedroht worden.«

»Können Sie sich an eine Gelegenheit erinnern, bei der Sie wirklich entspannt waren?«

Ich sah zu ihr hinüber. Sie starrte vor sich hin, senkte dann den Blick und sah nach rechts – auf ihren Handrücken.

»Ja«, sagte sie seufzend.

Als ich erfuhr, daß Hypnose der Schlüssel zu Lucas Franks Technik war – daß er in der Lage war, einen dissoziativen Zustand herbeizuführen –, hatte ich mich mit dieser Fähigkeit beschäftigt und sie mir selbst angeeignet, ebenso wie das Talent, bei jedem beliebigen Menschen einen hypnoiden Zustand auszulösen. Mein ganzes Leben lang hatte ich meinen Körper unwillkürlich verlassen. Es bedurfte nur geringer Mühe oder Schulung, diese Fähigkeit gezielt einzusetzen.

»Manchmal ist es entspannend, an Gelegenheiten zu denken, bei denen man entspannt war«, sagte ich.

»Vor ein paar Tagen hatte ich ein merkwürdiges, aber angenehmes Erlebnis. Es war eigentlich kein Gefühl. Es war, als könnte ich Dinge um mich herum sehen, die ich immer für unwichtig gehalten hatte. Ich konnte sie wirklich *sehen.*«

»Was haben Sie gesehen?«

»Oh, das war ja das Merkwürdige. Unter anderem einen kleinen Messingfrosch.«

»Die Messingzunge ist rausgestreckt und um eine Messingfliege gewickelt«, sagte ich.

Sie drehte sich zu mir um, eine Spur Beunruhigung in der Stimme. »Ich war der Meinung, das wär' eine ungewöhnliche Figur. Woher wissen Sie das?«

Als ich in Michaels' Wohnung war, hatte ich den Frosch neben einen geschnitzten hölzernen Seestern auf das oberste Brett ihres Bücherregals gestellt. Ich hatte ihre Bücher *Mit aller Macht* und *Rush Limbaugh Is a Big Fat Idiot* durchgeblättert. Sie war nicht besonders eklektisch. Ihre Bücher waren die, die man bei einer Washingtoner Reporterin erwartet hätte.

»Ich hab' nur geraten. Ich kann mir gut vorstellen, daß ein Künstler so was macht. Vielleicht habe ich sogar schon mal eine solche Figur oder ein Foto davon gesehen.«

Ich hatte auch in ihren persönlicheren Besitztümern gestöbert und ihren Geruch eingeatmet, denselben Duft, den ich jetzt im Auto riechen konnte. Ich bin immer auf jede Begegnung vorbereitet.

»Ich hatte diesen Frosch bewundert, als ich ihn fand«, sagte sie. »Er tauchte einfach vor ein paar Tagen auf, auf einem Regalbrett in meiner Wohnung. Ich hatte mich ein paarmal mit einem Typen getroffen, und ich nehme an, er hat ihn dort hingestellt. Er hat es abgestritten, aber ich bin mir sicher, daß er es war. Ich nannte den Frosch Oliver, weil das auf dem Aufkleber des Künstlers an der Unterseite der Figur stand. Er gefiel mir, aber ich hatte ihn nicht wirklich gesehen, nicht alle Details wahrgenommen. Plötzlich war es, als sähe ich ihn zum allerersten Mal – nur einen Moment lang.«

»Und danach überkam Sie einen weiteren kleinen Augenblick lang ein Gefühl des Verlusts«, sagte ich.

Sie zögerte und stimmte mir dann zu. »Ich konnte ihn nicht wieder so sehen. Nicht auf dieselbe Weise.«

»Wie in einem Traum.«

»Genauso war es.«

»Es ist einfach passiert – ganz ohne jede Anstrengung.«

Sie seufzte. »Sie müssen gut sein bei dem, was Sie tun. Ich fühl' mich jetzt längst nicht mehr so panisch wie eben.«

»Erfahrungen wie diese bringen ein Gefühl der Leichtigkeit mit sich. Man meint, man könnte vom Stuhl hinauf in die Luft fliegen oder über seinem eigenen Körper schweben – oder man würde es gleich tun, ob man will oder nicht.«

Darla nickte. »Ich dachte, es ginge nur mir so.«

»Wir schenken den subtilen Momenten unseres Lebens nicht genug Aufmerksamkeit. Das haben wir so gelernt. Die öffentlichen Schulen sind daran schuld. Ich hab' mich geweigert nachzugeben. Hab' gegen sie angekämpft, wo immer es ging.«

Sie lachte leise. »Das klingt ja ganz schön hart für einen Geistlichen.«

»Ich erinnere mich an eine Lehrerin«, sagte ich. »Miss Gossett. Ich schrieb ein Gedicht über ein fliegendes Eichhörnchen. Das kleine Nagetier schwebte bei mir überall rum. Miss Gossett war sehr naturwissenschaftlich orientiert. Sie erklärte, daß Eichhörnchen nicht fliegen können. Die sogenannten Flughörnchen gleiten nur. Das wußte ich, aber mein Eichhörnchen sollte durch das ganze Universum reisen können, wenn es wollte. Ich glaubte, ich hätte – zumindest in der Lyrik – die Freiheit, zu tun, was mir gefiel. Sie gab mir eine Drei. Und was noch schlimmer war: Als ich mit ihr über die Note diskutieren wollte, sagte Miss Gossett zu meiner Mutter, ich sei arrogant. Das bekam ich dann wochenlang zu hören.«

Marjorie Gossett hätte mich nicht arrogant nennen sollen. Eigentlich lag eine gewisse Ironie darin, denn ich gab mir alle Mühe, keine Aufmerksamkeit auf mich zu lenken. Ein Gedicht über ein Eichhörnchen hat es nie gegeben. Miss Gossett war hereingekommen, als ich im Lesesaal für die Lehrer saß, der an die Bibliothek angrenzte.

»Was machst du hier drinnen?« verlangte sie zu wissen.

Ich fing an, ihr zu erklären, daß ich die Erlaubnis hatte, hier zu sein. Doch bevor ich noch einen halben Satz gesagt hatte, sagte sie zu mir, ich sei arrogant, ging weg und meldete mich beim Direktor. Er schickte mich für den Rest des Tages nach Hause, und an dem Abend benutzte mein Stiefvater mich als Punchingball.

Ein paar Monate später erlitt Miss Gossett einen Nervenzusammenbruch. Jemand hatte sie immer wieder spätabends angerufen. Manchmal hatte er direkt wieder aufgelegt, manchmal schwer geatmet, machmal gelacht.

Dann tauchten alle ihre Katzen, eine nach der anderen, mit

durchgeschnittenen Kehlen vor ihrer Haustür auf. Als ihre eigenen Katzen alle tot waren, kamen fremde tote Katzen. Trotz einer Polizeistreife in ihrer Nachbarschaft kamen immer mehr tote Katzen.

Die letzte schmückte ihr Kopfkissen.

Jemand sagte, Miss Gossett habe daraufhin angefangen zu schreien und mit dem Schreien erst aufgehört, als die Ärzte sie mit Thorazine vollgepumpt hatten.

Jahre später schickte ich meiner ehemaligen Lehrerin eine Postkarte – ohne Unterschrift. Auf dem Bild war eine Katzenmutter, die ihre Jungen säugt.

»Mögen Sie Katzen?« fragte ich Darla.

»Ich mag sie schon, aber ich bin allergisch gegen Katzen.«

»Miss Gossett ging es genauso.«

»Wem?«

»Der Lehrerin, von der ich Ihnen erzählt habe.«

»Oh.«

»Schließlich ist sie an ihrer Allergie gestorben.«

# Pop

Ich fuhr auf der I-95 weiter Richtung Süden, ließ die Stadt und die Lichter der Vororte hinter mir und fuhr in die Dunkelheit hinein.

Mir fiel noch ein Eintrag aus Wolfs Tagebuch ein.

*Die Menschen kollidieren ständig. Wir nähern uns immer nur für einen Augenblick aneinander an, aber wir kollidieren. Wenn wir hoch oben wären, würden wir zusammenkommen, da bin ich mir ganz sicher. Doch ich mache mir Sorgen darüber, ob es nicht vielleicht zu viele von uns gibt. Wenn wir so nah an den Grenzen des Universums schweben, tun wir dies auf eigenes Risiko. Morgen findet wie immer geplant statt, doch manche von uns schaffen es nicht. Und niemand erinnert sich länger daran, als es dauert, einen Namen auszusprechen.*

Der Haupteingang der Abteilung für Verhaltensforschung war nachts abgeschlossen, also ging ich in das Nebengebäude. Ich stieg eine Treppe hinauf, wandte mich nach rechts und ging durch den verglasten Flur, der zu den Büros der Abteilung für Verhaltensforschung führte.

Ich betrat das Treppenhaus, zog meine Pistole heraus und lauschte. Alles war still.

Ich ging an der Wand entlang langsam nach unten.

*Keller.*

*Tunnel. Höhlen.*

*Unterirdische Orte.*

Wie schon bei meinem ersten Besuch mit Jackson war es ein merkwürdiges Gefühl, ein Gebäude zu betreten und nach unten zu steigen. Mir fiel wieder ein, wie ich in Harvard etwas recherchiert hatte und in einem Aufzug, der Klaustrophobie auslösen konnte, zu den unterirdischen Magazinen der Widener Library hinuntergefahren war.

In Harvard war auch Alan Chadwick in den sechziger Jahren Wolf in das höhlenartige Peabody Museum gefolgt. Chadwick hatte zugesehen, wie Wolf in einem hypnoiden Zustand auf die ausgestopften Vögel gestarrt und etwas gemurmelt hatte, was wie die Parodie eines Gebetes klang.

Eine Etage nach unten.

Wolf hatte zu seiner Schwester gesagt, wie wütend es ihn machte, daß Vögel als lebende Meßgeräte für tödliche Gase in die Kohlenminen hinuntergetragen wurden. Diese Geschichte hatte mich an den Test der Schuld oder Unschuld erinnert, der im siebzehnten Jahrhundert in Salem, Massachusetts praktiziert wurde. Frauen, die als Hexen verdächtigt wurden, warf man, mit großen Steinen beschwert, in einen See. Wenn sie an der Oberfläche blieben, glaubte man, sie seien im Besitz übernatürlicher Kräfte, und darauf stand die Todesstrafe. Wenn die Steine die Frauen nach unten zogen, wurden sie nicht angeklagt, aber es trat eine Nebenwirkung ein, die oft tödlich war: Ertrinken.

John Wolf hatte dieselben Menschen kennengelernt und studiert wie ich. Während ich zu verstehen versuchte, wie sie dachten und fühlten, stellte er sicher, daß er ganz anders war als sie. Er lernte auch, genauso zu denken wie ich.

Während ich die Treppe hinunterging, dachte ich an den Mann, der sich erhängt hatte, und an Mord an heiligen Stätten.

*Die Bestien, die in der lichtlosen Tiefe unseres Innern leben, erreichen nur dann ihr volles Potential, wenn wir sie nähren, streicheln, sie von Zeit zu Zeit freilassen und sie benutzen.*

*Ich hatte mein Leben lang gekämpft, im Gleichgewicht mit meiner Bestie zu bleiben.*

*Wolf hatte seine freigelassen.*

Zwei Etagen.

Wir projizieren uns selbst in alles hinein, was wir erschaffen. Diese Tatsache ist eines der grundlegenden Prinzipien, um, wenn man sich vom Blutbad zum Täter zurückarbeitet, die Psyche, die sich hinter einer Tat verbirgt, wirklich zu verstehen. Jeder von uns hinterläßt in allem, was er tut, Spuren seines emotionalen Selbst. Sogar mit geschlossenem Mund kommunizieren wir ununterbrochen.

Das meiste von dem, was ich in Wolfs Tagebuch gelesen hatte, war mir vom Thema her vertraut. Er wollte jeden, der ihn erniedrigte, indem er seine Existenz nicht zur Kenntnis nahm, in Angst und Schrecken versetzen, demütigen und schließlich vernichten. Jedes Gramm von Wolfs Energie und Intellekt war der Perfektion des Mordens gewidmet.

Irgendwann in seiner Jugend hatte Wolf einen Plan für sein gesamtes Leben entwickelt. Das war der Ursprung seiner Starrheit. Er wußte nicht, wen er umbringen würde – oder wann oder wo. Er vertraute darauf, daß eine Erfahrung zur nächsten führen würde. Das System, das er selbst entworfen hatte, war in sich geschlossen. Er verherrlichte die Erregung, die für ihn mit der Erwartung des Mordens verbunden war. Zu warten, sich mit seinen Phantasien zu kitzeln, zu wissen, was er tun würde – das waren seine aufregendsten Akte in der Zeit, in der er auf der Bühne stand. Dadurch, daß er sich ruhig verhielt, aus der Sicherheit der Anonymität heraus die Umgebung erkundete, seine Beute absonderte, sich ein Opfer hier, ein Opfer da griff, entwickelte der Schrecken, den er auslöste, bald ein eigenes Leben.

Drei Etagen.

Es war Zeit, dieses Leben zu beenden.

Ich hatte die unterste Ebene des Gebäudes erreicht, zwanzig Meter unter der Erde, und schlüpfte in den Flur. Ich drückte mich mit dem Rücken gegen die Wand und schlich durch den nur schwach beleuchteten Flur auf den einen hellen Raum irgendwo in der Ferne zu.

Die Büros waren kleine, enge Höhlen. Ich trat in das Zimmer, von dem Jackson mir gesagt hatte, es sei Herb Coopers Büro. Im trüben Schein des Lichts vom Flur konnte ich sehen, daß auf dem Schreibtisch lauter kleine Fläschchen standen, Plastiktüten mit Knochenfragmenten und ein hölzerner Koffer mit einem Messingschildchen mit der Aufschrift »Dr. John Krogh«. Mit meinem Taschenmesser stemmte ich den Samteinsatz am Boden des Koffers hoch und sah auf ein zusammengeklapptes Buck-Messer. Es gab auch Fächer für ein zweites Messer – mit einer geraden Klinge – und eine großkalibrige Handfeuerwaffe. Doch diese Fächer waren leer.

Ich nahm eins von drei identischen, leeren Einwickelpapieren, die in dem Koffer lagen, in die Hand. Ein einziges Wort stand in Großbuchstaben auf dem Papier: HEXOGEN.

»Großer Gott«, flüsterte ich.

Diesen Plastiksprengstoff hatte ich erst einmal in meinem Leben gesehen. Die Krater, die gut plaziertes Hexogen geschaffen hatte, hatte ich dreimal gesehen, soweit ich mich erinnerte. Wolf hatte vor, die ganze Anlage in die Luft zu jagen.

Was zum Teufel tat ich? Ich hatte die Möglichkeit, die ganze Sache Jackson zu überlassen. Er hatte eine ganze Armee von Spezialisten, die sich um diesen Scheiß kümmern konnten. Auf Coopers Schreibtisch stand ein Telefon. Ich konnte Jackson anrufen, meine Pistole auf die Tür richten und hier sitzen bleiben, bis das FBI eintraf.

Plötzlich verschwand jeder Zweifel. Wolf mußte zur Strecke gebracht werden. Jetzt.

Wut hatte mir immer schon als perfekter Ersatz von Angst gedient. Ich holte tief Luft, ging durch Coopers Tür wieder hinaus und schlich mich weiter in die Tiefen der Abteilung für Verhaltensforschung hinein.

Ich hörte Stimmen irgendwo am Ende des Flures.

*es ist fast Zeit, sagen sie –*
*sie sagen's und gehen weg ...*

Wolf hatte jemanden bei sich.

*und lassen mich allein mit der Nacht*
*und dem Meer ...*

Es war die Stimme einer Frau.

*ohne Kontrolle über meine Seele –*

Darla Michaels.

Ich hatte jedes Gesetz und jede nur vorstellbare ethische Beschränkung verletzt, damit am Ende niemand zwischen Wolf und mir stehen würde. Wieder hatte ich das Gefühl, als hätte der Bastard meine Gedanken gelesen.

# Wolf

»Haben Sie irgend etwas zum Schreiben?« fragte ich Darla Michaels.

»Was? Ja, sicher.«

Sie legte ihre Handtasche auf den Tisch, ging an der Reihe von Büros vorbei und warf in jedes einen Blick. Ich nahm ihre 32er aus der Ledertasche und steckte sie mir in die Jackentasche. Ich hatte gute Arbeit geleistet; sie vertraute mir.

Als sie am letzten Arbeitsplatz ankam, drehte sich Michaels um und kam wieder zurück. »Warum brauche ich etwas zum Schreiben?«

»Ich will Ihnen den Rest Ihrer Story erzählen.«

Sie setzte sich an den Tisch und faltete die Hände. »Roger, warten wir doch auf Landry. Er kommt bestimmt gleich.«

»Mein Name ist nicht Roger.«

Darla blickte zu mir auf. Als sie in meine Augen starrte, trat ein Ausdruck der Verwirrung in ihr Gesicht. Dann schien sie zu begreifen und griff nach ihrer Tasche.

»Ich habe Ihre Waffe«, sagte ich.

Sie kramte weiter in der Ledertasche, wobei sie ein tiefes Wimmern von sich gab. Ihr Auftritt war unwürdig und ärgerlich. Schließlich brach sie über der Tasche zusammen und legte den Kopf auf die Arme.

Nach einer Weile blickte sie auf und sagte: »John Wolf.«

»Ja.«

»Sie werden mich umbringen.«

Ihre Stimme zitterte. Ihre grünen Augen waren weit aufgerissen, und ihr Blick huschte wild im Zimmer umher.

»Nein. Sie müssen meine Worte in die Welt tragen. Ihre Leser brauchen Sie, um ihnen Nervenkitzel aus zweiter Hand zu liefern. Ich brauche Sie, und Sie brauchen mich. Ich will, daß Sie die Story richtig schreiben. Sie wollen Ihren Pulitzer-Preis. Wir haben nur ein paar Stunden Zeit, also fangen wir an. Setzen Sie sich auf den Stuhl da.«

Ihr Gesicht war ein Trümmerfeld. »Landry ist tot, nicht wahr?« fragte sie und ließ sich auf den Stuhl fallen, auf den ich gedeutet hatte.

»Wir werden alle sterben.«

Schweigen. Zu schockiert zum Denken.

»Wie werden Sie sterben?« fragte sie, allmählich zu sich kommend, mit einer Spur Provokation in der Stimme.

»Ich war mal in Greenwich Village«, sagte ich, während ich ein Stück Isolierband von einer Rolle abzog und mit meinem Messer abschnitt. »Damals war ich noch Student. Sie sollten das lieber mitschreiben.«

Sie bewegte sich nur langsam, aber es gelang ihr, einen Stift und einen Stenoblock zu finden. »Sie spielen ein Spiel mit mir. Dann werden Sie mich umbringen.«

»Ich gebe Ihnen mein Wort.«

»Was ist das wert?«

»Das ist alles, was Sie im Augenblick haben. Hier ist sonst niemand. Wenn ich Sie töten wollte, hätte ich das schon getan.«

»Wofür ist das Klebeband?«

»Um Ihre Fußgelenke an den Stuhlbeinen festzumachen. Wenn Sie sich benehmen, wird das die einzige Form der Freiheitsberaubung sein.«

»Was haben Sie mit Landry gemacht? Er müßte längst hier sein.«

»Nichts. Darla, *wollen* Sie sterben?«

»Nein. Natürlich nicht.«

»Dann hören Sie zu und schreiben Sie mit«, sagte ich und deutete auf ihren Block. »Wie viele Reporter bekommen eine derartige Gelegenheit? Ihr Vater wäre begeistert gewesen, wenn er die Chance gehabt hätte, mit mir zu sprechen.«

»Sie haben meinen Vater gekannt?«

Ich klebte ihre Beine am Stuhl fest.

»Er kannte meine Werke.«

»O Gott. So lange morden Sie schon?«

»Länger.«

»Ich kann nicht . . .«

»Greenwich Village«, sagte ich wieder, während ich meine Jacke auszog, in den Futterstoff hineingriff und das weiche Tuch herauszog, in dem sich meine Werkzeuge, Drähte, der Zünder, Batterien und die hauchdünnen, cremefarbenen Platten Plastiksprengstoff befanden.

»Was ist das?«

»Ich stattete der White Horse Tavern einen Besuch ab«, sagte ich und faltete das Tuch auseinander. »Das ist die Bar, in der Dylan Thomas meistens getrunken hat, wenn er in New York war. Dann ging ich zum Washington Square. Ich sah das Schild einer Frau, die einem aus der Hand las.«

Darlas Hände zitterten. »Ich kann mich nicht konzentrieren. Was ist das da?«

»Denken Sie an Ihren Messingfrosch – den, der auf dem obersten Brett Ihres Bücherregals neben dem hölzernen Seestern steht.«

Ihr Kopf schnellte nach oben. »Ich hab' gesagt, daß er auf dem Regal steht. Von dem Seestern hab' ich nichts gesagt. Verdammt, Sie waren in meiner Wohnung.«

»Oliver – der Künstler – war ein Bekannter von mir.«

Wieder schien sie verwirrt zu sein. »Sie haben den Frosch dahin gestellt? Wann? Wie . . .?«

Sie war wie ein Kind, das Orion am Himmel suchte, aber nur hier und da einen Stern fand, ohne die gesamte Konstellation zu erkennen.

»Die Frau, die aus der Hand las«, unterbrach ich sie und deutete auf ihre Hände. »Sie brauchen sich nicht zu konzentrieren, Darla. Schreiben Sie einfach mit.«

Sie sah wieder auf den Block hinunter. »Ich will trotzdem wissen, was Sie da machen.«

»Für zwei Dollar konnte die Zukunft mir gehören«, fuhr ich fort. »Sie gehörte ohnehin schon mir, aber ich ging trotzdem die schmale Treppe hinauf, setzte mich an einen kleinen, runden Tisch und wartete.«

»Warum erzählen Sie mir das alles?«

»Ich mag es nicht, wenn mich jemand unterbricht.«

»Ich bin Reporterin.«

»Eine alte Frau kam herein«, sagte ich, während ich anfing, den Mantel an den Drahtenden abzulösen. »Sie sagte, ich solle ihr das Geld geben und meine rechte Hand ausstrecken. Sie sah sie sich an, faltete meine Finger zusammen und schob meine Hand weg. Sie schüttelte den Kopf und sagte: ›Sie wissen zuviel.‹ Dann gab sie mir meine zwei Dollar zurück, stand auf und ging durch den Vorhang, durch den sie gekommen war, wieder hinaus.«

»Wenn Sie soviel wissen, können Sie die Frage beantworten.«

»Was für eine Frage?«

»Wie werden Sie sterben?«

»Gewaltsam.«

Sie schien neugierig geworden zu sein. »Und ich? Wie werde ich sterben?«

Diese junge Frau würde meine Website im Internet aufrufen. Ich war ein wenig beeindruckt. Ich hatte diejenige, die meine Leistungen kennen und aufschreiben sollte, damit andere sie endlich würdigen würden, gut ausgewählt.

»Erst kümmern wir uns um mich«, sagte ich. »Vielleicht erzähle ich Ihnen danach, wie Ihr Leben weitergehen wird.«

Ich befestigte den versiegelten Batterieblock an seinem Platz auf der Rückseite des Zünders, fädelte die Drähte durch die Clips, die sie festhalten sollten, und schloß die blanken Kupferendstücke an die jeweiligen Pole an.

Michaels sah mir zu. »Was ist das beigefarbene Zeug?«

»Hexogen.«

Sie sah von meinen Händen auf. Ihre Augen weiteten sich. »Sie wollen hier alles in die Luft jagen.«

Ich lächelte. »Die Leute hier waren nie besonders nett zu mir.«

Ich hörte Wolfs Stimme – den tiefen, kehligen Baß und den Tonfall, die Modulationen eines Mannes, der sich seiner absolut sicher ist – die Stimme, die ich vor einem Jahr in Vermont und unzählige Male in meinem inneren Ohr gehört hatte.

Ich schlich auf den Flur rechts von mir, den Rücken gegen die Wand, bewegte mich zentimeterweise auf den erleuchteten Raum zehn Meter von mir entfernt zu und blieb im Schatten stehen.

Die Tochter meines alten Freundes sagte: »Das können Sie nicht machen. Sie können gar nicht ungestraft davonkommen. Wenn Sie glauben, daß die Polizei bisher schon hinter Ihnen her war . . .«

»Sie begreifen es einfach nicht«, sagte Wolf. »Ich bin der Mörder. Sie sind die Reporterin. Sie schreiben alles auf und machen daraus eine Story. Ich baue die Bomben und sprenge, was ich will. Die Polizei ist unfähig. Sie wird andeuten, es hätte Fortschritte gegeben, was gar nicht stimmt, und darauf warten, daß sich die öffentliche Entrüstung legt. Dann wird die Akte geschlossen.«

»Was ist, wenn Ihnen die Hand ausrutscht?«

»Das wird nicht passieren.«

Es ging nicht mehr einfach darum, Wolf zu überraschen und hinzurichten. Ich stand etwa sieben Meter vor der Zimmertür und hörte zu, wie Darla Michaels John Wolf die Stirn bot – wie sie den Mörder drängte, herausforderte –, während Wolf beim Zusammenbauen seiner Bombe immer nervöser wurde.

Michaels wandte nicht die Technik an, die man in der Journalistenschule lernt. Was ich hörte, war der Mensch, der sie war. Ihr Verhalten konnte sie das Leben kosten.

»Sie können mich nicht wieder laufen lassen. Sie müssen mich umbringen.«

»Sie und ich, wir werden gemeinsam von hier wegfahren. Ich setze Sie an Ihrem Büro ab.«

»Warum sind Sie das Risiko eingegangen, hierherzukommen? Warum wollen Sie alles hier in die Luft jagen?«

*Darla, bitte fordern Sie ihn nicht heraus.*

»Lucas Frank und seine Tochter, Agent Jackson, Ihr Freund Landry, wenn er nicht auf Ihre Nachricht reagiert, Agent Walker und ein paar weitere Experten der Abteilung für Verhaltensforschung – sie alle wollen in ein paar Stunden im Konferenzraum zusammenkommen und meine Existenz erörtern. Ich fühle mich zwar geschmeichelt, im Mittelpunkt von soviel Aufmerksamkeit und Spekulation zu stehen, aber diese Schwachköpfe werden ihre Besprechung nicht zu Ende führen. Wenige Minuten, nachdem wir von hier weggefahren sind, Ms. Michaels, wird dieser Ort aufhören zu existieren.«

»Warum denn eine Bombe? O Gott. Ich kann nicht denken. Um wen von diesen Leuten geht es Ihnen?«

»Um alle«, sagte Wolf. »Lucas Frank dachte, er hätte mich umgebracht. Er hat einen Fehler gemacht. Meine Botschaft an das FBI ist einfach: Sie können ihre Kategorien für das Verhalten von Mördern nicht schnell genug aufstellen, um mit den Killern Schritt zu halten. Das sollten Sie schreiben. Nach dem Versace-Mord in Florida letzten Sommer zankten sich die Agenten darum, ob ihr Verdächtiger ein klassischer Serientäter, ein Täter, der wahllos mordet, oder eine Mischform zwischen beidem sei. Sie hatten keine Ahnung, wo er war, aber sie wußten, wer er war, und sie wollten ihn in eine Schublade stecken. Was für eine Rolle spielte das schon? Der Verwalter eines Hausboots stieß zufällig auf ihn.«

»Was ist mit Lucas Frank?« fragte Michaels. »Was ist Ihre Botschaft an ihn? Nur die, daß er einen Fehler gemacht hat?«

»Er hat sein ganzes Leben lang Botschaften von mir erhalten«, sagte Wolf scharf. »Er hat sie nicht zur Kenntnis genommen. Sie greifen der geordneten Entwicklung der Dinge vor, und Sie vergeuden Ihre Zeit. *Ich* bin die Nachricht. Ich *mache* die Nachrichten. Ich *entscheide,* woraus die Nachrichten bestehen. Sie schreiben sie nur auf. Melden die Nachrichten. Das ist alles. Ich werde Sie nicht noch einmal warnen.«

Ich war nah genug, um sehen zu können, wie Wolfs Schatten über einen Tisch fiel. Darla Michaels saß am Tisch. Wolf mußte seinen Standort wechseln, oder ich mußte nah genug an die Tür herankommen, damit ich einen guten Schußwinkel hatte.

»Ich darf Sie nicht interviewen? Ich darf keine Fragen stellen?« fragte Michaels.

Wolf seufzte.

*O Gott, Darla, lassen Sie es sein.*

»Eine Frage. Los, fragen Sie. Verschwenden Sie keine Zeit.«

»Die meisten Ihrer Opfer waren Frauen. Gab es je eine Frau, die Ihnen etwas bedeutet hat?«

Es entstand ein langes Schweigen.

»Sie hieß Annie. Ich lernte sie in Cambridge vor einer brennenden Lagerhalle kennen.«

»Haben Sie sie umgebracht?«

»Viele Jahre später.«

»Warum brachten Sie sie um?«

Wieder seufzte Wolf, doch er gestand Darla Michaels ziemlich viel Freiheit zu. Sie war sein Boswell – seine Biographin. »Sie hat oft von ihrem Vater gesprochen, aber nur selten liebevoll. Er war ein harter Mann, ein wohlhabender Züchter von Weltklassepferden und ein Trinker.«

Ich wußte, was jetzt kam. Die Geschichte von Annies Vater war ein Eintrag in Wolfs Computertagebuch.

»Eines Abends, als Annie übers Wochenende zu Hause war«, fuhr Wolf fort, »waren die Pferde unruhig. Ihr Vater ging hinaus in den Stall. Die Pferde waren verängstigt, nervös, verstört. Er wußte nicht warum. Dann sah er etwas, was er für einen großen Hund hielt – eigentlich nur den Schatten des Tieres –, der von der Scheune weglief. Er verschwand in der Dunkelheit, und allmählich beruhigten sich die Pferde wieder.«

Sein Bericht war Wort für Wort identisch mit dem Eintrag in seinem Tagebuch. John Wolf konnte nicht existieren, ohne seinen Auftritt zu proben. Er war Fakt, und er war Fiktion. Ich fragte mich, ob er beides voneinander unterscheiden konnte. Das Problem war schon immer gewesen, daß er so verdammt glaubwürdig wirkte, so verführerisch echt.

»Als am nächsten Abend wieder dasselbe passierte«, fuhr Wolf fort, »nahm ihr Vater seinen Schäferhund mit. Auch der Hund hatte Angst. Er war ein ausgebildeter Wachhund, aber er zog seinen Schwanz ein und lief zum Haus zurück. Annies Vater konnte sich das Tier jedoch genauer ansehen. Es sah aus wie ein Hund, aber es war größer als irgendein Hund, den er je gesehen hatte. Es hatte keine Angst. Beinahe wie selbstverständlich trottete es in den Schatten. Es fürchtete sich nicht, und das machte ihrem Vater angst. Am dritten Abend nahm er sein Jagdgewehr mit. Als er das Profil des Tieres sah, das von der Scheune weglief, schoß er. Annie sagte, das Tier sei zu Boden gesunken. Der Jagdaufseher kam und sah es sich an. Er sagte, es sei ein Wolf, der erste auf der Südseite der Berge seit fünfzig Jahren.«

In dem Zimmer war alles still.

»Weil sie Ihnen diese Geschichte erzählt hat, haben Sie sie umgebracht?«

Wolfs Stimme klang scharf.

»Ich sagte ihr, es müsse ein Mischling gewesen sein. Sie ließ sich nicht von ihrer Ansicht abbringen. Ihr Vater konnte sich bei so etwas angeblich nicht täuschen. ›Ein reinrassiger Wolf‹, sagte sie. Kein reinrassiger Wolf wäre so dumm. Das sagte ich ihr. Was auch immer es für ein Tier gewesen sein mochte, jedenfalls war es ihrem Vater direkt vors Gewehr gelaufen. Ein Schuß. Das konnte nicht sein. Ein Aasfresser wie ein Kojote vielleicht, aber nicht das reinste Raubtier von allen. Kein Wolf. Nicht mit nur einem Schuß.«

»Sie identifizieren sich mit diesem Tier?«

»Es wohnt in meinem Innern. Immer.«

Die Aufzugtüren surrten und klickten hinter mir im Flur, und danach hörte man Schritte, die sich schnell näherten.

Ich sah, wie Wolf seinen Arm über den Tisch streckte und Darla Michaels an der Bluse packte. Er ging mit einem langen Messer in der Hand um den Tisch herum und brachte sich hinter der jungen Frau in Position.

Ich hob meine Neun-Millimeter und zielte auf die Stelle, an der gleich sein Kopf auftauchen mußte.

Als er ihr das Messer an den Hals hielt, kam er zum ersten Mal in mein Blickfeld. Er drehte den Kopf und sah mit glasigen, grauen, leeren Augen zur Tür. Er war nur wenige Zentimeter von Darla Michaels' Gesicht entfernt.

Ich hatte eine Chance, einen Schuß, um ihn zur Strecke zur bringen.

»Keine Bewegung«, rief Rexford Landry hinter mir.

Der FBI-Agent konnte mich sehen, aber Wolf und Michaels sah er nicht.

Wolf hielt die Reporterin noch immer an der Bluse fest. Ich bewegte meinen Kopf nur ein bißchen, doch in diesem Bruchteil einer Sekunde verschwand Wolf in dem Labyrinth aus Büros.

»Legen Sie Ihre Waffe auf den Boden«, sagte Landry. »Jetzt.«

Darla Michaels saß noch immer am Tisch, starrte vor sich hin und schüttelte langsam den Kopf.

»Landry, Wolf ist in dem Zimmer«, rief ich.

Ich hörte das Klicken, als Landry seine Pistole entsicherte. »Legen Sie sie weg, Dr. Frank.«

Michaels rutschte von ihrem Stuhl auf den Boden und fing an, auf mich zuzukriechen. Der Stuhl, der mit Klebeband an ihren Fußgelenken befestigt war, schleifte hinter ihr her und verkeilte sich mit dem Tisch, so daß dieser umzukippen drohte.

»Okay, Landry«, sagte ich. »Sie wollen ihn. Dann schnappen Sie ihn sich.«

Landry kam langsam näher, direkt hinter mir, so daß er noch immer nicht weiter als bis zur offenen Zimmertür sehen konnte, und es schien ihm völlig gleichgültig zu sein, daß er in das Licht hineinging, das aus dem Zimmer drang.

In dem Augenblick sah ich die Bombe. Bei jedem von Darla Michaels' Versuchen, vorwärts zu kriechen, stieß der Stuhl gegen den Klapptisch, und der Sprengsatz rutschte auf die Kante zu. Ich hatte keine Ahnung, wie stabil Hexogen ist – ob es durch die Wucht des Sturzes aus rund siebzig Zentimetern hochgehen würde.

»Darla, kriechen Sie nicht weiter«, sagte ich.

Wolf war schnell. Der Schuß der großkalibrigen Handfeuerwaffe hallte in den Gängen der Abteilung für Verhaltensforschung wider, als die Kugel Landry an der Schulter traf und ihn herumriß. Der Agent prallte gegen die Wand und stürzte zu Boden; seine Waffe schlitterte über den Fußboden.

»O Gott«, sagte Michaels, kroch wieder ein Stück vorwärts und ließ die Bombe weiter auf die Tischkante zurutschen.

Ich machte einen Satz in das Zimmer hinein und landete neben ihr.

»Bleiben Sie, wo Sie sind«, sagte ich zu Michaels. »Bleiben Sie flach auf dem Boden liegen, und rühren Sie sich nicht.«

»Er hat den Zünder eingestellt«, sagte sie mit zitternder Stimme. »Er hat es ganz schnell gemacht. Er hat einen roten Draht angeschlossen und dann irgendwas zuschnappen lassen.«

»Darla, Sie müssen so reglos wie möglich liegen bleiben.«

Sie nickte. »Aber beeilen Sie sich.«

Ich kroch in das erste Büro, wo ich mich ein Stück aufrichtete, bis ich hockte, und zum Tisch zurückblickte. Die Bombe war auf die hintere Seite des Tisches gerutscht, lag jetzt schräg und ragte fünf Zentimeter über die Kante hinaus. Den Zünder konnte ich nicht sehen.

Aufgrund des kurzen Blicks, den ich auf Wolf erhascht hatte, und des Rauchs aus seiner Waffe wußte ich, daß er ziemlich weit hinten im Raum sein mußte, auf der rechten Seite. Ich schätzte, daß Wolf etwa zehn Meter von mir entfernt war, und ich befand mich zwischen ihm und dem Ausgang.

Ich sah mich um, auf der Suche nach irgendeiner Inspiration.

Wenn ich durch die eine Reihe Büros nach hinten kroch, konnte Wolf auf der gegenüberliegenden Seite nach vorne kriechen. Wenn ich über die Abtrennung zwischen den beiden Reihen sprang, würde ich eine ausgezeichnete Zielscheibe abgeben. Wenn Wolf mich verfehlte, brauchte er nur durch die Reihe zu verschwinden, aus der ich gekommen war.

Plötzlich, gerade als meine Wadenmuskeln sich zu verkrampfen begannen, sah ich es – eine Dose mit Lösungsmittel und Verdünner für Klebstoff. Derjenige, der gewöhnlich in diesem Büro arbeitete, hatte die Aufgabe, Tatortfotos aufzukleben. Der Schreibtisch des Agenten war mit einem Strauß getrockneter Wildblumen in einer enghalsigen Glasflasche geschmückt. Ein Arbeitskittel, der an einem Haken hing, war meine letzte Zutat.

Ich zog das Unkraut aus der Flasche und goß den Verdünner hinein.

»Ich habe vor, ein Glas Wein zu trinken, wenn ich hier fertig bin«, sagte Wolfs körperlose Stimme. »Und Sie? Oh. Das hab' ich ganz vergessen. Es ist ja schon spät. Sie sind ein alter Mann. Wahrscheinlich gehen Sie gleich ins Bett, was? Sie haben noch gar nicht darüber nachgedacht, stimmt's? Sie haben sich den Kopf zerbrochen, wie Sie mich erledigen können, also haben Sie gar nicht überlegt, was Sie hinterher tun wollen. Es bleibt nicht mehr viel Zeit, wissen Sie.«

Wolf bewegte sich. Er hatte einen etwa dreizehn Meter langen Bereich für sich. So lange er diesen Bereich nicht verließ, konnte ich ihn nicht sehen.

»Finden Sie das nicht zum Kotzen?« fragte er. »Sie haben mich schon einmal umgebracht. Jetzt müssen Sie es noch mal tun. Na, das lag an Ihrer eigenen Dummheit. Sie haben nur bis zum Ende gedacht – bis zu dem, was Sie als das Ende definierten. Das ist nicht gut genug. Ein Mörder muß über das Ende hinaussehen. Scheiße. Ich hab' Ihnen jeden nur denkbaren Vorsprung eingeräumt. Diese Episode beweist, was ich von Anfang an gewußt habe: Kein bloßer Theoretiker wird je so gut sein wie ein Mann, der dem Gewerbe nachgeht.«

Mit meinem Taschenmesser schnitt ich den Kittel in einige etwa dreißig Zentimeter lange Streifen, drehte sie fest zusammen und schob sie durch den Flaschenhals, bis nur noch zehn Zentimeter herausragten.

Wolf schnaubte verächtlich. »Sie sind ein Theoretiker. Während es hier von stumpfsinnigen FBI-Agenten wimmelt und am College von Soziologieheinis, sitzen Sie in Ihrem Holzhaus am See und erschaffen sich Ihre eigene Mythologie des Verhaltens. Was ist es für ein Gefühl zu wissen, daß ich zugesehen habe, als Sie in Boston herumgewerkelt und in New York, Miami, Dallas so getan haben, als wären Sie ein Experte? Ich war da.«

Ich griff nach meinen Zigaretten, um das Streichholzbriefchen herauszuholen, das ich in das Zellophanpapier gesteckt hatte. Sie waren weg. Ich hatte wieder mit Rauchen aufgehört, und an dem Abend, als wir auf der Pennsylvania Avenue spazierengingen, hatte ich Lane die Schachtel gegeben.

»Sie glauben, Sie wären mir gegenüber im Vorteil«, sagte Wolf. »In ein paar Minuten fliegt hier alles in die Luft.«

Ich hatte nicht die Absicht, mich auf Wolf einzulassen, und ich wollte auch nicht, daß er genau wußte, wo ich war. Aber er schien auf das Ende zuzusteuern, und ich brauchte Zeit. Ich mußte etwas sagen.

»Wir haben das alles schon einmal erlebt«, sagte ich. »In Vermont.«

Aus dem hinteren Teil des Raumes war ein kurzes Lachen zu hören. »Hier gibt es keinen Kohlenkeller, keinen Ort, an dem Sie eine Bombe vergraben könnten. O Gott – Sie sind genauso mörderisch veranlagt wie ich. Sie spielen leere, hohle Spiele. Unsere Sicht der Welt ist dieselbe. Ihre Einladung vom FBI war für den Morgen. Haben Sie gedacht, ich hätte Sie nicht erwartet?«

Ich kramte in meinen Taschen und fand schließlich ein Streichholzbriefchen, das ich aus Delta's Blues Bar, wo Wolf Nicholas Wesley umgebracht hatte, mitgenommen hatte.

Ich glaubte Wolf nicht, daß er mich erwartet hatte. Er spielte ein Spiel, unternahm einen durchsichtigen Versuch, einen anderen, der das Beherrschen von Manipulation zum Beruf gemacht hatte, zu betrügen.

Eine ganze Minute verging. Ich hörte keine Bewegung im hinteren Teil des Raumes. Dann sprach er. »Ich glaube, ich habe Ihnen das schon mal erklärt. Bevor ich mich daran machen konnte, etwas wie das hier in Gang zu setzen, mußte ich mich mit meinem eigenen Tod abfinden. Da ich das getan habe, habe ich nichts zu verlieren, nichts zu fürchten. Sie lernen einfach nicht. Ich habe eine Menge von Ihnen gelernt. Im Laufe der Jahre haben Sie mir geholfen, ein besserer Künstler zu werden. Sie waren die Inspiration. Unter Ihrer Anleitung bin ich zu einem kreativen Mörder gereift. Niemand sonst kann behaupten, das erreicht zu haben, was ich erreicht habe.«

Ich kletterte auf den Schreibtisch, achtete aber darauf, daß mein Kopf unterhalb der Abtrennung blieb.

Er hielt sich für die Verkörperung der Vollkommenheit und glaubte, es gäbe keine Herausforderung, die er nicht meistern würde. »Sie haben ein Weltklasse-Ego, Mr. Wolf«, sagte ich. »Heute nacht haben Sie sich mehr darum gekümmert, wie Sie in der Presse dargestellt werden wollen, als darum, Ihren Sprengsatz richtig zusammenzubauen.«

Wenn er sprach, klang er zu entspannt, als läge ihm jede Sorge fern. »Denken Sie, was Sie wollen.«

John Wolf war der perfekte Psychopath. Das wollte ich mir zunutze machen.

»Ich glaube, einer von uns wird sterben«, sagte ich, zündete ein Streichholz an und hielt es an die Stoffstreifen, die aus meinem Molotowcocktail herausragten. Der Geruch und der Rauch würden mich verraten, also mußte ich schnell handeln.

Die Decke war niedrig. Ich hob die Hand und warf die Flasche schnell und gerade gegen die hintere Wand. Sie zerbrach mit Getöse, eine Wand aus Flammen und Rauchschwaden.

Ich sprang auf die Abtrennung zwischen den Büros, balancierte waghalsig auf den Verbindungsstützen und richtete meine Neun-Millimeter auf die Stelle, wo Wolf meiner Meinung nach gleich auftauchen mußte.

Sekunden vergingen. Eine Minute.

Was zum Teufel machte er? Schwarze Rauchschwaden zogen von der hinteren Ecke auf die Mitte des Raumes zu.

Ich ließ mich auf den Boden auf der anderen Seite der Abtrennung nieder und schlich geduckt auf den Rauch zu. Als ich mich dem Ende des Flurs näherte, ging die Sprinkleranlage an. Instinktiv blickte ich nach oben und sah, daß zwei Deckenpaneele entfernt worden waren. War er durch die Lücke nach oben geklettert?

Oder war das nur ein weiteres Täuschungsmanöver?

Ich wirbelte nach links herum, als der Mörder von Dutzenden von Menschen aus der Wand aus Rauch auftauchte, die Pistole in der rechten Hand, den linken Arm über den Augen.

Mit einer Plötzlichkeit, die mich verblüffte, brachte Wolf seine Waffe in Anschlag. Beide Hände umfaßten die 44er Magnum. Er suchte den Flur mit den Augen ab, als könnte ihm der dichte, schwarze Rauch nichts anhaben. Dann starrte er mir in die Augen.

Ich gab einen einzigen Schuß ab, der Wolf ins Gesicht sauste und einen Sprühregen aus Blut und Hirn aufspritzen ließ. Der Mörder sank zu Boden. Seine Waffe polterte harmlos hinunter.

Wolf lag in einem nassen Haufen da. Ich sah zu, wie sein Blut, verdünnt durch den Sprühregen von oben, um seinen Kopf herum eine Lache bildete.

Ich war mir sicher, daß ich ihn aus diesem Leben entfernt hatte.

Ich ging durch den künstlichen Regen und hockte mich neben ihn. Von seinem Hinterkopf war nicht mehr viel übrig, aber dennoch hielt ich meine Finger an seinen Hals und sah auf die Uhr. »Zeitpunkt des Todes«, murmelte ich vor mich hin. »Null Uhr vierzig. Diesmal gibt's keine Auferstehung, Junge.«

Ich drehte mich um und ging zurück zum Flur.

»Es ist fast vorbei«, sagte ich zu Darla Michaels. »Noch ein paar Sekunden.«

Vorsichtig schob ich Wolfs Bombe zurück auf den Tisch und sah hinunter auf einen Batterieblock, drei Drähte, die aufeinanderliegenden Platten Hexogen und den Zünder. In neunzig Sekunden würden wir und die Abteilung für Verhaltensforschung Geschichte sein.

»Schneiden Sie mich los«, sagte Michaels.

»Keine Zeit.«

Landry taumelte zur Tür herein. Er hielt sich seine Schulter.

»Was wissen Sie über Bomben?« fragte ich ihn. »Wolf hat den roten Draht zuletzt angeschlossen. Hat das irgendwas zu sagen?«

»Ja, den muß man als ersten durchschneiden«, sagte er. »In den Batterieblock kommen Sie nicht rein?«

»Nein, der ist versiegelt.«

Ich schnappte mir Wolfs Drahtzange, hielt sie an den roten Draht und schnitt ihn durch. Das Rädchen der Uhr drehte sich weiter.

»Sechzig Sekunden«, sagte ich. »Schwarz und gelb sind noch da.«

Schweiß strömte mir den Nacken hinunter.

»Kann man nicht sagen, welchen man jetzt durchschneiden muß«, sagte Landry. »Besonders ausgeklügelt scheint es nicht zu sein. Spielt wahrscheinlich keine Rolle.«

Fünfundvierzig Sekunden. Was, wenn es doch eine Rolle spielte? Ich schnitt den gelben Draht durch.

»Die Uhr läuft noch immer«, sagte ich.

»O Gott«, kreischte Michaels.

»Der letzte Draht muß zwei Stränge haben, zwei getrennte Verbindungen«, sagte Landry. »Sonst wär' die Uhr stehengeblieben.«

Uns blieben noch dreißig Sekunden. Ich inspizierte das Ende des schwarzen Drahts und sah die beiden kleinen Stücke Plastikummantelung, die an den Zünder angeschlossen waren. »Der eine ist weiß, der andere grün«, sagte ich.

»Schneiden Sie einen von beiden durch«, sagte Landry, »aber passen Sie auf, daß die Drahtzange nicht beide gleichzeitig berührt.«

Zwanzig Sekunden.

Die Drahtzange rutschte mir aus den schweißnassen Händen und fiel zu Boden. Ich wischte mir die Hände an der Hose ab, hob die Zange auf und sah mir an, was ich tun mußte. Es war nicht viel Platz zum Arbeiten. Ich schob die Drahtzange seitlich in das Gehäuse hinein, bis das blanke Stück Kupfer zwischen den spitzen Enden lag, und drückte.

Die Uhr des Zünders blieb stehen. Noch acht Sekunden.

»Das war's«, sagte ich.

Ich hockte mich hin, um das Klebeband an Darla Michaels' Fußgelenken mit meinem Taschenmesser durchzuschneiden und ihr aufzuhelfen. Dann sah ich zu Landry hinüber.

»Gehen Sie sich John Wolf vorstellen«, sagte ich zu ihm.

»Landry, Sie Mistkerl«, schrie Michaels. »Wegen Ihnen wär' ich beinah' umgebracht worden, verdammt noch mal. Dieser Verrückte hat Sie angerufen. Er hat Ihnen praktisch gesagt, wer er war. Sie haben einfach aufgelegt.«

»Nein«, antwortete Landry.

»Roger Curlew?« fragte sie herausfordernd.

»Ein Spinner. Solche Anrufe bekommen wir ständig.«

Der Agent ging an uns vorbei weiter in den Raum hinein.

Als ich durch den Flur zurückging, hörte ich, wie Michaels Landry noch immer anschrie. »Ich *schreibe* über diesen Scheiß, Sie Arschloch. Ich *lebe* ihn nicht, verdammt noch mal.«

Ich fuhr mit dem Aufzug nach oben und verließ das Gebäude.

# EPILOG

# Pop

Ich ließ mich durch den National Airport schleusen und fand die Lear. Lane stand neben dem kleinen Jet, als ich die Treppe hinaufging.

»Wolf ist tot, stimmt's?«

Ich nickte.

»Ich hab' die Anrufe erledigt. Sollen wir warten, bis das Feuerwerk vorbei ist, und erst dann reden?«

»Ich glaube, das wär' das beste«, sagte ich und sah zu, wie zwei Limousinen über die Rollbahn auf das Flugzeug zurasten.

»In der Abflughalle haben sich sicher ein paar Leute über dich gewundert.«

»Warum?«

»Du bist klatschnaß.«

»Oh. Das.«

Ein Wagen fuhr vor die Nase des Flugzeugs und blieb stehen. Der zweite hielt dort an, wo wir standen. Hiram Jackson stieg aus.

»Sie müssen noch eine Weile bei uns bleiben«, sagte der Agent. »Zumindest, bis wir diese Sache geklärt haben.«

Während weitere schwerbewaffnete Männer aus den beiden Autos stiegen, sah ich, wie ein schwarzer Lincoln auf unsere Gruppe zukam. Als er neben Jacksons Wagen stehenblieb, drehte sich Jackson danach um.

Senator Harry Storrs stieg aus seinem Wagen, nickte Lane und mir zu und wandte sich dann an Jackson. »Ich möchte, daß dieses Flugzeug mit den Franks an Bord in spätestens fünf Minuten in der Luft ist.«

»Bei allem Respekt, Sir, das ist eine Angelegenheit des FBI«, sagte Jackson.

»Ich weiß, was es ist.«

Jackson sah mich an.

»Sie haben eine Falle für einen Wolf gestellt und einen Wolf gefangen«, sagte ich. »Sie haben genug Phantasie, um sich die Einzelheiten auszumalen. Sie wissen, daß Landry Informationen an Darla Michaels hat durchsickern lassen. Dadurch dürften Sie einen gewissen Einfluß auf die Story haben. Allerdings ist sie jetzt so sauer auf Landry, daß Sie sich auf ziemlich scharfe Kritik gefaßt machen müssen.«

»Das ist alles?«

»Wenn Sie die ganze Geschichte wollen, kommen Sie nach Michigan.«

Jackson schüttelte den Kopf. »Das wird nicht funktionieren.«

»Blödsinn«, sagte Storrs. »Ihre Agentur kennt sich mit Desinformation doch besser aus als der Senat. Ich hab' schon ein paar Leute angerufen. Das FBI wird am Ende einen glänzenden Eindruck hinterlassen. Glauben Sie, Ihr Direktor würde sich mit weniger zufriedengeben? Das hat er mir nicht gesagt.«

Ich sah zu, wie Jackson seinen Truppen den Rückzug signalisierte und wieder zu seinem Wagen zurückging. Er zögerte, bevor er einstieg, wandte sich um und sagte: »Sie trauen niemandem, stimmt's?«

»Nein, niemandem.«

Jackson starrte mich an, nickte kurz, stieg in seinen Wagen und fuhr über die Rollbahn davon.

Bis wir endlich in der Luft waren, hatte ich mich umgezogen – trockene Jeans und ein warmes Sweatshirt.

Das Flugzeug beschrieb einen Bogen um das Washington Monument und das Lincoln Memorial und flog dann in Richtung Nordwesten. Der Blick war eindrucksvoll. Aus ein paar hundert Metern Entfernung sehen Städte immer steril aus.

»Ich hab' mir gedacht, das könnte das richtige sein«, sagte Lane, die mir gegenübersaß. Sie reichte mir eine Flasche Ale. »Das ist aus der Magic Hat Brewery in Burlington, Vermont.«

Ich roch daran und nahm einen Schluck. »Ausgezeichnet. Manche Dinge machen die in den Bergen wirklich gut.«

»Ich hab' mir Wolfs Kästchen angesehen, Pop.«

»Die Geschichte meines Lebens?«

»Er war immer da.«

»Sein Fehler«, sagte ich.

## *»Ein beachtlicher Newcomer«*

***TAZ***

Doktor Diandra Warren, eine prominente Bostoner Psychiaterin, beauftragt die Privatdetektive Patrick Kenzie und Angela Gennaro mit einem neuen Fall. Seit einiger Zeit erhält sie Drohbriefe und vermutet einen Zusammenhang zur irischen Mafia. Doch bevor das schlagfertige Ermittlerduo loslegen kann, stapeln sich bereits die Leichen in seiner Umgebung... Ein meisterhaft geschriebener Roman vom Shootingstar der amerikanischen Krimi-Szene.

»Dennis Lehanes Fähigkeit, einen Spannungsbogen aufzubauen, verursacht Dauerherzrasen.«

PEOPLE

Dennis Lehane
**Absender unbekannt**
Thriller
464 Seiten
Ullstein TB 24718

ULLSTEIN